이
조
시
대

서
사
시

／

2

이조시대 서사시

2

임형택

창비

사실적이면서 풍부하고 다양한 문학적 성취

'이조시대 서사시'란 제목으로 이 책을 펴낸 것은 20년 전이었다. 기왕의 체제를 그대로 가져가면서 부분적으로 손질하고 그사이에 새로 발굴한 작품들을 추가하여 지금 이 책을 내놓는다. 서명을 정확히 붙이자면 '증보신판 이조시대 서사시'라고 해야 할 것이다.

원래 초판에는 104편이 수록된 것이었는데 이제 18편이 더 들어가서 모두 122편이 된다. 122편이면 적은 분량이 아니지만 한시의 방대한 축적을 생각해보면 극히 미소한 부분이다. 그런데 이처럼 따로 표출하는 까닭은 어디 있는가?

책의 성격 및 취지는 뒤에 붙인 「현실주의의 발전과 서사한시」라는 제목의 총설에서 비교적 상세히 밝혀놓았으므로 중언부언할 필요가 없겠으나, 이들 서사시가 현재적 관점에서 어떤 의미와 가치를 가질 수 있는 것인지는 여기서 대략 언급해두고자 한다.

여기에 뽑은 시편들은 인물이 등장하고 사건이 전개되는, 말하자면 '이야기시'(담시譚詩)다. 한시라는 용기에 담긴 것이기에 서사한시인데, 친숙한 말로 서사시다.

오늘의 근대시를 한번 돌아보자. 서정시의 주류적인 형세에 비해 서사시 부류는 비주류이고 비중이 큰 것도 아니다. 그럼에도 근대시가 출범한 당초부터 오늘에 이르기까지 서사시에 속하는 작품이 심심찮게 발표되었으며, 그중에 문제작으로 화제에 오르고 문학사에서 평가받는 사례도 적지 않다. 시문학이 서정시 위주로 되는 것은 당연하지만 서사시 부류 또한 결코 간과할 수 없음이 물론이다.

한시는 속성 자체가 '시언지詩言志'요 '성정性情의 발현'이라고 했듯, 서정을 주조로 하면서도 대단히 포괄적이다. 그래서 근대문학의 장르 개념을 대입해보면 한시란 "단일 장르라기보다 복합 장르 내지 장르 혼재로 보는 편"이 타당하다고 말했던 터다. 이런 한시의 영역 속에 서사시적 성격이 수렴되어 미분화 상태로 있었다. 중국의 시사詩史를 종관해보면 한漢대의 악부시樂府詩에서 서사시의 빼어난 작품들이 발견되며, 시의 고전적 황금기라 할 수 있는 당唐으로 와서 서사시 역시 정점에 도달했다. 그후로도 서사시 형태는 명맥이 이어졌으나 성과는 별로 뚜렷하지 못했던 것으로 여겨진다. 반면, 한국의 한시사를 보면 서사시는 조선왕조 5백년 동안에 본격적으로 발전하여 성황을 이룬 것이다. 바로 이 두권의 책에 실린 122편이 실물로서 증명하는 바다. 제1~3부에 수록된 '체제 모순과 삶의 갈등'을 그려낸 작품군은 실로 서사시의 본령이다. 다음 제4부에서는 '국난과 애국의 형상'을 묘사하고 있으며, 제5부로 가서는 '애정 갈등과 여성', 제6부로 가서는 '예인藝人 및 시정市井의 모습들'을 만나게 된다. 우리는 사실적이면서 풍부하고 다양한 문학적 성취를 감상할 수 있다. '이조시대 서사시'의 이러한 문학적 성취는 시야를 넓혀 동아시아 한자권에서도, 나 자신 식견이 좁은 탓인지 모르겠지만, 유례를 찾을 수 없는 것 같다. 그런 만큼 특이하고 중시할 필요가 정히 있다.

서사시가 하필 이조시대에 성황을 이루었던 사실을 어떻게 설명할 것인가? 여기에 두가지 측면을 짚어볼 수 있다. 객관적 상황과 주체적 조건이다. 요컨대 조선왕조의 역사가 진행되는 과정에서 발생하여 차츰 심화된 체제적 모순이 서사시의 배경이 되었으니, 곧 서사시를 산생한 객관적 상황이다. 이 책에서 '서사시적 상황의 발전'이라고 규정한 그것이다. 이 상황을 심각하게 인식하고 시적으로 표출한 주체가 다름 아닌 문인지식인, 즉 사대부들이었다. 저들 유교적인 인정仁政과 애민愛民의 정신으로 투철하게 각성한 주체가 '서사시적 상황의 발전'에 대응한 결과물이 바로 서사한시다.

오늘의 시대상황에서 작가·시인은 과거의 문인지식인과 입장이 크게 다르다. 하지만 사회현실, 그 속에서 살아가는 인간들의 삶을 포착하고 표출하는 문제에 있어서는 상통한다. 그런 점에서 '이조시대 서사시'의 현재성은 확실한 것으로 생각된다.

이 자리에서 한가지 해명해둘 말이 있다. 책 이름에 이조시대를 붙인 이유다. 이조라는 호칭은 일제의 잔재라 하여 못마땅하게 여기는 분들이 있기 때문이다. 종래 한자권에서는 왕조의 명칭을 이당李唐, 조송趙宋 식으로 성을 붙여 구분 짓는 것이 관행이었다. 같은 한자권이었던 베트남의 역사에도 여조黎朝, 완조阮朝 등이 나오고 있다. 우리의 경우 단군조선, 위만조선 등과 구분 지어 이조라고 불러서 안 될 것이 없다. 또한 지금 우리의 분단상태에서 한쪽은 국호를 엄연히 조선이라고 쓰고 있다. 이조 대신에 조선이라고 부르는 데는 의식적이건 무의식적이건 북의 조선을 배제하고 무시하는 의식이 깔려 있는 셈이다. 이 점을 분명히 지적하고 싶다.

이번에 작품을 새로 추가하는 과정에서 도움을 주신 분들이 있다. 서거정의 「토산 시골집에서 들은 농부의 말[兎山村舍 錄田父語]」은 박혜숙 교수가 진작 알려주었던 것이며, 조용섭의 「달성 아이[達城兒]」는 강명관 교수가, 이규상의 「조장군가趙將軍歌」는 안준석 군이 자료를 제공해 준 것이다. 고맙기 이를 데 없다.

나는 『이조시대 서사시』에 앞서 『한문서사의 영토』를 내놓았다. 양자는 자매편이다. 나 자신의 이야기문학에 대한 관심이 자매편의 간행으로 일단락 지어진 모양이다. 이런 성격의 작업에 오역·오류는 아무래도 없을 수 없다. 양해와 교시를 구해 마지않는다.

2012년 마지막 달을 보내며
임형택

제5부 애정 갈등과 여성

제6부 예인藝人 및 시정市井의 모습들

제2부 체제 모순과 삶의 갈등 2

제3부 체제 모순과 삶의 갈등 3

일러두기

1. 이조시대에 씌어진 서사시 부류의 작품들을 뽑아서 엮은 이 책은 내용으로 미루어 네가지
로 나누고, 다시 6부로 편차한바 다음과 같다.
　　제1~3부 체제 모순과 삶의 갈등, 제4부 국난과 애국의 형상, 제5부 애정 갈등과 여성, 제6
부 예인藝人 및 시정市井의 모습들.
　　배열의 차서는 부로 구별한 데 따라 각기 시대순으로 했다.

2. 이 책은 일반독자와 전문연구자를 함께 고려했다. 역문에다 원문을 한 지면에 처리한 것
은 이 때문이다. 역문은 원뜻에 충실하면서도 쉽게 읽힐 수 있도록 힘썼다. 그리고 주석은
원문 쪽에 달아서 원문의 독해에 참고하도록 했는데, 필요에 따라 역문 쪽에도 주석번호를
붙였다.

3. 원문의 5언言은 1행을 역문에서도 1행으로, 7언은 1행을 역문에서 2행으로 잡은 사례가
많다. 내용이나 글의 흐름에 따라서 약간 늘리거나 줄이는 등 기계적으로 하지 않았다.

4. 원문에서 이본에 따른 차이나 오자로 판단되는 경우, 타당한 글자를 채택하고 그 행의 끝
에 괄호로 다른 글자나 원래 글자를 밝혀놓았다.

5. 제목은 현대독자들의 언어감각에 과히 낯설지 않게 생각되는 것은 그대로 쓰고 그렇지 못
한 경우 원제나 내용을 고려해서 적절히 바꾸어보았다. 원제는 함께 제시했다.

6. 각 편마다 독자의 이해를 돕기 위해서 작자 소개와 작품 해설을 붙였다. 한 시인의 작품이
2편 이상 나오는 경우 작자 소개는 첫편에서 제시했다.

제 4 부

국난과 애국의 형상

송대장군가
宋大將軍歌

임억령

1

기유년 시월에
　해남 고을 늙은이
도강 땅 강촌으로
　멀리 와서 머물렀네.

산줄기 성난 말처럼
　갈기를 떨쳐 내닫고
강물은 서린 용이 되어
　꼬리를 꿈틀거리며 달려오누나.

느릅나무 석남이며 귤 유자
　이런 등속이 셀 수 없거니
위인을 낳아도 저처럼
　영특하고 날랠밖에.

宋大將軍歌

林億齡

1
己酉十月海珍叟,[1]
遠來道康江村寓.[2]

山如怒馬振鬐骤,
水作盤龍掉尾走.

梗楠橘柚不足數,
生此偉人英而武.

송대장군가 17

2

송대장군

　　힘은 산을 뽑고 기개 천지를 휩쓸어

두 눈은 왕방울 같은데

　　수염이 빗자루 달아맸나

위로 손을 뻗으면

　　달 속의 토끼 붙잡고

흰 이마 호랑이를

　　산 채로 잡아 묶으리라.

허리에 찬 화살

　　크기는 나무둥치만하고

칼집에 든 큰 칼은

　　북두칠성 찌르겠네.

활을 힘껏 당기면 그 화살

　　육십리를 백보 거리처럼 날고

활촉이 높다란 벼랑에

　　헌 짚신 꿰듯 박히더라네.

옛날 항우는 진시황을 보고

　　"저 자리 내가 차지하리!"[4]

만고 영웅 한신도

　　회음淮陰 땅에서 수모당한 일 있었더니[5]

큰 고래 어이 배부르랴

2

力拔山兮氣摩宇,
目垂鈴兮須懸箒.
上接擣藥月裏兎,
生縛白額山中虎.[3]
腰間勁箭大如樹,

匣中雄劍遙衝斗.
六十里射若百步,
嵯峨石貫如弊屨.

項籍縱觀彼可取,[4]
韓信頻遭淮陰悔.[5]
長鯨豈容一杯魯,[6]

한 잔 술을 마시고서
승천하지 못한 용은
　풀섶에서 개미에게 곤욕을 보기도 하지.

천길이나 깊은 바다
　한밤중에 나는 듯 건너와
만첩 산중 외진 골짝에
　몰래 진을 치고는
들개들을 시켜서
　대낮에 짖어대게 하고
바다에 뜬 선박들
　앞으로 모두 모여드니
변방 사람들 그이를 일컬어
　'미적추米賊酋'라 불렀다네.
관군도 기가 질려 숨죽이는 판이니
　누가 감히 덤비리오.

3
누가 알았으랴!
　하늘이 계집아이 손을 빌려
하룻밤새 활시위에서
　피가 줄줄줄.

蹯龍或因草間螻.

千尋巨海夜飛渡,
萬疊窮谷聊爲負.
能敎野犬吠白晝,
盡使海舶山前聚.
邊人皆稱米賊酋,
王師衋息安能討.

3
那知天借女兒手,
一夜弦血垂知縷.

장사의 남은 육신은
　　진작 초목과 더불어 썩었으되
의연한 그 혼백
　　상기 노염을 품어 바람 우레 사나우니
영험한 귀신이 되었도다!
　　이 땅에서 받들어져
신장대에 꿩깃 흔들리고
　　거룩한 그 형상 나무에 새겨졌네.

4
저 어인 사람들인고?
　　신당을 괴상하다 비웃으며
부수고 허물어
　　물가에 버리다니!

백년 풍상에
　　당집 한간 쓸쓸한데
철따라 복날이며 섣달이면
　　북소리 두둥둥
뉘엿뉘엿 해질 무렵에
　　무당이 굿을 하는데
우수수 하늬바람에
　　갈까마귀 춤을 춘다.

壯骨誰與草木腐,
毅魄尙含風雷怒. (魂)
爲鬼雄兮食此土,
揷雉羽兮木爲塑.

4
彼何人兮恈而笑,
毀而斥之江之滸.

百年蕭條一間廟,
歲時伏臘鳴村鼓.
翩翩揹落日野巫禱,
颯颯西風寒鴉舞.

신령님 내려오시니
　하늘에 빗방울 날리고
신령님 모시는 상에
　막걸리 한 사발.

아! 이 어찌
　음사淫祠로 칠 것이냐?
너무하구나! 그대 유생들
　지식이 그리도 고루한가.
종이를 오려 초혼하는 풍습
　예로부터 있었나니
신령이 수풀에 하강하는 일
　전에는 더러더러 보았더니라.

靈之來兮飄天雨,
神之床兮瀝白酒.

5
송대장군 용맹이야
　하늘이 점지하신 바이니
하늘이 점지하신 뜻이야
　그 누가 안단 말인가.

도탄에 빠진 우리 백성
　고통을 민망히 여겨
일부러 장군을 내려보내

嗟呼此豈淫祠類,
甚矣諸生識之陋.
剪紙招魂着自古,
往往下降叢林藪.

5
公之勇健是天授,
天之生也誰得究.

悶見蒼生塗炭苦,
故遣將軍欲一掃.

한번 청소하도록 한 것이로다.
당세에 영걸스러운 군주가 없었으니
　적소에 쓰이지 못하고
갸륵한 인재로 하여금
　초야에 영영 묻히게 하였구나.

만약 한나라 때 태어나서
　유방 같은 영주를 만났던들
"어이 용맹한 인재를 얻어 사방 지킬꼬"
　이런 말 나오지 않았으리.
아마도 세운 공명이
　번쾌 따위와 어깨 나란히 않을 터요
패상극문[8]의 장수들
　모두 젖비린내 나는 무리로 보였으리.

그리고 만약 노나라에 태어나
　공자 같은 성인을 만났던들
"내가 자로子路를 얻고부턴"
　이런 말씀 나오지 않았을 게고
살대촉 뾰쪽이 갈고
　깃털을 꽂으면
승당升堂을 하여
　필시 자로의 윗자리에 앉았으리.[9]

時無駕御英雄主,
長使奇才伏草莽.

若敎生漢遇高祖,
不曰安得四方守.[7]
功名肯與噲等伍,
灞上棘門俱乳臭.[8]

又使生魯見尼父,
不曰自吾得子路.
鏃而礪之箶以羽,
升堂必在仲由右.[9]

6

오늘날 세상에
   왜구들이 횡행하여
해변의 곳곳에
   진지며 수루 벌여 있는데
도서로 다니는 상인들
   때때로 약탈을 당하고
해마다 이로 인해
   사섬포[10]를 탕진하는 형편이라.

밝은 임금이사 너그러이
   허물을 덮어서 용납하는데
변경을 지키는 장수들
   나약하여 움츠려만 들다니
오직 이 나라 방어를
   한 몸에 책임진 신하들아
예전 경오년에 독벌 전갈이
   한바탕 난리친 걸 보았지?[12]

7

장하도다 장군이시여
   나의 머리털 일어서고

6
聖朝如今帶戎虜,
邊隅隨處羅防戍.
時時怵掠海島賈,
歲歲蕩盡司瞻布.[10]

明君包容每含垢,[11]
邊將懦弱長縮首. (恘)
只是朝廷乏牙爪,
坐令蜂蠆喧庚午.[12]

7
壯公我髮竪,

거룩하다 장군이시여
　　나의 허리 절로 굽혀진다.

그 옛날 때를 만나지 못했거니
오늘엔 뼛골이 하마 사그라졌겠구려.
살아서 해적의 두령이요
죽어서 바다의 안개 속에 버려져서
청산에 무덤조차 남기지 못했으니
여기 백성 중에 그대의 후예 누굴런가?

고로에게 물어물어
자초지종 자세히 알았구나.
역사를 기술하는 이
구전을 증거로 삼아야
열전에 착오가 적다오.
나의 이 시 엉성하다 마오
애오라지 국사에 보탬이 되리다.

貴公吾腰俯.

在古時未遇,
於今骨已杇.
生爲海中寇,
死棄海中霧.
靑山本無墓,
遺民誰爾後.

問之於古老,
首尾得細剖.
太史徵人口,
列傳猶不誤.
莫道吾詩漏,
庶幾國史補.
(『석천집石川集』 권2)

1 기유己酉·해진海珍 '기유'는 명종 4년(1549)에 해당한다. '해진'은 해남海南 고을의
별칭이다. 해남현이 태종 9년에 진도현珍島縣과 합쳐졌다가 세종 19년에 분리되었는
데 그로 인해 '해진'이라는 이름이 나왔다. 임억령은 고향이 해남이었으므로, 자신을
해진수海珍叟라고 자칭한 것이다.

2 도강道康 전라남도 강진의 옛 이름. 임억령은 일시 강진에 우거한 일이 있었다.

3 백액호白額虎 호랑이 중에 특히 사납기로 일컬어지는 것.

4 항우項羽는 진시황이 회계會稽지방을 순시하는 광경을 목도하고서 "저 자리를 빼앗아 대신하겠다彼可取而代也"라고 말했다 한다.

5 한나라 명장 한신韓信이 불우했던 시절에 남의 가랑이 밑을 기어나오는 수모를 감수한 일이 있었다.

6 노로魯魯 즉 '노주魯酒', 박주薄酒를 가리킴.

7 한 고조高祖가 중국 통일의 대업을 이룬 다음 「대풍가大風歌」라는 노래를 지어 불렀는데 그 가사에 "安得猛士兮守四方"이라는 구절이 있다.

8 패상극문灞上棘門 중국의 지금 서안西安 근방에 있는 지명. '패상'은 패수灞水(강 이름)의 서쪽 백록원白鹿原이고 '극문'은 함양咸陽 근처. 초楚와 한漢이 싸울 때 한의 군대가 주둔한 바 있었다. 여기서는 유방劉邦 휘하의 장수들이 모두 유치하게 보였을 것이라는 의미다.

9 이 대목은 송대장군을 공자의 제자들 중에서 용맹하기로 손꼽히는 중유仲由(자로子路)에 비견해서 말한 것이다. 공자가 자로에 대해 "내가 중유를 얻음으로부턴 나쁜 말이 귀에 들리지 않았다"라고 하였으며, 또 공자는 자로를 처음 보고는 그 인물을 대나무로 화살을 만드는 데 비유하여, "括而羽之, 鏃而礪之, 其入之不亦深乎"라고 말했다 한다.(『공자가어孔子家語·자로초견子路初見』) 그리고 공자가 자로의 학문적 수준을 승당升堂의 경지에 이르렀다고 평한 바 있다.(『논어論語·선진先進』)

10 사섬포司贍布 사섬시司贍寺에 바치는 포. 사섬시는 관노비들이 신공으로 바치는 포布 등을 관장하던 기관.

11 함구含垢 임금의 위치에 있는 자는 좋지 않은 것도 관용하여 받아들인다는 의미. (『좌전左傳·의공15년宜公十五年』: "國君含垢.")

12 봉만蜂蠆·경오庚午 '봉만'은 독한 벌이나 전갈. 적국을 비유한 말로도 쓰임. '경오'는 중종 5년(1510). 이해 4월에 부산지방의 삼포三浦에 거주하던 왜인들과 쓰시마 영주가 파견한 해적들이 합세해서 반란을 일으킨 사건이 있었다. 역사상 '삼포왜변'이라 부르는 것이다.

⚫ 작자 소개

임억령林億齡(1496~1568): 자는 대수大樹, 호는 석천石川, 본관은 선산善山. 중종·명종 때의 시인. 전라도 해남서 출생. 박상朴祥에게 수학했다. 중종 때 문과에 급제, 벼슬은 강원도 감사에 이르렀다. 노경에 전라도 담양부사로 부임했는데, 이때 선배인 송순宋純과 문학적 교유를 가졌으며, 곧 은퇴하여 창평昌平(현재는 담양군에 속해 있음)에 우거하였다. 거기서 후배인 송강 정철 등과 어울리며 계산풍류溪山風流의 생활을 누렸다. 이러한 영향으로 당시 호남지방에서 빼어난 시인들이 많이 배출되었다. 그의 시작품은 『석천집』으로 간행되었다.

⚫ 작품 해설

이 시는 송대장군이라는 이름으로 추억되는 한 민중영웅의 형상을 부각시켜서 찬미한 노래다. 전체 구성이 복잡한 편인데 7부로 나누어볼 수 있다.

제1부는 서시로서 그 지역의 산천이 특히 수려함을 들어 영웅의 탄생을 예언한 다음, 제2부에서 걸출한 영웅의 실체를 드러낸다. 이 대목은 작품의 가장 요긴한 부분이니 주인공을 얼마나 위대한 모습으로 제시하느냐에 따라 뒤로 이어지는 제3부에서 제7부까지의 내용이 살아나느냐 맥 풀리느냐가 달려 있는 것이다. 그래서 송대장군을 처음부터 돌출시키고 과장화의 필치를 구사하여 영용신출한 인물로 그려보였다.

제3부는 영웅의 비장한 최후 및 그 영혼이 민중에 의해 신으로 만들어진 사실을 소개한다. 제4부에서는 고루한 유생들이 이 영웅의 의미를 제대로 이해하지 못한 때문에 음사淫祠로 취급해서 훼철한 일을 지적하고 제5부에서 다시 송대장군을 추모한다. "도탄에 빠진 우리 백성 고통을 민망히 여겨／일부러 장군을 내려보내 한번 청소하도록 한 것이로다"라고, 그 영웅 형상에 민생고 시대에 대한 청산적 의미를 부여한 것은 주목을 요한다.

제6부에서 현재로 돌아와 국방이 허술하기 짝이 없는 실정을 개탄하는데, 여기서 하필 송대장군을 노래하는 뜻이 암시되고 있다. 마지막 제7부에서 지금까지 7언구七言句로 쓰던 것을 5언구로 바꾸어, 주인공의 영웅적 형상에다 시인의 추모하는 정서를 결합해서 박진감 있게 마무리 짓는다.

작품의 특징으로 크게 두가지 점을 들 수 있다. 첫째 역사 기술의 필법을 원용한 점. 첫머리에서 "기유년 시월에 해남 고을 늙은이"로 시점과 서술주체를 밝혔고 또 마지막에서 앞의 내용은 고로에게 탐문하여 얻은 것이라고 말한 다음 "애오라지 국사에 보탬이 되리라"라고 주장한다. 우리 역사에서 빠뜨린 부분을 보충한다는 의미다. 「송대장군가」는 관찬사서에서는 취급하지 않는 민중영웅을 중시하고 일부러 역사 기술의 필법을 차용한 것이다. 둘째 낭만적 표현과 의론적 진술이 배합된 점. 세계 변화를 영웅의 출현에 기대하는 태도 자체가 낭만주의적 경향이거니와, 제2, 3부의 영웅 형상을 그린 필치는 과장적이고 신비화시킨 낭만적 수법이다. 그리고 제4, 5부로 가면 의론적 어구들이 끼어든다. 반역적 인물을 긍정적으로 오히려 찬미하고 있기 때문에 시인은 독자를 이해시키는 또 하나의 장치로서 논리적 설득법을 쓴 셈이다. 민중적 전승의 수용, 애국적 열정의 표출, 왜곡된 진실의 해명, 나름의 표현형식을 요청한 것으로 보겠다.

이 「송대장군가」를 지어 부르자 송대장군이 현몽하여 감사해하였다는 이야기가 전한다.

🏵 송대장군 고증

시인은 주인공 송대장군을 분명히 역사상의 실제로 믿어 의심치 않고 그 인물을 사람들의 마음속에 새기려는 뜻에서 이 시를 지은 것이다. 지금 그 형상은 우리에게 깊은 감명을 주고 무척 흥미를 느끼게 한다. 그러나 사실의 측면에서 보면 여러가지 불분명하고 궁금하여 고증을 요하는 사항들이 있다. 이 작품은 시적 표현이라는 한계도 물론 없지 않으나 내용 성향이 원래 좀더 구체적이고도 선명하게 처리하기 곤란했던 것이 아닌가 한다.

나는 송대장군의 실체를 해명하기 위해 문헌을 더듬고 현지답사를 나가보기도 하였다. 그 결과 알아낸 약간의 사실을 정리해서 여기에 붙여둔다.

시인 임억령은 이 「송대장군가」를 장시로 쓰기에 앞서 「송장군」이란 제목의 율시를 지었다.[1] 그 첫 구에서 "징은 신출기략이 더불어 맞설 자 없더라(徵也神奇無與敵)"라고 한 것을 보면, 송대장군의 이름은 징이다. 송징宋徵, 이 사람은 언제 어디서 활동했던가?

일반 역사서에는 송징이란 성명 두 자가 어디에도 보이지 않는다. 다만『신증동국여지승람』의 강진현康津縣 고적조古跡條에서 하나의 단서를 찾을 수 있었다.

"사현射峴. 완도莞島에 있다. 전하는 말에 옛날 섬사람에 송징이라는 자가 무용이 절륜하여 활을 쏘면 60리 밖까지 나갔다. 활시위가 끊어진즉 피가 흘렀다. 지금까지 반석에 화살 흔적이 남아 있는데 그곳을 사현이라 한다."

사현이라는 지명과 관련된 전설이다. 이 기록에 의하면 송징은 완도사람이다. 구한말에 편찬된『완도군읍지』[2](규장각 소장)를 보면 완도의 역사적 고적으로 장보고張保皐와 정년鄭年을 거명하고 이어 송징을 내세운다. 내용은『동국여지승람』을 거의 그대로 전재한 것인데, 한두가지 첨가된 사항이 있다. 즉, "고려말에 송징이란 자가 있었는데 장재도壯才島에 살았다"라고 하여, 그의 생존시기 및 활동지점을 명시한 것이다.

송대장군 송징은 고려 말에 완도를 거점으로 활동했던 인물이다. 그가 쏜 화살이 60리 밖의 바위에 박혔다는『동국여지승람』소재 전설은 시에서 서술한 내용과 완전히 일치한다. 옛 명장 중에 화살이 바위에 꽂혔다는 일화가 전하지만 우리의 송징은 화살이 무려 60리를 날아가서 박혔다는 것이다. 그의 절세의 무용은 활로 상징되었던 모양이다. 그런데『동국여지승람』이나『완도군읍지』의 "활시위가 끊어진즉 피가 흘렀다"라는 말은 대체 무슨 영문인가?「송장군」이라는 율시의 마지막 구에서는 "시위에서 피 끝없이 군복을 적시도다(弦血無端濕戰衫)"라고 읊어, 끊어진 활시위에서 흘리던 피는 송징의 신상과 심상치 않은 관련이 있었던가 싶다. 그런데 활시위는 왜 끊어졌을까? 바로 이 상황을「송대장군가」에서는 "관군도 기가 질려 숨죽이는 판이니 누가 감히 덤비리오./누가 알았으랴! 하늘이 계집아이 손을 빌려/하룻밤새 활시위에서 피가 줄줄" 하고 시의 흐름이 "장사의 남긴 육신……"으로 직결된다. 끊어진 활시위의 피는 곧바로 활의 임자 송징의 최후였다. 그리고 문제는 활시위는 '계집아이 손'에 의해 끊어진 것이다.

송대장군은 그 자신의 만고 절세의 무용을 상징한 활이 어떤 여자의 손에 의해 시위가 절단되자 그로 인해 그 자신도 드디어 무력하게 되어 죽음을 맞았던 모양이다. 이것이 한 영웅의 비극적 최후다. 하지만 그 여자는 누구이고, 어떤 음모가 거기에 개재되었으며, 활시위의 끊어짐과 그의 죽음 사이의 연계 등등 아직도 많은 부분이 도무지 풀리지 않는다. 마치 삼손의 최후처럼 무언가 신비롭고 재미난 이야기가 숨겨졌을 법하지만 실증적으로는 더이상 잡아내기 어려운 것 같다.

이 송징은 어떤 활동을 벌였기에 대장군이라는 칭호까지 들었던가? 대장군의 직함이 공적인 국가기구에 의해 수여된 것이 아님은 분명하다. 지방지 기록은 정작 여기에 미쳐서는 아무런 정보도 제공하지 않고 있다. 오직 「송대장군가」 및 「송장군」의 시적 표현에서 엿볼 수 있을 뿐이다. "천길이나 깊은 바다 한밤중에 나는 듯 건너와 / 만첩 산중 외진 골짝에 몰래 진을 치고는"이라고 한 것으로 미루어 그는 무리를 거느리고 섬으로 들어와서 천험의 요새를 장악한 모양이다. 그리고 무서운 용력과 비상한 책략을 구사해서 조운선이나 기타 선박의 물화를 탈취했던 듯싶다. 그런 중에 들개나 말을 이용하는 모종의 술수도 포함되었던 것 같다. 그리하여 '미적추米賊酋'로 일컬어졌던 모양이다.

요컨대 송징은 해도에 거점을 둔 반체제 무장세력의 우두머리였다. 관군의 기를 여지없이 꺾어놓을 정도로 저항적 역량이 대단했다. 또한 그런 활동이 민중의 염원에 부합하였기에, 이 영웅의 좌절은 민중의 통한으로 남아 그를 대장군으로 추모하였다고 본다. 때문에 시인은 이 영웅 형상을 "도탄에 빠진 우리 백성 고통을 민망히 여겨 / 일부러 장군을 내려보내 한번 청소하도록 한 것이로다"라고 해석했던 것이다.

시인은 송대장군이란 민중영웅의 형상에 이와 같이 큰 의미를 부여했으면서도 그 활동상을 좀더 자상히 서술하진 못하고 암시하는 데 그쳤다. 왕조국가 체제하에서 반역적 무장활동을 긍정적인 시각으로 묘사하기는 실로 중난했을 것이다. 그런데 시인은 작품의 소재를 "고로에게 물어물어 / 자초지종 자세히 알았구나"라고 하였다. 송대장군은 임억령 당시에도 그 지방의 구비적 전설의 주인공이었다. '대장군'은 민중 사이에서 부여된 칭호인 것이다. 그렇다면 지금은 전하는 이야기가 혹시 없을까? 그리고 시에서 송대장군은 민간신앙으로 받들어지는바 고루한 식자들에 의해 박해받던 사실을 언급하고 있다. 이 점도 현지에 가서 알아볼 필요가 있는 것이다.

1987년 10월에 나는 이런저런 궁금증을 안고서 완도로 현지답사를 갔다. 당장 놀라운 점은 송대장군이 완도 지역에서는 마을의 당신堂神으로 두루 받들어지고 있는 사실이다. 서해 도서에서 임경업의 경우와 마찬가지다. 송대장군의 화신인 왕대를 어떤 왜놈이 함부로 꺼내 깔고 앉았다가 그 자리서 즉사했다고, 일제하까지 그 영웅 형상의 위력이 발휘되었다는 것이다. 그러면서도 정작 송대장군이 누구냐 물으면 대개 잘 모르겠다는 답변이었다. 그 지역의 향토사가인 박창제朴昌濟 옹을 소개받아 물어보게 되었다. 박옹은 송대장군에 관해 구전을 듣고 또 조사해서 가진 지식이 상당히 있는데 그 내용은 모두『완도군지』(완도군지편찬위원회, 1977)와『내 고장 전통 가꾸기』(박창제 편, 1981)라는 두 책자 속에 담아놓았다.『완도군지』의 한 대목을 인용한다.

완도는 청해진을 파한 후에 지역은 삼분되어 타군에 이속移屬되었고 주민들은 축출되어 사방에 흩어졌다가 세월의 흐름을 따라 하나둘씩 선조의 무덤을 찾아 완도의 구석구석에 모여들었다. 이때에 송징 장군은 완도를 점령한 삼별초의 중요 인물로서 연년이 계속된 흉년과 육지군郡의 관리·토호 들의 억압과 착취에 시달리고 있는 주민들을 위무하고 근해를 왕래하는 세미선稅米船을 잡아 그 세미로 거민을 구호하니 거민들은 한천旱天에 감우甘雨를 만난 듯 구세주와 같이 존경하였다. 이때 원동院洞을 통과하려는 세미선이 지금의 남선리南仙里 앞바다를 지나간 것을 장좌리長佐里 장도將島에서 활을 쏘아 이를 막아 잡고 개머리를 지나 서해안으로 가려 하면 정도리正道里 송댓여〔宋大將嶼〕에서 활을 쏘아 이에 적중시켜 세미를 빼앗았다 한다.

송징은 원종 11년 8월에 입도入島하였다가 익년 여름에 제주로 떠났으니 체류 불과 1년에 그쳤으나 완도 주민들은 송장군의 은덕을 잊지 않고 마을에 사우祠宇를 지어 향토신으로 섬기면서 지금까지도 음력설이나 대보름이면 동중에서 가장 정결하고 살기 없는 집을 골라 제물을 장만케 하고 동민이 군고軍鼓를 울리며 제향하는 유풍이 남아 있다.

이 인용문에 송징의 일을 삼별초와 관련지은 것은 대단히 관심을 끈다. 위 서술 내용은 지역적 구승을 기초로 일반적 역사지식을 끌어들인 것 같다. 이런 경우 억설臆說이 될 위험성이 없지 않아 있는 것이다. 가령 송징이 완도로 들어왔다 떠난 시점을 연월일까지 밝힌 것은 일반 역사지식의 무리한 원용이 아닌가 본다. 문제는 송징의 활동이 과연 삼별초 투쟁에 연계되었던가에 있다. 이 점에 대해 달리 확증을 댈 수 없지만 반증 또한 없다. 「송대장군가」나 「송장군」에서 송징이 분명히 바다를 건너 들어온 것으로 서술했다. 이런 등의 정황으로 미루어 단정은 못 하나 송대장군의 존재를 삼별초 투쟁에 연계지어 이해하는 편이 좋을 듯싶다.

그런데 송대장군의 문학적·구비적 형상에는 삼별초 투쟁과 관련된 사실이 직접적으로 반영되어 있지 않다. 선명하게 부각된 것은 민중 구제의 측면이다. 「송대장군가」에서도 그렇거니와, 지역적 구전에서 훨씬 구체적으로 드러난다. 완도는 예로부터 해운의 요충이었던바 물길과 지명까지 낱낱이 들어가며 세미선을 모두 나포했다는 이야기는 아주 실감이 난다. 곧 송징에게 '미적추'라는 별호가 붙게 된 연유인 것이다. 그리하여 반역향이라는 역사적 특수성과 도서라는 지역적 조건 때문에 억압과 착취를 편중되게 받고 있던 섬사람들을 구제하였으니, 그야말로 '가뭄의 단비' 같은 존재였다. 그를 송대장군으로 길이 추모하는 까닭이다.

구한말에 편찬된 『완도군읍지』에서 장재도를 송징이 있던 곳으로 지적하였다. 장재도란 장좌리長佐里(지금 완도읍에서 10리 거리에 있는 큰 마을)에 있는 장도將島를 가리키는 것이다. 이 장도는 장좌리에서 물이 빠지면 걸어가고 물이 차면 배를 타고야 건너는 조그만 섬이다. 섬에는 인가는 없고 중앙에 동백·대숲으로 싸인 당집이 한채 보일 뿐이다. 바로 송대장군을 모신 장좌리의 당집이다.

이 장도는 그 지방 전설에 장보고의 청해진이 있었던 자리라 한다. 그렇다면 옛 청해진 위치에 송징이 다시 요새를 구축했던 셈이다. 장도의 송대장군을 모신 당집은 실로 유서가 깊다.

박창제 옹은 『내 고장 전통 가꾸기』에서 장도 당집은 "제단 중앙에는 송대장군, 왼쪽에는 정년, 오른쪽에는 혜일대사를 모셨는데"라고 분명히 증언한 다음,

"장보고 장군을 빼놓은 까닭은 확실한 이유를 말해 주는 이가 없다"라고 의문을
덧붙였다. 박옹도 고개를 갸웃거렸듯 정년은 옆에 모시면서 더 유명한 장보고는
왜 소외시켰던지 미상불 이상하긴 하다. 그러나 어쨌건 그 지방 민중의 의식 속
에는 송대장군이 가장 중심위치에 놓여 있었고 장보고에 대한 향념은 희미했던
것이 뚜렷한 사실이다. 아주 옛날부터 형성·계승된 의식이었다.

그런데 내가 장좌리에 들렀을 때 그 당집에 모신 존재는 송대장군이 아니고
유일하게 장보고였다. 근래 더러 매스컴에 비쳐지고 외부적 입김이 작용한 결과
라 한다. 어처구니없는 일이다. 일반 역사지식에서 장보고의 위상과 그 지역에
삶을 영위하던 민중의 의식 사이에는 괴리가 있는 것이다. 이 괴리현상을 일반
성에 맞추는 쪽으로 해소한 셈이다. 그리하여 오래오래 견지해오던 한 민중영웅
의 형상은 또 한번 훼철당하고 말았다.

시인 임억령은 강진 고을에 우거해 있던 시기에 이 시를 썼다. 당시 완도는 해
남과 강진 두 고을에 분할 통치되고 있었다. 섬은 아전들의 밥이라는 말이 생겼
듯 완도 지역은 특수하게 열악한 상태로 지배를 받았던 셈이다. 그러나 시인은
말하자면 지배하는 지역 출신의 관인 신분이었으면서도 오히려 피지배 지역의
빼어난 역사전통을 높이 인정한다. 이러한 시인의 의식이 바로 완도 지역의 민
중영웅 송대장군을 발견한 것이리라.

1 徵也神奇無與敵, 投兵八海負危巖.
　山彪自吠多方便, 野馬生騎去轡銜.
　長箭射穿侯峴石, 旋風吹送濟州帆.
　井蛙逋主其能久, 弦血無端濕戰衫.
　(『석천집·송장군』권2)

2 古蹟叚, 新羅時張保皐爲大使也. 島人鄭年起兵於此, 討滅金明之亂, 回復舊都, 繼爲大使, 而
　勇力絶人, 能沒水底, 一嚘之間, 行五六十里. 高麗末, 有宋徵者, 居于莞島壯才島. 射及六十
　里, 弓絃絶則出血, 能使神兵云云是齊.
　(전라남도『완도군읍지』광무光武3년〔1899〕성책成冊, 규장각 소장)

달량행
達梁行

달량성 머리에
  해는 저물어 뉘엿뉘엿
달량성 밖에
  바다 물결이 흐느끼네.

모래사장 막막하여
  사람은 보이질 않고
발길에 채이느니
  풀에 얽힌 해골이로다.

達梁行

白光勳

達梁城頭日欲暮,[1]
達梁城外潮聲咽.
平沙浩浩不見人,
古道唯逢纏草骨.
身經亂離心久死,
慘目如今那更說.
當年獠虜敢不恭,
絶徼孤城勢一髮.

이 몸은 난리를 겪어
  마음이 하마 죽었거니
지금 목전에 참혹한 정경
  어찌 입으로 다 표현하랴!

그해에 흉악한 왜놈들
  마구 침노해오니
남쪽 멀리 외로운 성

달량행 33

실로 위기일발의 형세

장군²은 계책이 졸렬하여
  포위당하길 자초했으니
병졸들 싸우기도 전에
  혼이 벌써 달아났다네.

달서봉 전면으로
  적군이 구름처럼 진을 치니
넓은 바다로 가로막혀
  구원의 길은 아주 끊기고

하늘은 멀고 땅은 넓어
  천지간에 아득한데
장수로서 갑옷 벗고 옷을 던지다니
  생사를 내맡기고 말았구나.

슬프다 병사들이여,
  누군들 부모의 사랑하는 자식 아니랴!
무고한 생명이 모두 함께
  칼날 아래 피를 흘렸더라오.

버려진 시체 물어뜯고 훔쳐가고
  까마귀 솔개에 늑대가 덤벼들어

將軍計下自作圍,²
士卒不戰魂已奪.
達峴峰前陣如雲,
洪海原頭救來絶.
天長地闊兩茫茫,
解甲投衣生死決.³
哀汝誰非父母身,
無辜同爲白刃血.
烏鳶啄飛狐狸偸,

가족이 와서 찾을 때는
  머리가 떨어지고 다리는 달아나고

산천은 삭막하기 그지없고
  초목도 구슬피 우는데
사람 사는 지경인들 무사했으랴!
  잿더미만 황량하구나.

흉악한 왜놈들
  무인지경처럼 들어오게 하여
늘어선 방어진지
  허무하게 무너졌단 말인가.

진남鎭南의 아침 구름
  오랑캐 북소리에 놀라고
모산茅山의 저녁 달
  피비린내 먼지에 어둡구나.

처자식 잃어 헤매고
  노약자들 쓰러지고
풀섶에 엎드리고 산골에 숨어
  호랑이굴이라도 찾아들 판이었네.

나 또한 옛 역사 읽으며

家室來收頭足別.
山川索莫草樹悲,
境落蕭條灰燼滅.
遂令兇醜入無人,
列鎭相望竟瓦裂.
羯鼓朝驚鎭南雲,[4]
腥塵夜暗茅山月.[5]
妻孥相失老弱顚,
草伏林投信虎穴.
迂儒攬古泣書史,

안타까워 눈물 흘린 적 있었더니
언제 생각했으랴
　　몸소 그런 일 겪으리라고.

뿔뿔이 피난을 나가
　　우리 군사 언제 오나 고대하기만
저 언덕 위에 칡덩굴
　　벌써 저만치 뻗었는데……

서울 소식 들어보니
　　처음 장수를 뽑아 보내실 제
임금님 궐문 앞에 나와 전송하시며
　　손수 수레를 밀어주셨다지.

임금님의 애통해하시는 말씀
　　귓가에 쟁쟁 울리는 듯
신하된 도리로 무슨 마음에
　　육신과 목숨을 아끼리오.

나주에 주둔한 일천의 군사
　　끝내 하릴없이 되었고
영암의 일전의 승리도
　　실패를 보충하기 어려우리.

不意身親見此日.
流離唯日望官軍,
彼葛旀丘何誕節.[6]
聞說長安遣帥初,
玉旒親推錢雙闕.
天語哀痛皆耳聞,
臣子何心軀命恤.
錦城千群竟無爲,
郞州一戰難補失.

월출산 높고 높은 데다
　구호九湖 물 깊숙하지만
물 마르고 산이 깎인들
　이 치욕 씻겨갈 건가!

지금도 바다가 음산하여
　비바람 몰아칠 땐
귀신의 울음소리 들린다는데
　상기 그날의 싸움을 원통히 여기는 듯

이 사연 읊어서
　원혼들께 바치노니
당일에 실전한 장수
　얼굴이 응당 뜨거워지리.

月出山高九湖深,[7]
水渴山摧恥能雪.
至今海天風雨時,
鬼哭猶疑初戰伐.
爲吟此辭酹煩寃,
征南舊將面應熱.
(『옥봉집玉峯集』)

---

1 **달량達梁** 전라도 영암군에 있었던 방어진지. 현재는 남창南倉으로 지명이 바뀌었고, 전라남도 해남군 북평면에 속해 있으며, 그곳에 육지에서 완도로 통하는 다리가 놓여 있다. 『신증동국여지승람』에 "달량영達梁營은 읍의 남쪽 90리에 있다. 수군 만호萬戶 1인. 정덕正德 임오壬午(1522)에 강진의 가리포加里浦(지금 완도군 완도읍)로 옮김" (권25 영암靈巖)이라고 기록되어 있다. 여기서 달량은 지금의 남창에 해당할지, 완도 읍에 해당할지 확정하기 어렵다.
2 여기 장군將軍은 당시 전라 병사兵使였던 원적元績이다. 『해동야언海東野言』에 "을묘 명종대왕 10년(1555)에 왜선 60여척이 전라도를 침범하였는데 전라 병사 원적이 군

사를 거느리고 달려나가다 날이 저물어 달량성으로 들어가 주둔했다. 이튿날 아침 적
군이 성을 포위하니 원군은 북으로 달아나고 많은 수의 관군은 성을 넘어 숨었다. 원
적은 자신의 전립과 군복을 벗어 성 밖으로 던져 항복을 비는 모양을 지었는데, 적군
은 이쪽 형세를 알아채고 공격을 더해왔다. 마침내 성이 함락되자 원적 및 장흥부사
한온韓蘊을 살해하고 영암군수 이덕견을 포로로 잡고 연이어 난포蘭浦·마도馬島·장
흥부長興府·강진·가리포 등지도 함락했다"라고 기록되어 있다.

3 해갑투의解甲投衣 병사 원적이 포위를 당하자 군복을 벗고 적에게 항복하는 뜻을 보
였던 사실을 표현한 말. 양사언楊士彦이 지은 「남정가南征歌」에는 "병사兵使야 네 진
을 어디 두고 달도達島로 들어간다. 옷 벗어 걸항乞降이 처음 뜻과 다를시고"라고 되
어 있다.

4 진남鎭南 영암군에 있는 지명. 『신증동국여지승람』에는 영암의 서쪽 20리에 진남향
鎭南鄕이 있다고 했다.

5 모산茅山 영암의 북쪽에 있는 지명. 「남정가」에서 적군의 형세를 묘사한 대목에 "일
진은 배회하고 일진은 행군한다. 금성횡절錦城橫截하여 모산으로 돌아드니……"라고
했다. 모산이 당시는 나주에 속했으나 현재는 영암군 신북면 모산리로 되었다.

6 구원군이 언제 오나 안타깝게 기다림을 표현한 말.(『시경詩經·패邶·모구旄丘』: "旄丘
之葛兮, 何誕之節兮. 叔兮伯兮, 何多日也.") 이 구절은 모구의 칡덩굴은 줄기가 길게 자
란 만큼 날짜가 썩 지났는데 구원해줄 사람은 아직도 오지 않는가라는 의미라고 한
다.

7 월출산의 최고봉은 구정봉九井峯이라 한다. 그 꼭대기에 20인이 앉을 정도의 널따란
바위가 있는데 거기에 항아리 모양의 구멍이 있어 물이 괴어 있다. 아홉마리 용이 산
다는 말도 전한다. 이 구정을 구호九湖라고 표현한 것 같다.

백광훈白光勳(1537~82): 자는 창경彰卿, 호는 옥봉玉峯, 본관은 해미海美. 명종·선조 때의 시인. 서예가로도 알려져 있다. 전라도 해남 출생으로 박순朴淳에게 수학했고 벼슬살이를 마다하여 참봉에 그쳤다. 이달李達·최경창崔慶昌과 함께 '삼당三唐'이라는 칭호를 들었으며 시격은 표일하고 화미華美한 것이 특징이다. 『옥봉집』을 남겼다.

● 작품 해설

'을묘왜변'이라 일컫는 역사사건을 취재해서 쓴 것이다. 명종 10년(1555) 5월 중국 연해에서 해적 행위를 일삼던 왜구들이 선단 60~70척을 이끌고 전라도 남서 해안으로 침입해왔다. 전라병사 원적은 군사를 거느리고 방어작전에 나섰으나 달량성 싸움에서 지휘의 과오로 대패하였다. 적군은 해남·강진·장흥 등 고을을 휩쓸며 학살·방화·약탈을 일삼았다. 그리고 마침내 영암성을 에워쌌는데 여기서 다행히 적군을 격퇴해 큰 위기는 모면했다. 시는 달량성의 패전을 중심으로 엮어가고 있다.

시인은 지금 "발길에 채이느니 풀에 얽힌 해골"인 옛 싸움터에 서 있다. 그리하여 지난 달량성 싸움을 회상하며 무고히 희생된 수많은 전망자를 조문하는 것이다. 이어 전란이 확산되었다가 수습되는 국면을 직접 피해를 입었던 현지 인민의 처지에서 서술한다.

시인 자신 달량성 패전으로 적에게 짓밟힌 지역에 살아, 전란의 재난을 자기 고장 사람들과 함께 체험했던 터다. 이 역사사건에 대한 분노와 통한이 마음에 맺혔으니 "월출산 높고 높은 데다 구호九湖 물 깊숙하지만/물 마르고 산이 깎인들 이 치욕 씻겨갈 건가"라고 부르짖는다. 사건의 진실을 알려서 경종을 주려는 뜻이 작품 전면에 애국적 정서로 이어지고 있다.

이 '을묘왜변'을 가사 형식으로 표현한 작품에 양사언의 「남정기南征記」가 있다.

녹도가
鹿島歌

정기명

만력 정해년
　우리 임금 21년이라.
이해 정월 열엿새 날에
왜구가 우리 변경을 침입해서
백성들을 붙잡아 배에 싣고
아무 거리낌 없이
　횡 하고 돌아갔더라네.

녹도鹿島 만호 이대원 장군
　이 사실을 보고받고
즉시 칼을 뽑아들고 일어서니
계절은 한겨울이라
　눈이 펑펑 쏟아져서
해상의 병사들 온통
　손가락이 얼어 터지더라.

장군은 각궁角弓을 울리고
일엽편주로

鹿島歌

鄭起溟

萬曆丁亥吾王二十一年.[1]
月孟春旣望,
島夷竊發來驚邊.
掠我民人載之船,
不復畏忌飄然以旋.

鹿島李將軍聞其事,[2]
卽杖劍起,
時天寒·雨雪多,
海上師人凍墮指.

將軍鳴角弓,
一葉舟萬丈滄波裏,

만길 파도 속을 헤치며
수백 수천명의 적진을 뚫고 들어가
  왜놈들을 쫓고 무찔러
  풀을 베듯 자르고는
아군은 한명도 잃지 않고
  무사귀환을 하였더라.

수급을 바치고 주수主帥³께 아뢰자
주수는 불러서 무어라고 귓속말
장군이 절하고 공손히 대답하자
주수는 눈을 내리깔고
  속으로 악감을 품었네.

身穿百萬,
逐斬諸夷若草刈,
歸到軍無亡一士.

변방의 승전보 올라오매
임금님 감탄하사 육품 벼슬 내리시고
그 공로를 크게 포상하였네.

上首虜·謁主帥,³
主帥呼來言附耳,
將軍拜跪說云云,
主帥低頭含憤恥.

얼마 후 적군이 다시 몰려와서
출몰하는 적선이 무려 삼십척이나

邊書入奏,
王乃歎爵命六秩,
大襃將軍之功勞.

날이 저물고 아군은 병력도 적어
  출전하고 싶지 않았지만
장군의 평소 생각
  오직 국사에 있는 터요

居無何又賊大來,
出沒可見三十艘.

日暮兵少不欲戰,
將軍之慮在國事.

기어이 적을 추격하여
　위세를 보이라 하는데
주수의 속셈은 달라서
　사지死地로 몰아넣고 싶어서였네.

장군은 출정을 하면서
　주수에게 고하기를,
"합세해야 이깁니다.
　대장께서 곧이어 나오소서!"

장군은 돌격해 쳐들어가니
　질풍에 벼락이 치는 듯
왜놈들 기가 질려서
　서로 바라보며 울부짖더라.

전세가 힘차게 뻗어
　바야흐로 파죽지세破竹之勢 이루더니
적군이 갑자기 몰려와
　우리 배를 에워싸니,
죽고 상한 병사들,
　무너져 어지러이 도망치네.

안타깝다 장군이여!
바다 가운데 고립무원.

強使趨敵脅以威,
主帥之心駈死地.

將軍且行告主帥,
"合力乃濟, 公須繼!"

將軍衝突震風雷,
虜人相看哭且愁.

戰勢方張易破竹,
賊來四面嬰我舟.
敗者創者亂走北,

可哀將軍兮,
獨厄乎汀洲.

화살도 쇠뇌도 다 떨어졌거늘
맨주먹 들고 어떻게 해보랴!

치고 박고 혈전을 벌였으되
적의 기세 주춤했다가 다시 또 밀려드는데
이때 주수는 가까이에 있으면서도
바라만 보고 고소히 여기다니
　　의리는 어디 갔나?

장군은 진작 힘이 다해서,
고개 돌려 시종을 돌아보자
"주수는 벌써 퇴각했습니다."
망망창해에 해가 지는구나.

장군은 병부兵符를 품에 안고
북쪽 하늘 바라보고 세번 탄식하였네.

드디어 순식간에 몸이
　　적군에게 붙잡히는 꼴이 되다니
너무도 참담하여라!
　　자세히 말하기 어려워라.

그 충성 이제껏 밝혀지지 못하고
악인은 벌도 받지 않고 버젓이 살아 있다니.

鵝翎金瓜射皆盡,[4]
徒手空拳可奈何?

旁撞仰刺血如雨,
賊氣雖摧來益多.
當時主帥去咫尺,
熟視甘心義則那?

將軍力旣窮,
回頭問其奴.
奴曰: "帥已退."
滄海茫茫落日孤.

將軍懷左契,[5]
北望三長吁.

須臾身被虜中獲,
事極慘怛難可詳.

精忠至今未盡白,
元惡久活違刑章,[6]

구중궁궐의 우리 임금님 명철하신데
아래에 누가 있어 빗장을 틀어막나.

아아! 장군의 죽음을 애도하는 사람들
변경의 남녀노소 만 입에 한목소리.

장군이 돌아오길 애타게 기다리오,
서울 성남에 아내와 자식들

"장군이여 장군이여 지금 어디 계시오?
나는 장군께 바라노니,
장군의 육신은 고래가 되어 바다에 숨었다가
왜놈들 혹시라도 우리 강토 침범하거든
성난 수염 무서운 이빨로 잡아 삼키소서."

吾王九重明且聖,
下有何人阻關梁.

噫噫哀將軍之死者,
邊庭士女萬口同.

望將軍之歸者,
洛陽城南妻與兒.

將軍將軍今安在,
我願將軍,
身作長鯨藏海湄.
蠻奴若或近我疆,
奮鬐張牙吞殺之.
(『화곡유고華谷遺稿』,
『송강집松江集』 부록)

---

1 선조 20년(1587). 만력萬曆은 명나라 신종의 연호(1573~1619)임.
2 녹도鹿島는 지금 전라남도 고흥군에 속한 섬으로, 당시 수군水軍 만호萬戶가 위치해 있
   었다. 이 시에서 당시 수군 만호였던 이대원李大源(1566~87)을 이장군으로 표현하고
   있다. 이대원은 1583년(선조 16) 무과에 급제, 1586년 선전관으로 있다가 녹도 만호가
   된 인물. 공적과 충절을 인정받아 병조참판에 추증되었으며, 후일 녹도에 그를 기리는
   쌍충사雙忠祠가 세워졌다.
3 **주수主帥** 주장主將과 같은 말로, 여기서는 전라좌수사를 가리킴. 녹도 만호는 좌수사의

지휘를 받기 때문에 '주수'라고 표현한 것이며, 당시 심암沈巖이라는 무관이 이 자리에 있었다.

4 아령금과鵝翎金瓜 아령은 거위깃인데 화살을 가리키는 것으로 보았고, 금과도 옛 무기의 일종인데 쇠뇌로 풀이했음.

5 좌계左契 병부. 서로 확인하기 위해 나눈 한쪽을 좌계, 다른 한쪽을 우계右契라고 함.

6 원악元惡은 대악인 또는 원흉을 가리키는 말. 형장刑章은 형법의 조문을 가리키는 말.

⊛ 작자 소개

정기명鄭起溟(1558~89): 자 붕거鵬擧, 호 화곡華谷, 송강 정철의 맏아들로 광주 출생. 우계牛溪 성혼成渾의 문하에서 수업을 했으며, 31세에 진사가 되고, 32세의 젊은 나이에 생을 마쳤다. 남긴 시편이 많지 않은데 그의 동생 정홍명鄭弘溟이 수습해서 「화곡유고」라는 이름으로 『송강집』에 붙여서 출간했다.

⊛ 작품 해설

일본은 임진왜란을 일으키려 하면서 조선의 내부를 정탐하는 활동을 은밀히 벌이는 한편, 해안 지역에 부분적인 도발행위를 감행해왔다. 이 「녹도가」의 첫머리에서 "만력 정해년 우리 임금 21년이라/ (…) 왜구가 우리 변경을 침입해서/백성들을 붙잡아 배에 싣고/아무 거리낌 없이 횡 하고 돌아갔더라네"라고 한 사건은 그런 상황에서 일어난 일의 하나다. 이때 녹도 만호로 있던 이대원이라는 무장은 왜군을 추격해서 적선 20여척을 격파하는 전과를 올렸지만, 곧 다시 규모를 갖춰 침공한 적과 싸우다가 중과부적으로 마침내 붙잡혀 죽게 된다. 직속상관인 전라좌수사가 개인적인 악감을 품고 군대를 파견하지 않아 고립무원이 되었기 때문이다. 바로 그 당시에 젊은 정기명은 이 사실을 알고 비분강개하여 이대원의 애국적 행동과 비장한 죽음을 기려서 「녹도가」를 쓴 것이다.

이 작품은 서사시적 특징으로 몇가지 점을 지적할 수 있다. 첫째는 역사기록적인 성격인데, 앞서 인용했듯 서두부터 편년체의 서술방식으로 시작한 것이다. 내용이 역사적 사실임을 먼저 분명히 하려는 서사전략으로 읽힌다. 둘째, 서술형식의 측면인데, 5언과 7언을 주로 쓰면서 3언과 4언을 섞기도 했다. 구법을 자유로 구사하여 활달하면서도 생동하는 느낌을 주고 있다. 셋째는 형상화의 문제인데, 주인공을 무장으로서 헌신적이고 애국적인 인물로 뚜렷이 부각시킨 것이다. 그리하여 끝맺음을 "장군의 육신은 고래가 되어 바다에 숨었다가/왜놈들 혹시라도 우리 강토 침범하거든/성난 수염 무서운 이빨로 잡아 삼키소서"라고 노래했다. 사건이 발발한 시점은 1587년인데, 그 직후에 정기명은 이 시를 지은 것으로 보이며, 그로부터 얼마 지나지 않은 시점인 1589년에 요절했다. 그가 죽고 3년 후에 임진왜란이 일어났다. 시인은 대전란을 예감하며 왜군과 몸을 던져

싸운 한 애국적인 인물을 기리는 우국시를 지었던 것이다.

🌑 참고

『고흥읍지高興邑誌』의 쌍충사조雙忠祠條에 다음의 사적이 실려 있다.

"녹도진鹿島鎭에 있다. 만력 정해년 우리나라 선조 20년(1587)에 이대원이 녹도의 만호로 왜군과 손대도損大島에서 싸웠는데 3일 동안 혈투를 벌였으나, 수사水使 심암沈巖은 구원해주지 않았다. 이대원이 스스로 손가락을 베어 피를 내서 자기 옷에 절구 1수를 써서 가동家僮에게 주며 "이것을 가지고 고향집으로 돌아가 장례를 치르도록 하라"라고 말하였다. 시는 이러하다.

해 저문 원문轅門에서 바다로 나가 싸우는데
군사는 적고 형세도 고단하니 이승이 애닯구나.
임금님 은혜를 다 갚지 못했으니
한이 구름 속에 맺혀 풀리지 않노라.

日暮轅門渡海來, 兵孤勢乏此生哀.
君親恩義俱無報, 恨入愁雲結不開.

그는 결국 싸움에 패해 적에게 붙잡힌 몸이 되었는데 끝내 항복하지 않았다. 적은 그를 돛대에 결박해놓고 난도질을 했다. 숨이 끊어질 때까지 적을 꾸짖는 소리가 끊이지 않았다 한다. 선조는 그를 병조참판으로 추증하고 사당을 세우도록 했다."

비분탄

悲憤歎

조성립

아 슬프다!
   비분에 홀로 탄식하노라.
저 가파른 곰치마루
   멀리서 바라다보이네.

해적 무리들 준동하여
   세 길로 우리나라 짓밟을 적에
한 부대 전라도로 넘어들어
   곧장 전주를 향해 진군하였네.

悲憤歎

趙成立

동래는 초장에 박살나고
   부산도 함께 떨어지고
왜군이 지나가는 곳이면
   어느 고을이고 도망치고 숨기 바쁜데

悲來乎憤長歎!
截彼熊峴遙相望.[1]
蠢玆海寇分三道,
一陣直向豊沛鄉.[2]
東萊已摧釜山陷,
所過列郡爭走藏.

김제군수 정담鄭湛 이분은
   자기 몸 생각 않고 나라를 생각하여
한 자루 칼을 들고 일어서

公獨有國不有身,
尺劍直欲前鋒當.

적의 예봉에 맞섰더라오.

수하에 거느린 병졸이야
그 수 얼마나 되리오만
싸움 마당에 당해서
의롭고 날래기 어찌나 당당하든지!

적군은 많고 아군은 적은 터
형세 어려움을 짐작하고
나무를 베어 목책을 만드는 등
방비를 미리미리 하였더라네.

적군의 한 장수 앞장서서
붉은 깃발 나부끼며 백마에 올라
정면으로 짓쳐 들어오니
바람에 사뭇 휩쓸리듯

이때 정공 화살 하나를 당기자
시윗소리에 적장이 거꾸러지고
뒤따라 덤벼들던 적병들
그 광경에 넋이 나가 흩어졌다네.

왜군 부대 바야흐로
경상도 전라도 어름의

提携步卒不滿萬,[3]
戰陣義勇何堂堂.
冠衆我寡勢難敵,
斬木設柵先備防.
白馬一將樹紅旗,
排陣突入馳中央.
射必輒中中必殺,
賊騎喪膽驚奔惶.
賊不敢退不敢進,

험악한 지형에 들어와서
　　진퇴양난 곤경에 처한 판에

아군 방어선이 홀연 뚫렸으니
　　나주 군사가 지키던 허술한 곳
한구석을 파고들어
　　적군이 기세를 올렸다네.

진안 금산 두 방면의
　　적군이 구름처럼 한데 모여드는데
기세마저 한풀 꺾이고 보니
　　허둥지둥 무너져버렸네.

장졸들 모두 뿔뿔이 흩어지니
　　어느 곳에서 찾을는지
오직 종사관 이봉[4] 등 몇이
　　눈앞에 있을 뿐이더라지.

산을 뽑고 바다를 뛰어넘을 용맹
　　제아무리 한 몸에 있다 한들
군사 흩어지고 화살마저 떨어져
　　빈주먹 들고 어이하리오.

정공은 비장이 찬 칼을

嶺湖兩界崎嶇岡.
忽自羅州陣疎處,
彼營一邊飛騰揚.
鎭錦兩賊如雲合,
頭局已摧勢蒼黃.
將士一時皆何處,
李莘數人見在傍.[4]
縱有拔山超海勇,
矢盡兵散空拳張.
隻手集持裨將劍,

빼앗아 한 손에 쥐고서
좌충우돌 휘두르니
　칼날에 별빛이 번쩍번쩍.

적장 둘을 목 베었고
　졸개는 또 얼마나 죽였던지
기운이 차츰 소진하는데
　적군은 더욱 강성하구나.

장총이 한곳을 겨누어
　포화가 울리는 곳에
버티고 앉은 한 사나이
　원수를 향해 마지막 외쳤구나.

옛날 옛적 절의에 죽은 충신들
　나라 위해 목숨을 바쳤으니
아마도 그분네들 심장은
　백번 단련한 강철이었으리!

오늘날 우리 김제 고을
　충신이 맡아 있었으니
지금 곰치 이곳이야말로
　수양성[7]이 곧 아닐런가.

左衝右突紛星鋩.
殺賊兩將兵數百,
膽勇消盡賊益强.
長鎗叢集炮大雷,
牢坐罵賊天蒼蒼.
於古巡遠顔杲卿,[5]
百鍊金鐵同心腸.
今日金堤即常山,[6]
此地熊峴實睢陽.[7]

정공의 이런 사적

　　어떻게 자세히 알려지게 되었던가?

곰치재에서 살아 돌아온 이들 있어

　　사람들 입에서 입으로 전하였다네.

아 슬프다!

　　비분에 홀로 탄식하노라.

정공의 죽음

　　의리의 숭고한 죽음이로다.

是事何以傳始終,
生還將卒言其詳.
悲來乎憤長歎!
郡守之死死綱常.
(『죽암공실기竹庵公實記』)

1 **웅현熊峴** 곰치. 전주에서 진안으로 가는 길목에 있는 고개. 지금은 완주군 소양면 신
천리에 있다.

2 **풍패향豊沛鄕** 전주의 별칭. 원래 중국 한 고조高祖 유방劉邦의 고향이 패현沛縣의 풍
읍豊邑이었다. 이에 연유해서 '풍패'는 제왕의 고향을 가리키는 말로 쓰였다. 전주는
태조 이성계의 조상이 살았던 곳이었으므로 전주를 풍패향이라 한 것이다.

3 거느린 군사의 수를 만 단위로 표현한 데는 착오가 있는 것 같다. 불만만不滿萬은 불
만천不滿千의 잘못이 아닌가 본다. 다른 기록에 의하면 "敵騎大至 約可萬餘"라고 하
여, 적군의 수가 만명쯤 되는 것으로 말하였다. 그리고 김제에서 당초 모집한 의병의
수는 793인이었다 한다.(『죽암공실기』)

4 이봉李葑이라는 인물은 당시 김제군수의 종사관으로 있었다. 그때 상황을 보고한 자
료에 "나주 군사의 방어진이 허술한 곳으로 적군이 돌격해 들어오자 장졸이 모두 흩
어졌다. 비장 1인이 급히 달려와 말하기를 '저쪽 진이 이미 무너져 적의 예봉이 충돌
해오니 후퇴하여 형세를 관망해야 한다'고 하였으나 군수는 눈을 부릅뜨고 크게 꾸짖
었다. 종사관 이봉 및 비장 약간 명과 굳건히 서서 동요하지 않았다"라고 기록되어 있

다.(『죽암공실기·상검찰사상공합하서上檢察使相公閤下書』)

5 **순원巡遠** 장순張巡·허원許遠을 가리킴. 이 두 사람은 중국 당나라 안록산安祿山의 난
리에 수양성雎陽城에서 끝까지 싸우다가 장렬하게 죽었다. 안고경顏杲卿은 역시 안록
산 난리 때 상산태수常山太守로 태수로 있다가 적군에 붙잡히게 되었는데 적에게 무
릎을 꿇지 않고 항거하다가 참혹하게 죽임을 당한 인물이다.

6 김제군수 정담이 항전을 하다가 죽은 일을 안고경이 상산태수로 있다가 죽은 데 견주
어 김제를 곧 상산이라 한 것이다.

7 '수양'은 장순·허원 등이 싸우다 비장하게 죽은 곳이다. 그래서 곰치를 수양에 견준
것이다.

🏵 작자 소개

조성립趙成立(1562~1631): 자는 사응士凝, 호는 죽암竹菴, 본관은 김제金堤. 전라도 김제 사람으로, 30세 때 진사가 되어 성균관에서 학업을 하던 중 임진왜란이 일어났다. 마침 김제군수로 부임하는 정담鄭湛과 함께 고향으로 내려와서 군수를 도와 의병을 모집하고 군량을 조달했다. 정담이 그 군사를 거느리고 웅치로 가서 왜군을 막았는데 웅치전투에서 그는 군량 운송을 담당하였다고 한다. 조성립은 이후로도 나라의 어려움이 있을 때면 향토에서 애국적인 활동을 벌인 것으로 전한다. 『죽암공실기』에 그에 관한 사적이 실려 있다.

🏵 작품 해설

이 시는 임진왜란 때 웅치전투에서 용명을 떨치고 장렬히 죽은 한 장수의 사적을 그린 내용이다.

임진년 7월 황간黃澗에서 전라도 땅으로 침공한 적군은 금산錦山에서 고경명高敬命 부대를 격파하고 한편 순천 방면에서 또 적군이 쳐들어올라와, 아군은 이 양로의 적병을 저지하기 위해 진안서 전주로 넘어오는 웅치에 방어선을 구축했던 것이다. 전라도의 심장부인 전주를 지키는 일이 달려 있었다. 바로 작중에 다루어진 사실은 이를 배경으로 삼고 있다.

주인공은 당시 김제군수로 부임했던 정담이라는 무장이다. 거기 싸움에서 생환한 사람이 전하기를, "김제군수는 적군을 향해 화살을 쏘았다 하면 꼭 맞히고 맞혔다 하면 꼭 꿰뚫었다. 그 혼자 죽인 수가 백여급級이 될 것이다"라고 하였으며, "그가 죽인 자들 가운데 하나는 적군에서 최고로 손꼽혀 전라감사로 일컫던 놈이다. ……적군이 끝내 전주를 침공하지 못했던 것은 정아무의 무훈이다"라고도 말하였다(『죽암공실기·상검찰사상공합하서』). 이러한 사적이 시의 서사적 내용을 이루고 있다.

시의 작자 조성립은 알려진 인물이 아닌데 서사의 대상인 정담의 행적 역시 거의 알려지지 않은 일이다. 조성립은 정담이 전쟁 중에 군수로 부임하여 의병을 모집할 때 손잡고 같이 추진했으며, 웅치전투에서는 후방 지원의 임무를 맡았던 것이다. 정담의 비장한 최후는 그에게 남달리 감회가 컸으며 그래서 「비분탄」이라는 제목으로 이 시를 쓴 것이다.

「비분탄」은 외적의 침략에 맞서 조상 대대로 살아온 자기의 향토를 지킨 그야말로 애국문학이다. 비록 시적 표현의 수단이 높지 못한 무명인사의 작이라도 오히려 절실한 느낌은 비할 데 없다고 생각된다.

시신을 지고 가는 노래
負尸行

임환

남정네들 허리를 꾸부정
  무엇을 힘겹게 운반하오?
작은 시체 등에 지고
  큰 시체 떠메고 가는구나.

그네들 하는 말 들어보니
  적군을 만나 목숨을 잃었다고
누군 아비 잃고, 누군 어미 잃고,
  누구는 형제도 잃었다는구나.

집도 다 타서 잿더미 속에
  빈소는 어디다 차리리오.
해질 무렵 황량한 길
  산을 향해 가고 있소.

대성통곡 우는 소리
  지전紙錢도 바람에 우는구나.
천지도 마음이 있다면

負尸行

林懽

男丁傴僂負何物?[1]
小屍在背大屍舁.
皆言逢賊殞身命,
或父或母或兄弟.
家爲灰燼殯無所,
落日轉向荒山路.
紙錢鳴風哭一聲[2]
天地有情應亦苦.
(『습정유고習靜遺稿』 권1)

이 정경 보시고 괴로워하리.

1 **구루僂傴** 곱사병. 등을 구부정 굽히는 모습.
2 지전紙錢은 종이를 오려서 돈 모양으로 만든 것. 망자가 저승길을 갈 때 노자로 쓰라
는 뜻에서 상여가 나갈 때 지전을 만들어 들고 따라가며 뿌리는 풍속이 있었다.

🏵 작자 소개

임환林懽(1561~1608): 자 자중子中, 호는 습정習靜, 본관은 나주로, 백호白湖 임제林悌의 친동생이다. 임진왜란 때 의병장 김천일金千鎰 밑에서 종사관으로 활동했으며, 정유재란 때는 나주·광주 지역에서 의병대장으로 추대받아 용명을 떨쳐서 진사군進士軍의 칭호를 들었다. 특히 순천의 예교曳橋 싸움에서 전과를 크게 올렸다. 원군으로 온 중국 인물들과 폭넓은 교유를 가졌던 점이 특기할 사실이다. 전후에 전공을 평가받아 관직에 임명되었으나 현감에 그쳤다. 석주 권필은 그의 죽음을 애도하는 시에서 "마음속 본디 쇄락한데 시 작품은 더욱 맑고 새로워라. (…) (이 친구) 어찌 경세의 포부를 지니고서 일찍 북망산으로 떠났는 고?"라고 읊었다. 『습정유고』 2책이 필사본으로 남아 있다.

🏵 작품 해설

임진왜란에서 민중이 체감한 고통을 서사적 화폭에 담은 명편으로 다음에 실려 있는 허균의 「객지에서 늙은 여자의 원성〔老客婦怨〕」과 이안눌의 「4월 15일」을 손꼽는다. 후일에 상흔을 회상하는 트라우마적 성격을 갖는 것이다. 여기 새로 발굴해서 소개하는 임환의 「시신을 지고 가는 노래」와 「코 없는 자〔無鼻者〕」는 시인 자신이 의병을 일으켜 왜군과 싸웠거니와, 현재 시점에서 전쟁의 실상을 매우 극적으로 표출한 작품이다.

「시신을 지고 가는 노래」는 삶의 터전인 마을을 잿더미로 만들고 민간인을 마구 학살한 참상을 고발하는 내용이다. "그네들 하는 말 들어보니 적군을 만나 목숨을 잃었다고/누군 아비 잃고, 누군 어미 잃고, 누구는 형제를 잃었다는구나"라고 호소하는 말로 그 비참한 상황이 짐작되는데, 당장 눈앞에 지고 가는 시체들이 증명하는 것이다. 전체 여덟 줄에 불과한 짧은 작품이지만, 그 안에 담겨 있는 의미는 실로 무한하다 하겠다. 시의 형식적 측면에서 보면 외형상으로 7언율시처럼 되어 있으나 율시가 요구하는 평측平仄이나 대구법을 따르지 않고 있다. 말이 참으로 지극하면 수사를 필요로 않는다 했듯, 이 시편이 바로 그러한 것으로 여겨진다.

코 없는 자

無鼻者

임환

코 없는 자, 누구 집 자식인고?
홀로 산모퉁이에서 얼굴 가리고 우네.

적군의 칼날 번쩍, 바람이 일어
하나 베고 둘 베고, 백명 천명 코가 달아났어.

아아! 국토가 독종의 발에 짓밟혀서
살아남은 사람들 반이나 무훼巫虺[1] 꼴로

거룩한 상제님 인류를 내실 적에
이목구비 갖춰야 온전한 사람이거늘

무고한 백성들을 어찌 베고 자르고
형벌을 마구 써 피비린내 풍겼더냐?

코 베는 형벌 옛날에 있었다지만
글에만 보이고 실증은 없거늘,

無鼻者

林懽

無鼻者, 誰家子?
掩面坐泣荒山隅.
賊刀尖利揮生風,
一割二割千百傷.
吁嗟湖甸淪毒手,
子遺半是爲巫虺.[1]
皇矣上帝賦下民,
耳目口鼻斯全形.
胡爲割剝無辜人,
忍逞淫刑發腥刑.
刑書鼻典雖古有,
徒見其文無訂援.

코 없는 자 59

천심은 인자하여 잔인한 행동을 미워하시나니
하늘도 가만있지 않고 천군을 보내사

끝내는 괴수를 태백太白² 에 매달 것이오
남은 무리 도륙 내서 독수리밥 되게 하리.

밝고 밝은 천도는 속일 수 없나니
나는 분명히 들었노라
"네게서 나온 것 네게로 돌아간다"라고.

天心仁愛惡不仁,
威怒又假天家軍.
終令巨魁懸太白,²
膊磔餘黨分鴟群.
昭昭天道不可誣,
出爾反爾吾所聞.³
(『습정유고』 권1)

---

1 **무훼巫虺** 미상. '훼'는 독사 종류를 지칭하는데 전후문맥으로 미루어 코브라처럼 코
　가 보이지 않는 기괴한 형상을 표현한 말인 듯함.
2 **태백太白** 머리를 베는 형구를 가리키는 말. 주나라 무왕이 은나라의 폭군 주紂를 쳐서
　태백기에 달았다는 데서 유래함.(『사기史記·주본기周本紀』)
3 **출이반이出爾反爾** 『맹자孟子·양혜왕梁惠王』 하편에 나오는 말.

🏵 작품 해설

임진왜란의 잔혹상을 민중의 피해에 초점을 맞춰서 클로즈업시킨 작품으로 앞의 「시신을 지고 가는 노래」와 나란히 「코 없는 자」를 들어볼 수 있다. 당시 왜군은 전과를 허위로 과장하기 위해 무고한 백성들의 코를 마구 잘라갔다는 것이다. 전래의 일반적인 방식은 귀를 가지고 전과를 계산했는데 귀 대신 코였던 셈이다. 그때 잘라갔던 코를 모아 만든 무덤이 쿄오또지방에 지금도 남아 있다. 시인은 왜군의 칼날이 번득인 마당에서 군인이 아닌 민간인들의 얼굴에 코가 무수히 달아나는 사실을 고발하며, 하늘도 응당 벌을 내려서 괴수는 천형을 받을 터요, 졸개들까지 모조리 도륙이 나 독수리밥이 되고야 말리라고 증오심을 불태운다. 그러면서도 "거룩한 상제님 인류를 내실 적에 / 이목구비 갖춰야 온전한 사람이거늘"이라고 인류적 차원에서 문제제기를 하고 있는 것이다. "코 없는 자, 누구 집 자식인고? / 홀로 산모퉁이에서 얼굴 가리고 우네"라고 시의 서두에서 이 서사의 주인공 ― '코 없는 자'는 전란이 휩쓸고 간 현장에서 용케 살아남았으니 크게 행운이라고도 말할 수 있겠으나 오히려 더 처연한 비극성을 느끼게 만든다.

객지에서 늙은 여자의 원성
老客婦怨

허균

철원성 서편으로
  가을 해 뉘엿뉘엿
보개산² 마루턱엔
  저녁노을 끼었구나.

객점을 찾아드니
  머리 센 할멈 남루한 차림으로
사립문 열고 나와서
  길손을 맞이하네.

이 할멈 하는 이야기
  "나는 본디 서울사람으로
유리파산하고 외톨이로
  타관살이하는 신세라오.

지난번 난리에
  왜놈들이 서울을 함락할 제
자식 하나 데리고

老客婦怨

許筠

東州城西寒日曛,¹
寶盖山高帶夕雲.²
皤然老嫗衣藍縷,
迎客出屋開柴戶.
自言京城老客婦,
流離破産依客土.
頃者倭奴陷洛陽,
提携一子隨姑郎.

어머님과 낭군을 따라

수백리 먼 길에 발이 부르터
　궁벽한 산골짝으로 들어가
낮에는 가만히 숨었다가
　밤이면 나가서 먹을 걸 구하는데

어머님 병환이 나서
　남편이 업고 가야 하니
험준한 산속에 발바닥 뚫어져도
　숨 돌릴 겨를 없었더라오.

그때 비가 내리고
　밤은 칠흑같이 캄캄하니
더듬더듬 발이 미끄러져
　그만 험한 데 넘어졌는데

칼을 들고 덤벼든 두 놈　　　　重跰百舍竄窮谷,³
　어디서 홀연 나타났는가!　　夜出求食晝潛伏.
전생에 무슨 척이나 진 듯이　姑老得病郎負行,
　어둠을 틈타 쫓아와서　　　蹠穿崢山不遑息.
　　　　　　　　　　　　　　是時天雨夜深黑,
성난 칼날 번쩍하는데　　　　坑滑足酸顚不測.
　몸이 두 동강 났구려!　　　揮刀二賊從何來,
　　　　　　　　　　　　　　闖暗躐蹤如相猜.
　　　　　　　　　　　　　　奴叉劈脰脰四裂,

어머님 낭군 모자가
　　나란히 원한의 피를 흘렸다오.

이내 몸 어린아이 끌어안고
　　숲속에 숨어 있는데
아이가 응애 하고 울자
　　도적놈이 내 아이 빼앗아갔지요.

이 한목숨 겨우 살아남아
　　호랑이 아가린 벗어났으되
어찌나 정신이 나갔던지
　　소리 한번 지르지 못하였더랬소.

이튿날 아침 찾아가보니
　　시체 두구 버려졌는데
누구의 시신인지도
　　가리지 못할 지경이었다오.

까마귀 솔개 창자를 쪼고
　　들개가 뼈를 물어가는데
흙삼태기 가져다 묻고자 한들
　　어디 도움을 받을 곳이 있나요.

간신히 땅을 파서

子母幷命流寃血.
我挈幼兒伏林藪,
兒啼賊覺駈將去.
只餘一身脫虎口,
蒼黃不敢高聲語.
明朝來視二骸遺,
不辨姑屍與郞屍.
烏鳶啄腸狗嚙骼,
藁秸欲掩憑伊誰.
辛勤掘得三尺窆,

석자 남짓 구덩이에
　흩어진 시신 수습해서
봉분이라 짓고 나니

외롭고 외로운 그림자
　이제 어디로 돌아갈까?
마침 어떤 부인이 나를 가엾이 여겨
　이 한 몸 의지하게 하니

그로부터 이 주막에서
　아침저녁으로 물 긷고 방아 찧고
남은 밥 얻어 먹고
　해진 옷 얻어 입고

애태우고 노역에 시달리며
　열두해 그렁저렁 사노라니
얼굴은 검게 타고 머리털 몽그라지고
　허리 다리 뻣뻣합니다.

근자에 서울서 온 사람 편에
　자식 소식 들었는데
그 아이 천행으로 죽지 않고
　왜땅에서 살아 돌아왔다네요.

手拾殘骨閉幽坎.
煢煢隻影終何歸?
隣婦哀憐許相依.
遂從店裡躬井臼,
饋以殘飯衣弊衣.
勞筋煎慮十二年,
面黧髮禿腰脚頑.
近者京城消息傳,
孤兒賊中幸生還.

지금 궁가宮家에 몸을 던져
　　창두 노릇을 한다는데
장롱에는 비단이 남아돌고
　　곳집에 곡식이 그득하고

장가도 들어 새집 짓고
　　저 살기 요족하게 되었다 하나
어미 타향에 이러고 있는 줄
　　그 아이 알기나 하겠소.

자식이 장성했어도
　　힘을 볼 길 없으니
한밤중에 문득 생각나면
　　눈물로 가슴이 막힙니다.

제 형상 이처럼 변했고
　　아이는 벌써 장정이 되었으니
행여 상봉을 한다 한들
　　서로 알아나 보겠소.

늙은 이 몸이야
　　객지에서 죽더라도 좋지만
어찌하면 제 아비 무덤 앞에
　　자식이 따르는 술 한잔 놓일는지……

投入宮家作蒼頭,[4]
餘帛在笥困倉稠.
娶婦作舍生計足,
不念阿孃客他州.
生兒成長不得力,
念之中宵淚橫臆.
我形已瘁兒已壯,
縱使相逢詎相識.
老身溝壑不足言,
安得汝酒澆父墳.

아아, 어느 시대라

　난리가 없으리까마는

저의 신세처럼 원통한 여자

　다시 또 있으리오."

鳴呼何代無亂離!
未若妾身之抱冤.
(『성소부부고惺所覆瓿藁』 권1)

---

1 **동주東州** 강원도 철원의 옛 이름.

2 **보개산寶盖山** 철원의 남쪽 17리 거리에 있는 산.

3 사舍는 거리의 단위로 30리, 백사百舍는 먼 거리를 표현한 말.

4 **궁가宮家·창두蒼頭** '궁가'는 국왕의 근친의 집. '창두'는 하인을 일컫는 말.

● 작자 소개

허균許筠(1569~1618): 자는 단보端甫, 호는 교산蛟山·성소惺所, 본관은 양천陽川. 이조 중기의 진보적 문학가·사상가. 서경덕의 문인인 허엽許曄의 아들로, 성筬·봉篈·난설헌蘭雪軒의 아우다. 임진왜란 당시에 피란을 갔다가 부인을 잃는 일을 겪었고, 26세 때 문과에 급제, 벼슬길에 나섰다. 처음에는 그 자신의 성향 때문에 진출이 순탄치 못했는데 광해군 시절로 들어와서 갑자기 뛰어올라 형조판서·좌찬성까지 이르렀다. 그러던 중 평소 친교가 있었던 서양갑·박응서 등 서자들의 역모사건이 터져 자신의 처지가 곤혹스럽게 되고 반대파의 공격이 날카로워지자, 반역을 도모하다 발각이 되어 마침내 처형을 당했다. 인간성을 긍정하고 감정 해방과 평등을 주장하는 사상을 전개하였으며, 문학론에 있어서도 소설·연극 등 신흥 장르를 수용하는 견해를 내세웠다. 「홍길동전」 및 「남궁선생전」 「장생전」과 같은 소설을 창작했고, 『학산초담鶴山樵談』 『성수시화惺叟詩話』 『국조시산國朝詩刪』 등 비평작업을 벌였으며, 이밖에 『지소록識小錄』 『한정록閒情錄』 등 저작이 있는데 시문과 함께 『성소부부고』에 수록되어 있다.

● 작품 해설

이 시는 한 여성의 구체적 경험을 통해 임진왜란에 우리 인민들이 겪은 고통을 표현한 것이다. 「풍악기행楓嶽紀行」의 시편 속에 들어 있다.

시인은 금강산을 찾아가는 도중 철원의 객점에서 한 늙은 여자를 우연히 만난다. 그로부터 소경력을 듣게 되는데, 그의 이야기가 곧 전편의 내용이다. 서울이 적군에 함락될 때 일가족이 피난을 나섰다가 시어머니와 남편은 왜놈의 손에 살해를 당하고 어린 아들을 빼앗기고 여자 혼자만 남는다. 일본에 의해 저질러진 전쟁이 우리 인민 일반에 얼마나 고난을 끼쳤던가 실감케 하는 하나의 전형적 정황이다.

그런데 주인공 여자는 외톨이의 고달픈 인생이지만 좌절하지 않고 끈덕지게 살아가고 있다. 왜군에 끌려갔던 아이 또한 적지에서 죽지 않고 돌아와 제법 재산까지 모았다는 소식이 들려온다. 그러나 주인공 여자는 이 아들을 만날 길이 묘연하다. 어머니의 마음에, 더구나 주막집 부엌데기로 고생하는 처지에서 몹시 안타까울 것임은 말할 나위 없다. 그럼에도 외로이 늙어가는 처지에서 자식을 못 만나는 괴로움을 한탄하기보다 "어찌하면 제 아비 무덤 앞에 자식이 따르는 술 한잔 놓일는지……"라고 생각한다. 실로 강인하면서도 고결한 여성의 도덕적 품성을 접하게 되는 것이다.

4월 15일
四月十五日

이안눌

사월이라 보름날
아침에 집집마다 곡하는 소리
천지도 변하여 소슬하고
쓸쓸한 바람 나무숲을 흔든다.

깜짝 놀라 늙은 아전에게 묻기를
"웬 곡성이 저다지 애달프냐?"

"임진년 왜놈들 쳐들어와서
오늘이 바로 동래성 함락된 그날입지요.

당시 송사또[2]께옵서
방어를 굳게 하여 충절을 지키시니
온 고을 백성들 성안으로 밀려와서
한꺼번에 피바다 이루었지요.
쌓인 시체 밑에 숨어
목숨을 건진 사람 천에 하나둘

四月十五日[1]

　　李安訥

四月十五日,
平明家家哭.
天地變蕭瑟,
凄風振林木.

驚怪問老吏,
哭聲何慘怛?

壬辰海賊至,
是日城陷沒.

惟時宋使君,[2]
堅壁守忠節.
闔境驅入城,
同時化爲血.
投身積屍底,
千百遺一二.

이런 까닭에 오늘만 되면
모두 제사를 지내느라 통곡들을 하지요.

아비가 아들을 위해 통곡하기도 하고
아들이 아비를 위해 통곡하기도 하고
할아버지가 손자를 통곡하기도 하고
손자가 할아버지를 통곡하기도 하고

어머니 딸을 잃고 우는 일
딸이 어머니 잃고 우는 일
아내가 남편 잃고 우는 일
남편이 아내 잃고 우는 일
형제 자매 사이에
살아남은 사람 다들 울고 울지요."

이야기 끝까지 듣다 못해
눈물이 주르르 흘러내리네.
아전이 다시 말을 잇는다.

"울어줄 사람 있으면 그래도 덜 슬프지요.
온 가족 칼날 아래 쓰러져
울어줄 사람 하나 없이 된 집 얼마나 많다고요."

所以逢是日,
設奠哭其死.

父或哭其子,
子或哭其父.
祖或哭其孫,
孫或哭其祖.

亦有母哭女,
亦有女哭母.
亦有婦哭夫,
亦有夫哭婦.
兄弟與姉妹,
有生皆哭之.

蹙頞聽未終,
涕泗忽交頤.
吏乃前致詞,

有哭猶未悲.
幾多白刃下,
擧族無哭者?
(『동악집東岳集·내산록萊山錄』 권7)

1 4월 15일은 1592년 왜군이 우리나라를 침략해서 동래성東萊城이 함락된 날이다.

2 **송사군宋使君** 당시 동래부사 송상현宋象賢(1531~1592). 호는 천곡泉谷. 그는 왜군을
맞아 싸워 장렬한 최후를 마쳤다.

🌸 작자 소개

이안눌李安訥(1571~1637): 자는 자민子敏, 호는 동악東岳, 본관은 덕수德水. 광해군·인조 때의 시인. 이행李荇의 증손자로 29세에 문과에 급제, 동래부사를 역임한 바 있으며 예조판서에 이르렀다. 일찍이 권필權韠·이호민李好閔 등과 문학적 교류를 가졌던바 이들의 동인적 모임을 '동악시단東岳詩壇'이라 일컬었다 (동악시단은 서울의 남산 기슭, 현재 동국대학교 구내에 있었다). 5천수에 이르는 시작을 남겨『동악집』에 실려 있다.

🌸 작품 해설

이 시는 임진왜란 당초에 동래성에서 왜적의 손에 백성들이 도륙당한 상황을 그린 것이다.

시의 작자 이안눌은 선조 40년(1607)에 동래부사로 부임하였다. 4월 15일은 동래성이 적군에 함락된 날이다. 이날 아침은 성안이 울음바다를 이루는데 그 곡성이 역사적 사실을 재현시킨 것이다. 시는 시인과 고을 아전이 대화하는 방식으로 구성되는바, 아전의 구술을 통해 현재의 울음에 연관해서 당시의 참혹한 죽음의 사연들이 낱낱이 폭로된다. 16년 전의 사건을 회고하는 셈이지만 생생한 화폭처럼 펼쳐지고 있다.

시인은 "이야기 끝까지 듣다 못해/눈물이 주르르 흘러내리네"라고 중간에 한번 끼어드는 것으로 자기 정서를 간략히 표출할 뿐, 이내 "울어줄 사람 있으면 그래도 덜 슬프지요"라는 아전의 구술로 계속 이어진다. 그리하여 "온 가족 칼날 아래 쓰러져/울어줄 사람 하나 없이 된 집 얼마나 많다고요"라고 끝맺는다. 지금 들리는 저 울음소리가 끔찍했던 과거의 일을 떠오르게 하는데 더욱 큰 비통은 울음조차 잠적해 있다는 뜻이다. 전편이 둘째 구절의 "아침에 집집마다 곡하는 소리"의 곡哭자로부터 풀려나와서 마지막은 '곡'의 바깥에 무한한 여운을 남긴다.

김응하 장군을 추도하여

金將軍應河輓

송영구

만력 47년 봄에
오랑캐를 물리치라
　장수들에게 명하시다.

임진년 난리에 구원병을 보내준
　큰 은혜 지고 있는 터라
우리나라 2만의 군사를
　불러일으키셨네.

김장군 본래 출중한 인물
　뽑히어 영장營將이 되었는데
비장한 죽음 각오한 줄
　남들이 어이 헤아리랴.

갑옷 입고 말등에 올라
　압록강 건너 나아갈 제
싸움터에 다다라 용기 없음을
　장군은 가장 부끄러이 여겼다네.

金將軍應河輓[1]

　　　宋英耉

皇帝四十七年春,[2]
薄伐奴酋命將帥.
我國曾荷再造恩,
二萬兵因檄徵起.
將軍脫穎爲營將,
人不知其死所矣.
披甲上馬渡江去,
戰陣無勇其心愧.

명나라 장수 말하길

　"적군이 바로 눈앞에 있는 터

호랑이굴에 들어가야

　호랑이 새낄 잡지 않겠나."

험로를 뚫고 침투할 계획

　기약을 종내 이뤄내지 못했으니

나아가고 물러섬에 당해서

　병가兵家의 원칙을 먼저 그르쳤더니라.

혹은 공명을 다투느라

　경솔히 출동을 하고

혹은 투항할 마음뿐

　싸울 의향 당초에 없고

선봉대 거꾸러지자

　후군마저 무너지니

첩첩산중에서

　다시 무엇을 믿을 건가?

이때 장군은 격분하여

　혼자서 열 배의 용맹을 떨쳤으되

제아무리 영걸이라도

天兵謂虜在目中,
要入虎穴得虎子.
期會未成綿竹計,[3]
進退先誤兵家事.
或喜首功而輕進,
或欲投降無鬪志.
前鋒陷沒後軍潰,
萬疊山中更何恃?
將軍雖奮十倍勇,
已無英雄用武地.

용무지지用武之地 잃었거늘 어찌하리오?

이기건 지건 상관 마라
　두려움 없이 내달아
성난 머리털 하늘로 치솟고
　눈은 부릅떠 찢어지네.

버드나무 큰 둥치 아래
　몸을 등지고 서서
손에는 굳센 활,
　허리엔 전통을 차고

병장기 번뜩이는 싸움터
　한가운데 일신으로 담당하니
낙락장송 한그루
　눈보라에 꿋꿋이 버티듯

활을 쏘면 꿰뚫고
　꿰뚫으면 두놈이 거꾸러진다.
적군의 장수 화살 맞아
　죽은 놈 한둘이 아니었다네.

달려들던 되놈 군사들
　감히 앞으로 나서지 못하고

勝與不勝能無懼,
怒髮衝冠裂目眦.
大柳之下如負隅,
手持强弓腰佩矢.
身當萬刃芟伐中,
屹若長松風雪裏.
射則貫兮貫必雙,
賊將死者非一二.
胡奴不敢直前來,

호통치는 소리에 섬찟 놀라
   뿔뿔이 흩어져 달아뺐다네.

모두 나서 싸우기로 들면
   어찌 홀로 죽기야 하랴!
부득이 후퇴를 하더라도
   방어벽은 족히 지킬 수 있을 것을.

그런데도 개미새끼 한마리
   원군이라곤 얼씬거리질 않았으니
저 푸른 하늘이여!
   이를 장차 어찌하리오?

활 꺾어지고 살 떨어지고
   힘도 다 팡지고
한움큼 남은 것
   오로지 자신의 의기뿐이었도다.

하늘에 뜬 해 처연하니
   문득 황혼이 깃들고
슬픈 바람 소소히 부는데
   장사의 피 뿌려진다.

육신이야 아무리 끊어져

聞喝驚彈皆走避.
且戰不至我獨死,
且退亦足成壁壘.
然無蚍蜉蟻子援,
彼蒼天乎奈於此.
弓摧矢盡力又竭,
一掬餘存唯義氣.
天日慘慘忽黃昏,
悲風蕭蕭血壯士.
身雖寸斷寸寸斷,

마디마디 잘릴지라도
원수를 무찌를 그 한마음
　끊어질 리 있었으리.

전장에 나가 명령을 이행치 않으면
　그 죄 죽어 마땅하거늘
백 사람인들 천 사람인들
　다 무엇 할 것인가?

제독⁴은 분신자살,
　유격장도 목매어 죽었는데,
원수⁵와 두 장수는
　보고만 앉았네.

그날 장군의 죽음
　장렬한 죽음이 없었던들
누가 우리나라 사람들
　의리를 안다고 하리오?

사람이 살면 영원히 사나
　정녕 한번 죽음이 있나니
죽어도 이처럼 죽으면
　죽어도 죽은 것 아니라네.

履胡一心猶未已.
兵不用命罪孥戮,
百夫千夫何乃爾?
提督自焚遊擊縊,⁴
元帥兩將坐而視.⁵
苟無將軍此一死,
孰謂吾邦知禮義.
生不長生必有死,
死如此死死不死.

천하 사람들
  모두 그의 이름 기억할 뿐 아니라,
가슴에 혈기를 지닌 사람이라면
  그이의 아름다움 깊이 탄복하리.

행적을 위에 아뢰어 표창함은
  예로부터 나라의 의전이니
특지를 내리사
  판서로 추증하였다네.

부인은 봉호를, 아우는 수령을
  은전이 두루두루 미치고
묘군墓軍에다 양식까지
  나라에서 보답하신 뜻이었더니라.

혼령이여 돌아오소서!
  멀리 떠돌지 말고
낯선 땅 거친 바람에
  어디 가서 의지하려오?

혼령이여 돌아오소서!
  고향 같은 곳 어디 있으리오.
골짝엔 난초 향기
  물가엔 창포꽃 피네.

非徒天下盡知名,
凡有血氣皆稱美.
啓行褒錄乃舊典,
判書追榮特降旨.
妻封弟郡皆異數,
墓軍資糧亦恩賜.
魂兮歸來莫遠遊,
古月狂風無處寄.
魂兮歸來不如家,
谷有幽蘭洲有芷.

장군이여, 고국으로 돌아와
　　부디 결초結草[6]의 효험을 보이소서.
어찌 황막한 땅 떠돌아
　　제삿밥도 못 얻어먹는 귀신이 되리오.

장군 위해 새로 세운 사당에
　　향불은 다함없는 슬픔이요
옛 동산 소나무숲
　　하염없이 눈물짓게 하는구려.

혼령이 오고 가시는 길
　　신나무숲 푸르른데
님이여 느끼는가,
　　이 나라의 은덕을.

應還故國效結草,[6]
豈向沙場爲厲鬼.
新祠香火不盡哀,
舊隴松楸無限淚.
楓林靑黑去來時,
聖主恩深知也未.
(『충열록忠烈錄』권13)

---

1 **김응하**金應河 1580~1619. 자는 경의景義, 본관은 안동安東으로 고려의 명장 김방경金
方慶의 후손이다. 철원 태생으로 선조 37년(1604)에 무과에 급제, 광해군 11년(1619)
에 명의 요청으로 파병을 할 때 도원수 강홍립姜弘立의 좌영장左營將으로 참여했다.
심하深河전투에서 명과 조선의 연합군이 청군에 패하고 강홍립은 청군에 투항했는데
그는 끝까지 싸워 비장한 최후를 마쳤다.
2 **황제**皇帝 47년은 곧 만력 47년(1619)이다.
3 **기회**期會·**면죽**綿竹 '기회'는 모이기로 약속함. '면죽'은 중국 사천성四川省의 지명. 삼

국시대 위魏의 등애鄧艾가 촉蜀을 칠 때 험한 길을 통과해 면죽으로 들어가 작전을 승리로 이끈 바 있었다.

4 제독提督 명군明軍 도독都督 유정劉綎을 가리킴.

5 원수元帥 강홍립을 가리키는데 그는 구원군을 보내지 않고 패전하는 것을 방관하였다.

6 결초結草 사후에 은혜를 갚는 것을 뜻하는 말. 춘추시대 위과魏顆라는 사람이 순장殉葬을 당하게 된 여자를 구해준 바 있었다. 후일에 위과가 싸움터에서 진秦의 무서운 역사를 사로잡았는데, 어떤 노인이 미리 길목에 풀을 잡아매어 그 역사가 탄 말을 넘어지게 했다는 것이다. 이는 그 여자 아버지의 혼령이 딸을 살려준 은혜를 갚기 위한 일이었다 한다.

🏵 작자 소개

송영구宋英耉(1556~1620): 자는 인수仁叟, 호는 표옹瓢翁, 본관은 진천鎭川. 선조 때 문과에 급제, 병조참판에 이르렀다. 성혼의 문인이며 문학에 능했다.

🏵 작품 해설

17세기 전반 동북아의 정세는 질서의 재편이 진행되고 있었다. 명明·청淸의 교체로 결산되는 역사의 과정에서 이 지역의 삼국은 갈등·쟁투를 치열하게 벌인 것이다. 1619년 심하전투는 혈맹관계로 맺어진 조선과 명의 연합군이 누루하치의 후금에 대패하여, 앞으로 다가올 대국을 예견하는 사건이었다. 김응하는 그 싸움에서 비록 패군의 장수였으나 군인으로서 최후가 장렬하였으므로, 적국사람들의 입에서까지 그를 '유하장柳下將' 혹은 '호남아'라고 칭송했다 한다. 더욱이 후금의 급격한 팽창에 위기의식을 가진 데다 명에 대해 정신적 연대감이 끈끈했던 당시 조선의 처지로서 김장군의 죽음은 비상한 의미를 갖는 일이었다. 그래서 그가 죽었다는 소식이 전해진 직후 그에게 충무忠武라는 시호가 내려졌고 의주에 사묘祠廟와 기념비를 세웠다. 또한 그를 애도·추모하는 시문들이 많은 사람들에 의해 씌어져서 『충열록』이란 책이 엮어졌던바, 지금 이 시도 그 가운데 실려 있다. 그런데 이 시는 장편으로 서사적인 내용 형식을 띤 점이 특이하다.

작품은 서두부터 후반부에 이르기까지 심하전투에서 김응하 장군이 최후의 순간에 이르는 경과를 서술하는데, 그의 비장하고 숭엄한 형상이 떠오르고 있다. 다만, 이 시는 사묘의 건립에 부친 것인 만큼 후반 이후는 거기에 맞추어졌다. 특히 이역의 낯선 땅에서 떠도는 영혼을 부르는 사연이 애절한 감명을 준다.

표류한 상인들 노래

漂商行

최승태

가엾어라!
　바다에 표류한 상인들
모두 아흔다섯 사람.

이네들 만나 하는 말 들어보니

　"우리는 중국의 천주·장주 사람이온데
어려서부터 바닷가에 살았지요.

어쩌다 천운이 간난한 때를 만나
우리 중국이 멸망함을 통분하여

배 타고 장사를 다녀 군량을 조달하니
나라 위한 일이요 먹고살자는 짓 아니라오.

지난 오월에 고향땅 하직하고
멀리 동쪽 일본으로 항해하는데

漂商行

崔承太

可憐漂海商,
九十有五人.
自言泉漳客,[1]
生少居海濱.
每憤中土裂,
天步方艱屯.
販貨充軍儲,
徇國不爲貧.
五月辭鄉土,
遙向日東垠.

돛을 높이 달고 안개 헤치며
키 꼭 잡고 거센 물결 거슬러

무서운 폭풍이 물귀신 놀래켜
파도는 산처럼 솟아오르니

해와 달이 끓는 물 속에 요동치고
하늘과 땅은 혼돈으로 빠져드는데

일엽편주에 목숨을 붙여
만번 죽을 고비 넘이 나갔더라오.

떠돌던 끝에 다행히 조선땅에 닿으니
우방에 귀의하면 다행이다 싶었지요.

어찌 생각했으랴!
　　고래 밥 되는 것을 겨우 면하자
다시 오랑캐 무리에게 잡혀가게 되다니

전날엔 눈앞의 죽음이 두려웠더니
오늘엔 살아난 이 몸이 괴롭고 쓰라리오.

진작 바다에 빠져나 죽을 것을
구차히 살아서

張帆拂烟瘴,
振柁凌波臣.[2]
層飈激陽侯,[3]
驚濤噴嶙峋.
日月蕩洶湧,
天地入渾淪.
危命寄一葉,
萬死喪我神.
淨沈到此境,
永擬歸郷隣.
豈料免鯨鯢,
復入犬羊倫?[4]
昔日死爲懼,
今日生苦辛.
蹈海海不死,
苟活耻帝秦.[5]

되놈 세상에 치욕을 당하게 되다니

우리 기구하고 험난한 인생
가슴에 품은 생각 누구에게 말하리오.

고향의 바다 구름 아득한데
사방을 둘러보아도 친지 하나 없고

북풍이 찬 눈을 날리고
눈물이 가는 길 적시는구려."

이야기 듣고 나자 마음이 뜨겁고
나의 머리 치솟아 모자를 들썩한다.

명나라 서고 삼백년 세월
사해만방이 하나의 세계였으니

누군들 나와 형제 아닐까,
남의 아픔이 곧 나의 아픔이지.

하물며 생사가 걸린 마당에
속절없이 한숨만 쉬고 말 것인가?

내 손으로 당신들 죽이는 건 아니로되

人生抵險艱,
懷抱向誰陳?
故鄕隔雲海,
擧目無六親.
北風吹朔雪,
流淚濕行塵.
聞此感我心,
髮立衝冠巾.
皇朝三百年,
四海同王春.
孰非吾兄弟?
癢痾皆切身.
況當死生際,
豈可徒嚬呻?
雖非我殺汝,

역량이 부족하여 구원하지 못하다니……

임란에 신종황제의 은혜
왜놈과 맞서 싸운 양경리의 노고[6]
이제 모두 저버린단 말인가!

저 우뚝 선 비석
  차마 다시 읽지 못할레라
부끄러움에 식은땀 얼굴을 덮네.

計拙活窮鱗.
上負神宗恩,
下忘經理仁.[6]
穹碑不再讀,[7]
魄汗發顔新.
(『해동유주海東遺珠』)

1 **천泉·장漳** 중국 복건성福建省 동남쪽 해안에 있는 항구. 천주泉州·장주漳州.

2 **파신波臣** 어류의 수중 세계에 군신의 관계가 있는 것으로 상정하여 '파신'으로 지칭한 것이다.(『장자莊子·외물外物』: "周問曰鮒魚來. 子何爲者邪. 對曰, 我東 海之波臣也.")

3 **양후陽侯** 전설상 물결을 일으키는 신. 양후는 원래 능양국陵陽國의 후侯로 물에 빠져 죽어 신이 되었는데 능히 큰 물결을 일으킨다 함.

4 **견양륜犬羊倫** 중국 변방의 종족을 얕잡아 일컫는 말.(『보한집補閑集』: "四海盡爲狐兎窟, 萬邦猶仰犬羊天.")

5 **제진帝秦** 진시황의 진나라. 진시황이 폭력으로 천하를 굴복시켰기 때문에 여기서는 만주족의 청나라를 가리킴.

6 **신종神宗**은 명의 제13대 황제(1573~1620). 연호는 만력萬曆. 임진왜란 때 우리나라에 구원병을 보냈으므로 은혜를 받는 것으로 말하였다. 경리經理는 정유왜란 때 원군을 거느리고 온 명나라 장수 양호楊鎬. 그의 직책이 경리조선군무經理朝鮮軍務여서 경리로 호칭한 것이다.

7 **궁비穹碑** 병자호란 때 삼전도三田渡에 세운 비를 가리킴. 남한산성의 패전으로 청 태종의 강압에 의해 세우게 된 것이므로 이 비를 보면 민족적 수치심을 느낀다고 한 것이다.

최승태崔承太(?~1684): 자는 자소子紹, 호는 설초雪蕉, 본관은 천녕川寧. 여항시인閭巷詩人. 초창기의 여항시인으로 이름 높은 구곡龜谷 기남奇男의 아들이다. 매우 고결하고 탈속한 인품을 지녔던 것으로 전하며, 임준원林俊元·유찬홍庾纘洪·김부현金富賢·최대립崔大立·홍세태洪世泰 등과 교유하여 여항시단을 형성하였다. 시집으로 『설초집雪蕉集』을 남겼다.

● 작품 해설

이 시는 명나라가 멸망한 이후 우리 땅으로 표류해왔던 중국인들의 말을 듣고 감회를 표현한 내용이다. 그네들은 배를 타고 일본으로 몰래 무역을 하러 나섰다가 표류한 것이다. 그들의 말인즉 단순한 생업이 아니고 조국의 회복을 위한 자금 마련이 목적이라 한다. 그런데 이조 정부는 이들을 청국으로 강제 송환하는 것이다. 작중의 현재가 곧 그들이 억지로 끌려가는 상황이다. 지금 그들은 "진작 바다에 빠져나 죽을 것을 / 구차히 살아서 되놈 세상에 치욕을 당하게 되다니"라고 하며 바다에서 죽지 않고 살아남은 것을 오히려 통한하는 것이다.

『설초집』에서 「표류한 상인들의 노래」은 정미, 즉 1667년(현종 8년, 중국은 강희 6년)에 쓴 것으로 밝혀져 있다. 시인 자신의 직접적 견문을 근거로 쓴 것이라 여겨진다. 당시 청조는 중국 전역을 장악하지 못한 상태였으니 한족의 저항이 남방의 각처에서 아직 완강하였다. 정성공鄭成功의 활약은 그 무렵이며, 오삼계吳三桂가 반기를 든 것은 그로부터 얼마 뒤의 일이었다. 청조는 해금海禁 조처를 취해 무역을 일체 금지했다. "배 타고 장사를 다녀 군량을 조달"한다는 그네들의 술회는 당시 정황으로 미루어 충분히 있을 법하다.

지금 시인은 송환당하는 그들의 처지를 몹시 안타깝게 바라보며 당국자의 처사에 분노한다. 이러한 시인의 정서 속에 명에 대한 회고적·명분론적 의식이 깃들어 있는 것은 사실이다. 그러면서도 "누군들 나와 형제 아닐까 / 남의 아픔이 곧 나의 아픔이지"라고 인도주의적 정신이 들어 있으며, 다른 한편 민족적 입장에서의 애국심이 드러난다. 특히 끝맺는 구절에서 삼전도의 사적을 은근히 쳐들어 각성을 요망하는데 집권세력이 주장하는 북벌론의 허위성을 암시한 것도 같다.

홍의장군가
紅衣將軍歌

김창흡

임진년 난리 때 왜놈을 물리친
　의로운 인물들 많고 많지만
저 홍의장군[1]
　누가 그보다 장하다 말하랴!

장군은 본래 경상도 의령서
　나라 위해 일어섰거늘
적군 앞에 비겁한 자들 모두 목 베랴
　소리치며 정의의 칼을 떨쳤다네.

백마 타고 싸움터에 나아가
　말굽이 거침없이 내달으니
붉은 옷자락 번쩍해도
　뭇 왜놈들 기겁을 하였구나.

꼬리 빼고 달아나는 판에
　어느 놈 칼을 들고 맞서랴.
서로 부딪쳐 싸우는 곳에

紅衣將軍[1]歌

金昌翕

壬辰討倭義士多,
紅衣將軍孰能過?
將軍初自宜寧起,[2]
請誅逗撓奮天戈.[3]
登陣白馬以橫行,[4]
一望紅衣衆倭驚.
逶巡不敢與交鋒,
及至相薄風火生.

바람과 불꽃 일어났다.

포탄이 비 오듯 떨어지는 사이로
　　눈빛 갈기 휘날리며
철갑이 조수처럼 밀려갈 땐
　　노을빛 전포 펄럭이더라.

싸움판에서 뛰고 달리는 장군
　　아마도 신령이 붙은 듯
적정을 헤아리고 묘책을 세우나니
　　누구도 따르지 못할레라.

공을 이루기보다
　　공 세운 다음 처신이 어려운 법
칼을 잘 쓰고 간직한
　　그이 바로 여기 있구나.

예로부터 공을 세운 영웅들
　　적절히 대처한 이 드물었나니
먼 옛날에 장량張良이 있었고
　　후세엔 홍의장군이로다.

한신韓信 팽월彭越 젓 담겼으며
　　단도제檀道濟는 스스로 공적 무너뜨렸고[5]

砲丸雨落雪鬃騰,
鐵甲潮退霞袍輕.
將軍跳宕盖有神,
料敵設奇又殊倫.
成功則易處功難,
善刀而藏公其人.
英雄自古少圓通,
前有張良後有公.
韓彭葅醢道濟壞,[5]

나는 새 다 쏘아 잡았으면
　　활은 감장하는 법이라네.

의령 땅으로 돌아가서
　　됫박만한 집 지어놓고
풍운의 호탕한 기개
　　가슴속에 거두어 간직했네.

금빛 갑옷 녹이 슬어 푸르고
　　섬돌에 이끼 쌓이는데
정자 앞에 괴석이요
　　물을 끌어 곡수를 둘렀더라.

주머니엔 송홧가루 몇줌
　　조각배에 낚싯대 실었으니
공신으로 기림이 큰 분의 생애
　　저다지 쓸쓸하단 말인가.

강물에 낚싯대 드리웠으되
　　강태공姜太公의 때 기다림이 아닌데
솔잎 먹은 뜻인들
　　적송자赤松子 따라 신선되려 함이랴!

넓고 깊은 연못

鳥盡何嘗不藏弓.[6]
宜寧小築室如斗,
收召風雲返胸中.
綠沉金鎖委莓苔,
剩水殘山繞亭臺.
半囊松花一釣船,
贊畫活計何蕭然.
持竿不是太公釣,
食松寧慕赤松僊.[7]
當時人未測淵深,

당시엔 헤아리지 못했으되

세월이 가면서 하나둘

　그의 속을 들여다보더라.

홍의장군이시여!

　노래를 지어 불러야겠으니

나 지금 그대 놀던 옛터에 서서

　길이 한번 읊어보노라.

後來往往見其心.
紅衣將軍可作歌,
立馬遺墟一長吟.
(『삼연집三淵集』 권8)

1 **홍의장군紅衣將軍** 임진왜란 때 의병장 곽재우郭再祐(1552~1617), 자는 계수季綏, 호
　는 망우당忘憂堂의 별호.
2 경상남도 의령宜寧은 곽재우의 외가가 있던 고장으로 그곳의 세간리世干里에서 태어
　났고 거기서 기의起義를 했다.
3 **두요逗撓** 적군 앞에서 빗겨서 관망만 하고 있는 태도. 곽재우는 임진왜란 당시 감사
　및 병수사兵水使 들이 대부분 도망쳐 진지를 이탈한 것을 보고 "방백方伯은 일도를
　맡고 있는데 오직 제 목숨 구하기에 바빠 국가의 존망을 생각지 않는다니…… 재야에
　있는 자들이 죽을 때다"라고 외치며 일어섰다 한다.
4 장군은 항상 붉은 옷을 입고 백마를 탔다고 한다. 장군이 의병을 일으킨 당초 탈 말이
　없어 걱정하던 차에 천리마 한필이 소리를 지르며 장군 앞으로 달려왔다는 전설이
　있다.
5 **한팽韓彭·도제道濟** '한팽'은 한신과 팽월을 가리킨다. 한신과 팽월은 유방을 도와 한
　漢나라를 일으키는 데 큰 공을 세웠으나 후에 살해당했다. 사람을 죽여 젓을 담는 것
　은 고래의 형벌제도의 하나였다. '도제'는 단도제檀道濟(?~436)를 가리킴. 중국 남북
　조시대 송宋의 개국공신이며, 외국과의 30여 차례 전쟁에서 공훈이 많았다. 당시 황
　제가 그의 공이 너무 커서 견제하기 어렵다고 생각하여 죽였는데, 그는 잡혀 죽을 때

"너 자신의 만리장성을 이제 파괴하는구나"라고 말했다 한다. 이에 유래하여 '자괴장성自壞長城'이라는 말이 쓰인다.

6 쓸모가 없어지면 버림받는다는 뜻.(『사기·회음후전淮陰侯傳』: "狡兎死, 良狗烹; 高鳥盡, 良弓藏; 敵國破, 謀臣亡.")

7 **적송선赤松僊(=仙)** 옛날 전설적인 신선. 적송자赤松子. 장량이 "세상일을 버리고 적송자를 따라 노닐고 싶다"라고 말했다 한다.

🏵 작자 소개

김창흡金昌翕(1653~1722): 자는 자익子益, 호는 삼연三淵, 본관은 안동安東. 영의정을 지낸 수항壽恒의 아들, 문장가로 이름 높은 창협昌協의 아우다. 부친이 당쟁의 과정에서 희생당하자 다시 벼슬길에 나가지 않았으며, 유일遺逸로 시강원 진선進善에 천거된 바 있다. 내설악 쪽에 우거한 일이 있었으며, 학문 연구에 치력하는 한편 많은 시작을 남겼다. 대표작은「갈담잡영葛潭雜詠」, 문집으로 『삼연집』이 있다.

🏵 작품 해설

이 시는 임진왜란 때 의병장으로 용명을 떨친 홍의장군 곽재우를 노래한 것이다. 시인의 발길이 장군의 유적지에 닿아 그의 무훈을 기리고 기품을 추모하는 내용으로 되어 있다.

전반부에서는 장군의 빛나고 빼어난 형상을 그려낸다. 그런데 그의 행적의 전말을 서술하는 방식보다는 최초 기의를 해서 신출한 전법으로 승리한 사실을 주로 부각시켜 인상을 선명히 하고 있다. 후반부에서는 전쟁이 끝난 이후 장군의 처신을 다룬다. 그는 공훈을 세웠을 뿐 아니라, 세상을 구제할 재목임에도 은거하는 쪽을 택하였다. 그리 된 사정을 개탄하며 "강물에 낚싯대 드리웠으되 강태공姜太公의 때 기다림이 아닌데/솔잎 먹은 뜻인들 적송자赤松子 따라 신선되려 함이랴"라고 당시 정치권력으로부터 소외되었던 갈등을 완곡하게 표현하고 있다. 그러면서도 시인은 '공성신퇴功成身退'를 이상적인 자세처럼 말한다. 시인의 소극적 인생관이 엿보인다.

길마재 노래

鞍峴歌

김창흡

정금남鄭錦南[2] 참영웅

그이는 뼈가 솟고 정신이 짱짱하여
  만 사람 가운데 빼어나더라.

기개는 선명하여 주의봉朱義封[3]이요
흉금은 침잠하여 왕사공王司空[4]일세.

또한 대의를 지킴에 확고하고
병서를 읽어 육도삼략 통하였네.

일찍이 오성鰲城[5]의 지우를 입었더니
한때 장옥성張玉城[6] 밑에 있게 되었다네.

관서關西의 원수부
  아직 경황이 없는 판이라
진지며 보루는 수축하는 중이요.
  병사들 또한 훈련이 안 된 상태인데

鞍峴[1]歌

金昌翕

鄭錦南眞英雄,[2]
骨聳精緊萬人中.
氣候分明朱義封,[3]
胸襟沈靜王司空.[4]
亦有春秋癖經緯,
六韜三略通平生.
知遇李鰲城,[5]
一時服事張玉城.[6]
關西督府載草草,
半繕營壘未鍊兵.

봉목장군蜂目將軍[7] 역심을 품어
　거사를 신속히 하였으니
휘하에 정예의 병사들
　조정을 깔본 지 오래

만기가 치달아 먼지로 하늘이 가리고
청의靑衣 군사 수천명을 앞세워

살수薩水 저탄猪灘[8]도
　단숨에 무너지니
백관들 맨발로 달아나고
　임금도 급히 망명을 하셨네.

도원수 우물쭈물하다가
　미처 손도 써보지 못하고
적군은 서울로 진격해갔는데
　아군은 뒤에서 따르는 형세더라.

정금남 장군 이즈음
　매처럼 용맹을 드날려 선봉장으로
남이흥南以興[9] 옆에서 도와
　후군이 되어 뒤따랐네.

蜂目將軍擧事速,[7]
卒銳久已輕朝廷.
長驅萬騎蔽天塵,
前茅靑衣數千人.
薩水猪灘一勢潰,[8]
百官跣足千乘奔.
元戎左次但袖手,
王在賊前我在後.
將軍於此試鷹騰,
左提右挈南以興.[9]

기선을 먼저 잡아
    북산北山에 진을 치니
깃발이 높이 꽂혀
    구름 사이에 나부끼더라.

벌떼처럼 달려드는 반역군
    산을 보고 활을 쏘니
하늘도 분노하였던지
    바람이 서쪽에서 불어왔네.

서울의 거리 거리
    기와지붕이 들썩들썩
인왕산의 필운대 쪽에서
    흙먼지 일어나더라.

어지러이 날리는 포화에
    적군은 여지없이 깨어지고
용의龍衣는 화천禾川의 물가에서
    피를 묻혔더라네.[11]

개선의 북소리 둥둥,
    종각의 종소리 예와 같이
푸른 일산 금강을 건너
    서서히 서울로 돌아왔네.

決機先唱據北山,
牙旗高挿雲之間.
蜂攢蟻集仰萬弩,
風自西來鼓天怒.
漢城千街屋瓦震,
弸雲三面颷沙舞.[10]
亂砲之下賊無餘,
龍衣裛血禾川潊.[11]
凱鼓淵淵鐘簴完,
翠華徐渡錦水還.

장군은 전립을 벗고
　길옆에 엎드리니
큰 공 세우고도 조심하는 그 자태,
　임금 또한 탄복하였더라지.

한강수 말라 띠처럼 되고
　삼각산 닳아 숫돌이 되도록
백마 잡아 피 마시고
　굳게 맹세하였더라네.

돈의문敦義門 남쪽 편으로
　화극畫戟¹²이 문전에 서 있더니
철권鐵券¹³을 갈무리했던
　옛집은 그대로 남았구나.

장군의 세운 공은
　산하와 함께 전하거늘
이 집 주막처럼
　주인이 몇번이나 바뀌었더뇨!

내 눈발 날리는 날
　하찮은 선비 말 타고 지나는데
길마재 마루턱

道左匍匐庶人服,
功高心小王乃嘆.
漢水如帶鼎岳礪,
白馬朱血登銅盤.
敦義門南畫戟竪,¹²
鐵券所藏遺棟宇.¹³
功在山河不可泯,
屋如傳舍幾易主.
雪天鞍馬小儒過.
軒前鞍峴猶嗟峨.

눈앞에 높다랗더라.

오늘에 국운이 살아 있음은
  이 고개 덕분이니
장군의 슬기 아니었던들
  나라의 운수 어찌 되었을까?

근래 들리는 소식
  등래登萊[14]에 풍색이 심상찮다니
세상이 날로 어지러우매
  명장이 절로 생각나노라.

병법에 이르기를
  기발한 계책이 귀하다 하였거늘
어찌하여 분분히 성 쌓는 일
  이런 일만 힘써 하리오.

장군의 영용한 모습
  다시 만나볼 길 없으매
길마재 마루에 기대앉아
  이 노래를 지어 부르노라.

到今國活賴此峴,
不有將軍國如何.
近者登萊有風色,[14]
鼛鼓興思在牧頗.[15]
兵家制勝貴用奇,
焉用紛紛築城多.
思公英偉不可作,
倚柱遂作鞍峴歌.
(『삼연집』 권9)

1 **안현鞍峴** 서대문에서 홍제동으로 넘어가는 고개. 길마재. 현재 무악재. 이곳에서 이괄李适의 반군이 추격하는 관군에 패전했다.

2 **정금남鄭錦南** 정충신鄭忠信(1576~1636), 자는 가행可行, 호는 만운晚雲으로 금남군에 봉해졌다.

3 **주의봉朱義封** 누구를 가리키는지 미상.

4 **왕사공王司空** 왕창王昶을 가리킴. 중국 삼국시대 위魏의 사람으로 사공司空의 벼슬을 지낸 바 있다. 저서에 『치론治論』과 『병서兵書』가 있다.

5 **이오성李鰲城** 이항복李恒福으로 권율의 사위였다. 정충신은 원래 광주光州에서 통인通引의 일을 보았는데 권율이 광주목사로 내려와서 정충신이 비범한 아이임을 알아보았다. 그래서 사위 이항복에게 천거, 정충신은 이항복의 도움으로 발탁되기에 이르렀다.

6 **장옥성張玉城** 당시 도원수였던 장만張晚. 그가 옥성부원군에 봉해졌다.

7 **봉목장군蜂目將軍** 이괄을 지칭함. 그의 눈이 벌의 눈처럼 생겼다 해서 붙여진 별호.

8 **살수薩水·저탄猪灘** '살수'는 대동강, '저탄'은 예성강을 가리킴.

9 **남이흥南以興** ?~1627. 인조 때의 무신 이괄의 난 때 세운 공으로 의춘군宜春君에 봉해졌고 정묘호란 때 적군과 싸우다가 자결해 죽음.

10 당시 상황이 관군은 길마재 위에 있었고 반군이 밑에서 위로 공격하는데, 바람이 갑자기 서북풍으로 바뀌어 관군에게 유리하게 되었다 한다. 이때 정충신은 고춧가루를 준비했다가 바람에 날려 적군을 괴롭혔다는 것이다. 그리고 필운대弼雲臺 방면에서 먼지가 일었다는 것은 그쪽에 군사를 매복해두었다가 일시에 일어선 정경을 표현한 것이다.

11 반군의 최후를 표현한 대목. 선조宣祖의 왕자인 흥안군興安君(이름은 식瑅)을 반군이 임시 왕으로 추대했는데 반군이 무너지자 붙잡혀 곧 처형을 당했다.

12 **돈의문敦義門·화극畫戟** '돈의문'은 서대문, '화극'은 의장으로 쓰이는 창. 그의 집이 돈의문 남쪽에 있었다는 뜻임.

13 **철권鐵券** 왕이 공신에게 주는 문서.

14 **등래登萊** 중국 산동성山東省에 있는 지명으로 등주登州와 내주萊州를 가리킴. 당시 이곳에서 모종의 사건이 있었던 듯하나 자세히 알 수 없다.

15 **비고鼙鼓·목파牧頗** '비고'는 전란이 일어남을 가리키는 말.(백거이白居易, 「장한가長恨歌」: "漁陽鼙鼓動地來.") '목파'는 옛날 전국시대 명장인 이목李牧과 염파廉頗.

✹ 작품 해설

이 시는 명장 정충신을 노래한 것이다. 길마재 싸움으로 이괄 반란을 진압한 사적은 그의 가장 큰 무훈이기 때문에 제목을 「길마재 노래」로 붙인 것이다. 내용 구성 역시 이 길마재 싸움을 중심으로 엮여 있다.

시의 서두에서 먼저 작중 주인공의 성격을 '정금남 참영웅'이라고 규정짓고 들어간다. 그가 과연 어찌하여 '참영웅'인가를 증언하는 것이 시의 내용인 셈이다.

서장에서 그 인물 됨됨이를 전체적으로 평가한 다음 "한때 장옥성張玉城 밑에 있게 되었다네"라고 생애적 사실을 끌어와서 본장으로 들어간다. 그리하여 길마재의 일전으로 반군을 궤멸하게 되는 과정, 이어 공신들이 회맹會盟하기까지 일련의 상황이 시간의 순차에 따라 서술된다. 정충신의 '참영웅'으로서의 면모가 확인되고 있음이 물론이다.

시를 끝맺는 시점은 시인의 현재로 회귀해서 바로 길마재 아래다. "장군의 영용한 모습 다시 만나볼 길 없으매 / 길마재 마루에 기대앉아 이 노래를 지어 부르노라." 여기서 주제의식이 밝혀지고 있다. 지금 어려운 세상을 앞에 두고 '참영웅'을 그리는 것이 바로 시인의 뜻인 것이다.

이화암의 늙은 중
梨花庵老僧行

최성대

이화암 옛 절에 스님 한분
아흔다섯 나이에도 눈에 정기가 번쩍
내 전에 남쪽으로 노닐어
　충청도 땅 지나다가
우연히 암자에 발길 닿아
　이 노장을 알게 되었노라.

깎은 머리 송송히 털이 다시 돋아나고
푸른 눈동자 광채를 쏘는 듯한데
부처님 앞에 향불도 피우는 법 없이
　나무아미타불 외우지도 않고
선방에 깊이 들어앉아
　구학龜鶴[1]의 숨만 고르며
때로는 비장한 노래 부르니
나무꾼 소리 촌가락과 같지 않더라.

삭막한 천지에 바람 스산히 불어
온통 붉게 물든 나뭇잎 우수수 날리는데

梨花庵老僧行

崔成大

梨花古菴一老釋,
九十五歲猶矍鑠.
我昔南遊客湖中,
偶過此寺曾一識.

黃髮鬅鬆剪復生,
碧眼閃睒光如射.
不念菩薩不燒香,
深居但調龜鶴息.[1]
有時發喉作商調,[2]
不似山歌與村曲.

大漠陰風吹颯颯,
滿寺紅葉驚慽慽.

그 절의 상좌중 나를 보고 말하되
"이상도 하지요, 우리 스님의 행적."

저녁 종소리 그쳐 산사는 적막하고
등잔불 가물가물 희미한 밤에

두 손 모으고 노장 앞에 나아가
"스님의 지난 내력 한번 들어봅시다."
스님은 한동안 추연히 생각에 잠겨
말을 꺼낼 듯 말 듯 주저하더니
　안색이 풀려 이야기를 시작하네.

"우리집 본래 천안에서 대대로 아전을 하여
소시부터 이름이 고을 관안에 실렸다오.

생각하면 끔찍하지 지난 병자년 난리
내 나이 겨우 열일곱살에
　그 액운을 만났었거든
오랑캐 서울을 짓밟고 남한산성 에워싸고
말발굽 횡행하며 산골까지 뒤지는데
죽은 자 잇따라 풀섶에 널려 있고
산 자들 묶여서 북쪽 길로 끌려가니
줄줄이 꼬리를 물어 압록강을 건널 적에
동쪽 하늘 돌아보며 통곡하였더라네.

寺中苾蒭向余言,
異哉此僧平生跡.

悄悄山鐘初歇後,
熒熒佛燈微翳夕.

斂手就坐坐近師,
願聞一語談宿昔.
良久愀然若有思,
欲說未說顏綽虐.

家本歡州世爲吏,[3]
少小名屬歡州籍.

却憶丙子胡亂時,
年纔十七遭百六.[4]
京都已陷南漢圍,
銕騎彌滿搜山谷.
死者枕藉塗草莽,
生者束縛驅向北.
累累相隨渡鴨水,
回頭却望東天哭.

천안의 고향마을 멀리 두고 떠나와
심양瀋陽 낯선 땅에 새로 부락을 이루고
배고프면 누런 양을 잡아먹고
　목마르면 낙타젖 짜 마시고
사람은 습성에 따르기 마련이라
　그런대로 점차 익숙하게 됩니다.

어느날 군중에서 씨름판이 벌어졌는데
몽골 족속들 둘러서 담벽을 친 속에
나는 용맹을 내어 곧장 앞으로 뛰어나가
한 손에 건장한 놈 셋을 메다꽂으니
장막 속에 있던 추장 손뼉 치고 기뻐하며
바람도 따라잡을 대완마大宛馬를
　나에게 상으로 내려줍디다.

장설이 쌓인 의무려산醫巫閭山[6]
저물녘에 사냥을 나갔는데
　호랑이 갑자기 달려들어 으르렁
안장에 걸터앉은 채 활을 당겨
　한 살로 그놈 꺼꾸러뜨리니
붉은 피 솟아나 초목을 적셨지요.
되놈들 모두 혀를 두르며
　기가 꺾여서 말하되

歡州遠別舊鄕里,
瀋陽來添新部落.
餓食黃羊渴駱漿,
習性移人久漸熟.

一日軍中鬪角觗,
蒙獚圍立如堵壁.
賈勇跳踉直趨前,
隻手連仆三長狄.
帳裏戎酋撫掌喜,
親賜追風大宛足.[5]

巫閭暮獵十丈雪,[6]
猛虎猝騰聲霹靂.
據鞍彎弓一箭殪,
怒血色漬邊草赤.
群胡吐舌氣爲奪,

저 사나이 용력을 누가 감히 대적하랴!
저렇게 용맹한 장사
　가한可汗에게 한번 알려지고 보면
만호후萬戶侯 벼슬자리도[7]
　따내기 무엇이 어려우랴!

화살로 긴급히 보고하니
　당장 대장隊長에 뛰어올랐소.
붉은 모자 머리에 쓰고
　의기양양 뽐냈더라오.

천금의 부자 호인胡人이
　나를 사위 삼기 원하는데
색시는 이팔의 꽃다운 나이
　얼굴도 옥같이 고왔더라오.
융안장 금계대錦罽帶[8] 짜서 만들며
은그릇에 잘 익은 포도주 담아놓으니
낮에는 나가서 사냥하기
　밤이면 돌아와 술 마시기
공후와 날라리 강적이[9]
　서로 어울려 흥겨웠지요.

영고탑寧古塔[10] 몇번이나 지나다녔던고

皆曰丈夫勇無敵.
壯士如敎可汗知,
萬戶侯印豈難得.[7]

即令傳箭超隊長,
意氣顧眄紅抹額.

千金富胡願嫁女,
二八嬌娥顏似玉.
織成絨鞍錦罽帶,[8]
瀉傾銀鑿葡萄酴.
畫出射生夜歸飲,
箜篌觱篥和羌笛.[9]

寧古塔路幾來往,[10]

낭자산娘子山[11] 앞으로 늘 말을 몰았지요.
순치順治[12] 황제 중원을 차지하자
봉림대군[13] 고국으로 돌아가게 되었거늘

소문을 듣자 하니 포로로 잡힌 남녀들
돈과 비단만 바치면 풀어준다 하는데
이 몸은 십년 동안
　　오랑캐 사이에서 으스대고 놀았으나
집을 떠나 만리 이역에서
　　고향 생각 어찌 막을 수 있으랴!

조롱에 갇힌 새 하늘로 날아오르고
　　어항의 물고기 연못으로 돌아가듯
어여쁜 아내 울며 매달리는 손 뿌리치고
고국으로 돌아가는 길
　　의주 가까울수록 눈이 차츰 선명해져
구련성九連城 둑에 삼강의 물 푸르더라.

끌려갈 때 돌아올 때 사람의 마음
　　옛날의 슬픔 오늘의 기쁨 얼마나 다르랴!
산천이 멀고 먼데
　　길을 따라 걷고 건너고
옛날에 살던 마을 다시 찾아가니
　　반은 폐허로 변했구나.

*狼子山前每馳逐. (娘)[11]
順治單于帝中原,[12]
鳳林大君歸故國.[13]

傳聞被擄男與婦,
許令贖還輸金帛.
十載居夷縱自豪,
萬里離家那禁憶.

羈禽出籠魚返淵,
翠眉啼挽揮手却.
行近龍灣眼漸明,
九連城畔三江碧.[14]

去來人情悲喜異,
跋履道里山川逖.
重尋閭井半丘墟,

가까운 친척들 죽고 없어지고
　인심도 어찌나 사나운지……
되땅에서 거칠게 놀던 생활
　버릇은 고치기 어려운지라
억지로 아전 구실 해보았으되
　마음에 좋을 수가 없었지요.

고을의 문서를 들고
　봄바람에 조운선을 거느려
쌀 실은 배 돛을 이어
　경강京江에 정박을 했는데
나룻머리 계집들
　사람의 마음을 홀리는 터에
한가락 간드러진 노래
　그만 천섬의 곡식을 날려버렸다오.

六親死盡鄉風惡.
慣住蠻夷難習恔,
强隨鴈鶩非心樂.[15]

이런 죄 지었으니 낸들 어이 모르리
　천길 구렁에 떨어질 줄
어느 곳에 몸을 숨겨
　모진 형벌 면해볼거나?
쫓기는 원숭이 깊은 산골에 숨듯
게으른 용 번개 피해 도망치듯
가야산 꼭대기 암자를 찾아
　밤중에 문을 두드리고

春風領漕受郡牒,
白粲連檣京口泊.
津頭遊女蕩人心,
一曲嬌歌散千斛.

自知作孽落坑穽,
何處藏身免金木?[16]
窮猿避禍入山深,
懶龍逃誅畏電迫.
夜叩伽倻絶頂菴,[17]

삭발해줍시사
　머리를 들이밀었다오.

잠깐 사이에 일개 화상으로 바뀌니
백팔염주 목에 걸고
　검은 장삼 몸에다 걸쳤구려.
깊은 산중에 종적을 감추고
변형을 하였으니 누가 알아보랴!

이제 매인 곳 없이 뜬구름처럼
어디고 세번 지나 묵은 곳 없었소.
남으로 바다를 건너 한라산 오르고
북으로 현토 땅에 다다라 백두산 오르고
묘향산 지리산은 지척이나 되는 듯
금강산 속리산을 문지방 넘나들듯
벽사甓寺[20]에 이끼 낀 나옹화상 비석이요
구림鳩林[21]의 오랜 돌 도선국사 탑이로다.

석장 짚고 바리때 들고
　방방곡곡 돌아다녀
만수천산 몇번이나 밟았던고?
늙고 병들고 지금 근력마저 쇠진하니
평지에 머물러 다리를 쉬고 싶어집니다.
이 암자에서 지낸 지도 벌써 여러해

切以利匕求髠削.

斯須化作一和尙,
項掛串珠身緇服.
埋蹤已學雪嶽岑,[18]
變形誰識靈隱駱.[19]

自此淨雲無繫絆,
桒下不曾三過宿.
南淨漲海上漢挐,
北窮玄菟登長白.
妙香頭流視跬步,
金剛俗離如踐閾.
甓寺苔深懶翁碑,[20]
鳩林石古詵公塔.[21]

携持瓶錫遍城內,
萬水千山幾回踏.
老病如今筋力盡,
住着平地思休脚.
此菴多應過數臘,

죽음이 오면 다비나 부탁할까 하지요.

그대의 은근한 마음에 느껴
　내 부질없는 이야기했거니와
혹시라도 누가 몰래 듣고
　말 자아낼까 두렵습니다.”

나는 노장의 외모를 보고
　마음에 벌써 기이하게 여겼더니
그의 내력 들어보매
　다시 깜짝 놀랐노라.

符到亦擬茶毗托.

感子殷勤爲長語,
或恐傍人更猜謫.

천지 사이에 온갖 조화
　얽히고설켜 알 수 없으되
조물주 이 스님에 대해
　너무도 희롱이 짓궂었구나.
붉은 모자 벗어버리자
　다시 또 회색 장삼 걸쳤으니
한 몸뚱이에 겹쳐진 변신
　누군들 능히 측량하리!

我觀師貌心已奇,
復聞此語駭心魄.

萬化紛綸天地間,
造物於師偏戲劇.
紅兜纏脫着白衲,
一驅變態誰能測?

상로학사[22]는 불문에 몸을 의탁하였고,
초의왕자[23]는 암혈에 도피해 숨었도다.
예로부터 오늘까지 정녕 일이 이러하니,

霜顱學士寄空門,[22]
草衣王子逃巖屋.[23]
古往今來盡如此,

세상에 탄식하는 자 스님 혼자뿐이랴!

중국 소식 아직 듣지 못하였소?
온 세상 의관이 오랑캐 습속으로 바뀌어
오왕吳王은 연극을 보다가
　　상투 튼 배우 보고 울었다 하며,[24]
전수錢叟는 중이 되어
　　사필史筆에 뜻을 붙였다네요.[25]

시운이 다하면
　　영웅호걸인들 어찌하리오?
눈앞에 개가죽옷 말해 무엇하리!

스님은 이제 인연을 끊고 초탈하였으니
무슨 번뇌가 생겨 다시 괴롭히리오.
되놈이 되었다 아전이 되고
　　마침내 중이 되었으니,
이부자리 위의 한바탕 꿈 깬 듯싶구려.

비 뿌리고 구름 달리는 삼십년 세월,
그 시절 주고받은 말 어제 일 같은데,
지금 웅장한 글 귀주편龜洲篇을 읽고
마음에 감동하여 그에 화답하노라.

世上可歎非師獨.

神州消息師未聞,
萬國衣冠染臊羯.
吳王看戲泣魋髻,[24]
錢叟爲僧托麟筆.[25]

運去英豪亦無奈,
眼前衣狗安足說.

師今超脫割諸緣,
豈有煩惱更來觸.
爲胡爲吏復爲禪,
應似蒲團一夢覺.

雨散雲飛卅載餘,
當時問答如在昨.
雄詞今讀龜洲篇,
感意爲和盧仝作.[26]

스님이여, 스님이여!

　지금은 어디 계시오?

차가운 하늘 눈여겨 바라보니

　한마리 새 솟구쳐 날아오르네.

師乎師乎今安在,

注目寒空飛鳥驀.

(『두기시집杜機詩集』속권

續卷4)

1 **구학식龜鶴息** 구학龜鶴은 사람이 장수함을 비유하며, '구학식'은 장생을 위한 호흡.

2 **상조商調** 상商은 오음五音의 하나인데, '상조'는 비장한 곡조.

3 **환주歡州** 충청남도 천안天安의 옛 이름.

4 **백육百六** 액운을 뜻하는 말.(『한서漢書·율력지律曆誌』: "易九戹日初入元, 百六陽九.")

5 **대완족大宛足** 대완 소산의 말. 대완은 서역西域의 국명으로, 그 지역이 지금은 러시아
에 들어가 있다.

6 **무려巫閭** 중국의 의무려산醫巫閭山. 일명 광녕산廣寧山. 음산陰山산맥에서 뻗어나온
산으로 지금 요령성遼寧省 북진현北鎭縣에 있다.

7 **가한可汗·만호후萬戶侯** '가한'은 칸, 몽골이나 돌궐 등 종족의 왕이나 황제를 일컫는
말. '만호후'는 큰 제후. 한漢나라 때 열후列侯 중에 큰 자는 식읍食邑이 만호, 작은 자
는 5~6천호였다.

8 **금계대錦罽帶** 무늬가 있는 모직 띠.

9 **필률觱篥·강적羌笛** '필률'은 서역지방의 악기로, 우리 악기의 날라리가 이와 유사함.
일명 가관笳管. '강적'은 역시 서역의 강족羌族으로부터 유래한 피리의 일종.

10 **영고탑寧古塔** 중국 흑룡강성黑龍江省에 있는 지명. 청淸 황제의 조상들이 살았던 곳
이다.

11 **낭자산狼子山** 중국 요령성에 있는 산 이름. 당唐 태종太宗이 고구려를 치러 나왔다가
밤중에 길을 잃고 헤매는데 숲속에서 닭 우는 소리가 들려 찾아갔다. 조그만 집에 한
처녀가 있어 밥을 얻어먹었다. 아침에 보니 집도 처녀도 간 곳이 없는 빈 산이었다 한
다. 이에 산 이름을 낭자산이라 불렀다.(임한수林翰洙『연행노정燕行路程』)

12 **순치선우順治單于** 1644~61. 청淸의 세조世祖. 순치제가 북경北京에 입성하여 중국의

황제로 자리 잡았다.

13 봉림대군鳳林大君 효종(재위기간 1649~59). 이름은 호淏.

14 구련성九連城·삼강三江 '구련성'은 의주義州에서 압록강 건너에 있는 지명. 고려의 장수 김간로金幹魯가 금金과 싸울 때 이 성을 쌓았다는 전설이 있다. '삼강'은 구련성에서 압록강을 건너는 사이에 있는 지명.(『연행노정』)

15 강수안목强隨雁鶩 옛날 아전들은 수령 앞에서 따오기처럼 머리를 숙이고 허리를 굽힌 채 재빨리 걷도록 했기 때문에 마지못해 아전 노릇을 하게 된 사실을 강수안목이라고 표현한 것이다.(鶩=雁)

16 금목金木 옛날 형벌에 사용했던 금속과 목재. 형구를 가리킴.(『장자·열어구列禦寇』)

17 가야伽倻 산 이름으로 충청도 해미현海美縣에 있다.

18 설악잠雪嶽岑 김시습金時習이 중으로 법호를 설잠雪岑이라 했고 설악산에 있었던 적이 있었으므로 설악잠雪嶽岑이라 한 것이다.

19 영은락靈隱駱 초당初唐의 시인 낙빈왕駱賓王이 측천무제則天武帝에 반기를 들었다가 실패하여 망명을 했는데, 항주杭州의 유명한 사원인 영은사靈隱寺에 중이 되어 숨어 있었다는 전설이 있다.(『서호가화西湖佳話·고금유적古今遺迹』) 우리나라 공주公州에도 영은사라는 절이 있는데, 이건창李建昌은 이 절에 들었을 때 "달 밝은 밤 중들 모두 잠들었거니 여기 누가 낙빈왕일지〔月明僧盡宿, 誰是駱賓王〕"라고 읊었다.(『명미당집明美堂集·직지행권直指行卷·영은사』)

20 벽사甓寺 경기도 여주驪州에 있는 신륵사神勒寺의 별칭. 그 절에 벽부도甓浮屠가 있어서 이 이름이 유래했다 한다. 이곳에 고려 말에 이름 높은 중 나옹懶翁의 비가 세워져 있다.

21 구림鳩林 전라남도 영암군에 있는 지명으로, 도선道詵이 태어난 곳이다. 그가 탄생했을 때 아비 없이 태어났다 해서 대숲에 버려졌는데 비둘기가 날아와 그 아기를 보호했다 한다. 그래서 구림이라 불렀다 한다.

22 상로학사霜盧學士 「제왕운기帝王韻紀」의 저자 이승휴李承休(1224~1300)를 가리키는 것으로 추정된다. 이승휴는 사림학사詞林學士의 직명으로 벼슬을 그만두고 강원도 삼척의 두타산頭陀山 속으로 들어가 노경을 지내며 불경을 애독했는데, 그 거처를 용안당容安堂이라 했고 뒤에 간장암看藏菴으로 이름이 바뀌었다.

23 초의왕자草衣王子 신라 경순왕敬順王의 아들로 고려에 항복하는 것을 반대해서 금강산에 들어가 베옷을 입고 초식草食을 하며 생애를 마쳤다는 마의태자를 가리킴. 금강산의 송라동松羅洞에 유적이 있다.

24 오왕吳王·추계魋髻 '오왕'은 오삼계吳三桂. 명明나라 말기에 산해관山海關을 지키고 있다가 이자성李自成이 이끄는 농민반란군에 의해 북경이 함락되자 청군淸軍과 함께 진압했다. 그는 청조淸朝로부터 서평왕西平王으로 봉해졌는데 뒤에 운남雲南에서 청조에 반군을 일으켜 싸웠다. '추계'는 상투머리를 가리킨다. 당시 한족漢族은 모두 만주족의 변발을 하였는데, 오직 연극에서 한족 전래의 머리 모양을 하고 등장한 것을 보고 눈물을 흘렸다는 뜻이다.

25 전수錢叟·인필麟筆 '전수'는 명말·청초의 문인 학자 전겸익錢謙益. 호는 목재牧齋. 청조에 들어와서 벼슬을 하다가 은퇴하였고 노년에는 저서를 하며 불교에 마음을 돌렸다 한다. '인필'은 사필史筆을 뜻한다. 박지원朴趾源은 이 두 구절을 언급하며 실제 사실을 자상히 모르고 쓴 것이라고 비판한 바 있다.(『열하일기熱河日記·피서록避暑錄』: "謙益三桂, 俱以降虜, 白頭无聊, 一則雖托義擧而號先僭, 一則寓意著書而大節已虧. 雖欲巧逃後世之誅貶, 人孰信之.")

26 노동盧仝 ?~835. 중국 당의 시인. 자호를 옥천자玉川子라 했고 『춘추春秋』에 대한 연구가 깊었으며, 특히 한유韓愈와 교유가 있었다. 그가 월식시月蝕詩를 지어 당시 정사를 비판하였던바, 한유는 여기에 화답해서 「효옥천자월식시效玉川子月蝕詩」를 지은 바 있다.

최성대崔成大(1691~?): 자는 사집士集, 호는 두기杜機, 본관은 전주全州. 영조 때의 시인. 소북파로 이조판서를 지낸 최천건崔天健의 6대손이다. 문과에 급제, 벼슬은 대사간에 이르렀다. 신유한申維翰과 시로 교유했으며, 시의 재능이 삼연 三淵(김창흡의 호) 이후 일인자로 꼽히기도 했다. 『두기시집』이 전한다.

🌸 **작품 해설**

이 시는 17세기 동북아의 전환기적 상황에서 한 파란의 인생역정을 장편으로 엮은 내용이다. 시인이 작중 서술자로서 주인공을 만나 이야기를 듣는 형식인데, 이야기를 듣는 자리가 곧 시의 현재다. 따라서 주인공이 들려주는 이야기는 작품의 중심부를 이루는데, 앞에 서장이 붙고 뒤에 시인의 말로 마무리 지었다.

주인공은 지금 95세의 늙은 중이다. 첫 구절에서 대뜸 "이화암 옛 절에 스님 한분/아흔다섯 나이에도 눈에 정기가 번쩍"이라 하여 그 인물에 관심을 비상히 끌도록 하는데, 게다가 "부처님 앞에 향불도 피우는 법 없이 나무아미타불 외우지도 않고"라고 하여 더욱 기묘한 느낌을 준다. "이상도 하지요, 우리 스님의 행적"이라는 구절로 주인공의 성향을 요약하고 있다. 거기서도 '다를 이異' 한 글자는 전체의 눈동자요, 이 한 글자가 전편을 끌어간 것이다.

천안 고을의 아전으로 태어나 병자호란에 포로로 끌려갔다가 여진족·몽고족 사이에서 용맹을 날리더니 다시 고국으로 돌아와, 이윽고 출가해서 외롭게 떠돌다가 지금은 이화암에 머물고 있는 낙백한 늙은이. 이 노인을 보고 시인은 "조물주 이 스님에 대해 너무도 희롱이 짓궂었구나"라고 탄식하였다.

17세기 동북아의 역사는 우리의 주관적 염원과 관계없이 진행되고 있었다. 작중 노인의 형상은 이 전환시대에 처한 삶의 한 전형, 당시 역사의 구체적 투영인 것이다. 그의 인생역정은 방향성을 명확히 찾지 못했거니와, 결국 고독하고 영락한 신세로 떨어졌다. 그럼에도 "푸른 눈동자 광채를 쏘는 듯" 기백이 상기 무섭게 살아 있다. 시를 끝맺는 구절에서 "스님이여 스님이여! 지금은 어디 계시오?/차가운 하늘 눈여겨 바라보니 한마리 새 솟구쳐 날아오르네"라고 자유를 지향하는 불굴의 영혼을 느끼게 한다.

● 참고

　정범조鄭範祖의 문집『해좌집海左集』에는「이화암노승전」이 실려 있다. 바로
「이화암의 늙은 중」을 읽고 그 인물에 대단히 흥미를 느껴 전의 형식에 담아본
것이다. 사실의 서술은 시를 자료로 삼았기 때문에 다른 내용이 있을 수 없지만
그 인물 성격에 대한 해석 역시 서로 통하고 있다. 참고로「이화암노승전」의 논
찬論贊 부분을 소개해둔다.

　"노승은 기남자다. 그는 바야흐로 어린 나이에 묶이어 강로強虜(여진족을 가
리키는 말) 속으로 들어가 능히 자신의 용력으로 대열 사이에서 자취를 떨치게
하였으니 기회를 잡아 진출을 하였다면 부귀를 쉽사리 이룰 수 있었을 터이다.
그럼에도 부모의 나라를 저버리고 되놈 속에 몸을 빠뜨리는 짓을 차마 하지 못
하여 발을 빼내 동쪽으로 돌아왔으니 그 뜻이 기특하다 하겠다. 그리고 호랑이
를 때려잡는 그 기질로 몸을 구부려 아전구실을 하였으니 호걸이 처하기에는
맞지 않았던 것이다. 그가 기생을 끼고 술에 취해 노래 불렀던 것은 참으로 여색
에 미혹해서 그랬겠는가. 대개 답답한 마음을 조금이나마 풀어보려는 것이었으
리라. 그의 기걸한 기질에 죽을죄를 범하였는데 북방이나 남방의 국외로 망명하
지 않고 공문空門(불교)에 의탁해서 목석과 더불어 함께 사라졌으니 그 행적은
기이하다. 대개 그의 일생은 세번 전환을 하여 일이 더욱 기이하다. 이야말로 파
묻혀두어 전하지 않게 할 수 없는 것이다."(『해좌선생문집海左先生文集』 권39)

임명대첩가

臨溟大捷歌

홍양호

임명역은 성진城津·길주吉州의 사이에 있는데 정평사 정문부鄭文孚가 임진왜란 때 왜적을 대파한 곳이다. 승전비가 서 있다.

정공은 이 고장 사람 이붕수李鵬壽와 함께 경성鏡城 땅 무계武溪 어랑리漁郎里에서 의병을 일으켰다. 먼저 반역자 국세필鞠世必[1]의 목을 베고 나아가 왜군을 쳐서 여러 차례 뛰어난 공로를 세웠다. 함경도 지방이 드디어 평정되었다. 감사 윤탁연尹卓然이 허위로 보고해서 그의 공로를 깎아내리니, 정평사는 통정대부의 품계를 받는 데 그치고 관직도 끝내 현달하지 못하였다. 인조 때 시안詩案[2]에 걸려 죽음을 당하였다. 현종 때에 이르러 외재畏齋 이단하李端夏가 북도평사가 되어 상소를 올렸고 노봉老峰 민정중閔鼎重은 함경도 감사로서 계문啓聞을 하여 그의 억울함을 씻어주고 표창·증직하였다. 이 지방 사람들이 무계에 사당을 세움에 창렬사彰烈祠라는 사액을 받게 되었다.

洪良浩

在城津吉州之間, 鄭評事文孚, 壬辰大破倭奴於此. 有勝戰碑. 鄭公與鄉人李鵬壽等, 舉義於鏡城武溪漁郎里. 首斬叛奴鞠世必[1], 進擊倭, 屢立奇功, 北方遂平. 監司尹卓然, 誣奏, 抑其功, 只加通政階, 官遂不顯. 仁廟朝, 死於詩案[2]. 逮至顯廟朝, 李畏齋端夏, 爲評事陳疏, 閔老峰鼎重, 以監司啓聞, 伸雪褒贈. 鄉人立祠於武溪,賜額曰彰烈.

정평사는 기남자로다.
당신 아니런들 함경도 백성들
　흑치黑齒를 면치 못했으리.[3]

그 옛날 큰 고래 한마리
성난 지느러미 번쩍번쩍 불이 타오르듯
창해 끓어 동쪽 하늘 시뻘겋게
삼경三京이 불에 타고 팔도가 짓밟혀
푸른 일산 멀리멀리 압록강변에 닿았네.[4]

가등청정加藤淸正은 왜군의 장수 중에
　가장 사납고 무서운 자
청정의 부대 함경도로 마구 진격하니
날랜 칼 서릿발 같아 혜성의 빛이요
독한 탄알 우레소리
　사람의 골수를 꿰뚫는구나.

아군의 장수 철령鐵嶺에서
　깃발이 꺾이고 말았으니
삼군이 조수처럼 밀려서
　화살 한대 쏘아보지 못했다오.

臨溟大捷歌

鄭評事奇男子,
微爾盡黔北人齒.[3]

時有長鯨,
怒鬣閃燿若火熾.
滄海爲沸東天紫,
三京焚燒八路崩.
翠華遙遙鴨水沚.[4]

其酋淸正最點鷔,
萬隊橫行遂北指.
快劍如霜彗日芒,
毒丸如雷洞人髓.

元戎旆折鐵嶺上,
三軍潮退未敢發一矢.

조잘대는 소리 얄궂은 복장

　북녘땅에 가득 차게 되었으니

태조대왕 태어나신 마을

　비린 기운이 처참하고

마천령 요새도 활개치고 넘어서

구진九鎭⁵의 여러 고을들

　바람결에 무너졌구나.

흉악한 노속이며 아전배들

　다투어 창끝을 돌려대니

곳곳에 성안이 뒤집혀

　그들 손에 수령들이 붙잡히고

왕자 대신들마저 포박을 당했다네.

조국이 너희에게 무엇을 저버렸길래

　차마 조국을 배반한단 말인가?

삼천리 강토 왜놈 천지 되는구나!

관북에 어찌 의로운 인물 하나 없었으리?

이때 정평사 막부에서

　단신으로 뛰쳐나와

산길 헤매고 풀섶에 숨어

　모양이 말씀이 아니더니

鳥言卉服滿朔野,
腥氛慘憺輿王里.
磨天重險掉臂過,
九鎭諸郡望風跪.⁵

桀奴叛吏爭倒戈,
處處翻城囚長吏.
王子大臣亦受縛,
國何汝負乃忍爾?

箕封千里爲戎矣,
關北曾無一義士.

維時蓮幕隻身跳,
山行草伏形容毁.

갈림길에서 방황하며
　　누구와 손 맞잡고 일을 할까?
최배천·강문우·이봉수
　　세 동지를 만나게 되었다네.

서로 눈물 뿌리고, 피를 마시며
　　하늘을 우러러 맹세하고
일백의 의사들
　　소매 떨치고 일어섰다지.

치마 찢어 기폭 만들고
　　농기구를 무기로 들었는데
백면白面 장군은 채찍을 쥐고서
북소리 울리며 서서히 경성으로 진군하니
남녀노소 환영하여 뒤따라 나서네.

彷徨岐路誰與歸?
邂逅同志崔姜李.[6]

揮涕飲血仰天誓,
一百義旅投袂起.

경성의 남문 망루에
　　아독牙纛[7]을 높다랗게 세우고
반역자 국鞠가놈 잡아서
　　그놈 찢어 죽여 저자에 매다니
기세 하루아침에 달라져
　　북도 전역에 울리고
반적들 백성의 손에서
　　차례차례 붙잡혀 죽었더니라.

裂裳爲旂鋤爲兵,
白面將軍杖尺箠.
鳴鼓徐行入鏡城,
士女歡迎惟命侯.

南樓業業建牙纛,[7]
磔斮鞠堅懸街市.
軍聲一朝震北路,
叛賊次第束身死.

야인들 또한 틈을 엿보아
  저들대로 준동하기 시작하더니
그제는 뿔이 빠진 듯
  모두 나아와 머리를 조아리네.

왜놈들 소식 듣고 군사를 몰아와서
개미떼처럼 달라붙어 성가퀴로 기어오르니
성 위에서 북소리 한번에 화살이 비오듯
미처 도망칠 겨를도 없이
  적군의 시체는 해자를 메우더라.

아군은 길주 땅에 이르도록
  퇴각하는 적군을 추격하여
세번 싸워 세번 무찔러
  모조리 궤멸을 시켰으니
장평長坪 쌍포雙浦[8] 수백리에
던져진 창, 버려진 징 무더기로 널렸다네.

날고 뛰던 왜놈들
  담이 떨어지고 뼈가 녹았는가
달팽이 움츠러들듯
  배암이 굴속에 틀어박히듯

藩胡伺釁乍蠢動,
若崩厥角咸率俾.

蠻兒聞之卷甲來,
肉薄登陴如附蟻.
城上一鼓箭如雨,
僵尸盈壕不旋趾.

官軍追奔至吉州,
三戰三北皆離披.
長坪雙浦數百里,[8]
投戈棄鉦何累累?

驕虜膽破若無骨,
蝸縮蛇蟠土窟裏.

단천의 대병력이 또 접응을 해서
밤중에 재갈을 물리고
　　남쪽으로 이동하여
깃발 숨기고 산속에 매복하니
　　적의 퇴로 차단하는 계략이라
앞에 뿔 잡히고 뒤에 다리 잡힌
　　한마리 사슴 꼴이로고.

백탑白塔의 언덕 임명의 들판에서
건아들 호랑이 코뿔소처럼 용력을 뽐내니
적군은 쥐 숨듯 토끼 내빼듯 어지럽다.
왕왕 박이 터지고 팔뚝이 부러지니

端川大兵自來迎,
半夜銜枚將南徙.
葦山偃旗截歸路,
前有角兮後有掎.

민대갈 맨정강이 놈들
　　일시에 경관京觀으로 바뀌는데[9]
왼쪽 귀를 베어서
　　긴 끈에 줄줄이 꿰었도다.
배 가르고 창자 뽑아낸 다음
　　장승처럼 길가에 세워놓으니
그놈들 놀라 돌아보고
　　어디 감히 접근하랴.

白塔之原臨溟野,
健兒賈勇如虎兒.
紛紛鼠竄與兎脫,
往往裂腦而折臂.

髠頭裸足化京觀,[9]
長繩簇簇貫左耳.
刳肚擢腸立如堠,
醜類狂顧那嚮邇?

왜군의 장수 대성통곡
　　마천령 넘어 도주하는데

倭酋大哭走蹻嶺,

놈의 머리 붙어 있되
　넋은 벌써 나갔더라네.

서낭당 당산나무에
　전운이 말끔히 걷히니
동해의 푸른 물에
　피 묻은 칼을 씻었도다.

북관이라 스물세 고을
한치의 땅까지 모두 탈환하였네.

아름다워라
　저 두 당당한 장사여!
공을 이루고 몸이 먼저 가서
　말 앞에 떨어졌구나.

납지蠟紙가 멀리 날아서
　임금 머무신 곳에 도달하자[11]
임금님 감동하사
　기쁨에 슬픔 또한 엇갈리셨네.

몸소 그 갸륵한 뜻
　표창을 하고 직위를 높이시되
상으로 내리시는 물건

頭雖戴矣魄已祇.

陣雲初霽白楡社,
血刃淨洗靑海水.

朔方二十有三州,
寸地皆還我疆理.

可憐堂堂二壯士,
功成身殉馬前墜.[10]

蠟紙遙飛奏行在,[11]
至尊動容悲且喜.

璽書寵嘉進官秩,
賜賚便蕃及衣履.

또한 융숭하였거늘

그때 함경감사
　　군대를 거느리고 기껏 자기 호위만 하여
임금이 몽진하시는 마당에
　　남의 일처럼 바라보더니……

자기는 아무런 공이 없으매
　　남이 세운 공 시기하고
흠집을 일부러 뜯어내서
　　그 아름다움을 덮었더란다.

그리고 백년이 지나
　　드디어 공론이 펼쳐지매
고을 사람들 세운 사당
　　광채가 휘황하게 나는구나.
무계가에 어랑리
산천은 울창한데
　　옛 성루 의연히 둘러 있네.

그 옛날 윤관 김종서 두 장군은
　　북변의 강토를 개척하였으니
우리의 국위와 병력
　　이 두분의 공적에 기대었거늘

藩臣擁兵但自衛,[12]
君父蒙塵越人視.

奈何恥己無功嫌人有?
媒孽其短反揜美.

公議百年竟得伸,
贈誄輝煌邦人祀.
武溪之上漁郞里,
山川蒜蒜環古壘.

昔日金尹拓疆土,
國威兵力是憑倚.

정공은 국운이 거덜날 지경을 만나
  맨주먹 불끈 쥐고 일어서니
광란이 물결 치는 앞에
  굳건히 막아선 바위더니라.

만약 정공 아니런들
  두만강 안쪽 우리 차지 아니요,
중국으로 쳐들어가는 것도
  이곳에서 시작되었으리.

정공의 수립한 공훈
  다시없이 우뚝하니
천고에 유명한 수양성睢陽城
  여기 견주어 짝하겠네.

생전의 낙척함 죽을 때 원통함
  이도저도 한탄하지 마오.
높고 높다 그이의 이름
  백두산과 나란히 솟아 있도다.

내 오늘 격전지를 지나다
  마음에 감회가 일어나
칼을 두드리며 노래 부름에
  노랫소리 치성徵聲으로 바뀌누나.[14]

公遭板蕩奮空拳,
屹若狂瀾障一砥.

不然不惟頭江以內非吾有,
荐食上國從此始.

如公樹立更卓然,
千載睢陽可並擬.[13]
生前落拓死時煩寃俱莫恨,
巍巍名與白山齊高峙.

我過戰地起感慨,
彈劍長歌爲變徵.[14]

칼을 두드리며 부르는 노래 격렬하니
삭풍이 몰아쳐 그칠 줄 모르는도다.

彈劍歌聲激烈,
邊風獵獵鳴不已.
(『이계집耳溪集·삭방풍요朔
方風謠』권5)

1 **국세필鞠世必** 경성의 관노로, 왜군이 함경도로 침입하자 국경인鞠景仁과 함께 그들에
게 붙어서 그곳으로 피난 와 있던 두 왕자 임해군臨海君과 순화군順和君을 붙잡아 왜
군에게 넘겨주었다.

2 **시안詩案** 이괄의 반란이 일어났을 때 정문부가 초楚 회왕懷王에 대해 쓴 시로 걸려 심
문을 받다가 죽었다.

3 일본인들이 원래 이빨에 검은 칠을 하는 풍속이 있었다 해서, 일본에 동화되었을 것
이라는 의미로 쓴 것이다.

4 **취화翠華** 푸른 일산으로 곧 국왕을 가리킴. 국왕 선조宣祖가 의주義州로 피난 갔던 사
실을 표현한 것이다.

5 **구진九鎭** 함경북도 국방의 요지에 구진을 두었는데, 이곳이 행정을 관할하는 고을로
되었다. 이 구진제군九鎭諸郡은 곧 경성鏡城·길주吉州·명천明川·회령會寧·무산茂山
·종성鍾城·온성穩城·경원慶源·경흥慶興을 말한다.

6 **최강이崔姜李** 경성의 유생儒生인 최배전崔配天·이봉수李鵬壽 및 안원安原·권관權官
·강문우姜文佑를 가리킨다.

7 **아독牙纛** 임금이나 대장을 상징하는 깃발.

8 **장평長坪·쌍포雙浦** '장평'은 경성의 두만강가에 있는 지명이며, '쌍포'는 길주의 임명
역 근방에 있는 냇물 이름이다.

9 **곤두髡頭·경관京觀** '곤두'는 일본 병졸의 머리를 깎은 모습, '경관'은 옛날 전쟁에서
적군 시체의 수급을 높이 쌓아 만든 무덤을 일컫는 말.

10 임명전투에서 이봉수와 이희당李希唐이 적군의 탄환에 맞아 죽은 사실을 표현한 것
이다.

11 **납지蠟紙·행재行在** '납지'는 밀랍으로 싸서 보내는 편지, 즉 밀서. '행재'는 임금이
임시로 머무는 곳.

12 번신藩臣 함경도 감사인 윤탁연尹卓然을 가리킨다.

13 당唐나라의 안록산安祿山의 반란 때 수양성에서 장순·허원 등이 포위가 되어 끝끝 내 항복하지 않고 버티다가 죽었던 사실이 있으므로 충절이 이에 비견된다고 한 것 이다.

14 변치變徵 치徵는 동양 음악에 있어서 음조의 하나인데 '변치'는 치의 변성이다. 변치 또한 옛 음악에서 7음의 하나다. 몹시 비장한 것이 그 특징이다.

🏵 작품 해설

이 시는 함경도 땅에서 왜군을 몰아낸 의병대장 정문부를 형상화한 작품이다. 원래 「삭방풍요」 속에 들어 있는 작품인데, 「삭방풍요」는 시인이 정조 1년(1777) 겨울에 함경도 경흥부사로 좌천되어 갔던바, 이때 견문한 사실들을 잡아서 쓴 것이다.

시는 첫머리에 "정평사는 기남자로다/당신 아니런들 함경도 백성들 흑치黑齒를 면치 못했으리"라고 주인공의 성격을 먼저 규정하고 들어간다. 요컨대 그 인물은 '기남자'요 그 업적은 함경도를 적군의 수중에서 회복한 것이다. 이런 규정이 진실임을 증언한 것이 시의 내용인 셈이다. 그런데 임명대첩이 함경도 전역의 전세를 뒤집는 데 결정적이었으므로 '임명대첩가'라 제목을 삼은 것이다.

이 임명전투에 이르기까지의 상황이, 전체적 조명으로부터 함경도로 좁혀들어 왜군에게 유린을 당하고 내부적으로 반역자·부역자가 속출하는 사정을 엮어내면서 정문부가 등장하게 된다. 시를 총결하는 부분에서 또다시 "만약 정공 아니런들 두만강 안쪽 우리 차지 아니요/중국으로 쳐들어가는 것도 이곳에서 시작되었으리"라고 정문부의 역사적 공헌을 확실하게 하고 있다.

인물의 형상을 역사의 구체적 사실·사건의 전개에 따라 그려냄으로써 작품은 서사성이 뚜렷하게 되었는데, 거기에 시인의 두가지 의식 내지 정감의 경향이 엿보인다. 하나는 민족적·애국적 의식이며 다른 하나는 비분의 감정이다. 후자는 특히 뒷부분에서 두드러지게 나타나는바, 주인공이 그런 큰 공을 이루었음에도 논공행상에서 제외되고 마침내는 시안詩案에 걸려 죽은 사실이 후세의 시인으로 하여금 비분감을 갖게 하였다. 그런 사례가 옛일만은 아니라고도 느꼈을 것이다.

유거사
柳居士

홍신유

유거사 안동 출신으로
서애西厓 정승의 숙부라지.
그 이름 감추어 전하지 않고
세상에선 단지 유씨로만 알 뿐이네.

그의 용모 보기에 어리석은 듯
묵묵히 말을 하질 않고
평소 문밖에도 나서는 일 없으니
근신하여 허물 없고자 함인가.
오직 주량이 대단해서
한번에 두세말 들이켜고
한 자루 보검을 애지중지
갑 속에 깊이깊이 간직하였다네.

서애는 그즈음 새로 정승이 되었는데
재기才氣를 크게 자부하였고
정승의 사업 또한 거룩하였으며
임금의 지우를 입고 있었더라.

柳居士

洪愼猷

居士出安東,
西厓之叔父.
藏名名不傳,
世但知姓柳.

容貌望若愚,
黙無言出口.
平生不出戶,
似學節无咎.[1]
惟有酒戶寬,
一吸數三斗.
且愛一寶刀,
匣裏深深貯.

西厓時入相,
才氣大自負.
黃扉事業盛,
遭遇聖明主.

어느날 거사 가족에게 이르기를
"조카 상국 못 본 지 오래이니
내 한번 가서 만나보고
마음속의 울울함을 풀어나볼까."

집사람들 그 말씀 듣고서
뜻밖이라 기뻐하며 어서 다녀오시라 한다.
즉시 한필 건장한 소를 타고
닷새 걸려 서울에 당도하였네.

야인의 허름한 복색으로
승상부 웅장한 저택을 들어서는데
서애 상국 마침 바라보고
섬돌로 내려와 엎드려 절하더라.

거사는 한마디 "잘 있었소?"
그리고 아무 말없이 바보처럼 앉아서
오직 상국과 한방에 있으려 들고
잠시도 곁을 떠나지 않더라.

오늘은 거마 줄을 잇고
내일은 옥관자 금관자 모여들어
조정사의 잘잘못을 논하기도 하고

居士謂家人,
相國不見久.
我欲一往見,
懷緖舒窈糾.

家人聞此言,
驚喜便相許.
卽騎一健牛,
五日京城走.

粗粗山人衣,
潭潭丞相府.
相國望見之,
下階拜偃僂.

居士問無恙,
癡然更無語.
但願居同室,
暫不離左右.

今日車馬至,
明日冠紳聚.
朝廷論得失,

군무軍務의 크고 작은 일들을 논하는데
거사 줄곧 옆에 앉아 있었으되
듣지도 보지도 못하는 듯

하루는 유거사 상국에게 말하길
"나와 바둑을 두지 않겠소."

상국이 공손히 아뢰기를,
"소자는 국수의 말을 듣고 있고
숙부주께옵선 바둑을 잘 두지 못하시니
승부를 논할 것이 없을 듯하옵니다."

그래도 거사는 두번 세번 청하여
해는 마침 정오 대청 위에서 한판 벌어졌네.
상국은 마지못해 바둑판 앞에 앉았는데
포진하는 형세 정석에 어김없다.

옛날 중국의 사동산謝東山[2]이
산음山陰 별장을 걸고 내기바둑 둘 때 같으니
홀연히 초한의 격전에
군사들 수공에 걸려 강물에 몰살당하듯[3]

거사는 전판을 이기고
바둑판을 밀치며 손뼉을 치고 말한다.

軍務談細巨.
居士坐在傍,
若不聞不睹.

一日謂相國,
與我圍棋否.

相國斂容對,
小子誠國手.
叔父棋不妙,
未可論勝負.

居士再三請,
華堂日正午.
相國謾應諾,
陣勢按法譜.

政似謝東山,[2]
山陰賭別墅.
忽如楚漢戰,
兵入灘水渚.[3]

居士贏全局,
推平掌一撫.

유거사 129

"그대는 바둑에나 국사에나
나와 겨룰 자 누구냐 자부할 테지.
내 보기론 두가지 다
마찬가지로 취할 점이 없네.

오늘 저녁에는 특별히 부탁할 일 있으니
나의 침소를 따로 잡아두고
산채나물 열 접시에다
술은 두어 항아리 채워주게.

내일 어떤 중이 뵙자 할 터인데
그 모습 무인의 기상 분명하리니
그대는 그 중과 상대하지 말고
내 거처로 보내게."

이튿날 과연 웬 중이
당당하게 들어와 뵙거늘 유상국이
"내 지금 일이 있어
너와 대면할 겨를이 없다.
집에 거사 한분이 계시는데
거처가 깨끗하여 네가 머물 만할 것이다."

중은 절하고 의젓이 물러나

公於棋與國,
自謂孰敢與.
二者以余觀,
一般無可取.

但願今日夕,
別置我寢所.
山蔬堆十盤,
大酒盛數瓴.

明日有一僧,
謁公形起起.
公勿與僧語,
示送我居處.

翌日果有僧,
謁公洸洸武.
公言方有事,
無暇可接汝.
家有一居士,
室清汝可去.

僧拜昂然退,

조용한 처소를 찾아가니

거사가 신발을 거꾸로 신고 맞으며

친구처럼 은근하게 대하더라.

"내게 진찬은 없고

산채와 박주가 있을 뿐이오."

幽窓來相叩.
居士倒屣迎,
慇懃若親友.

거사와 중은 주거니 받거니

밤이 깊도록 열 동이 술을 다 비웠다네.

중은 대취해서 자리에 쓰러져

술을 반이나 토해내더라.

云余無佳味,
山肴與薄酒.

自飲復勸僧,
夜闌盡十卣.
僧醉席上倒,
喉中酒半歐.

거사 손에 칼을 뽑아들자

무지갯빛 열길이나 뿜는데

몸을 날려 중의 배에 걸터앉으니

그 기세 사나운 호랑이

눈빛은 번갯불 튀고

소리는 우레 울리듯

居士手拔刀,
虹光十丈吐.
飛身跨僧腹,
氣勢猛如虎.
眼睛飛電閃,
聲厲巨雷吼.

"너는 어디서 왔느냐!

너는 왜놈이 아닌가?

어느 누가 장수가 될 것이며

어느날에 출동을 할 것이냐!

問僧何從來,
汝豈非倭虜.
何人當爲將,
何日事當擧.

네가 우리를 정탐하러 왔지만
나는 너의 뱃속까지 들여다보고 있다.
이 나라에 사람이 없다 말라.
혹시라도 우리를 깔보지 말라.

내 이 서릿발 같은 칼을 보라.
네놈을 회 치고 포 뜨는 게 뭐가 어렵겠나.
너 같은 거야 죽일 것도 없다.
한낱 어린 병아리 썩은 쥐새끼인걸.

汝雖偵探我,
我見汝肺腑.
無謂國無人,
無或敢余侮.

看我刃如霜,
何難刉膾脯.
嗟汝不足殺,
一孤雛腐鼠.

어차피 우리 조선 팔도는
전란을 겪을 운수 피할 수 없는 터라
나는 이제 넓은 마음으로
네 실낱 같은 목숨을 살려주겠노라.

況我八路間,
兵火亦天數.
以我大心胸,
饒汝命一縷.

영남 땅 안동 고을은
인민이 거의 만호에 가까운데
내 집 또한 안동이라
가족도 백명이 넘으니
우리 고을 백리 안짝에는
너희 군사들을 들여보내지 말라.

嶺南安東郡,
人民僅萬戶.
我家亦安東,
家累百口有.
一邑百里中,
汝勿過師旅.

만약 내 말을 어긴즉슨
네 목 당장 가서 자르겠다."

冥頑違吾言,
汝吭當往斧.

그 중 일어나 눈물 흘리며 사례하고
두번 절하고 다시 머리 조아리며

"소승은 이름이 청정淸正이요
장수로서 부하를 거느리고 있사온대
공이 하해 같은 마음으로 살려주시니
제 어찌 공의 말씀 받들지 않으리까."

그후 임진년 난리가 일어났는데
백성들 열 사람 중에 아홉이 죽는 지경이었더라.
오직 안동 한 고을만은
평온히 안도할 수 있었다 하네.

僧起垂涕謝,
再拜又稽首.

小僧明淸正,
爲將將羣醜.
微公我不活,
公言敢不受.

邇來壬辰難,
生民死十九.
獨一安東郡,
晏然得安堵.
(『백화자집白華子集』)

---

1 『주역周易』의 절괘節卦에 "初九, 不出戶庭, 无咎"라 했다. 시의 주인공이 문밖에도 나
  가지 않은 것은 절괘 초구初九의 생활방식을 따르는 듯싶다고 한 것이다.
2 **사동산謝東山** 동진東晋의 사안謝安을 가리킨다. 사안이 자기 조카와 산음의 별장을
  걸고 내기바둑을 둔 일이 있는데, 지금 숙질 간에 바둑을 두기 때문에 끌어온 것이다.
3 초楚와 한漢이 결전을 벌일 때 한의 한신韓信이 제齊 땅을 점령하자 초는 용저龍且를
  보내 공략하였는데 한신이 유수濰水의 물을 막았다가 터서 용저가 이끄는 대군을 궤
  멸한 바 있다. 여기서는 바둑이 수에 말려 몰살하게 됨을 비유한 것이다.

● 작품 해설

이 시는 야담으로 널리 전하는 '유거사 이야기'를 재료로 삼아 엮은 것이다.

유거사라는 인물은 초야에 묻힌 존재인데 유성룡의 숙부로 설정되어 있다. 유성룡은 임진왜란 때 탁월하게 능력을 발휘했던 재상으로 유명하지만, 그의 숙부는 일개 무명의 인사다. 그래서 '바보 아재癡叔'라는 별명을 얻었다. 이런 유거사가 실은 앞날을 내다보는 눈을 가진 이인이었다는 것이다. 그가 유능한 정승을 제거하고자 잠입한 왜놈 첩자를 물리치고 미구에 큰 전란이 있을 것을 예언했다는 것이 작품의 대략이다.

유거사 이야기는 『동패낙송東稗洛誦』『청구야담靑邱野譚』 등 야담집에 두루 실려 있다. 줄거리는 모두 대동소이하지만 문학적인 면에서 서사시 「유거사」는 보다 풍부하고 밀도 있게 구성되고 주제 사상도 심화시킨 것이다. 특히 유거사와 중으로 가장한 왜첩이 만나서 대결을 벌이는 과정이 곡진하고도 극적으로 그려져 있으며, 그 앞의 몇 장면이 또한 흥미롭다. 유거사는 서울로 올라온 이후 일부러 조카 정승과 한방에 거처하며, 줄을 이어 방문하는 금관자·옥관자 들을 관찰하고, 그네들의 언론을 엿듣는다. 다른 이본에서 못 보던 삽화다. 당시 관료배들의 인물을 살펴본 터인데 그의 안목에 모두 실망이었다. 그리고 서애 정승과 바둑을 두어 이긴 다음 서애 정승을 보고 "그대는 바둑에나 국사에나/나와 겨룰 자 누구냐 자부할 테지/내 보기론 두가지 다/마찬가지로 취할 점이 없네"라고 여지없이 질책을 한다.

『동패낙송』에서는 유거사라는 인물을 유성룡에 연계시켜놓지 않았다. 유성룡에게는 숙부가 있지 않았다 하니 실재한 사실로 보기는 어렵다. 조카 정승이 유성룡이건 다른 누구건 작품의 취지로 보면 별로 중요한 문제는 아니다. 요는 당시 국정을 맡은 벼슬아치들 일반이 무능했음을 비판하는 데 뜻이 있다. 그런데 안동지방은 어떤 영문인지 임진왜란 당시 왜군의 발길에 짓밟히지 않은 거의 유일한 고장이었다. 이런 사실에 근거하여 위의 이야기가 꾸며졌을 것이다.

유거사 이야기는 임진왜란을 겪고 난 이후 정치권력에 대한 환멸감 내지 비판의 소리, 그리고 체제 밖에서 인물을 기대하는 민심을 수용한 야담인데 이 시에서 주제 사상이 보다 심화된 것이다.

조술창 노인의 장독 노래

助述倉翁 醬瓮歌

신광하

조술창¹ 산이 첩첩한 곳에
　　나의 발길이 닿아
촌마을에서 하룻밤 묵어
　　할아버지 한분을 만나게 되었네.

그 노인 이야길 들려주는데
　　"우리 집의 오래된 장독
대대로 6대를 전하여
　　지금도 장독대에 모셔져 있다오.

생각하면 몸서리쳐지지요.
　　옛날 병자년 큰 난리
함관령 이북 이남 온통
　　되놈에게 짓밟히고 말았더라오.

철령 세길 쌓인 눈을
　　놈들이 밟고 넘어온 날
이 마을 저 마을 집집이

助述倉¹翁 醬瓮歌

申光河

我行助述萬山中,
夜宿村家逢老翁.
翁言家有老醬瓮,
六世相傳安屋東.
憶昔丙子國大亂,
咸關北南迷犬戎.²
夜踰鐵嶺三丈雪,³
千村萬落人烟空.

저녁 연기 오르지 않는데

되놈이 우리 집으로 뛰어들어
　장항아리 먼저 때려부수니
할아버지 팔십 노인이
　활을 당겨 화살이 휘익

화살은 되놈을 맞히어
　그놈 비명을 지르며 내뺐더라오.
장독은 저 산과 함께
　�끄떡 않고 온전히 남아서

그리고 백수십년 세월
　바위처럼 그대로 있습니다.
이처럼 영구히 부지하다니
　아마도 신령과 통한 것이겠죠."

나는 노인의 말씀에
　너무나 놀랍고 신기하여
저 장독 검푸른 용의
　변화된 모습 아닐까.

거북의 등짝처럼 울퉁불퉁
　빈 구멍 여기저기 파였구나.

走入翁家先擊瓮,
翁祖八十鳴桑弓.
一箭中胡胡走哭,
此瓮不動丘山同.
百餘年來不移石,[4]
扶持乃與神靈通.
我聞其語驚且疑,
无乃變化蒼精龍.
贔屭岶岮多空穴,[5]

우레 울리고 비바람 때려
　　하느님 시름에 잠긴 듯

묵은 간장 그 속에 어려
　　무늬가 은은히 생기는데
이 장독 살펴보니
　　돌도 아니고 청동 아니로다.

처음에 어떤 도공이
　　독을 흙으로 빚을 적에
세상 풍진 난리 속에
　　온전히 전해질 줄 어이 알았으랴!

사직社稷은 창황히 떠나
　　서울 도성이 텅텅 비고
남한산성 장전仗殿[6] 위로
　　험한 바람 몰아쳤네.

도성 안의 커다란 집채에선
　　밤에 날라리 소리 들려오고
불길 연기 마구 치솟아
　　하늘을 곧장 태우려는 듯

나라의 문물이며 벼슬아치들

雷雨黯慘愁天公.
醬汁溼結隱波浪,
細看匪石亦匪銅.
尋思陶家埏埴初,
豈知得全風塵訌?
社稷蒼黃城闕空,
南漢仗殿多烈風.[6]
城中大屋夜吹角,
烟火直欲燒蒼穹.
文物衣冠盡塗炭,

온통 도탄에 빠졌으며
소중히 전하던 금은보화
　구렁창 속에 버려진 판국에

아, 그 노인장
　능히 홀로 되놈 물리치고
　장독을 지켜내셨도다.
그 장독 자손 대대로
　길이길이 무궁을 기약하리.

지금 여기 할아버지
　아들 두고 손자 두셨으매
장독 저절로 깨지겠나.
　어찌 종말이 있으리오!

帷帳珠玉委崆峒.[7]
嗚呼!
翁能却胡瓮獨保,
世世相守期无窮.
翁今有子子有孫,
瓮不自破豈有終.
(『진택문집震澤文集·북
유록北遊錄』권5)

---

1 **조술창助述倉** 강원도 평강平康에 있던 지명.
2 **함관咸關 북남北南** '함관'은 함흥과 홍원 사이에 있던 관문. 함관 북남은 곧 함경남북
　도 지역 일대를 가리킴.
3 이 구절은 적군이 함경도에서 강원도로 넘어온 사실을 가리킨다. 철령鐵嶺은 안변·회
　양 사이에 있는 고개.
4 **불이석不移石** 움직이지 않는 바위처럼 장독이 그대로 있었다는 뜻.
5 **비희贔屭** 전설상의 거북 이름. 용의 여러 아들 중의 하나로 생김새가 거북같이 생겼
　는데 무거운 물건을 지기를 좋아한다 함. 비석의 귀부龜趺는 이 형상을 본뜬 것이다.
6 **장전仗殿** 임금이 머문 집을 가리킴. '장'은 임금에 대한 의위儀衛를 뜻하는 말이다.
7 **공동崆峒** 산 이름인데 여기서는 깊은 골짝 혹은 동굴을 가리킨다.

이 시는 장독에 얽힌 이야기를 통해서 하나의 애국적 형상을 제시한 것이다.

시인 신광하는 1783년(정조 7년)에 함경도 지방을 유람하여 백두산까지 등반을 한다. 이 여행의 도중에 조술창이라는 곳에서 한 노인을 만나는데, 그 노인으로부터 그의 6대조 할아버지가 병자호란 당시 장독을 때려 부수려고 덤비는 되놈을 활을 쏘아 격퇴시킨 이야기를 듣는다. 지금 노인은 작중의 화자이며 서사의 진정한 주인공은 용감한 6대조 할아버지다.

작품은 노인의 이야기가 끝나면서 문제의 장독을 직접 보여준다. 옛이야기를 실제 사실로 확인시킨 셈이다. 우리 민족의 생활에서 독은 거기 담는 장이 그렇듯 별것 아니지만 한때도 없어서 안 되는 긴요하고 친숙한 물건이다. 작중의 서사의 초점인 장독은 "묵은 간장 그 속에 어려 무늬가 은은히 생기는" 일상적 생활용품에 불과한 것이다. 그럼에도 "저 장독 검푸른 용의 변화된 모습 아닐까"라고 일종의 신기神器처럼 느낀다. 이 물건은 시에서 상징성을 띤 것이다. 작중의 주인공은 함관령을 짓밟고 철령을 넘어 쳐들어온 침략자를 대담하게 활을 쏘아 물리쳐 우리의 삶에 긴요한 이 물건을 수호하였다. 결구 부분에서 서울 도성이 적군에 여지없이 도륙·능욕을 당한 참상을 대조적으로 비쳐준다. 일개 무명 노인의 행동이 돋보이는 반면 지배층의 무기력이 드러나는 것이다. 민중의 애국 역량에 대한 근원적 신뢰감을 갖도록 한다.

운암서 왜적을 격파한 노래
雲巖破倭圖歌

청계淸溪 양대박梁大撲[1](1544~92)은 만력 임진년(1592)에 의병장으로 운암벌에서 왜적을 격파했다. 그의 후손인 참의參議 양주익梁周翊[2]이 「운암파왜도雲巖破倭圖」를 제작하고 나에게 거기에 대한 노래를 부탁했다.

柳得恭

梁靑溪大撲[1], 萬曆壬辰, 以義兵將, 破倭於雲巖之野. 後孫參議周翊[2], 作圖請歌.

운암의 침침한 나무숲
  우거져 구름처럼 펼쳐졌는데
바위벼랑에 잔도棧道가 얽혀
  길은 어디인지 희미하구나.

시냇물 골짝 어귀로 감돌아
  물굽이 출렁출렁 흐르는데
냇가에 바위자갈 널려
  물오리 기러기 떼지어 앉은 듯

雲巖破倭圖歌[3]

雲巖樹色翳若雲.
石棧縈紆路微分.

谷口長川流渙渙,
亂石疑是鳧雁群.

왜놈들 뼈다귀
   인광이 번쩍번쩍 나무 끝에 날고
귀신은 <u>으흐흐</u> 흐느껴
   해는 서산에 뉘엿뉘엿.

저 왜적을 쳐부순 분 누구더냐?
   양장군 양대박 그이였으니

장군은 호남이라 대방⁴ 땅에
   기개도 드높은 열사더니라.
천금의 보검 옆에 차고
   천리마 박차고 달리며

비분의 눈물을 뿌리고
   격문을 지음에 비바람이 일더라.
가산을 기울여 길러낸 군사
   하나같이 범처럼 날랜 군사

왜군들 마침 점심때라
   으슥한 대숲 옆에 주둔하여
모래밭에 솥을 걸고
   밥 짓는다 그릇 씻는다 와글와글.

倭燐燦燦飛艸末,
倭鬼呷嚛山日曛.

破倭者誰梁將軍.

將軍帶方之烈士.⁴
寶刀千金馬千里.

灑泣艸檄風雨生.
破家養士熊虎似.

倭子午爨幽篔間.
支鐺滌甌聚沙灣.

저것들 웬놈들이냐!
　　사부로 고로 자에몽[5]
저마다 비단옷 걸쳐
　　무늬도 알록달록 어지러운데

번쩍이는 거울을 붙인 자
　　깝신깝신 춤을 추고
부채를 흔들고 서 있는 자
　　무슨 소린지 주절주절 지껄이고

괴이한지고! 어인 일인가?
　　구리가면 쓴 저놈은
귀신인지 도깨빈지
　　추악하고 요망쿠나.

三郎五郎左衛門,[5]
箇箇衣錦某子斑.

양장군 이 모양 바라보고
　　치미는 분노 이기지 못해
한소리 외치고 내달아
　　큰 칼 뽑아 춤을 추니
북소리 꽹과리소리 둥둥둥
　　복병이 일시에 일어난다.

有閃鏡者蝶舞翾,
有搖扇者鳥語喧.

怪哉或著銅假面,
如鬼如媼醜且姦.

將軍望見不勝怒.
大呼而馳大刀舞.
金鼓齊鳴伏盡發,

보아라 저 산등성이
　　깃발이 무수히 나부끼고

試看山背戢戢旌旗竪.

아군의 쏘아댄 화살이
　　메뚜기떼처럼 하늘을 덮었네.

왜군의 장수 화살을 맞아
　　발랑 나자빠지고
왜군의 병졸들 혼비백산
　　게다짝 끌고 달아나기 바빠

창을 버리고 칼을 내리고
　　담벼락 무너지듯 쓰러졌네.
풀이 우거지고 새는 자취를 감춰
　　끝없이 황량하기만 해라!
지금에 이르도록 운암벌엔
　　쓸쓸한 기운이 감돈다는군.

한번 물어보겠노라
　　자고로 왜군을 정벌한 장수
　　누가 제일 훌륭했던가?

중국 명나라의 척계광戚繼光[6]은
낭선狼筅이며 만패彎牌[7]로
　　군사를 10년 동안 조련했고
우리나라 이통제 이순신
호부虎符[8]를 쥐고 거북선으로

我矢蔽天如飛蝗,

倭將翻身飲白羽.
倭兵躪屬跟蹌奔,

抛槍拖劍如崩堵.
艸薙禽獮蕩無垠,
雲巖之野至今但烟莽.

試問古來征倭之將誰最賢?

中朝戚少保,[6]
狼筅彎牌鍊十年.[7]
我朝李統制,
虎符龜艦鎮三邊.[8]

삼도의 바다를 제압했다네.

장하도다 양장군이여!
천명도 못 되는 의병으로
이처럼 큰 공을 세우다니.

偉哉梁將軍,
義旅纔盈千.
(『영재집泠齋集』권5)

1 **양청계梁靑溪 대박大樸** 1544~92. 본관은 남원, '청계'는 그의 호. 시호는 충장忠壯. 시
인으로도 이름이 있다. 임진왜란 때 남원서 의병을 일으켰으며 진산珍山의 진중에서
과로로 죽었다.
2 **주익周翊** 청계의 6대손으로 영조·정조 때의 인물.
3 1592년 6월 25일에 의병장 양대박이 운암에서 왜군을 대파한 사실이 있었다. 전쟁 직
후에 그의 아들 형우亨遇가 이 싸움의 광경을 그림으로 그렸던바, 후일에 다시 그림을
작성하고 노래를 붙인 것이다. 운암은 전라북도 임실군에 속한 지명으로 섬진강의 상
류에 위치해서 현재는 섬진강 댐으로 그 일대가 수몰되었다.
4 **대방帶方** 남원의 별칭.
5 일본인들이 흔히 붙이는 이름들.
6 **척소보戚少保** 중국 명나라의 왜구를 물리친 명장 척계광戚繼光을 가리킴. 『기효신서
紀效新書』『무비신서武備新書』『연병실기練兵實記』등 병서도 저술했던바, 그가 개발
한 방법은 우리나라에도 도입되었다.
7 **낭선狼筅·만패彎牌** '낭선'은 병기의 이름. 척계광에 의해 개발되어 수중의 장애물로
쓰였던 것. '만패'도 병기의 일종이겠으나 자세히 알 수 없다.
8 **호부虎符** 병부兵符. 옛날 군사를 조발할 수 있는 신표. 구리로 주조하고 그 모양이 범
의 형상이었다. 병수사와 지방장관에게 주어지는 것임.

유득공柳得恭(1749~?): 자는 혜풍惠風·혜보惠甫, 호는 영재泠齋·고운당古芸堂, 본관은 문화文化. 실학파 학자·문학가. 박지원을 추종하여 박제가朴齊家 등과 함께 '사가'의 칭호를 들었다. 서족 출신으로 정조의 특별한 배려에 의해 규장각 검서檢書의 직책을 맡았다. 우리 역사에 관심을 기울여『발해고』를 저술했고 또「이십일도회고시二十一都懷古詩」를 창작하였다. 예술가의 갈등을 형상화한「유우춘전柳遇春傳」이 대표작이며, 그밖에 저술로『영재서종泠齋書種』『경도잡지京都雜志』가 있다.

⬢ 작품 해설

이는 운암에서 왜적을 쳐부순 그림에 붙인 노래다.

운암전투를 이끈 청계 양대박은 원래 이름난 시인이다. 그런 그가 민족적 위기를 당해서 직접 의병을 일으키고 진두지휘하는 영용한 모습을 부각시키는 데 시는 초점이 맞추어져 있다. 그런데 초장의 배경 묘사에서부터 시각적 인상을 뚜렷이 보이는데, 특히 왜군들의 생김새나 전투의 장면은 마치 영화의 화면을 대하는 듯 극적이고 동적이다. 이런 측면은 이 시가 본래 회화와 결부된 것이기 때문에 회화의 예술적 특징을 시에서도 적절히 살린 결과로 생각된다.

어재연 장군을 애도하는 노래
哀魚將軍

어장군 훌륭한 명문의 후예
그 찬란함이 역사에 밝혀져 있네.

무관으로 벼슬길에 나가서
요직에 좋은 자리로 돌다가

노경에 은퇴하기로 작정하고
남전藍田[4] 고향마을에 가 있더니

황공하옵게도 다시 부름을 받고
대궐로 나아가 성지聖旨를 받드니

"강화는 나라의 요충지라
너는 진무사鎭撫使로 나가 방어할지어다."

어장군 부임하여 기치를 일신하고
호령을 엄숙히 순시도 빈틈 없었다네.

哀魚將軍[1]

李喜豊

奕世簪纓族,
煇爀著乘史.
跗注通仕籍[2]
華膴與終始.[3]
歲暮思休退,
藍田有故里.[4]
惶恐復承詔,
金門聽進止.[5]
江都關防地,
往佐鎭撫使.
旗幟變精彩,
號令嚴巡視.

146 제4부 국난과 애국의 형상

4월이라 사나운 바람 밀려와서
출렁출렁 바닷물이 뒤집히는데

서방에서 들어온 검은 함선들
무언가 기다리듯 바다를 맴돌더라.

진무중군 상류를 지켜 방어하니
군사들의 마음 오직 믿고 따르는데.

하늘은 공적을 이루도록 돕지 않고
절의를 세워 성미成美[6]하게 하시는지.

지휘부가 평소의 상태에서 흔들려
장군의 별이 진지 위로 떨어지네.

벽혈碧血이 뺨에 흘러내리니,
누가 다시 생명을 불어넣으리오.

그 아우 함께 목숨을 바쳤으니
애닮다! 원습부의原隰裒矣[10]의 정경.

서울사람들 달려와 조문하며,
곡성이 원근사방에 울리누나.

四月獰風至,
蕩潏飜海水.
西來黑帆船,
盤桓如有俟.
中軍禦上流,
衆心所倚恃.
皇天不與功,
立節使成美.[6]
玉帳違恆度,
將星墜營壘.
碧血流滿腮,[7]
誰復以舌舐.[8]
季兮同授命,[9]
原隰嗟裒矣.[10]
都人奔相吊,
哭聲徹遠邇.

임금님도 애통하여 상심하시고
그 죽음 기려서 속히 증직을 내리셨다네.

백관들 모두 나와 운구행차 맞이하여,
노제路祭를 지내니 그 은전 대단하다 하리.

장군은 전투에 당해서 무슨 말 있었던가?
오직 충의로 장졸들을 타이르기를

"내 머리 이미 하얗게 세었지만
나라에서 받은 영예 다시 견줄 데 없다.

지금 외적의 침노를 받아 격분할 때
구차히 살기를 도모하는 건 부끄러운 일이다.

반발짝도 물러설 수 없느니라.
한번 죽음으로 나라에 보답하리라."

장사가 죽으면 다른 무엇으로 변한다지만,
원숭이 학이 된다는 옛말 이치에 그른 듯하네.

장군의 정령 한쌍의 보검이 되어,
그 검광 밤에 자기紫氣로 어려

君王傷盡然,
襃贈催宣旨.[11]
百官出迎櫬,
恩侑亦云侈.
臨陣有何言?
忠義諭壯士.
我髮已皤然,
榮祿更無比.
當此敵愾時,
苟生心所恥.
跬步不曾離,
報君辦一死.
壯士化異物,
猿鶴恐非理.[12]
一雙鏌鋣劍,
精光凝夜紫.

우리 해상을 영영하게 비춰서,　　　　　　　　英英照海宇,

요망한 기운 감히 일지 못하게 하옵소서.　　氛祲不敢起.

(『송파유고松坡遺稿』권2)

1 **어재연魚在淵** 1823~71. 본관 함종. 무반 가계의 출신으로 1841년에 무과에 급제, 경기도 병마절도사 등과 여러 고을의 부사를 역임했다. 1871년 신미양요에서 절사하여 병조참판에 증직이 되고 충장공의 시호를 받았다.

2 **부주趺注** 군복을 뜻하는 말로 무관을 가리킴.

3 **화무華膴** 전근대의 관료제도에서 영예로운 벼슬자리를 '화직', 수입이 풍부한 벼슬자리를 '무직'이라고 일컬었다.

4 **남전藍田** 어딘지 미상인데 어재연의 생가와 묘소가 경기도 이천시 율면 산성1리에 있으므로 이곳의 지명이었을 것으로 생각됨.

5 **금문金門·진지進止** '금문'은 궁궐을 지칭하는 말. 한나라 때 궁전의 문이 금마문金馬門인 데서 유래한 것임. '진지'는 여러가지 뜻이 있는데 여기서는 임금의 지시, 즉 성지聖旨를 가리킴.

6 **성미成美** 남의 아름다움을 이루도록 한다는 뜻.(『논어·안연顔淵』: "成人之美, 不成人之惡.")

7 **벽혈碧血** 충신의 피를 이르는 말.

8 **설지舌舐** 혀로 핥는다는 뜻. 그러면 눈을 다시 뜨게 된다는 말이 있다.

9 어재연의 동생인 어재순魚在淳도 함께 참전하여 전사한 사실을 가리킴.

10 **원습原隰·부의裒矣** '원습'은 저습지. '부의'는 모여 있다는 말. 『시경·소아小雅·당체常棣』에 "原隰裒矣, 兄弟求矣"라는 구절이 있다.

11 **포증최선지褒贈催宣旨** 임금이 서둘러서 어재연을 포양褒揚하고 증직을 내리도록 했다는 의미. 어재연은 병조판서에 추증, 충장忠壯의 시호를 받았음.

12 **원학猿鶴** 『예문유취藝文類聚』권93 주注에 "주목왕周穆王이 남정南征을 했다가 장졸이 전멸하였는데 장사壯士들은 원숭이와 학이 되고 백성들은 벌레와 모래가 되었다"라는 말이 있다.

🏵 작자 소개

이희풍李喜豊(1813~86): 자 성부盛夫, 호 송파松坡, 본관은 연안. 청련靑蓮 이 후백李後白의 후손으로 전라도 해남의 송정松汀에서 세거하는 가문의 출신이 다. (그 자신 태어나기는 무주의 우거하던 곳이었다.) 시문으로 명성이 있었으 며, 『송파유고』를 남겼다. 『송파유고』는 1907년에 간행된 책으로 1책에 불과하 지만 19세기 후반 서세의 침투에 고민한 내용이 담겨 있다. 허소치의 그림과 관 련한 글이 몇편 보이며, 신헌申櫶에게 보낸 서간에서는 양이의 침범에 대해 논 한 내용을 읽을 수 있다.

🏵 작품 해설

이는 신미양요 당시 어재연 장군이 분투하다가 전사한 사실을 기려서 시적으 로 표현한 것이다. 19세기 중후반의 개항 직전에 발발한 사건이 병인양요(1866) 와 신미양요(1871)다. 두 사건 모두 강화도에서 일어났는데 강화도는 한반도의 심장부인 서울로 들어오는 해로상의 길목이었기 때문이다. 로저스 제독이 이끄 는 미 해군함대가 침입을 하자 조선정부는 앞서 병인양요 때도 실전 경험이 있 었던 어재연을 진무중군으로 급파, 광성보를 방어하도록 한다. 1871년 6월 10일 미 해군은 강화도 상륙작전을 개시, 초지진을 점거하고 다음날 덕진진을 함락 한 다음, 광성진을 수륙 양면으로 집중공략한 것이다. 어재연은 전투에서 끝까 지 맞서 싸우다가 마침내 장렬한 최후를 맞았다. 시는 이 일련의 과정과 함께 어 재연의 형상을 비장하게 그려내고 있다. "구차히 살기를 도모하는 건 부끄러운 일"이라고 자신에게 다짐하고 "반발짝도 물러설 수 없느니라. / 한번 죽음으로 나라에 보답하리라"라는 임전무퇴의 결의가 더없이 선명하다. 애석하게도 어재 연 장군은 전몰하였지만, 이런 저항이 있었기에 침략군은 이내 물러나고 말았 다. 민족 위기의 상황에서 나타난 애국의 형상을 포착한 것이다.

거북선 노래
李忠武公龜船歌

황현

1

오랑캐 달을 삼키니
　넓은 바다 물이 마르고
모진 바람 몰아쳐
　동쪽 지경 무너졌도다.

주흘산主屹山¹ 관문도
　적군의 발굽에 짓밟혔고
십만의 수군水軍들
　멧돼지처럼 밀어닥쳤어라.

원씨 늙은 장수²
　그야말로 한낱 고기 부대
싸움에 지고 고립무원
　도와줄 곳 어디 있으랴!

국토를 지키는 무거운 책임
　너다 나다 가릴 때 아니로다.
어찌 강 건너 불구경하듯 할쏘냐,
　얼른 가서 구원해야지.

李忠武公龜船歌

黃玹

1
天狗蝕月滄溟竭,
罡風萬里扶桑折.
主屹雄關已倒地,¹
舟師十萬仍豕突.
元家老將一肉袋,²
孤甲棲島蚍蜉絶.
封疆重寄無爾我,
葦杭詎可秦視越.³

2

전라도라 좌수영左水營
　남문이 활짝 열리자
북소리 둥둥둥
　거북선이 출정한다.

거북처럼 생겼으되 거북은 아니요
　배라 한들 보통 배 아니로세.
철판을 씌운 둥근 지붕
　거대한 파도를 밀고 나가니

네개의 발 빙글빙글
　수레바퀴처럼 굴러가고
양 옆구리에 비늘이 돋친 듯
　총구멍이 뚫렸구나.

스물네개의 노는
　물결에 나란히 춤추는데
노 젓는 수병들 물속에서
　앉으락 누우락 힘을 합친다.

코로는 검은 연기 내뿜고
　두 눈에 불을 켰는데
펼치면 용이 놀듯
　움치면 자라가 오므리듯.

2

左水營南門大開,
淵淵伐鼓龜船出.
似龜非龜船非船,
板屋穹然碾鯨沫.
四足環轉爲車輪,
兩肋鱗張作槍穴.
二十四棹波底舞,
棹夫坐臥陽侯窟.[4]
鼻射黑烟眼抹丹,
伸如遊龍縮如鼈.

왜놈의 군사들
  하늘을 우러러 통곡하는 꼴이라니
노량의 물굽이 한산 앞바다에
  핏빛이 붉게 일렁였더라.

적벽赤壁대전에
  주유周瑜는 때를 잘 만났던 거고
채석강采石江의 서생[6]
  대담하게 결단을 내린 것일세.

어느 누가 따를쏘냐
  바다 위에 수백번 싸움에서
이무기나 악어 같은 모진 적을 무찌름에
  서슬이 상기 퍼렇더라.

3
충무공 돌아가신 지 이백년
  오늘에 지구가 트이니
화륜선 동쪽으로 돌아오자
  불꽃이 해를 가리는도다.

우리 강산토 평화로운 동산에
  호랑이떼 덤벼들어
포성이 하늘을 뒤흔들고

蠻子喁喁哭且愁,
露梁閑山漲紅血.
赤壁少年逢時幸,[5]
采石書生誇膽決.[6]
孰能橫海經百戰?
截鯨斬鰐鋩不缺.

3
二百年來地毬綻,
輪舶東行焰韜日.
熨平震土虎入羊,
火器掀天殺機發.

살육이 비롯되었구나.

지하에 계시는 우리 충무공
　　다시 모셔올 수 있다면
응당 장군의 가슴속엔 나라 구할
　　신묘한 계책 있을지니.

거북선 만드신 슬기로
　　적과 맞서 싸우시면
왜놈들 목숨을 살려달라 빌 게고
　　양놈들 모조리 섬멸하리라.

九原可作忠武公,
囊底恢奇應有術.
創智制勝如龜船,
倭人乞死洋人滅.
(『매천집梅泉集』권1)

1 **주흘웅관主屹雄關** 조령鳥嶺의 관문을 가리킨다. 그곳에 주흘산이 있다.
2 **원가노장元家老將** 임진왜란 때 경상도의 수군 사령관이었던 원균元均을 가리킴.
3 **위항葦杭·진시월秦視越** '위항'은 먼 물길도 곧 건넌다는 의미(『시경·위풍衛風·하광河
　廣』: "誰謂河廣, 一葦杭之."). '진시월'은 서로 아무 상관 없는 듯 생각한다는 뜻.
4 **양후陽侯** 전설상의 수신으로 물결을 일으킨다 함. 양후굴陽侯窟은 곧 물속을 가리킴.
5 **적벽소년赤壁少年** 적벽대전에서 조조曹操의 수군을 격파한 오吳의 주유를 가리킨다.
6 **채석서생采石書生** 송宋의 우윤문虞允文을 가리킨다. 그는 채석강에서 금金의 군사를
　맞아 싸워 대승하였다. 유기劉錡가 그의 손을 붙잡고 "우리 조정이 30년 군사를 기른
　이래 오늘에야 큰 공이 유자儒子에게서 나왔다"라고 말했다 한다.

🏵 작품 해설

이 시는 이순신 장군이 거북선을 앞세우고 왜적을 통쾌하게 격파한 역사 사실을 그린 노래다.

전체를 세 단락으로 구성하였는데, 거북선이 등장하는 대목까지가 서장이다. 이 제1부는 객관적인 서술인데도 상징성·형상성이 높은 언어를 적절히 구사하여 분위기와 함께 의미망이 뚜렷이 잡힌다. 제2부는 물론 작품의 중핵이다. 거북선의 괴걸·신출한 용자, 거북선이 적을 격파하는 통쾌한 장관이 굳세고 날카롭고 생생한 필치로 묘사되고 있다. 3부는 시인의 현재다. "충무공 돌아가신 지 이백년 오늘에 지구가 트이니/화륜선 동쪽으로 돌아오자 불꽃이 해를 가리는도다"라고 서세동점의 세계사적 진운이 제국주의 침략으로 현실화된 문제적 사태를 제기한다. 시인은 지금 새로운 민족 위기를 눈앞에 두고 구국의 영웅 이순신의 거북선을 노래해 민족에 대한 근원적 자신감을 심어주고 또 애국심을 고취한 것이다.

제 5 부

애정 갈등과 여성

이씨 부인의 노래

李少婦詞

최경창

새댁은 철성 이씨 문중에
　　승상공의 손녀로 태어나
천생 자질 어여쁜데
　　고이고이 자랐더라오.

그윽한 규방에서 열일곱해
　　문밖 한번 나가지 않다가
하루아침에 시집을 가
　　양씨 집 사람 되었는데

양씨 집 귀한 아들
　　봉새의 새끼인 듯
산호와 옥수[1] 짝지어
　　줄기 가지 어울리더라.

연못에 노는 원앙새
　　본디 쌍쌍이 짝지어 노는데
정원에 나는 나비라

李少婦詞

崔慶昌

相公之孫鐵城李,
養得幽閨天質美.
幽閨不出十七年,
一朝嫁與梁氏子.
梁氏之子鳳鸑雛,
珊瑚玉樹交枝株.[1]
池上鴛鴦本作雙 (不失侶)
園中蛺蝶何曾孤.

어찌 외로이 날으리오.

양씨 집 어른이
  먼 타관에 벼슬살이 가시어
아들이 근친하러
  천리길 떠나간다.

한번 대문을 나서면
  사랑도 이로 좇아 막히나니
길은 머나멀고
  산천은 험하도다.

당신의 이번 가시는 걸음
  변방에 수자리 살러 가는 것도 아니요
기생방에 놀러 가는 것도 아니요
머나먼 땅에 계시는 어버이
찾아가 문안 여쭙고
  모쪼록 마음을 기쁘게 해드리기 위함이라.

아녀자의 정으로
  차마 작별하기 어려웠나니
떠나가신 이후로
  애끊는 마음 몇번이었던고?

梁家嚴君仕遠方,
千里將行拜高堂.
出門恩愛從此辭, (隔)[*]
山川阻絶道路長.
不是征戌向邊州,
不是歌舞宿娼樓.
心知此去唯爲親,
好着斑衣膝下遊.[2]
兒女私情不忍別,
別來幾時腸斷絶?

오동잎 떨어지고
  국화꽃 피어 향기 그윽하니
어느새 오늘 아침이
  중구重九날 되었는가.

명절은 옛날처럼 명절인데
  임이 계시지 않으니
뜰에 가득히 곱게 익은 산수유
  누구와 함께 딸 건고?

홀로 높은 다락에 올라
  북쪽 하늘 바라보니
하늘끝 눈 닿는 곳에
  구름바다 아득하다.

이내 심사 남에게 말 못 하고
속으로 눈물지으며 내려온다.

석양이 뉘엿뉘엿
  염소며 소들도 제집 찾아 돌아오는데
대문 밖엔 적막히
  북쪽의 기별 종내 들리질 않네.

비옵고 비옵나니

秋梧葉落黃菊香,
忽驚今朝是九日.
佳辰依舊人不在,
滿園茱萸誰共採?[3]
獨上高樓望北天,
天涯極目空雲海.
不向傍人道心事,
回身暗裡潛下淚.
牛羊歸盡山日夕,[4]
門外終無北來使.
此身願得歸泉土,

이 몸 차라리 황천으로 돌아가길
한번 죽고 보면
　이별의 괴로움 어찌 알랴!

한마디 긴 한숨에
　옥 같은 얼굴이 문득 가려졌다네.
꽃다운 혼이랑
　하마 서방님 가신 곳으로 좇아갔으리.

그때 태중에는
　아이까지 있었으니
모자 함께 궂긴 사연
　더욱더욱 눈물겨워라.

떠도는 혼이여!
　망부석 아니면
소상강가에 푸르른
　반죽斑竹[6]으로 변했으리.

소상강 반죽 마디마디
　두견새 피맺혀서
핏방울 점점이
　오늘까지 없어지지 않는다오.

死後那知別離苦.
一聲長吁掩玉顔,
芳魂已逐郞行處.
當時未生在腹兒,
母兒同死最堪悲.
魂兮不作武昌石,[5]
定化湘江斑竹枝.[6]
斑竹枝頭杜鵑血,
血點淚痕俱不滅.

만고 천추에

언제나 끝남이 있을런고?

청산 무덤 위에 떠 있는

한 조각의 달이로다.

千秋萬古何終極,

一片靑山墳上月.

(『고죽집孤竹集』)

*『국조시산國朝詩刪』에 다르게 표현된 글자를 제시한 것임.

1 옥수玉樹 전설상의 신령한 나무. 산호와 옥수로 고귀한 두 사람을 비유해서 줄기 가
   지가 서로 얽히듯 짝을 이루었다는 뜻.
2 반의斑衣 색동옷. 옛날 노래자老萊子라는 사람이 나이 70세에 색동옷을 입고 늙은 어
   버이 앞에서 어리광을 부렸다는 이야기가 있다. 이 구절은 부모에게 효성이 지극했다
   는 의미다.
3 수유茱萸 산수유나무로 봄에 일찍 노란 꽃이 피고 가을에 빨갛게 열매가 익는다. 열
   매는 한약재로 쓰임. 옛날 중구일에 형제들이 함께 동산에 올라가 산수유를 꺾어 머
   리에 꽂는 풍습이 있었다.(왕유王維「구일억산동형제九日憶山東兄弟」: "遙知兄弟登高
   處, 徧揷茱萸少一人.")
4 『시경詩經 · 왕풍王風 · 군자우역君子于役』: "君子于役, 不知其期. 曷至哉? 雞棲于塒, 日之
   夕矣, 羊牛下來. 君子于役, 如之何勿思."
5 무창석武昌石 "무창武昌의 북산北山에 망부석望夫石이 있는데 모양이 사람 서 있는
   것 같다. 전하는 이야기에 옛날 정부貞婦가 그 남편이 출정 나가는데, 자식들을 데리
   고 이곳에 와서 전송하고 서서 떠나간 남편을 바라보다가 돌로 변했다."(유의경劉義
   慶『유명록幽明錄』)
6 반죽斑竹 대의 일종으로 줄기의 표면에 반점이 있는 것이 특징이다. 옛날 신화에 순
   임금이 남방으로 순행을 나갔다가 돌아오지 못하고 죽었다. 그의 비妃인 아황娥皇과
   여영女英이 그리운 나머지 눈물을 흘렸는데 그 눈물이 대에 떨어져 무늬를 이루었
   다 한다. 이 반죽이 중국 소상강瀟湘江가에 많이 자라고 있다.

🏵 작자 소개

최경창崔慶昌(1539~83): 자는 가운嘉運, 호는 고죽孤竹, 본관은 해주海州. 명종·선조 때의 시인. 전라도 영암 출생으로 박순朴淳에게 수학했다. 28세에 문과에 급제, 한림, 종성부사의 관직을 역임했다. 시의 격조가 청신하였던바, 이달李達·백광훈白光勳과 '삼당三唐'이라는 유파를 형성했다.『고죽유고』를 남겼다.

🏵 작품 해설

이 시는 자결한 젊은 여자의 이야기를 가지고 중세기 여성의 비극적 운명을 보여준 것이다.

주인공 여자는 지체 높은 가문에서 태어나 역시 양반집으로 출가하였다. 그런데 그의 남편이 멀리 벼슬을 살러 간 부친을 뵈러 갔다가 중도에서 객사하고 말았던 것이다. 그렇다고 꽃다운 나이의 여자가 죽어야 하는가? 거기에 당시 여성 일반이 벗어날 수 없는 엄중한 질곡이 있었던 것이다. 여성에게는 자주적 삶이 주어지지 않았을 뿐 아니라, '불경이부不更二夫'라는 윤리 규정 때문에 한번 배우자를 정했으면 어쨌거나 개가를 용인하지 않았다. 오히려 양반 가정일수록 여성에게 가해진 윤리적 굴레는 더욱 완고했다.

작품은 주제 사상을 낭만적·정감적으로 표현하고 있다. 먼길 떠나는 서방님과의 작별을 아쉬워하는 대목에서 뒷날의 어두운 그림자를 보게 되며, 기다려도 기다려도 돌아오지 않는 서방님을 그리워하는 사연이 곡진하고도 처연하게 얽힌다. 그래서 여자의 한스러운 최후로 자연스럽게 이어지고 있다. 마지막에서 "만고 천추에 언제나 끝남이 있을런고"라고 하여 여성의 비극적 상황은 항구적·보편적임을 깨닫게 한다.

용강사

龍江詞

저의 집은 용강 머리
문전으로 흐르는 강물
   날마다 날마다 흘러내려
강물도 동쪽으로
   흘러 흘러 쉬임없거늘
임 그리는 이 마음이사
   어느날 그치리오.

어느덧 구월달인가
   강변에 찬 서리 내려
갈대꽃 피어 하얗고
   단풍잎 붉게 물들었네.
기러기 날고 날아
   북녘 하늘에서 내려오건만
서울 가 계시는 님
   편지 한장 없구나.

다락마루 올라서 둥근 달 바라보며

龍江詞

白光勳

妾家住在龍江頭,
日日門前江水流.
江水東流不曾歇,
妾心憶君何日休.

江邊九月霜露寒,
岸葦花白楓葉丹.
行行新鴈自北來,
君在京河書未廻.

秦樓望月幾苦顔,

얼굴 찌푸리기 몇번이었던고?
이내 몸 언제까지 언제까지
　　강가 산마루 올라가야 하나요?

떠나시던 때 배 속에 아이 있어
　　그땐 아직 태어나기 전이었지요.
그 아이 어느덧 말귀도 알아듣고
　　지금은 대막대 타고 다닌답니다.

이웃집 아이에게 배워서
　　"아부지" 하고 부르는데
만리 밖에 계시는 아버지
　　네가 부르는 소리 행여 들리겠느냐?

　　　　　　　　　　　　　　　使妾長登江上山?

사람이 한세상 살아감에
　　곤궁 현달은 하늘에 달렸거니　　　去時在腹兒未生,
애달프다, 무엇 하러　　　　　　　　即今能語騎竹行.
　　헛되이 세월을 보낸단 말가.
　　　　　　　　　　　　　　　便從人兒學呼爺,
　　　　　　　　　　　　　　　汝爺萬里那聞聲.

베틀 위에 걸린 베자치　　　　　　　人生窮達各在天,
　　추울 때 옷 해입기 족하고　　　　可惜辛勤虛度年.
강가 몇 이랑의 땅에선
　　그런대로 곡식을 거두니　　　　　機中織帛寒可衣,
　　　　　　　　　　　　　　　江上仍收數頃田.

집에서 마주앉아 오손도손
　　가난도 그런대로 즐거움이니
은관자에 비단옷으로
　　몸을 휘감은들 귀하달 것 무엇이오?

아침나절에 까치가 날아와서
　　마당가 나무 위에서 울길래
문밖에 나가 행여나 하고
　　강 서쪽 길만 바라보지요.

이내 심사
　　누구보고 말하랴!
저문 해 노을진 물결에
　　하염없이 애끊는데

어느 댁 서방님인가
　　금빛 광안光顔 홍사 굴레
말 울음소리
　　서쪽 마을로 사라져가네.

在家相對貧亦喜,
銀黃繞身不足貴.

朝來鵲噪庭前樹,
出門頻望江西路.

不向傍人道心事,
腸斷烟波日久暮.

紅韉金絡何處郎,
馬嘶却入西家去.
(『옥봉집玉峯集』)

🌑 작품 해설

이 시 역시 봉건적 질곡 속에서 고달픈 여성의 처지를, 한 여자가 자기 신세를 술회하는 형식으로 엮은 것이다. 1인칭의 여성 진술에 의해 작품은 여성의 삶의 갈등이 여성적 언어 정감으로 표출되고 있다.

주인공(진술자)은 언제 돌아올지 모르는 남편을 기다리고 있다. 떠날 때 태중에 있었던 아기가 "지금은 대막대 타고 다닌답니다"라고 하여 생이별이 7, 8년이나 경과했음을 짐작게 한다. "이웃집 아이에게 배워서 '아부지' 하고 부르는데 / 만리 밖에 계시는 아버지 네가 부르는 소리 행여 들리겠느냐?"라는 대목은, 특히 인정에 절실하면서 그 속에 무심한 남편을 탓하는 뜻도 담긴 것 같다.

남편 된 사람은 대체 무슨 일로 아내를 오래 기다리게 하였는지 문면에 명시하지는 않았다. "은관자에 비단옷으로 몸을 휘감은들 귀하달 것 무엇이오" 하는 말로 미루어, 벼슬자리에 연연한 나머지 처자식을 불고하는 게 분명하다. 봉건사회 여성들은 남자의 그늘을 벗어날 수 없었던 처지에 남성들의 출세주의적 생활태도 및 인간애의 망각으로 인해서 삶이 무한히 희생당할 수밖에 없었다. 그랬던 애달픈 사정이 이 작품에 감동적으로 표현되어 있다.

한편 이 시에서 민요적 성격을 찾아볼 수 있다. 가령 까치 소리를 기쁜 소식으로 예감하거나 행차가 나타나서 행여나 하는데 이웃집으로 들어간다거나 하는 시상은 우리 고유의 노래에서 섭취한 것인 듯하다.

그네타기 노래

鞦韆曲

임제

1

새하얀 모시 치마 적삼에
　잇꽃 물들인 진분홍 허리띠
처자들 손에 손 잡고
　누가 제일 잘하나 그네타기

백마 탄 저 총각
　어느 댁 도령인고?
채찍을 비껴들고
　언덕에서 서성이네.

2

두 볼은 발그라니
　땀이 송글송글
아양스런 웃음소리
　반공중에서 떨어지고

鞦韆曲

林悌

1
白苧衣裳茜裙帶,[1]
相携女伴競鞦韆.
堤邊白馬誰家子,
橫住金鞭故不前.

2
粉汗微生雙臉紅,
數聲嬌笑落煙空.

나긋나긋 고운 손길
  그네줄 사뿐 잡아
날씬한 가는 허리
  산들바람 못 이길 듯

3
아차! 구름 같은 머리에서
  금비녀 떨어졌네.
저 총각 주워들고
  싱글벙글 뽐을 내네.

그 처자 수줍어
  가만히 묻는 말
  "도련님 어디 사시나요?"
"수양버들 늘어진 숲가에
  주렴을 드리운 집
  거기가 곧 우리집이라오."

指柔易著鴛鴦索,[2]
腰細不堪楊柳風.

3
誤落雲鬟金鳳釵,[3]
游郎拾取笑相誇.
含羞暗問郎君住,
綠柳珠簾第幾家.
(『백호집白湖集』 권3)

---

1 **천茜** 한해살이 풀의 이름으로 그 꽃은 분홍색을 들이는 물감으로 이용했다. 우리말로 잇꽃이다.

2 **원앙색鴛鴦索** 그네줄을 표현한 말.

3 **금봉채金鳳釵** 봉을 새겨넣은 금비녀. 예전에는 처녀도 비녀를 꽂는 방식이 있었다. 『춘향전』에도 춘향이 그네를 타다가 비녀가 떨어지는 장면이 나온다.

　임제林悌(1549~87): 자는 자순子順, 호는 백호白湖·풍강楓江·겸재謙齋·소치嘯癡, 본관은 나주羅州. 시인. 전라도 나주의 회진會津에서 태어났으며, 선조 때 문과에 급제, 벼슬은 예조정랑에 그쳤다. 기질이 호방하여 예속에 구속받기를 싫어하였던바, 특이한 행적에 일화를 허다히 남겼다. 39세의 나이로 생애를 마치면서 임종에 당해 "사해의 여러 나라들이 모두 황제를 일컬었는데, 유독 우리만 못했다. 이런 약소한 나라에 태어났는데 그 죽음을 애석해할 것이 없다"라며 곡을 못 하게 했다 한다. 시 경향은 활달하고 기백이 넘치면서도 낭만주의적 색조가 짙은 데다 또한 비판적 정신이 날카롭다. 산문으로 「수성지愁城誌」「화사花史」「원생몽유록元生夢遊錄」 세편은 한결같이 심각한 주제 사상을 담고 있으면서 형식의 모색을 적극적으로 시도한 작품이다.

　이 시는 그네터에서 젊은 남녀들의 만남을 소묘한 민요적 단가다.

　처녀들이 몰려와서 그네타기 시합을 벌이는데 지나던 총각이 눈이 팔려 발걸음을 멈추고 섰다. 이것이 1연이며 2연에서 그네 타는 동작을 신선하게 묘사한다. 그리고 마지막 연에서 조그만 사건이 발생한다. 한 처녀가 그네를 타다가 비녀를 떨어뜨리는데 그 비녀를 총각이 주워서 두 남녀 사이가 통하는 계기를 만드는 것이다.

　『춘향전』에서도 춘향이 그네 타는 모습을 이도령이 보고 연애감정을 느껴 마침내 둘의 사랑이 이루어지게 되었거니와, 여기 설정된 화폭은 서사적 단면이다. 인간성이 고식되었던 분위기에서 젊은 남녀의 그네터 사랑은 대서사로의 발전을 예비한 것도 같다.

황주 염곡

黃州艷曲

허균

1

윗녘에 정방산¹ 높고 높고
아래로 족금계² 흘러 흘러
차라리 기생이 될지언정
상인의 아낼랑 되지 마소.

2

상인 낭군 강물 따라 떠나갈 제
팔월에는 돌아온다 기약하고
구월이라 중굿날이 지났는데
담근 술 익었건만 님 소식 아득하네.

3

꽃아씨 낮잠을 마냥 자고
학아씨 밤길을 좋아해요.
밤낮을 연이어 만나니

黃州艷曲

許筠

1
上有正方山,¹
下有簇錦溪.²
寧作倡家婦,
莫作商人妻.

2
商人江上去,
八月以爲期.
重陽今已過,
酒熟爾何遲.

3
花娥耽晝睡,
鶴娥耽夜行.
相逢連晝夜,

어디서 나의 진정 보겠는고?

4
나는 저 쌍두련[3] 사랑하고
낭군은 고운 님 사랑하고
시냇가로 빨래나 하러 갈까
길손들 시냇가 지나겠지.

5
야밤에 태허루[4] 올라가서
남몰래 도련님 만나려니
뜻밖에 상존님[5] 나타나네.
그 누가 이리 오라 시켰는가?

6
곱다 곱다 촉땅의 비단
꽃 사이로 나비들 훨훨 나네.
하룻밤 정든 님 주신 선물
그걸로 춤추는 옷 지었다오.

何處見儂情?

4
儂愛雙頭蓮,[3]
郎愛相思子.
不如去浣紗,
行人在溪水.

5
夜登太虛樓,[4]
潛邀好門子.
却有上尊來,[5]
誰人敎至此?

6
璀璨成都錦,
花間蛺蝶飛.
與儂償一宿,
裁作舞時衣.

7

사신 행차 연년이 가고 오니

님을 만나 쌓인 회포 무한도 하다.

중도에 평양 기생 없었더면

각색 비단 상자마다 그득 차리……

7

節使年年返,

逢郎意更長.

若無平壤妓,

紈素可盈箱.

8

밤중에 창문 넘어 들어가니

명주이불 포근한데 향기 그윽하네.

그대 부디 오리를 때리지 마소.

오리 울면 원앙새 놀란다오.

8

半夜踰窓入,

黃紬濃宿香.

勸君莫打鴨,

打鴨驚鴛鴦.

(『성소부부고惺所

覆瓿藁』 권1)

1 **정방산正方山** 황해도 황주의 남쪽 20리쯤에 있는 산. 정방산政方山으로 쓰기도 함.

2 **족금계簇錦溪** 황주의 성 남쪽 3리 지점으로 흐르는 시내.

3 **쌍두련雙頭蓮** 연이 한 줄기에 두 송이 꽃이 핀 것. 남녀의 확실한 맺음을 상정함.

4 **태허루太虛樓** 황주에 있는 정자. 원주에 "허영양許穎陽이 우리나라에 사신으로 와서 광원루廣遠樓라 이름하던 것을 태허루로 고쳤다"라고 했다.

5 **상존上尊** 원주에 "상존은 호장戶長 아전을 이름이라"라고 했다.

　이 시는 민요에서 취재한 것이다. 모두 8수인데 일관된 줄거리로 엮인 것이 아니다. 서사적 연락은 단속적이고 다만 남녀 사이에 얽힌 애정사라는 점에서 내용상 통일성이 있다.

　남편이 멀리 장사를 떠나 외로운 여자의 하소연이 들리고, 젊은 남녀들의 밀회와 미묘한 사랑의 갈등이 있는가 하면 중국 비단을 무역하는 상인이 기생에게 탕진하는 장면도 나온다. 5언절구의 단형시 속에 이런저런 사연을 담아 서사적 전개는 펼 수 없었으나 서사성은 각기 함축한 것이다.

　이 「황주 염곡」의 형식적 특징 또한 민요에서 온 것으로 생각된다. 황주지방과 관련된 민요가 있었던바, 그 내용 형식을 그대로 살린 것 같다.

단천의 절부
端川節婦詩

김만중

　이 여자의 이름은 일선逸仙이요, 단천端川 고을의 기생이었다. 본 고을에서 그의 절개를 지킨 행실을 중앙에 보고하였는데, 예조禮曹에서는 그 신분이 천한 까닭에 묵살하고 정표旌表를 하지 않았다. 예양豫讓[1]이 범중항范中行을 위해 죽지 않고 지씨智氏를 위해 죽었던바, 옛 학자들은 이 사실에서 무엇을 취했던가? 예양은 말하기를 "사나이는 나를 알아주는 사람을 위해 죽는다"라고 하였다.

　나는 그때 예조의 원외랑員外郎(좌랑左郎) 직을 맡고 있었다. 대개 위와 같은 의미로 나의 의견을 개진하고 물러나와 그 행실을 엮어서 한편의 시를 지었다. 아마도 악부에 수록된 「진라부 초중경처시秦羅敷 焦仲卿妻詩」(공작동남비孔雀東南飛)의 끼친 뜻이 있는 것이다.

金萬重

　節婦, 名逸仙, 端川官妓也. 本郡報其節行, 禮官以素賤, 抑而不旌. 豫讓[1]不死於范中行而死於智氏. 先儒奚取焉? 其言不曰: "士爲知己者死乎." 余時爲儀部員外, 盖嘗陳以此義, 退而綴其行實, 以爲歌詩. 庶幾樂府所錄秦羅敷焦仲鄕妻詩遺意云.

1

시커먼 산에 희디흰 눈이요,
진흙탕에 곱디고운 연꽃이라.
청루에 맑고 맑은 여성 하나 있었으니
그 이름 일선이라네.

일선은 미천한 집의 딸로 태어났으니
당초 교양과 예절을 배울 처지 아니었네.
임을 가까이 모신 은정에 감동했음이요,
본디 백년가약 맺은 사이 아니었지.
그 임은 국학國學의 학생이요,
본집은 서울 안에 있었네.

저는 단천의 천기 몸이오라,
제 몸을 제 맘대로 못 하는 신세옵니다.
새벽닭 꼬끼오 울고
새벽달 환히 떠 있는데
길 떠날 말 소소히 울어
행인은 새벽바람에 나서네.

일선은 임을 전송하여
마운령磨雲嶺⁴ 고갯마루서 작별하는데
고갯마루 흐르는 물은
동쪽으로 한 줄기 서쪽으로 한 줄기

端川節婦詩

1
皚皚黑山雪,
鮮鮮濁水蓮.
皎皎靑樓婦,
自名爲逸仙.

逸仙小家子,
初不學詩禮.
感郎一顧恩,
本無衿帨誠.²
郎爲上舍生,³
家在京城裏.

妾爲端州婢,
去留不由己.
喔喔晨鳴鷄,
燭燭晨明月.
蕭蕭征馬嘶,
行子侵晨發.

逸仙送上舍,
相送雲嶺頭.⁴
嶺頭有流水,
各自東西流.

흐르는 물결은 날마다 멀어져서
천리 또 천리나 멀어지네.

진사는 일선에게 말하기를
"지금 우리가 여기서 작별하면
  저 물과 같을지니
꽃다운 시절은 저버릴 수 없고
빈 침상 홀로 지내기 어려우리.
길가 늘어진 버드나무 가지
길손의 손에 꺾여지기 마련이라.
새로 신랑 맞아 잘 섬기되
옛 정일랑 때때로 잊지를 마라."

일선은 눈물을 머금고 말한다.
"지금 제게 하시는 말씀
  저는 차마 들을 수도 없습니다.
함께 산 두해 넘어에
제 몸이 곧 당신 몸이오니
몸은 비록 헤어진다 할지라도
마음은 떨어질 수 없습니다.
댓잎은 시들어도 마디는 꺾이지 않고
연대는 끊어져도 실은 이어지지요."

저의 자개처럼 쪽고른 이로

流波日以遠,
千里復千里.

上舍謂逸仙,
此別如此水.
盛年不可棄,
空床難獨守.
宛宛楊柳枝,
一一行人手.
善事新夫婿,
時時懷故人.

逸仙含淚說,
此言何忍聞.
同居二年餘,
妾身猶君身.
兩身雖可離,
兩心不可分.
竹死節不改,
藕斷絲相連.

啓我含貝齒,

저의 옥파처럼 하얀 손가락 깨물어
저의 단사의 피를 뚝뚝 떨구어
저의 비단소매에 쓰겠어요.
"이 마음 변치 않으며
이 혈서 지워지지 않으리."

일선은 도리어 밝은 표정 짓는데
진사는 흐느끼며 말한다.
"나의 이 머리털을 잘라서
너와 함께 동심결⁵을 짓자꾸나.
너의 천금의 뜻에 보답하는데
연연한 생각이야 그칠 적 있으랴.
귀뚜라미 귀뚤귀뚤 울어대어
나의 회포 펴기도 어렵구나."

살아생전에 다시 못 볼 이별을 하니
길 가는 사람들까지 애달파하더라.

破我春葱指.
滴我丹砂血,
寫我香羅袂
妾心不可渝,
血書不可滅.

逸仙不靧靨,
上舍爲嗚咽.
委委頭上髮,
剪作同心結.⁵
報爾千金意,
纏綿無時歇.
喞喞復喞喞,
此意難重陳.

生人作死別,
行路亦悲辛.

2
봄 산에 궁궁이풀
봄 바다에 안개가 자욱하다.
아침나절에도 임 가신 길을 바라보고
저녁나절에도 임 가신 길을 바라보고

2
春山多蘼蕪,⁶
春海烟冥冥.
朝亦望君行,
暮亦望君行.

보고 또 보아도 임은 보이지 않아
우두커니 서성거리고 있었네.

안사按使가 서쪽에서 오시는데
옥절玉節이 으리번쩍하더라.[7]
옥새 찍힌 문서 말머리에 모셨으니
도로에 절로 광채가 나는구나.

안사는 치닫지 못하게 신칙하여
행차가 단천 고을에 머물렀더라.
장차 민풍을 살피려는지
아니면 험난한 길 조심하는 것인지
안사 아무 말 묻지도 않으시고
안사 아무 말 이르지도 않으시고
황홀히 무언가 본 것이 있는 듯
마음속에 혼자 무슨 기쁨이 이는 듯.

고을 원님 안사 공대하여
기생을 뽑아 수청 들게 하는데
절등한 미녀를 대령하고
소문난 기생을 불러와서
실내마님이 비단옷을 꺼내 입히고
소아小衙에선 진주귀고리 뽑아주고
서로 거들어 머리 모양 꾸미고

望望不見君,
佇立久彷徨.

按使從西來,
玉節何煌煌.[7]
璽書在馬頭,
道路自生光.

按使飭無驅,
襜帷暫踟躕.
將爲問謠俗,
抑爲戒畏途.[8]
按使無所問
按使無所戒.
怳然若有覩,
中心自歡喜.

太守敬按使,
飾妓侍中房.
北方出傾城,[9]
東鄰進名倡.
室內贈羅襦,
小衙脫明璫.[10]
相將理雲髻,

곱게 곱게 단장을 시킨다.

한 미희는 옥술잔 올리고
한 가인은 비파를 타고
그중에도 가장 빼어난 미인이
그 밤에 수청을 들기로 한다.

안사는 거들떠도 안 보시고
마음 가 있는 곳 따로 있었다네.
낙심하여 안색이 좋지 않으시니
원님 두려워 숨도 크게 못 쉬더라.
안사 휘하의 민첩한 아이
사또의 마음속 점치고서
은밀히 원님의 귀에 대고
소곤소곤 귀띔을 하니
원님은 동헌에 앉아서
벽력같이 호령을 한다.

외치고 부르고 읍내가 떠들썩
성화처럼 급히 재촉하여
기생 점고를 하는데
실은 일선을 찾으려는 수작이라.

爲爾整紅粧.

胡姬奉玉觴,
秦女扶錦瑟.
莫愁最嬌少,[11]
橫陳薦枕席.

按使不顧眄,
中心別有屬.
慚沮嬌顔頳,
太守心惕息.
桓桓帳下兒,
能識主將意.
密附太守耳,
云云復爾爾.
太守坐黃堂,[12]
號令如風雷.

喧呼動閭里,
急如星火催.
謂言點行兵,
乃反覓逸仙.

3

일선이 사령에게 인사하며
"저는 몸에 몹쓸 병이 걸려
사람들이 모두 꺼려하옵거늘
어떻게 귀한 어른을 모시겠나이까."

사령이 돌아가 원님께
일선이 하던 말 그대로 사뢨으나
고을 원님 뜻을 돌리겠는가.
도리어 노여움만 사고 말았지.
그 어미 송구스러워 타이르길
"이 철부지 아이야
관기의 몸으로 태어났으니
저를 좋아하는 이 모두 서방이라
남들이 천하게 보는 신세지만
또한 남들이 부러워도 한단다.
더구나 사또 한번 잘 모시면
평지에서 신선으로 날아오르는 격이라.
네 한 몸의 영화 말할 것 없고,
우리 집안에 빛이 날 것이다."

일선은 예예라고 대꾸하였으니
어머니께 말해보았자 소용없을 줄 알았음이라.
슬그머니 몸을 빼내 우물로 가서

3
逸仙謝差人,
不幸惡疾纏.
衆人所厭避,
況可侍貴人.

差人還致辭,
一如逸仙言.
未回太守意,
反觸太守嗔.
阿母心煩惱,
曰兒一何愚.
生爲娼婦身,
悅己人盡夫.
雖爲人所賤,
亦爲人所憐.
何況侍按使,
平地登神仙.
非但榮汝身,
足以光吾門.

逸仙但唯唯,
懸知難與言.
潛身向井欄,

신발 벗어놓고 푸른 물에 뛰어들었네.

그 어미 놀라 소리쳐서

마을사람들 달려와 건져내었네.

이 소식 전해지자

  고을 원님 한숨 내쉬고

안사 무안해했다네.

길 가는 사람들 이야기하되

세상에 드문 일이다 칭송을 하고.

일선은 혼자 골방에 들어

하안거에 들어간 중처럼 있으니

가야금 열두줄은 샘물과 함께 얼어붙고

연지분은 꽃잎과 함께 하직하였네.

4

아침만 되면 상자를 열어보고

구슬 같은 눈물 방울방울 맺히니

상자 속엔 무엇이 들었는가,

임이 떠날 제 남긴 동심결.

어찌하여 구월 찬서리에

그 까맣던 머릿결이 변했단 말가?

脫屣赴淸淵.
阿母驚且譚,
里巷爭來救,

太守聞之歎.
按使顏爲厚,
道路相與言.
此事未曾觀,

小閣何沉沉.
端居類結夏,[13]
朱絃凍泉凝,
脂粉殘花謝.

4
朝朝啓箱篋,
珠淚雙雙結.
篋中亦何有,
有郞頭上髮.

如何九秋霜,
染此綠雲鬟.

단천의 절부 183

이걸 보고 마음에 의아하여
임의 신상에 무슨 일이 생겼지?
서울서 사람이 내려와
편지 한장 전하더라.
편지 뜯어보고 읽기도 전에
간장이 끊어지도록 통곡을 한다.

방에 들어가 어머니께 하직하고
나와서 행장을 꾸리는데
동쪽 장터서 금비녀 팔고
서쪽 장터서 비단치마 팔아
남쪽 장터서 상장喪杖을 사고
북쪽 장터서 상복을 샀다네.

"저는 이제 소천所天이 있는지라
어머님을 길이 모시지 못하옵니다."

그 어미 또한 만류치 못하고
마을사람들 모두 안타까워하더라.

아침나절 함주관咸州關 넘어
저녁나절에 성천강 건너
삭풍에 살갗이 터지고
철령의 찬서리에 발이 얼었네.

見此心內痛,
心如人事變.
客從京洛至,
遺我一書札.
開緘讀未竟,
長慟肝腸絶.

上堂辭阿母,
下堂理行裝.
東市賣金釵,
西市賣羅裳.
南市買苴杖,
北市買葛屨.

兒今自有天,
兒身非母有.

阿母不得留,
里巷但悲傷.

朝越咸州關,[14]
暮渡城川江.
肌裂朔野風,
足瘃鐵嶺霜.[15]

서울이라 동대문 바라보고
통곡하며 한길로 들어오니
한양이라 만호 장안에
임이 사시던 집 어디인가.
거리에서 사람을 붙들고 물어를 보니
임의 집은 찾기도 쉽더라.

바깥마당에 유거柳車[15]를 설치하고
안뜰에 빈소를 차렸으니
저승길 떠난 지 벌써 여러날
친척 빈객이 어수선한데
마루에 올라 시어머님 뵈오니

시어머님 문득 언짢은 기색으로
"네가 지금 무엇 하러 왔느냐,
우리 아이 병은 너 때문에 난 것이다."

작은방에 들어가 본부인 뵈오니
돌아앉아 보지도 않으며
"요사스러운 여우가 집에 재앙을 끼치더니
이제 또 누구를 홀리러 왔을까?"

일선은 아무 대꾸도 못 하고

望見東郭門,
痛哭穿衢街.
京洛百萬戶,
何處是君家.
路從相識問,
君家誠易知.

外庭設柳車,[16]
內庭設素帷.
遠行已有日,
親賓紛雜沓.
上堂拜尊姑,

慈顏忽不霽.
咄汝何用見,
兒病爾爲祟.

入閨拜女君,
面壁不廻視.
妖狐禍人家,
爾來更誰媚.

逸仙不敢膺,

들고 남에 몸둘 바를 몰라하여
여종들 옆에 끼어서
절구질 물 긷기에 진력을 하고
깊은 물에 다다라 발 조심하듯
살얼음에 숨도 제대로 못 쉬듯
수고롭고 괴로운 일 부지런히 하여
애오라지 임의 은정에 보답코자 하더라.

집안사람들 모두 감탄을 하고
시어머님도 얼굴을 펴시며
"내 아들이야 이미 세상을 떠났지만
너를 대하니 그 아이 본 듯싶구나."
본부인 역시 마음을 돌리어
진정으로 뉘우치고 하는 말
"우리 다 같은 미망인이니
너와 내가 서로 의지하여 살자꾸나."

일선은 무릎 꿇고 감사하며
마음에 복받쳐 줄줄 눈물을 흘리고
"천한 것이 은혜를 입사오니
죽어도 잊지 못하겠나이다."

進退無眼色.
潛身側女僕,
戮力供春汲.
臨深不敢躡,
履薄不敢息.
慊慊服勞苦,
庶報郎恩德.
家人共嗟歎,
尊姑顏爲怡.
吾兒旣不幸,
所愛如見兒.
女君心爲轉,
後海猶江沱.[17]
同是未亡人,
相依唯我爾.

逸仙長跪謝,
感極千行淚.
賤人奉明恩,
雖死且不朽.

5

봄이슬 동글동글 맺히고
가을서리 풀섶에 하얀데
저 북망산 기슭에
높고 낮은 처량한 무덤
아침나절에 시냇물 길어오고
저녁나절엔 잣나무 더위잡고
눈물은 나무를 말려 죽이고
맺힌 한은 성도 무너뜨릴레라.
통곡의 눈물 흘러서 물소리 흐느끼고
슬픔의 메아리 흩어져 하늘이 어둡다.

떠도는 새도 슬퍼하여 울고
외로운 짐승도 측은하여 머뭇거린다네.
길 가던 사람들 머리 돌리고
말 멈춘 채 선뜻 떠나지 못하누나.
이런 절개 세상에 드문 일이요,
사부가 부녀로도 그러하기 어려워라.
붓을 쥔 사람에게 부탁하노니
이 행적 소홀히 지나치지 마오.

春露何團團,
秋霜被草莽.
嶙峋北邙陂,
纍纍四尺墓.
朝挹澗中水,
暮攀松栢樹.
妾淚樹可枯,
妾恨城可崩.
慟哭流泉咽,
哀響散靑冥.

羈禽爲嘲哳,
孤獸爲踟顧.
行人盡回首,
駐馬不忍去.
苦節世所希,
姬姜亦不如.
多謝秉筆人,
戒之愼勿踈.
(『서포집西浦集』권1)

1 **예양豫讓** 중국 춘추전국시대 인물. 그는 처음에 범중항을 섬기다가 범중항이 지백智伯에게 망하자 지백을 섬겼다. 다시 지백이 조양자趙襄子에게 망하자 이번에는 지백의 원수를 갚기 위해 나섰다가 마침내 조양자에게 죽음을 당했다. 예양에게 왜 지백을 위해서는 죽으려 하느냐고 묻자 "사나이는 자기를 알아주는 자를 위해 죽는다"라고 대답했다.

2 **금세계衿帨誡** 고대에 어머니가 출가하는 딸에게 수건을 걸어주고 경계하는 말을 하는 습속이 있었다 한다. 결세帨帨라고도 일컫는데 '금세계'는 바로 이를 가리킨다. (『의례儀禮·혼례婚禮』: "母施衿結帨, 日 '勉之敬之, 夙夜無違宮事.'")

3 **상사생上舍生** 태학太學(국학國學)의 학생. 진사와 생원이 그 자격자였다. 그러므로 진사와 생원을 가리킴.

4 **운령雲嶺** 마운령을 가리킴. 단천에 있는 높은 고개.

5 **동심결同心結** 남녀 사이에 사랑을 표시하기 위해 매듭을 풀리지 않게 짓는 것.

6 **미무蘼蕪** 궁궁이. 미나리과에 속하는 다년생 식물로 어린 잎은 나물로 먹고 뿌리는 한약재로 쓰임. 천궁川芎.

7 **안사按使·옥절玉節** '안사'는 왕명으로 지방에 안찰의 임무를 띠고 나오는 관인. 어사御使도 해당함. '옥절'은 부절符節. 왕명을 받고 나가는 자가 가지는 신표.

8 **외도畏途** 험난하고 위험한 길을 이르는 말.

9 **경성傾城** 빼어나게 아름다운 여자를 일컫는 말.(「이연년가李延年歌」: "北方有佳人, 絶世而獨立. 一顧傾人城, 再顧傾人國.")

10 **소아小衙** 원님의 소실을 가리키는 듯함.

11 **막수莫愁** 노래를 잘하기로 유명한 석성石城(지금 남경)의 여자 이름.

12 **황당黃堂** 태수가 사무를 보는 집.

13 **결하結夏** 승려들이 여름에 출입하지 않고 참선하는 일. 하안거夏安居.

14 **함주관咸州關** 홍원洪原과 함흥咸興 사이에 있는 관문. 일명 함관령. 「청구도靑丘圖」에서 함관령은 "고갯길이 기구하고 바위와 계곡이 깊고 험하다"라고 했다.

15 **철령鐵嶺** 회양淮陽과 안변安邊 사이에 있는 큰 고개. 이곳을 「청구도」에서 "백 굽이 양장羊腸으로 험고하기 비할 데 없다"라고 했다.

16 **유거柳車** 장사 때 시신을 운반하는 수레. 곧 상여를 가리킴.

17 『시경·국풍國風·강유사江有汜』에 "江有汜, 之子歸. 不我以, 其後也悔"라는 구절이 있다.

🌑 작자 소개

김만중金萬重(1637~92): 자는 중숙重叔, 호는 서포西浦, 본관은 광산光山. 문학가. 김장생金長生의 증손자인데, 부친 익겸益兼이 병자호란 때 강화도에서 자결한 뒤 유복자로 태어났다. 현종 때 문과에 급제, 숙종 때 대제학에 이르렀고 당쟁의 와중에서 평안도 선천에 이어 경상도 남해로 유배되어 그곳에서 생애를 마쳤다. 서인계의 대표적인 벌열 가문에 속하였으나 개명적인 사상 견해를 보여주고 있다. 국문으로 문학을 창작해야 옳다는 견해를 표명하였던바, 국문 장편소설 『구운몽』과 『사씨남정기』를 썼다. 저서로 『서포집』『서포만필』을 남겼다.

🌑 작품 해설

이 시는 한 기생 신분의 여성이 사랑과 절조를 지킨 이야기를 서술한 것이다.

시인은 자서自序에서 이 사적은 자신이 예조좌랑으로 있을 때 접수된 것으로 밝혔다. 「서포연보西浦年譜」에 김만중이 예조좌랑에 보임된 것은 을사년 5월인데 이 「단천의 절부」를 지은 것도 그해의 일로 기록하고 있다. 시의 창작연도는 그의 나이 29세 때인 현종 6년(1665)인 것이다.

함경도 『단천읍지』를 보면 열녀조烈女條에 '관비일선官婢一仙'이라는 이름이 나온다. (기妓는 신분적으로 비婢에 속하기 때문에 관비官婢라고 했을 것이며 이름은 한자로 표기되는 과정에서 각기 다르게 씌어졌을 것이다.)

"일선은 소시에 태수의 아들 진사 기인奇憐의 고임을 받았던바 기인이 죽자 그가 남긴 머리털이 문득 하얗게 변했다. 일선은 도보로 분상奔喪하여 서울까지 가서 삼년복을 입었다. 그리고 쇄환刷還이 되어 돌아왔는데 억지로 수청을 들게 하니 스스로 물속에 뛰어들었다. 사람들의 구원을 입어 살아났다. 끝끝내 절개를 바꾸지 않고 살다가 나이 70이 지나 죽었다. 숙종 신미년(1691)에 정문을 내렸다."(『여지도서輿地圖書·함경도咸鏡道·단천端川』)

이 읍지 기록으로 실재 근거를 재확인하는데, 일선이 사랑을 바친 대상이 기인이라는 인물임을 알게 되며 일선의 후일담도 듣는다. 그런데 기인의 죽음과 일선이 수청을 강요당한 두 중요한 사건의 순차가 서로 다르다. 전문의 차이일 터인데 이 시는 그 고을에서 예조로 올라온 문서에 의거하였으므로, 오히려 시

쪽이 사실에 근접했을 것으로 추정된다.

시는 자상하면서도 구체적 정황을 묘사하면서 엮어가고 있다. 그리하여 일선과 기진사 사이에 사랑의 곡절이 펼쳐지면서 일선의 신의와 애정을 지키는, 기구한 사연과 인간의 견결한 자세가 드러나는 것이다. 특히 이별의 장면이나 일선이 진사의 집을 찾아가 시어미와 본부인을 대면하고 그 집에서 인정을 받는 과정의 서술은 양인의 사랑의 심도를 느끼게 할 뿐 아니라, 주인공의 인물 형상을 풍부한 내용으로 만들고 있다.

그리고 일선의 신상에 가해진 핍박이 피억압자의 저항하는 측면은 강하고 뚜렷이 제시된 반면, 억압자의 측면은 애매하게 넘어갔다. 안사(억압자)의 몰염치는 작중에 사건의 진행으로 간파하도록 하였으나, 그에 대한 시인의 분노의 정서나 비판의 시각은 보이지 않고 잠잠할 뿐이다. 시인의 계급적 입장의 반영이 아닌가 본다.

원님 아들과 기생 사이의 사랑은 우리 서사문학의 한 전형이다. 『춘향전』은 이 전형이 만든 최대의 걸작인바, 지금 「단천의 절부」는 『춘향전』으로 발전하는 문학사의 중간 결산이라 하겠다.

동작나루 두 소녀

江上女子歌

이광정

강가에 바가지 든 두 아이
　어느 집 딸자식인지
용모는 썩 귀여운데
　비척비척 걸어오고 있구나.

그애들 이야길 들어보니
　어려서부터 집도 모르고
삼년이나 외톨이로
　갈까마귀 쫓아다녔다는구나.

아버지 남쪽 땅으로
　노비 추심推尋 가셨다가
돌아오는 길에
　어떤 상인과 배를 함께 탔는데

배 위에서 무서운 일이
　아무도 모르는 새 일어났거늘
원혼은 밤중에 울어

江上女子歌

李光庭

江上持瓢誰氏兒?
玉貌蹣跚兩相隨.
自言幼少不知家,
三歲零丁逐寒鴉.
阿爺南州責逋奴,
歸舟正與商人俱.
巨禍潛崇越中裝,
冤魂夜泣吳天霜.[1]

서리가 하늘에 맺혔다오.

그때 제 나이 여덟아홉살
　　오라비 하나도 없었다오.
사방을 둘러봤자
　　망망히 갈 곳이 없었답니다.

아비 살해되어 시신마저 없어졌으니
　　어디 가서 알아나 볼 수 있으리오.
원수놈 힘이 세고 이 몸 연약하니
　　손을 쓰지도 못했지요.

오직 몸종 하나
　　단둘이 손을 잡고
집을 떠나 통곡하며
　　막다른 산골에서 헤맸다오.

원수놈 어디 있나
　　변복을 하고 자취를 숨겨
정처없이 길을 가다
　　풀섶에서 잠을 자고

가슴속에 품었으니
　　시퍼런 은장도 한 쌍

兒齡八九趻兄弟,
四顧茫茫無所抵.
父死尸沒向誰叫?
讐强身弱難容手.
秖與兒婢兩結束,
出家號呼窮山谷.
變衣匿跡尋讐去,
風行草宿靡處所.
懷中的皪雙金刀,

머리는 헝클어져
　쑥대처럼 더부룩

단심은 굳고 굳을손
　하늘에 빛나고
가을 언덕 물가에
　여뀌꽃 온통 붉다.

그 상인 이곳을 좇아
　사방으로 돌아다니다가
어젯밤에 마침 배를
　동작나루에 대었지요.

갈까마귀 까옥까옥
　서리 달은 밝은데
푸른 물결에 닻이 잠겨
　떠들던 소리 이제 적막한데

물귀신 흐느껴
　오뇌를 더해주고
잠귀신에 묶여
　온 마을이 괴괴하다.

은장도 들고 덤벼드니

頭上鬖鬆兩蓬毛.
丹衷耿耿天日皎,
秋岸三紅河上蔘.
商人逐利無東西,
昨夜舟泊銅工堤.[2]
林烏啞啞霜月白,
碧波碇沈闐語寂.
江妃鳴泣助煩冤,
約束睡魔嗓一村.
金刀跳出神獨知,

신령이 홀로 알았으리라.
한칼 던지매
　원수놈 가슴 한복판에 꽂혔다오.

배를 갈라 간을 꺼내고
　발길 돌려 떠나는데
새벽 안개 어슴푸레
　강변의 나무들 희미하였네.

이튿날 날이 밝아오자
　행인들 너도나도 부산한데
죽은 자 누구인가?
　죽인 자 누구런가?

그 밤에 두 소녀 묵었던 집
　할멈 하나가
창문 틈으로 엿보아
　두 소녀의 말을 들었다는구나.

그네들 하던 말이
　대개 이러이러하였는데
어느 댁 낭자인지
　그건 미처 알아보지 못했다네.

一擲正中讐人脾.
斬胷茹肝復歸路,
曉霧曈曨汀上樹.
天明客子爭奔走,
死與尸者果誰某?
是夜寄宿老婆女,
隔牕暗聞兩兒語.
爲言終始僅如此,
不知何許小娘子.

이 전후 사연 전해들은 사람들
　　서로 이야기하며 눈물 흘리고
어린아이 그런 큰일 해낼 줄
　　누가 생각이나 했으리!

아들 귀하고 딸 천한 것
　　세상의 인정인데
비록 열 아들 두었대도
　　이런 영용한 딸 하나 당할쏘냐?

그대들 보아라,
　　천고에 원수 갚은 사람들
이 아이보다 어린 나이
　　전에 어디서 보았던가?

우리 동방의 땅
　　이제 곧 대의가 밝아
충신 효자 태어나
　　뒤를 이으니

이웃나라에 말을 부치노라.
　　우리 땅 함부로 넘보지 마라.
옛 삼한의 나라
　　여자들까지 이러하단다.

聞者相傳但涕淚,
肯料稚顔辦大事.
重男賤女世人情,
十子何如一女英.
君看千古復讐人,
未有年齡如此倫.
正是吾東大義明,
賦與忠孝隨胎生.
寄語鄰邦莫浪窺,
三韓女兒今如斯.
(『눌은집訥隱集』권2)

동작나루 두 소녀 195

1 **월越·오吳** 월나라와 오나라는 원수지간이다. 원한 복수의 관계를 설정하기 위해 월越
과 오吳를 끌어들인 것이다.

2 **동강제銅江堤** 지금 서울의 동작대교 근처에 있었던 나루를 동작나루라 불렀는데 이
곳을 지칭하는 것이 아닌가 한다.

● 작자 소개

이광정李光庭(1674~1756): 자는 천상天祥, 호는 눌은訥隱, 본관은 원주原州, 영남지방의 문인 학자. 벼슬은 음직으로 세마洗馬를 하였다. 영남지방의 일반 학풍과 달리 비판적인 면이 있었으며 문학에 치력을 하였다. 우언적 산문 『망양록忘羊錄』을 썼는데 도학자를 풍자하는 이야기도 있으며 현실 주변에서 취재한 시문을 많이 남겼다. 『눌은집』이 있다.

● 작품 해설

여자의 연약한 몸으로 아버지를 죽인 원수를 갚았다는 이야기는 야담으로 전하는 것이다. 그 이야기가 원주 땅에 은거했던 학자 정시한丁時翰에 결부되어 꾸며진 것도 있고, 삼남三南에서 기사奇士로 알려졌던 소응천蘇凝天(1704~60)에 연결된 것도 있다. 후자는 안석경安錫儆의 손에서 「검녀劍女」라는 한문단편으로 빼어나게 작품화된 것이다.

이 시는 원수를 갚은 사건을 전하는 매개자를 주막의 할멈으로 설정하였다. 할멈이 작중화자다. 야담에서 명망가에 결부시켜 흥미를 끌게 한 방식과는 다르다. 시는 어린 소녀의 몸으로 아버지의 원수를 갚았다는 사실 자체를 중시하고, 그것의 의미를 드러내는 데 치력한다. 내용을 극히 단순화시키면서 작중화자를 평범한 할멈으로 두는 편이 관심의 분산을 막는 효과를 주었을 것이다.

"아비 살해되어 시신마저 없어졌으니 어디 가서 알아나 볼 수 있으리오"에서 증거를 확보하지 못해 관에 고발하는 방법으로 원수를 갚을 수 없었던 사정을 이해하게 된다. 시인은 원수를 징치하고 정의를 관철한 두 소녀의 정신과 행동의 의미를 개인적 차원에서 구국적 차원으로 끌어올려 "이웃나라에 말을 부치노라. 우리 땅 함부로 넘보지 마라./옛 삼한의 나라 여자들까지 이러하단다"라고 시를 끝맺는다.

향랑요
薤娘謠

이광정

1

선산의 여자 그 이름 향랑인데
농가에서 자랐으되
　품성이 단정하고 고왔어라.
어려서부터 장난이 적고 늘 혼자 노닐며
사내애들하곤 어울리지 않더라네.

향랑은 어머닐 일찍 여의고
　계모 성질이 우악하여
매질하고 포악하게 굴어도
공손히 낯빛조차 달라지지 않고
물레질·나물캐기 일손이 떠날 새 없었네.

2

향랑 나이 열일곱에
　임씨 아들에게 시집을 갔는데,
신랑은 열네살에 성질도 불량하고

薤娘謠

李光庭

1
一善女子名薤娘,
生長農家性端良.
少小嬉戲常獨遊,
行坐不近男兒傍.

慈母早歿後母嚚,
害娘箠楚恣暴狂.
娘愈恭謹不見色,
紡絲拾菜常滿筐.

2
十七嫁與林家兒,
兒年十四亦不臧.

게다가 미워서 예의도 전혀 몰라
신부의 머리채 꺼들고 몸을 쥐어뜯고
  옷자락 찢기 일쑤더라네.
어려서 철이 덜나 그려러니 여겼으나
나이 들어갈수록 행패는 더욱 심해져서
향랑을 증오하여 매가 손에서 떠나지 않고
범처럼 날뛰는 걸 누가 말리겠나?

시부모 며느리 불쌍하여
  친정집으로 돌려보내니
향랑 보퉁이 들고 돌아와서
  얼굴도 들지 못하는데
계모 마루를 두들기며 꾸짖되

"너를 남에게 시집보냈거늘
  너는 시집도 못 살고 쫓겨온단 말이냐?
너의 행실이 보나마나 바르지 못했겠지!
우리 형편 요족하다고
  쫓겨온 자식 거두겠느냐?"

愚騃不知禮相加,
擢髮招膚殘衣裳.
謂言稚兒無知識,
年長還又加悖妄.
惡娘箠撻不去手,
彪虎決裂誰敢向.

舅姑憐娘送娘家,
荷衣入門無顔儀.
母怒捶床大叱咤,

送汝適人何歸爲?
嗟汝性行必無良,
吾饒不畜棄歸兒.

3
문을 닫아걸고 들이지 않으니
  향랑은 개와 함께 밥을 먹고 잠을 잤더라네.

3
閉門相與犬馬食,

향랑요 199

아버지 늙고 쥐어 지내는 터라
　어쩌지 못하고
딸에게 행장을 꾸려 외가로 가게 했네.
외갓집 식구들 가엾이 여겨
향랑보고 혀를 차며 하는 말들

　"너는 농가에서 태어난 몸이니
소박을 당했으면 다시 시집을 가야지
사방팔방 모두 너의 무죄한 줄 아니
꽃다운 용모로 어찌 헛되이 늙어가랴."

향랑이 대답하길,
　"그 말씀 온당치 않습니다.
저는 단지 외삼촌께 의탁코자 하올 뿐
여자 한번 혼인함에
　두 지아비 섬길 수 있나요.
저는 진작 제 마음으로 작정하온바
쫓김을 당함은
　오직 저의 팔자 기박한 때문이니
죽어도 제 몸 더럽히지 않으리다."

외삼촌 타일러도 듣지 않아 화도 나고
또 여자들 으레 하는 말이거니 여겼네.
적당한 사람 구해 택일하여

父老見制無奈何.
爲裝送娘慈母家,
母家悲憐迭戚嗟.

爲言汝是農家子,
見棄惟當去從他.
四鄰皆知汝無罪,
胡乃虛老如花容.

娘言此言大不祥,
兒來只欲依舅公.
女子有歸不更人,
兒生已與謀兒衷.
見逐秖緣數命奇,
之死矢不汚兒躬.

數言不從終怒視.
且謂尋常兒女語.
要人涓吉迎娘去,

향랑이 시집가는 날
술 거르고 염소 잡고 온갖 음식 차리네.
문전엔 청사굴레 말 한필 매여 있고
홍반에 젓가락 쌍쌍으로 놓여 있다.

향랑은 의심이 나서 가만히 엿보니
지금 바로 외삼촌들이
  저를 개가시키려 함이라.
"아아! 기박한 나의 운명
  정처없는 신세런가?
여기 있다간 마침내 욕을 당하겠구나."

醴酒宰羊列品庶.
門前繫馬靑絲勒,
紅盤洗出雙金筯.

娘心驚疑暗自覰,
正是諸舅要奪余.
嗟吾薄命等漂漂,
在此終當受汚黷.

4

몸을 살그머니 빼내
  옛 남편의 집을 찾아가니
그 사람 흉포한 성질
  조금도 변치 않아 미치광이로구나.
시아버님 하시는 말씀

"내 자식은 행실이 저 모양이니
네가 돌아온들 무슨 소용 있으랴.
달리 좋은 신랑 만나서
추우면 옷 입고 배고프면 밥 먹고

4

跳身還向故夫家,
野心未化狂童且.

舅言吾兒大無行,
汝雖復來何所益.
不如從他美丈夫,
寒衣飢食安床席.

마음 편히 살아가니만 못 하리라.
내 자식 이미 너와 인연을 끊었으니
너 어디로 간들 우린 상관 않으리라."

향랑이 눈물 흘리며 시아버님께 여쭙되
"아버님, 그런 말씀 하시다니요?
저 비록 배우지도 못했고
　　몸가짐도 모르오나
저의 마음 개가 않기로 맹세합니다.
아버님께서 저를 가엾이 여겨
　　땅 한 뙈기 제게 주옵시면
움집에서 나물밥 먹고라도
　　일평생 소리 없이 살아가겠나이다."

향랑의 하소연 처절하되
　　시아버님 고개도 돌리지 않고
"우리 집안 시끄럽게 하지 말아라."

연약한 여자의 몸 천지에 용납할 곳 없으니
사방을 둘러보아도 갈 길이 아득하다.
치욕을 참느라면 내 몸에 무엇을 덮어쓸지
생각하니 도리어 시아버님 미움만 샀구나
하늘을 바라보고 탄식하며 가슴 치는데

吾兒已與汝相絶,
不復問汝有所適.

娘爲垂淚復公爺,
不意公今有此言.
貧兒無敎又無行,
此心誓不登他門.
幸公憐兒與隙土,
草食陶穴終吾身.

義信悽愴不回頭,
但戒毋爲門戶塵.

弱質東西不見客,
四顧茫茫迷去津.
忍訽但能汙吾義,
自裁還爲舅所惡.
仰天噓唏拊心啼,

구슬 같은 눈물 비 오듯 떨어진다.
시아버님 나를 자식으로 보지 않고
　지아비 나를 아내로 여기지 않고
공연히 시집이라 다시 찾아왔다가
　시부모님께 미움만 샀도다.
삼종三從의 도리 끊어졌으니
얼굴 어디 들고 이 세상에 붙어 있을까?

아아! 이 한 몸 돌아갈 곳 없으되
눈앞에 푸른 물결은 만고에 흐르는구나.
차라리 깨끗한 이 몸 맑은 물로 나아가,
울 어머니 만나 비통한 생각 풀어나 보리.
머리를 흐트리고 흐느끼며
　강가로 강가로 가는데
단풍 든 잎 가을바람에 울고
　갈대꽃 석양에 졸고 있다.

5
강머리에 나무하는 소녀
그 아이 나이는 열두살
아이를 데리고 모랫가에 와서
　손잡고 심중의 말을 하네.

玉筯亂落如飛雨.
父不我子夫不婦,
再來還逢舅姑忤.
三從道絶人理乖,
有生何面寄寰寓?

嗚呼一身無所歸,
面前滄波流萬古.
無寧潔身赴淸流,
下與阿孃悲懷吐.
悲吟披髮下江干,
霜葉鳴秋蘆花睡.

5
江頭採薪小女兒,
携來問名年十二.
沙際兩立盡心語,

"너의 집은 다행히 우리 집과 가깝구나.
아아! 나는 통한을 안고 갈 곳이 없어,
장차 목숨을 버려 맑은 물로 가련다.
이제 무슨 걱정이 있겠느냐.
　다만 뜻을 분명히 밝혀두지 않으면
내게 다른 무엇이 있는가
　세상사람들 의심할까 두렵구나.
이제 너를 만나니 참으로 천행이다.
너는 어려도 내 죽는 일 말할 수 있고
너는 어려서 내 죽음을 말릴 수 없으니
나를 조용히 죽음으로 나아가게 하누나."

달비 풀고 치마 벗어서
　가지런히 묶어놓고
우리 집에 전해다오
　소녀에게 은근히 당부하네.

늙으신 울 아배 기력도 쇠하신데
내 죽은 모습 어찌 차마 보시게 하랴.
울 아배 오셔도 내 몸 떠오르지 않고
지하로 내려가서 울 어매 만나리.

노래 한 곡 불러 소녀의 마음에 새겼으니
천지 넓다 한들 이 한 몸 어디에 붙이랴.

汝家幸與吾家邇,
嗟吾隱痛無所歸.
今將舍命隨淸水,
但恐死去不明白,
世人疑吾有他志.
而今遇汝眞天幸,
汝小能言吾死事.
汝小不能止我死,
使我從容就死地.

解髢褫裳更結束,
說與慇懃傳致家.

阿爺年老不能將,
死容何忍見阿爺.
阿爺雖來尸不出,
只向泉臺從阿母.

哀歌有懷兒記取,
天地雖寬無所偶.

뒷날에 네가 여기 와서
　지금 이 노래 부를 적에
강물결 일어나거든
　곧 내가 알아듣는 줄 여기어라.
뛰어들려다 돌아보며 미소하고
죽기로 작정했으니 주저될 것 없지만
강물 굽어보니 두려운 생각 절로 든다.
애닲다! 인생이 이 길 겁내는가.

어느새 두 소매로 얼굴 가리고
　몸을 솟구쳐 물속으로 던지니
지는 해 뉘엿뉘엿
　강물에 푸른 물결 성을 낸다.

他日汝來歌此歌,
江水波起知我否.
欲投還止顧兒笑,
我已決死無所顧.
雖然見水有怖心,
可嗟人生懼此路.

於焉蒙袂勇身投,
斜日蒼茫滄波怒.

6

그곳은 죽림사竹林祠 가까이
강변에 우뚝 선 비석 지주비라오.[1]
야은冶隱 선생 그 옛날에
　이 고장 금오산에 은거하사
만고에 맑은 바람 이 땅에 스며들어
향랑 미천한 데 태어나도 의리를 알아
몸을 버림에 이곳을 택하니

6

是處偏近竹林祠,
江上高碑名砥柱.[1]
吉子當年餓首陽,
淸風萬古只此土.
娘生卑微能知義.
捐身得地何其奇.

어찌 그리 갸륵한가.

그 소녀 옷가지를 향랑의 아비에게 전하니
아비는 열흘이나 통곡하며 강가를 맴돌고.
물결 일어 흐느끼고 물새도 슬피 우는데
강상에서 아무리 불러도 혼은 아는지
그의 아비 떠난 뒤에야 시신이 떠올랐네.
소매로 가린 얼굴 생전의 그 모습

사람들 누구나 혀를 차며
　영이로운 사적 말하는데
향랑같이 의로운 여자
　종내 호소할 곳 한군데도 없었다니
어려선 못된 계모 만나고
　시집가선 흉포한 남편
이런 일 그 누가 보고 들었는가?
지극한 행실 단아한 품성으로
　능히 감화시킬 듯한데
천지간에 한 몸 붙일 곳 없이
　끝내 죽음에 이르렀단 말인가.

樵女傳衣送阿爺,
浹旬號哭循江湄.
層波嗚咽江鳥啼,
江上招招魂有知.
阿爺旣去尸載浮,
單衫被面顔如故.

世人嘖嘖說靈異,
孝烈如娘終無訴.
生逢母罵歸夫凶,
阿誰見聞能如是.
至行端宜化暴愚,
終不見容而底死.

7
세상에서 이르기를 의열義烈은

7
或言義烈大抵窮,

사람을 궁하게 만든다는데
나는 말하길 궁한 연후에
　진정 의열이 드러난다 하노라.
본바탕에서 일어나니
　의열의 유풍 백세에 끼치리.
살아생전에 요행으로
　굴러드는 일 기대치 마라.

금오산 아래 낙동강물
　절의의 근원이니
우뚝하고 빼어난 자취
　역사책에 줄줄이 씌었느니
사신의 수레 나라가 망하자
　다시 돌아오지 않았고
대밭은 푸르르니
　오류 선생³의 터일러라.
상기도 마을 계집아이들
　밤이면 규문을 엄히 지키고
심지어 소와 개도
　주인의 목숨을 지킨 일 있다지.

정기가 충만하면 사그라들지 않아
인물을 낼 적에 차별 두지 않는지라.
근래 듣자 하니 성주의 두 낭자는

我謂窮後見烈義.
天生義烈風百世,
不待生前倘來寄.

烏山洛江節義藪,
卓犖高標聯史書.
星軺北去不復廻,²
竹田靑靑五柳墟.³
尙今村嬌守夜閨,
下與牛狗能衛主.

正氣磅礡也不死,
鍾生人物無豐廔.
近聞星山兩小娘,⁴

맨손으로 원수의 무덤 파
　아비의 원수를 갚았다네.⁴

사람이 살 터를 찾음에
　이런 곳 어디 있으랴.
내 장차 필마로 돌아가
　그곳에서 농사나 지어보리.

隻手拔塚死報父.

擇地焉不處此間,
吾將匹馬營農圃.
（『눌은집』 권1）

---

1 **죽림사竹林祠·지주砥柱** 야은冶隱 길재吉再(1353~1419)는 고려왕조에 대한 충절을 지
켜 고향인 선산 땅에 은거해 있으면서 신왕조의 조정에서 불러도 나가지 않았다. 이
에 금오산 기슭의 낙동강가에 그를 향사하는 서원이 세워졌고 그 가까이에 비를 세워
지주라 새겨놓았다. 죽림사는 이 서원을 가리키며 그 비를 지주비砥柱碑라 부른다.

2 김주金澍라는 사람이 고려의 왕명을 받고 중국에 사신으로 갔다가 돌아오는데 압록
강에 이르러 고려가 망한 소식을 들었다. 그는 "내 어찌 나라가 망했는데 들어가겠는
가?" 하고 그 길로 망명해버렸다. 이 구절은 그 사실을 표현한 것이다.

3 **오류허五柳墟** 시인 도연명陶淵明이 살았던 집을 가리키는 말. 그가 어지러운 세상을
피해 은거해 있으면서 자기집 앞에 다섯그루 버드나무를 심어 '오류 선생'으로 일컬
어졌다.

4 **성산星山·양소랑兩小娘** '성산'은 지금 경상북도 성주星州의 별칭이며, '양소랑'은 박
효랑朴孝娘·문랑文娘 자매를 가리킨다. 박효랑은 성주 박수화朴守華라는 선비의 딸
이다. 그의 집에서 묘소를 세력가에게 빼앗겼는데 아버지가 이 문제로 다투다가 억울
하게 관가에 잡혀가서 죽었다. 이에 효랑 자매가 세력가의 무덤을 파헤쳤는데 이 때
문에 저쪽에 의해서 효랑이 살해되었으며, 이 원수를 갚기 위해 문랑이 서울로 올라
가서 신문고를 울렸다. 이 사실을 기록한 것으로 「박효랑실기」가 있으며, 이광정은 그
소재를 가지고 따로 장편의 시를 지은 바 있다.

향랑의 사적은『선산읍지』에 이렇게 기록되어 있다.

"향랑은 상형곡上荊谷 양민의 딸로 임칠봉林七峰의 처가 되었다. 계모에게 용납이 되지 못하고 남편에게 버림받은 바 되자 그의 외숙과 시아버지는 개가할 것을 권하였다. 향랑은 듣지 않고 지주비砥柱碑 아래 이르러 다래鬖와 치마를 풀어 나무하는 소녀에게 맡기며 '이것을 우리 부모님께 갖다드려 나의 죽음을 증언하고 시체를 물속에서 찾게 해다오'라고 말하고 나서 산유화 노래를 불러 그 소녀에게 가르쳐준 다음 드디어 물에 빠져죽었다."

이 사건이 일어난 해는 숙종 28년(1702)이다. 그런데 향랑 이야기가 사람들의 기억에서 사라지지 않고 내내 전승되었으며 향랑이 불렀던 산유화는 민요로 유포된 것이다. 또한 향랑 고사는 시인·작가 들의 좋은 소재로 도입되어 시와 전傳, 심지어 장편소설 등 여러 장르의 작품을 산출하였다. 「향랑요」는 시양식으로 작품화된 대표적인 사례다.

이 시의 작품화의 특징을 들어보면 첫째는 실재 사실에 충실한 점이다. 사건이 발생한 당시 선산부사 조귀상趙龜祥이 최초로 향랑을 위해 전을 지었다. 그것은 현지 약정約正의 보고문서를 옮기고 있는바, 이 시는 보고문서의 사실과 거의 그대로 일치한다. 그럼에도 향랑의 자결로 종착되는 기구한 인생 역정이 필연적 귀결로 그려지고 있다. 특히 향랑이 재차 시집을 찾아가서 시아버지에게 호소하는 장면, 그리고 향랑이 나무하는 소녀를 만나 말하는 사연은 절실하고도 애련의 감동을 일으킨다. 사실적인 필치다.

둘째는 향랑의 성격에서 정절이 강조된 점이다. 향랑은 이미 어릴 적부터 정숙한 성품으로 설정하였거니와 특히 후반에서 죽림사를 끌어들여 충절의 의미를 부가하고 있다. 이 점은 시인의 유학자적 체질과 관련되며 봉건적 윤리규범 바로 그것이다. 그러나 '예불하서인禮不下庶人'의 원칙에 비추어 향랑은 신분적으로 개가를 해도 무방하다. "너는 농가에서 태어난 몸이니 소박을 당했으면 다시 시집을 가야지"라는 그 외숙의 말이 향랑의 처지인 것이다. 그럼에도 죽음으로 개가를 거부한 행동은 그 자신 나도 하나의 '떳떳한 인간'이 되겠다는 의지의 표명으로 보아야 할 것이다.

요컨대 「향랑요」는 봉건사회에서 여성에게 가해진 숙명적 질곡을 사실적으로 표출한 작품이다. 자신에게 가해진 질곡은 도리어 당연한 도리로 지키려는 그 의지에 인간적 각성이 담겨진 것으로 해석할 수 있다. 시인은 평민 여성의 주체적 자각을 포착한 셈이다. 작자 이광정은 따로 「임열부향랑전林烈婦薌娘傳」을 남겼다.

산유화 여가
山有花女歌

최성대

지주砥柱² 등에서 나무하는 여자애들
산유화 가락 구슬프게 부르는구나.
향랑의 얼굴 한번 본 적 없건만
향랑이 부른 노래 잘도 부르는구나.

우리는 낙동강변에 사는데
향랑 언니 집 이곳이래요.

향랑 언니 자매들 가운데
그중에도 제일 어여뻤대나요.
부모님 고이고이 키워서
문밖에 함부로 나가 놀지 않게 하고

여덟살 적 거울에 얼굴 비춰보니
두 눈썹 버들잎처럼 선명하고
열살 적엔 뽕 따다 누에 기르고
열다섯엔 베를 짤 줄 알았대요.

山有花¹女歌

崔成大

砥柱採薪女,²
哀歌山有花.
不識女娘面,
猶唱女娘歌.

儂是落同女,
落同是娘家.

娘有羣姊妹,
父母最娘憐.
少小養深屋,
不敎出門前.

八歲照明鏡,
雙眉柳葉綠.
十歲摘春桑,
十五已能織.

부모님 매양 자랑하여 말씀하길
"우리 딸 얼굴이 예쁘니
근동에서 좋은 신랑 골라
오손도손 살아가는 양 보아야지."
귀여운 딸 시집이라 가고 보면
시집살이 고생할까 걱정인 거죠.

열일곱 처녀 수놓은 치마 입고
곱게 빗어 귀밑머리 땋아 늘였네.
중매장이 기쁜 소식 가져왔는데
좋은 신랑감 얼굴은 꽃이요
바지 위에 수 배자
발에는 삼색 미투리

그 댁에서 하는 말
　재물은 아끼지 않고
사람 하나 첫째란다.
소고삐 짐으로 질 정도요
능라비단 장롱 속에서 찬란하다.

아버지, 어머니 불러 말씀하시길
"택일하여 시집보내세."

신행길 떠나는 날

父母每誇道,
阿女顔色好.
願嫁賢夫婿,
同閈見偕老.
常恐別親去,
不解婦人苦.

十七着繡裳,
蟬鬢加意掃.³
有媒來報喜,
善男顔花似.
袴上繡補襠,
足下絲文履.

自言不惜財,
但願女賢美.
牛羊滿谷口,
綾錦光篋裏.

阿父喚母語,
涓吉要嫁女.

金鐙雙袂裙,

건장한 말에 실어 치송하니
이웃사람들 부모님 대해
딸 시집 잘 간다 칭찬이 자자하더라.

산꽃 꺾어 귀밑머리에 꽂고
들풀 따서 비녀에 꽂고
대청마루 올라가 술잔 쌍으로 올리니
시아버지 시어머니 흡족히 절을 받으시네.

새벽에 일어나면 꽃이 하늘에 가득히
밤에 잠이 들면 꽃이 이불에 가득히
손에 쥔 바늘 실
서방님 위해 옷을 짓네
방탕한 여자들 본받기 싫소.
치장 단장 고와라, 동네 환하도록
남들은 놀러 다니기 즐겁다지만
나는 집에서 길쌈하는 게 좋아요.

동문 밖에 비름나물
성황당 언덕에 고사리
시집살이 삼년에 금슬이 뜨막해도
오직 낭군 섬겨 허물이 없었지요.

누가 생각했으랴, 아주 헤어질 줄

裝送上駿馬.
隣里賀爺孃,
阿女得好嫁.

山花揷鬉髻,
野葉雜釵鐶.
升堂捧雙盃,
受拜翁姥歡.

曉起花滿天,
夜宿花滿床.
茸茸手中線,
爲君裁衣裳.
羞學蕩女兒,
發豔照里閭.
人言冶遊樂,
儂織在家居.

東門有旨鶪,[4]
北塢有綠蕨.[5]
三年靜琴瑟[6]
事主未曾失.

豈意分明別,

은정이 중도에 끊어지다니
베를 짜고 나면 빨리 오지 않았다,
단장을 하면 보기 싫다,
갖가지로 구박하다가 요런 계집 집에 둘 수 없다고
"얼른 나가라" 쫓아냅니다.

슬픔을 머금고 휘장을 걷고서
통곡하며 동구 밖으로 나가는데
춘산은 춘산이로되 예전과 달라
궁궁이풀 눈물에 적시었다오.

아무려나 님의 뜻 받들어
잠깐 가 있다 돌아가자 하였는데
들리는 말에 상형촌[8]의
어떤 여자를 맞아들였다네.

돌아가는 길 해도 저무는데
가던 길을 멈추곤 고개 돌리오.

지난해 어머니도 돌아가시고
후취 어머니 들어와 계시는데.
주렁주렁 열린 대추 익지 않고 떨어졌으니
돌아온 딸 맛도 못 보았네

恩情中途絶.
織罷故嫌遲,
粧成不言好.
惡婦難久留,
語妄歸去早.

含悲卷帷幔,
痛哭出幾道.[7]
春山異前色,
淚葉蕪蘪草.

願將奉君意,
爲君暫鞠于.
傳聞上荊村,[8]
有婦已從夫.

驅車畏日暮,
反袂猶回顧.

去歲阿母死,
高堂有晚孃.
纍纍棗不實,[9]
女飢不得嘗.

삼촌은 향랑에게 이르되
"얘야, 너무 슬퍼 마라.
저 언덕에 뻗어나간 칡덩굴
언덕 서쪽으로도 뻗어가지."

향랑은 삼촌께 말씀드리길   阿叔語香娘,
"저의 몸 욕되게 할 수 없어요.   阿女勿悲啼.
저 수중의 푸르른 창포   濛濛黃臺葛,
잎은 시들어도 향기를 품었지요."   亦蔓黃臺西.

                                香娘語阿叔,
높고 넓은 천지간에   妾身不可辱.
나 하나 어디로 간단 말인가.   靑靑水中蘭,
저 약랑藥娘¹⁰ 아씨는   葉死心猶馥.
죽어서 향기로운 봄풀이 되었다지.

                                天地高且廣,
한발 두발 옮겨 언덕에 다다르니   道儂那所適?
낙동강 물 시퍼렇네.   介彼藥娘正,¹⁰
계집애들 여럿이 모여 노는데   逝將依古側.
"애들아, 내 말 좀 들어다오."

                                潛行到陂口,
"높은 산 마루에 금규화   落同江水碧.
그 꽃 꺾어서 어디로 갈런고?"   祁祁衆女兒,
                                薄言同我即.

애들에게 애원성 노래 가르치니   高山有葵花,
                                採彼將安息.

                                遂傳哀怨歌,

그 노래 바로 산유화곡이라네.
슬픈 노래 부르는 소리 아직 들리는데
시퍼런 강 물결이 깊숙이 출렁였네.

영靈은 하얀 무지개 따라가고
혼은 푸른 연잎에 고이 덮였으리.
강물 밑바닥 보이게 말라
물에 빠진 모습 드러날까 두려워라.

고향사람들 노랫소리
눈물 흘리며 측은해하고
밝은 달 유품에 비추니
푸른 비녀 서릿발이 이네.

해마다 해마다 노래 부르던 그 언덕
산꽃이 봄이면 피었다 지고
아가위 귀엽게 미소지으며
강뚝에 돋아난 풀 청단치마 펼친 듯

영호남 사이 천년의 세월을
강물은 흘러 흘러
금오산 아래 지나는 길손들
지금도 고개 돌려 이곳을 바라본다네.

云是山花曲.
哀歌唱未終,
古淵波浪深.

靈隨白霓旗,
魂掩靑芰襟.
無使水見底,
恐畏懷沙沈.

鄕里聞之泣,
歌竟皆悽惻.
明月照遺珮,
翠鈿埋金餙.

年年女娘堤,
山花春自落.
野棠學寶靨,
堤草留裙色.

千秋湖嶺間,
江水自東流.
金烏山下路,
至今猶回頭.
(『두기시집杜機詩集』)

1 **산유화山有花** 민요의 하나. 원래 산유화는 백제의 옛 노래로 소리만 있고 가사는 전하지 않았다는 기록이 보인다.(임영林泳『창계집滄溪集·산유화가山有花歌』권1) 이 산유화 곡에 향랑이 가사를 붙여서 불러 이 노래가 유행되기에 이르렀다. 이학규李學達는 산유화가 앙가秧歌로 '메나리'라고 주석을 달아놓은 바 있다.

2 **지주砥柱** 지주비가 서 있는 곳을 가리킴. 이곳에서 향랑이 죽기 직전 소녀들을 만나 산유화 노래를 가르쳐주었다고 한다.

3 백거이白居易의 「부인고婦人苦」에 "蟬鬢加意梳, 蛾眉用心掃."라는 구절이 있다. 선빈蟬鬢은 여자의 머리 모양을 가리키며 의소意梳는 빗 종류인 듯함.

4 **지역旨鷊** 풀 이름으로 수초綬草라 한다.『시경·진풍陳風·방유작소防有鵲巢』에 "中唐有甓, 邛有旨鷊"이라는 구절이 있다. 여기서 이 풀 자체가 특별한 의미를 갖는 것은 아니므로 우리에게 친숙한 이름으로 번역했다.

5 **단壇** 제처祭處, 즉 단을 쌓고 제사를 지내는 장소다.

6 **정금슬靜琴瑟** 부부간에 사이가 좋음을 뜻하는 금슬은 원래 현악기의 이름에서 유래한 말이다. 금슬이라는 악기를 타고 부부간에 화락하게 지낸다는 데서 유래했던바, '금슬이 고요하다' 함은 곧 부부간에 화락하지 못함을 의미한다.(『시경·주남周南·관저關雎』: "窈窕淑女, 琴瑟友之.")

7 **기도畿道** 동네의 길을 의미한다.(『시경·패풍邶風·곡풍谷風』: "不遠伊邇, 薄送我畿.")

8 **상형촌上荆村** 다른 기록에 의하면 상형촌은 향랑이 살던 마을로 되어 있다.

9 옛 노래에 "棗下纂纂, 朱實離離, 宛其死矣, 化爲枯枝"라는 말이 있다. 찬찬纂纂은 대추의 꽃이 성하게 핀 모습이요, 이이離離는 열매가 맺힌 모습이다. 대추열매가 떨어지고 나무가 말라버렸다는 내용이다. 곧 번영과 몰락이 때때로 바뀜을 뜻한다.(『악부시집樂府詩集·악곡가사樂曲歌辭』: "棗下何纂纂.")

10 신유한申維翰의 「산유화곡山有花曲」에는 "보이나니 성 남쪽 언덕 옛 무덤에 백양나무가 자라누나. 약가의 여자가 죽어서 봄풀 향기가 되었다 하네〔但見郭南岡, 古墳生白楊. 言是藥哥女, 死作春草香〕"라는 구절이 보인다. 이 내용으로 미루어 약씨 여성이 죽어서 향풀이 된 전설이 있는 것 같다.

이 시 역시 향랑 고사를 작품화한 것이다. 그러나 앞의 「향랑요」와 대비해보면 내용 성격이 서로 같지 않다.

「산유화 여가」에서는 향랑이 시집가기 전에 계모에게 구박을 받은 것이 아니고 오히려 친부모 슬하에서 귀염을 받으며 곱게 자랐던 것으로 되어 있다. (여기서 어머니가 세상을 뜬 것은 출가한 후의 일이다.) 결혼한 다음에도 남편이 처음부터 포악했던 것이 아니고 신혼 초에는 금실이 좋은 편이었다. 그러다가 남자가 변심을 한 것이다. 왜 그랬던가? 향랑은 워낙 정숙하고 근면해서 남편의 호색적·속물적 욕구에 부응하지 못한 것으로 그려진다. 밤 늦게 베를 짜면 빨리 오지 않았다, 곱게 치장하지 못한다 이런 식이었다. 향랑은 남편에게 무조건 순종하는 태도가 아니었다. 삼촌이 개가를 권유할 때도 "저의 몸 욕되게 할 수 없어요./저 수중의 푸르른 창포/잎은 시들어도 향기를 품었지요"라고 말한다. 향랑은 한낱 기구한 운명의 여자로만 볼 수 없고 자기의 인격을 고결하게 지키려는 성격으로 부각되어 있다.

표현의 측면에도 이 시는 사실적이기보다는 낭만적이다. 작품은 서두에 소녀들이 나와서 산유화 노래를 부르는 것으로 시작한다. 그리하여 소녀가 향랑의 이야기를 들려주는 방식으로 엮이는 것이다. 제목부터 「산유화 여가」이듯 이 시는 소녀적 언어 정감을 깔고 있다. 이와 같은 내용형식의 변화는 고사 자체의 연변 및 시인의 개성에 기인한 것일 터다.

신유한은 이 시를 보고 감동한 나머지 일어나 춤을 추었으며 일부러 그 시인을 만나 서로 우정을 나누었다 한다. 신유한은 「산유화 여가」에 화답하여 「산유화곡」을 지은 바 있다.

장대지
章臺枝

이광려

장대지章臺枝[1]는 고故 파평상서坡平尙書의 첩실이다. 신해년(1731)에 상서가 성천부사成川府使로 나갔을 적에 그 고을의 기생이었다. 당시 나이 15,16세로 여러 시사時仕[3]의 기생들 가운데서 자태가 특출한 편은 아니었다. 윤공은 우연히 그녀를 보고 좋아하는 마음이 생겨 수청을 들게 했는데 한사코 거부하는 것이었다. 연유를 물었더니 대답이 이러했다.

"제 아비는 양인이었습니다. 아비가 돌아가실 때 딸이 천류인 때문에 어미를 돌아보며 몹시 슬퍼하는 말씀을 하셨습니다. 저는 통한이 되어, 이 몸은 맹세코 한 남자만 따르기로 결심했습니다."

윤공은 그녀의 말에 감동하여 평생토록 저버리지 않기로 언약을 하였다. 남녀의 인연을 맺게 됨에, 그녀는 더욱 진심으로 공경했으며 윤공 또한 흡족히 여겼다. 얼마 후에 윤공이 황해도 관찰사가 되어 성천을 떠나게 되었다. "아무 때에 사람을 보내 너를 맞아갈 터이니 우선 기다려라"라고 타이르자 그녀는 공손히 응낙했다. 그런데 그대로 실현되지 못했다. 대개 도임한 지 몇달이 지나지 않아 교체되어 그곳을 떠났기 때문이다.

윤공은 집이 청빈한데다 성품도 졸렬하여 첩실을 둘 형편이 되지 못하였다. 그래서 전처럼 관서지방에 수령으로 나가게 되면 맞아오리라고 생각했으나 이 또한 뜻을 이루지 못하였다. 어언간 6,7년이 흘렀다.

그녀는 자신을 더욱 굳게 지켰으나, 이미 몸에 병이 깊이 들고 말았다. 병들기 전에 한번 서울로 올라와서 윤공을 뵙고 돌아간 적이 있었다. 윤공이 강화유수江華留守로 있을 때 그녀가 죽었다는 부음이 왔다. 윤공은 슬퍼하고 후회하며, 제문을 지어 신임하는 사람을 보내 제사를 지내도록 했다. 그녀는 죽을 때 나이 겨우 스물 남짓이었다. 죽음에 다다라 어미에게, "저를 큰길가에 묻어주세요. 행여 우리 서방님이 벼슬길에 지나실지 모르니까요"라고 당부하여, 이 말을 들은 이들은 너나없이 눈물을 흘렸다.

윤상서는 나의 중표숙重表叔[4]으로, 성실하고 어진 성품을 지닌 분이다. 결코 신의를 저버릴 사람이 아닌 줄로 나는 알고 있다. 그녀 또한 윤공이 사랑하고 알아줌에 감격하여 밤낮으로 바라보며 전에 했던 약속만 기다렸을 터이니, 마음속에 죽기를 기약했던 것은 아니었다. 정情이 깊음에 따라 병이 침중해져서 바람 앞의 촛불처럼 된 것이요, 자유로 된 것은 아니었다. 참으로 안타까운 일이다.

그런데 비천한 처지에서 스스로 벗어나 자기 일생을 명공名公에게 맡기고 시종일관 분명하게 지켜서 죽음에 아무의 사람이라고 일컬어지도록 한 것이다. 당초에 맹세한 마음을 저버리지 않았으니 다시 더 무엇을 구하랴!

혹자는 장대가 원망을 했을 것이라고 말한다. 장대의 죽음은 '정情' 때문이 아니요, '정貞'에 의한 것이다. 애정에는 원망이 따르지만 정절은 스스로 지킬 따름이다. 무슨 원망이 있었겠는가? 그러므로 "정절은 반드시 애정이 있지만, 애정이 모두 꼭 정절로 이어지는 것은 아니다"라고 말한다.

나의 고인이 된 친구 조유안曹幼安은 윤공 부인夫人의 친정 조카다. 조유안이 나에게 이 사실을 자세히 들려주었는데 그녀의 이름만 말하고 성姓이 무엇인지는 알지 못했다. 이 이야기를 지금 아는 사람이 드문데 앞으로 시간이 흘러가면 아주 잊힐까 싶다. 시를 지어서 알리고 또 이 글로 그 원한을 풀어주려 하노라.

李匡呂

章臺枝[1]者, 故坡平尙書[2]之姬也. 歲辛亥, 尙書爲成川, 姬邑婢也. 時年十五六, 旅行[3]諸妓中退然不見態色. 公偶見而悅焉. 引欲自侍, 固不可. 叩其故, 對曰: "妾父良人也. 父將死時, 以女爲賤流, 顧語母甚戚之. 妾用是痛心. 苟有所從, 誓畢身於一人耳." 公感其言, 卽許以不棄焉. 旣幸而益忠敬, 公心宜之. 居數月, 去成川, 爲海西觀察使, 與之約曰: "某時遣迎, 汝且待之." 姬敬諾. 旣而不果. 盖之官不數月, 又遞去矣. 公居家貧, 又性拙, 不能輒置姬侍, 待更作向西一郡迎取, 屢不諧, 且六七年. 姬守益堅, 然已沈病矣. 其未病, 嘗一至京拜公而去. 及公留守江都, 聞其已死矣. 公大傷懊, 爲遣親信人持文往祭之. 姬死時, 年二十餘. 將死, 告母曰: "埋我官道側, 儻我公宦遊過之." 聞者悲其言. 尙書, 余重表叔[4]也, 知其沖實賢者, 必不棄信於人. 姬亦感公知愛, 日夜想望, 將有待於前約, 則非其心之期於死也. 情深病就, 風燭奄及. 盖有不自由焉, 信可傷也! 然能自拔於賤汚之中, 得托命名公, 始終明白, 死而見謂某氏之人, 斯可以不負初誓之心, 又何求乎? 或曰: "章臺怨乎?" 章臺之死也, 非情也, 死於貞耳. 情猶有恩怨焉, 貞以自持而已. 何怨之有? 故曰: "貞必有情, 情未必皆貞." 亡友曹幼安[5], 尙書夫人之姪也, 爲余言此事甚悉. 幼安能道其名, 未知何姓. 此事今人罕知者, 念其將久而湮沒, 爲作詩識之, 且以紓其怨恨云. 其詩曰:

1

장대류 길가에 선 버드나무
봄바람 부는 이삼월에
이 몸은 나무의 한 가지라면
오직 한분만 꺾도록 하겠어요.

2

다행히 꼭 한분이 꺾었으되
평생토록 그리다 말 신세 면할는지?
평생토록 그리는 뜻 무언가요?
이 마음 임이 아실는지?

3

내 마음 임이 진정 아신다면
만번 죽어도 원망하지 않으리.
제가 박명한 줄 잘 알지요.
임의 은정이 적어서가 아니고

4

지금 이처럼 초췌한 모습
임이 꺾으신 그때 그대로랍니다.

其一
章臺路傍樹,
東風二三月.
妾身比一枝,
只許一人折.

其二
幸許一人折,
詎免終身思?
終身思謂何,
寸心君見知.

其三
寸心儻見知,
萬死死不冤.
情知妾薄命,
不是君少恩.

其四
憔悴到如今,
留君昔時折.

동심同心의 끈을 맺었으니
동심의 매듭 죽어도 풀리지 않는답니다.

5

제 신세 박명하다고 한탄하지 않아요.
끝까지 임의 은정이니까요.
제 아버님이 계신 줄 아시지요?
아버지가 임종에 하신 말씀

結作同心帶,
同心作死結.

其五
不敢恨薄命,
到底是君恩.
君知妾有父,
父有臨終言.

6

우리 아버지 임종에 이런 말씀 하셨어요.
"여자는 몸을 마칠 곳 있어야 하느니라."
장대지는 선비의 딸로서
윤부사 위해 생을 마쳤노라.

其六
父有臨終言,
女有終身地.
章臺士人子,
死爲尹府使.

7

서방님 바라보니 천상에 계시거늘
천상은 가로막혀 만날 기약이 없네.
서방님도 저를 생각하시는 줄 알지만
제가 죽는 시각 어찌 아시겠어요?

其七
望郎在天上,
天上隔無期.
亦知君憐妾,
寧知妾死時?

8
여자로 산다는 것이
괴롭고 쓰라린 줄 뼈저리게 느껴요.
괴롭고 쓰라림으로 다한 일생
그 성취는 오직 한 사람 위해섭니다.

9
죽어도 끝끝내 임과 더불어
지금껏 이 몸이 온전합니다.
날이 갈수록 이 몸은 상해가는데
양가의 사람 되지 못하겠네요.

10
양가에는 부부가 있거늘
천가에는 부부가 없지요.
천가 여자도 몸이 있으니
몸이 다하도록 자신을 지킬 수야 있지요.

11
저를 보고 무정타 말씀 마셔요.

其八
人生作女子,
極知良苦辛.
辛苦盡一生,
成就爲一人.

其九
抵死與夫君,
如今全此身.
去去傷此身,
不作良家人.

其十
良家有夫婦,
賤家無夫婦.
賤家亦有身,
滅身方見守.

其十一
不道妾無情,

상사병 들어 죽은 게 아니랍니다.
상사병으로 죽었다 말을 하면
저 비류강 물에다 맹세하지요.

莫作相思死.
道妾相思死,
有如沸江水.[6]

12
비류강 밤낮으로 쉬지 않고 흐르고
무산의 열두 봉우리도
만고불멸로 저곳에 우뚝하니
장대지 그 이름 이 산과 함께하리.

其十二
沸江流日夜,
巫峯十二鬟,[7]
萬古留不滅,
娘名與此山.
(『이참봉집李參奉集』권2)

---

1 **장대지章臺枝** '장대'는 원래 전국시대 진秦나라 장안長安에 있는 누대의 이름이었는
데, 한漢나라 이후 장안 장대의 거리가 번화해서 기방이 있는 곳을 지칭하는 말로 바
뀌었다. 당나라 때 한굉韓翃이라는 사람이 장안의 아름다운 유柳씨 여자와 사랑하는
사이였는데 전란으로 인해 이별하게 되었다. 한굉은 그녀에게 시를 지어 보냈던바,
그 시에 "장대류, 장대류. 옛날 푸르고 푸르더니 지금 그대로 잘 있는가? 비록 긴 가지
전처럼 늘어져 있더라도 남의 손에 꺾이지 않았을까[章臺柳, 章臺柳. 昔日靑靑今在否?
縱使長條似舊垂, 亦應攀折他人手]"라고 썼다. 이에 유래하여 장대지라는 이름은 오직
한 남자에게만 꺾임을 허용한다는 의미를 담고 있다.

2 **파평상서坡平尙書** 윤용尹容(1684~1764)을 가리킴. 그의 본관이 파평으로 예조판서를
역임했기 때문에 붙여진 칭호. 자는 수보受甫이며, 부친 윤지인尹趾仁(1656~1718)과
함께 청백리로 이름이 있었다.

3 **여행旅行** 여기서 현역의 기생집단을 이르는 말. 그래서 '시사時仕'라고 번역한 것이
다. 『춘향전』에 춘향이 이도령의 부름에 "내 지금 시사가 아니어든 호래척거로 부를

리도 없고"라고 대답한 말이 나온다.

4 중표숙重表叔 종대고모의 아들을 지칭하는 말.

5 조유안曹幼安 1721~65. 창녕 조씨. 유안은 그의 자字로 보임. 그의 부친 조명교曹命教 (1687~1753, 이조참판을 역임)는 윤용의 아내인 창녕 조씨와 남매지간이다.

6 비강沸江 비류강沸流江. 성천으로 흐르는 강.

7 무봉십이환巫峯十二鬟 무산 십이봉을 일컫는 말. 평안남도의 성천에 있음. 중국 삼협 의 무산을 따온 이름.

🌑 작품 해설

「장대지」라는 이 작품은 병서幷序와 12수의 5언절구 연작으로 이루어진 것이다. 산문으로 씌어진 병서에서 사실서술과 함께 창작경위를 밝혀놓았다. 12수의 시편은 각각 독립적이면서 하나로 연계되어 있는데 장대지라는 작중의 주인공이 독백하는 형태다. 서사주체가 서정적 1인칭 화법을 쓴 것이라고 하겠다. 때문에 다분히 서정시적이지만 병서와 아울러 전체로서 서사시로 간주하게 된 것이다.

"장대류 길가에 선 버드나무/봄바람 부는 이삼월에/이 몸은 나무의 한 가지라면/오직 한분만 꺾도록 하겠어요." 12수의 서사序詞에 해당하는 제1수에서 자신의 이름을 장대지라고 한 뜻이 드러나는 동시에 그녀의 비극적인 인생이 암시되고 있다. 노류장화路柳墻花라면 이미 누구나 꺾을 수 있는 것처럼 생각되듯 '장대의 버드나무'로 규정된 신세로서 "오직 한분만 꺾도록 하겠"다는 결심은 그 결심이 굳은 만큼이나 앞날은 어둡고 어렵게 마련이다. 시인은 그녀가 죽어가면서 원망을 했느냐고 묻는다. 젊은 나이로 기다림이 병이 되어 죽는데 혹자의 말처럼 장대지는 아무래도 원망이 없을 수 없었을 것 같다. 그렇지만 시인은 바로 이런 상식을 넘어 그녀를 이해하고 있다. "상사병 들어 죽은 게 아니랍니다"라고 완강하게 부인하며, 자기의 고향 앞에 흐르는 비류강과 뒤로 높이 솟은 열두 봉우리를 들어서 맹세하는 것이다. 다름 아닌 한 여성으로서 떳떳한 인간의 자아를 지킨다는 것이었다. 감정이 극도로 절제된 표현 속에 깊이깊이 새겨져 있다.

위당 정인보 선생은 일찍이 「장대지」를 이광려의 작품 중에서도 우수작으로 손꼽으면서 다음과 같이 논평한 바 있다. "생각을 아득히 하여 저 정곡을 속깊이 더듬어가지고 다시 그중의 피나는 곳을 필묵에 옮긴 것이다. 한 일을 든 것이로되 사회의 진상眞相에 비추인다. '일진일체진一眞一切眞'이라는 말을 문인으로서는 더욱 깊이 생각하여야 한다. 어디서든지 참된 것을 잡으면 거기 딸리는 것은 참 아닌 것이 없다."(정인보 「담예쇄록談藝瑣錄」, 『동방평론東方評論』 1932. 4)

짓다 둔 모시옷

白紵行

채제공

희디흰 모시베
　백설처럼 새하얗네.
집사람이 살아생전에
　간수한 물건이라고

우리 집사람 낭군을 위해
　이 옷감 알뜰살뜰 마련해서
바느질 미처 못 마치고
　사람이 먼저 떠났구나.

할멈이 상자를 열더니
　그걸 찾아 꺼내고 눈물 닦으며
"아씨가 옷을 짓다 두고 가셨으니
　어느 솜씨 이걸 대신할꼬?"

모시베 온필이
　마름질은 진작 끝나고
바늘로 시친 자국

白紵行

蔡濟恭

皎皎白紵白如雪,
云是家人在時物.
家人辛勤爲郎厝,
要襋未了人先歿.[1]
舊篋重開老姆泣,[2]
誰其代斲婢手拙?
全幅已經刀尺裁,
數行尙留針線跡.

드문드문 상기도 완연하네.

식전 아침 빈방에서
  모시옷 입어보니
당신의 자태 어렴풋이
  다시금 대하는 듯싶구려.

당신이 창문 앞에 앉아서
  바느질하던 그 적에
어이 알았으리오!
  내 그 옷 입는 걸 당신이 못 볼 줄

이 물건 비록 별것 아니라도
  나에겐 더없이 소중하니
이다음엔 어디 가서
  당신 솜씨 얻어 입으리오!

누구 능히 할 수 있다면
  지하 황천에 가서 말 전해주오.
"이 모시옷 낭군 몸에
  한치 한푼 틀림없이 잘 맞다네."

朝來試拂空房裏,
怳疑更見君顏色.
憶昔君在窓前縫,
安知不見今朝着.
物微猶爲吾所惜,
此後那從君手得.
誰能傳語黃泉下,
爲說穩稱郞身無罅隙.
(『번암집樊巖集』권5)

1 **요극要襋** 옷을 바느질하는 것을 뜻하는 말. '요'는 치마허리, '극'은 옷깃을 가리킨
  다.(『시경·위풍魏風·갈구葛屨』: "要之襋之, 好人服之.")

2 **노모老姆** 모姆는 여자의 스승. 고대에 가정에서 여자에게 예의범절 등을 가르치는 역
  할을 맡았던 사람이 있었다는 것이다. 여기서 '노모'는 어떤 존재를 지칭하는지 구체
  적으로 알 수는 없으나 액인이 시집을 때 몸종으로 따라온 할멈을 가리키는 것으로
  추정된다. 경우에 따라서는 몰락한 처지 내지 여항인으로 양반댁에 와서 보살펴주는
  늙은 부인네가 있었다고 한다.

채제공蔡濟恭(1720~99): 자는 백규伯規, 호는 번암樊巖, 본관은 평강平康. 영조·정조 시대의 유명한 정치가. 남인계에 속하는 인물로, 영조 때 문과에 급제, 정조의 두터운 신임을 받고 중용되어 영의정까지 올랐다. 정약용 등의 존경을 받은 바 있다. 문학 분야에 일찍이 교양을 쌓아 시는 기운氣韻이 호탕하며 웅위뇌락하다는 평을 들었다. 저서에 『번암집』 59권을 남겼다.

● 작품 해설

이 시는 남편으로서 사별한 아내를 그리는 감회를 나타낸 내용이다. 작자 채제공은 신미辛未(1751) 정월에 부인 오씨가 죽었다는 기별을 외지에서 들었다. 부인의 장례를 치른 그해 봄에 이 시를 지은 것이다.

시는 모시옷에 사연이 담겨 거기서 정회가 우러나온다. 아내는 선비의 옹색한 살림에 모처럼 남편을 위해 모시옷감을 마련한다. 그래서 옷을 짓던 중 그만 병이 나서 남편의 얼굴을 보지 못한 채 저세상으로 떠나고 만 것이다. 이러한 사연이 작품의 전반부를 구성하고 있다. "식전 아침 빈방에서 모시옷 입어보니"부터 후반이 되는데, 그 옷을 마무리짓게 된 경위는 과감히 생략한 것이다. 그리하여 곧바로 다 지어진 모시옷을 입어보고 아내의 생전 모습을 떠올리게 된다. "당신이 창문 앞에 앉아서 바느질하던 그 적에/어이 알았으리오! 내 그 옷 입는 걸 당신이 못 볼 줄"이라는 시인의 독백은 듣는 이의 마음까지 아프게 한다. 그리고 "이 모시옷 낭군 몸에 한치 한푼 틀림없이 잘 맞다네"라는 말을 황천의 아내에게 부디 전해주었으면 하는 끝맺음에서 아내에 대한 남편의 눈물겨운 사랑과 함께 여운을 느끼게 한다.

작품은 서사적 전개가 잔잔하고 간소하지만 외적 사건이 내적 정서를 풍부하게 일으켜 서사와 서정이 혼연히 결합된 것이 특징이다.

윤가부
尹家婦

정범조

윤씨 집 부인은 성이 남씨다. 윤씨와 결혼하고 얼마 지나지 않아 남편이 한강에서 익사하였다. 남씨는 젊은 나이에 홀로 되었는데 참고 따라 죽지 않았다. 큰시숙을 따라 월중越中[1]으로 가서 살며 아들을 기다려서 양자로 삼았다.

그때는 죽으려는 기미를 전혀 느낄 수 없었다. 그후 양자가 장성하여 장가들었다. 신부가 시가의 어른들을 뵙는 날 크게 잔치를 열어 집안에 기쁨이 넘쳤으며, 남씨 또한 기뻐했음은 물론이다. 이날 밤에 남씨가 보이지 않았다.

온 집안이 놀라 남씨를 찾았으나 어디로 갔는지 종적도 알 수 없었다. 이에 호환인가 걱정하여 집안사람들이 횃불을 밝히고 집 뒤편의 산을 온통 뒤졌지만 남씨를 어디서 찾을 것인가? 울며 돌아올밖에 없었다. 이튿날 날이 밝아, 금강에서 한 부인의 시체가 발견되었는데 다름 아닌 남씨였다. 집안사람들이 모두 놀라 어쩔 줄 몰랐는데 누가 알 수 있었으리오? 집에 돌아와 상자 속에서 유서를 발견한 것이다. 아들과 신부에게 남긴 글인데 대강 이런 내용이었다.

"네 어미가 어찌 하루라도 죽음을 잊고 살았겠느냐마는 네 아버지가 일찍 돌아가시어 후사가 없기 때문이었다. 다행히도 네가 잘 자라 어진 아내를 만났으니 나는 이제 돌아가 너의 아버지를 떳떳이 대할 수 있겠다. 내가 굳이 물에 빠져 죽으려는 뜻은 네 아버지를 따라가려는 것이다."

이에 온 집안사람들이 부인의 죽음을 이해할 수 있었다. 아! 이 부인은 옛날의 열부라 하겠다. 정범조는 시를 지어 이 부인을 기린다.

丁範祖

尹氏婦姓南, 歸尹氏未幾, 夫溺漢江死. 南氏方靑年, 寡而忍不死. 從伯叔, 居越中[1], 待其生男, 取養之. 當是時, 盖無幾微死色也. 旣養子長, 遂娶婦. 婦見親黨, 大會酒食歡甚, 南氏亦懽. 是夜, 失南氏, 擧家愕不知所往. 時患虎, 家人把火, 搜家後山麓殆遍, 南氏安可得? 哭而歸. 天明得死婦人於錦江中, 南氏也. 擧家方倉卒, 誰解者? 盖歸而得遺書篋笥中, 告兒及婦書也. 若曰: "汝母, 豈一日忘死哉! 而爲而父之夭無嗣, 幸養汝長, 娶婦賢. 吾今歸報而父. 我死必於水, 所以從而父也." 於是, 擧家乃解. 嗚呼, 其婦人中古□□[2]之流乎. 丁範祖作詩, 以美之曰:

1
새 두마리 동쪽 남쪽에서 날아와
좋은 가지에 나란히 앉았더라.[3]

중간에 한마리 먼저 죽으니
남은 새 울음소리 저다지 슬프다니!

어린 새끼 미처 자라지 못해
날개 퍼덕이며 날아오르질 못하누나.

尹家婦

1
有鳥東南來,
雙集嘉樹枝.[3]
中道其雄死,
雌鳴一何悲?
雛生未及長,
羽翮苦低微

먼저 간 짝을 따라가지 못하고
슬픔 머금고 새끼 날기만 기다렸어라.

2
장렬한 윤씨댁 부인
일찍이 군자를 예로써 받들어

은정과 의리 산과 같고
약속한 말 어기는 법 없었더라.

남편이 조심하지 않아
한강 물에 빠져 죽고 말았네.

이 몸 슬픔에 간장이 끊어질 듯
육신을 던져 따라가고자 하였으되

당신은 자식도 없이 먼저 가셨으니
제가 죽으면 제사를 누가 받들리오?

어쨌거나 이 한목숨을 이어가서
나나니⁴처럼 아이를 얻어 길렀습니다.

일각에도 세번이나 아이를 끌어안고

不得從雄死,
含酸待雛飛.

2
烈烈尹家婦,
早奉君子儀.
恩義如邱山,
誓言無睽違.
丈夫不自愼,
淪身漢水湄.
賤妾痛肝腸,
殺身當同歸.
君歿無宗嗣,
妾死誰主祀?
黽勉延軀命,
養育螟蛉兒.⁴
一刻三抱兒,

하루에도 열번이나 젖을 먹여서

아이는 무럭무럭 자라는데
아버지 모습과 그대로 닮았어요.

오늘은 신부를 맞는 날
너 가서 혼례를 거행하여라.

신부의 한아하고 훌륭한 자태
신행이 문전에 당도하는데

신랑의 가마 앞에 서고
신부의 가마 뒤를 따라

대청에 올라와 나란히 절을 하니
친척들 모두 와서 축하했지요.

저 혼자 속으로 생각하기를
이 몸 죽을 때가 바로 지금이라.

지하에 내려가서 서방님 만나면
이제는 떳떳이 할 말이 있겠구나.

아침에 아들에게 편지를 쓰고

一日十哺兒.
兒年奄長成,
彷彿父容姿.
今日娶新婦,
汝往當結縭.
祈祈復鬱鬱,
新婦入門畿.
新婚車在前,
新婦車後隨.
上堂雙拜謁,
親戚擧歡嬉.
賤妾竊自念,
我死此其時.
地下見君子,
於今庶有辭.
朝裁別兒書,

저녁에 자부에게 편지를 써서

그 편지 상자 속에 담아두니
한 글자 한 글자 이별의 정을 담았소.

황혼에 집을 나서서 걸어가니
하늘에 별들 또렷또렷 길을 밝혀줍디다.

3
집안사람들 한참 지나서야 어디 갔나?
황급히 찾았으되 종적도 알 수 없어

산이 깊어 무서운 짐승도 많아
호환을 당했나 걱정을 했네.

사람을 풀어 횃불을 잡히고
사방으로 산을 에워싸고 찾는데

사람 소리 우레처럼 들끓고
횃불은 이리저리 내닫더라.

저녁부터 새벽까지 찾아도
어디 그림자도 발견할 수 없었네.

暮裁別婦詞.
置之篋笥中,
字字含別離.
黃昏出門去,
天星正參差.

3
擧家久乃覺,
倉皇迷所爲.
山深多惡獸,
恐爲虎豹欺.
發卒列炬火,
四面圍山陂.
人聲沸如雷,
炬火東西馳.
自夜達天曙,
形影安可知?

아침해가 금강에 비치자
부인의 시신이 떠올랐다고

안색은 살아 있는 모습 그대론데
옷가지는 흥건히 물에 젖어 있더라네.

생을 버릴 곳이 어디에 없겠소?
부인의 죽을 자리 반드시 여기라오.

서방님 위쪽 강에서 빠졌으니
이 몸이 아래쪽 강에서 빠지면

두 강물이 한데 합해질 것이라
혼백도 만나서 영구히 지내겠지요.

물 위에 두 송이 연꽃이
한 줄기에 피어 곱기도 해라.

연꽃 아래로 한 쌍의 잉어
나란히 놀아 잔물결 일어난다.

朝日出錦水,
傳有婦人屍.
顔色儼若生,
裳衣何淋漓.
捨生豈無所,
婦人必於斯.
郞沉上江涯,
妾沉下江涯.
二江相接連,
魂魄永因依.
上爲雙蓮花,
並頭發葳蕤.
下爲雙鯉魚,
同隊戲漣漪.

4

집안사람들 해질 무렵 돌아와서
유서를 발견하여 그제야 알았노라.

일가친척 못내 애달파하고
이웃사람들도 탄식을 하였네.

자리에 모인 수많은 빈객들
세상에 드문 정절이라고 칭송하더라.

4
家人薄暮歸,
發書視其辭.
親戚乃哀歎,
隣里爲噓唏.
座中衆賓客,
皆言貞節稀.
(『해좌집海左集』권1)

---

1 월중越中 어딘지 미상. 작중에서 금강이 배경이 되고 있는 점으로 보아 공주 같은 충청남도 지역을 가리키는 것으로 생각된다.

2 원문에 결락으로 되어 있는 부분인데 문맥으로 미루어 열녀烈女의 의미로 해석했다.

3 가수嘉樹 아름다운 나무. 춘추시대 진晉나라 한선자韓宣子가 노魯나라에 사신으로 가자, 소공昭公을 위해 향연을 베풀었다. 이 자리에서 한선자가 양국이 서로 화친하기를 희망하는 뜻에서 『시경·소아·각궁角弓』을 노래했다. 이윽고 또 계무자季武子의 연회에 참석해서는 정원에 서 있는 아름다운 나무를 보고 좋다고 칭찬하자, 계무자는 "제가 감히 이 나무를 잘 길러서 각궁편을 노래해주신 당신의 은혜를 깊이 새기지 않겠습니까"라고 말한 데서 유래한 것이다.

4 명령螟蛉 나나니벌이 명령(뽕나무 벌레)의 새끼를 제 자식으로 기른다는 뜻. 양자를 이르는 말.(『시경·소아·소완小宛』: "螟蛉有子, 蜾蠃負之.")

⬢ 작품 해설

젊은 나이에 남편이 한강에서 실수로 물에 빠져 죽었다. 그 부인은 조카 양자를 들여 길러서 아이가 장가들어 신부를 맞이한 그날, 남편을 따라 역시 물에 빠져 죽는다.

이 서사의 줄거리가 특이하긴 하지만 현대적 윤리에 비춰보면 도저히 용납하기 어려운 것임은 물론이다. 여자는 남자가 죽으면 따라서 죽어야 한다는 것이 법제적으로나 도덕적으로 딱히 규정되어 있었던 것은 아니었다. 충효열을 인간의 보편적 가치로 신봉했던 전통사회에서 여필종부女必從夫라는 도덕률 때문에 남자를 따라 죽는 행위는 여성의 정절로서 미화되기에 이른 것으로 생각된다. 어쨌건 그런 행위는 여자를 종속물로 여기는 것으로, 타기해야 마땅한 관념에 불과하지만, 그런 관념이 윤리적 가치로 표창되는 시대를 살았던 여성 그 자신에게 있어서는 인간적 가치의 실천으로 확신한 것이기도 했다. 작중의 주인공인 윤씨댁 부인이 된 남씨의 경우, 남편의 후사를 위해서 인내하여 따라 죽는 행위를 뒤로 미루고 자신이 당연히 감당해야 할 인생의 몫을 다한 다음 결행을 하는 나름으로 합리적인 태도를 보여주었다.

이 작품은 사실 서술의 산문부와 명송銘頌을 위주로 한 운문부로 크게 양분되어 있다. 서사시에서 허다하게 취하는 방식이다. 이 경우 산문부도 작품을 이루는 한 부분이긴 하지만, 운문부만으로 완결된 전체를 갖추고 있다. 운문부의 첫머리는 "새 두마리 동쪽 남쪽에서 날아와"로 시작되는데 전체 서사에서 상징적 의미를 갖는 것이다. 마지막에 가서는 "자리에 모인 수많은 빈객들/세상에 드문 정절이라고 칭송하더라"라는 말로 끝맺게 된다. 본사에 해당하는 중간은 시인이 직접 개입하여 전개하면서도 여성 주인공의 독백이 차지하는 비중이 크다. 서사시의 형태로서 서정성이 고양된 특징을 지니고 있다고 보겠다.

오뇌곡

懊惱曲

신국빈

오뇌懊惱란 오농懊儂의 음이 바뀐 것으로, 위魏·진晉 시대 악부의 한 곡조다. 근래 대제촌大堤村에 단랑丹娘이란 처녀가 있었다. 자색이 퍽 아리따웠는데, 일찍이 밭둑에서 뽕 따는 것을 박순칙朴順則 군이 보고 마음이 끌렸다. 이에 드디어 몸값을 주고 첩으로 맞게 되었다. 이윽고 본처의 구박이 자심해서 견디기 어려울 지경이었다. 박군은 몇 곳 옮겨두어보았으나 여의치 않았다. 그래서 대제촌의 친정집으로 돌려보내고 그후로 발길을 끊어 내왕하지 않았다. 친정어머니는 단랑을 다른 사람에게 시집보내려 하니 단랑은 어느날 밤 도망쳐 석골산石骨山에 들어가 머리를 깎고 중이 되었다.

그때 나는 마마를 피하느라 우령牛嶺의 절간에 있다가 이 이야기를 들었다. 애처롭게 여긴 나머지 옛 악부를 따라 노래를 지으니 박군을 대신해서 회포를 편 것이다.

中國賓

懊惱 即懊儂之聲轉者, 魏晉樂府中一曲也.[1] 近有大堤村女名丹娘者, 有姿色, 嘗採桑陌上. 朴君順則見而悅之, 遂買畜焉. 俄而爲室中所迫, 不能堪耐. 移置幾處而不得, 則歸之大堤其母家, 絶不往來. 其母欲奪志, 丹娘一夜逃去, 入石骨山, 剃頭爲尼. 時余避痘在牛嶺之僧舍, 聞而悲之, 倣古, 作此詞以舒順則之懷云耳.

1

괴로워라! 어찌 이리도 괴로운고!

지는 해 뉘엿뉘엿

　　현산峴山 서녘으로 떨어진다.

석양에 발을 내리는데

애끊는 이곳, 조그만 다리

　　큰 둑에 안개 낀 실버들 늘어지고

지난 시절 열대여섯 나이

아미가 훤칠하고 목은 벽옥 같더니

열입곱 처녀

　　한길가에서 뽕잎을 따는데,

님이 타신 백마

　　꽃잎 밟고 서성대니

소녀는 뽕잎 사이로

　　부끄럼 머금고 말 못 했어도

님의 마음 이내 마음

　　한가닥 정이 통했지요.

수산못² 봄물

　　하늘과 함께 푸르른데

쌍쌍이 날고 기대어 조는 오리 해오라비

懊惱曲

1
懊惱何懊惱,
落日欲沒峴山西.

夕陽下捲簾,
斷腸處小橋煙柳大堤.²
憶昔十五二八時,
掃眉如蛾領如蠐.

十七採桑官道傍,
郎騎白馬踏花嘶.

隔桑含羞儂不語,
郎心一點通靈犀.³

大堤春水碧如天,
笑指交飛倚睡雙鳬鷖.

빙긋이 웃으며 손으로 가리키셨다네.

2
대숲속 저물녘의 방아 소리
  야심한 밤중 다듬이소리에 잠 못 이루고
새벽녘에 드문드문
  삼성參星 저성氐星을 바라보는데

큰방에서 울리는 한 소리
  등골이 오싹 혼이 다 달아나니,
밤마다 밤마다 마님의 호령소리.

바람에 나부끼는 다북쑥,
  물에 떠다니는 부평초,
바다 동쪽의 하늘끝 땅끝.

손랑원孫郎院 중용댁仲容宅[6]
삼년 동안 그림자를 감추어
  깊고 깊은 옥에 갇힌 듯.

설움 가득 안고
  달밤에 친정으로 돌아오니
머리 세신 친정어머니

2
竹林中寒砧暮春夜不眠,
仰看三五小星參與氐.[4]

最是洞房一聲骨冷魂盡飛,
夜夜河東獅猊.[5]

風飄蓬水浮萍,
海東頭天端地倪.

孫郎院仲容宅,[6]
三年鎖影深深如犴狴.

眼中泉源月中歸,
雪鬒阿母抱項吞聲啼.

단랑의 목을 껴안고 흐느끼네.

청솔가지 울타리 허술한 대사립
하루 종일 방문을 닫아걸고
무슨 마음에 이끼 낀 섬돌을 쓰는가?
편지 한장 보낼 길 없을까?

애달프다! 봄바람만 홀로 찾아와
뜨락에 화초들 더북더북 자라는데

붉은 꽃에 수심 일고,
　푸른 풀에 한 맺히니,
쪽빛 같고 비단 같다.

바람에 지는 꽃잎 금방 흘린 눈물인 듯
점점이 저고리에 내려앉고.

창자 굽이굽이에 백섬의 슬픈 통한을 담아
천번 찌르고 만번 베임을 어이 견디랴!

저 강 건너도 봄이 한창 무르녹을 텐데
밭머리서 처음 들었던 님의 말 울음
　어디 가서 찾을 건고?

青松短籬白竹半扉,
終日閉寶窒.
何心掃苔階?
何處寄赫蹄?

也可憐春風獨尋來,
小園芳草萋萋.

草萋萋愁紅恨綠,
如藍復如緹.

風吹落花如新淚,
點點着羅袿.

一寸柔腸百斛悲恨,
何耐千戟刺萬刀刲.

遙想江南春亦闌,
何處嗚尋春陌上綠髮驢.

원앙새의 새벽꿈 깰락말락할 즈음
꾀꼬리 놀란 소리에 깜짝 깨어

발 걷고 바라보니 십리정 오리정
한길에 적다마며 결제마 오가는데
　행여 임이 오실까 눈 크게 뜨고 바라보지만
언제나 가까이 오면 다른 분이라.
강성江城 저물어 북소리만 둥둥 울리네.

등불은 기쁜 소식 알리려나?
짐짓 심지를 자르지 않고 기다려보네.

어머니 걱정하실까 애써 시름 숨기지만,
옷은 날로 헐거워지고
　눈썹이 저절로 수그러드네.

저 멀리 수산못 바라보니
만굽이 물결 유리처럼 일렁인다.

어머니 살아 계시거늘
　자식된 몸으로 어찌할거나?
어찌 차마 고기밥이 되게 하리오?

창밖에 버드나무

元央曉枕殘夢欲覺未覺時,
驚了一聲黃鶯.

簾捲十里五里長短亭,
官路往來朱蹄與駃騠.[7]
極目行人近却非,
江城暝色傳鼓鼙.

何事燈花如報喜,
愛不忍剪金鎞.

要慰阿孃强諱愁,
不分羅衫自寬翠眉自低.

遙看南湖水,
萬頃鳴玻瓈.

阿孃在·兒奈何?
不忍將身飽鯨鯢.

簾外綠楊與人一樣瘦,

나와 한가지로 여위었구나
광풍이 불어치는 날 그 어이 견디리?

낮이면 앉아서 생각하고
　밤이면 누워서 생각하고
이 한 몸 물에 뜬 거품이요,
　이내 평생 병 속의 초파리로다.

차라리 깨끗한 몸으로
　불문佛門에 귀의하여
첩첩산중 백운심처에
　사슴 고라니와 벗하며 살아가리.

狂風欲吹其奈奚.

晝坐思·夜臥思,
一身水上·漚百年甕中醯.

終不如潔身歸空門,
萬山白雲深處伴猿麋.

3
울음 삼키며 집을 떠나
　어디로 찾아갈까, 석골산⁸으로 가보세.

세 걸음 옮길 적에 긴 숨 내쉬고
　다섯발짝에 가파른 언덕 더위잡으니
석골산 오르는 길
높고 험하기 이내 시름과 가지런하다.

불당에 올라가 예불을 드리고

3
吞聲出門何處是石骨山?⁸

三步長吁五步攀躋.
道是石骨山,
高强與愁齊.

上殿禮佛下參禪,

내려와 참선을 하고 나서
삭발하여 비오리 이마 만든다.

고이 기른 머릿결 싹둑 잘리니
옥비치개 금비녀
　　장차 어디다 쓸 건가?

머리칼 하나에 한 줄기 눈물,
눈물 따라 머리카락 떨어져
　　한올 한올 눈물에 적셔진다.

맑은 물에 비친 모습 차마 못 보리
문득 씬중 하나가
　　눈동자에 눈물이 그렁그렁.

이십년 겪어온 인간만사
　　장공을 스쳐간 번개처럼
흰 구름 잦아든 골짜기에
　　둥지 찾아 돌아온 한마리 새로다.

진주 수식에 창포로 감아서
　　구름 같은 머릿결은 이제 어디에 있는가?
흰 송낙 아래 꺼칠한 까까머리
　　이마에는 먹물을 떴구나.

暗倩剃頭金鷺鵜.

解下烏蠻十八鬟,
也不關玉梳頭金股笄.

一莖髮·一行淚,
淚隨髮落箇箇傻成泥.

不忍照面氷盆看,
居然小閹梨鉛水凝睇.[9]

二十年人間萬事電過長空,
白雲谷口鳥歸棲.

眞珠瓔珞蘭煤雲鬢何處在?
雪衲下鬐鬆蒜髮雕蠻題

향낭이며 구슬 노리개
  이제 모두 어디 있는가?
등엔 바랑 하나 짊어지고
  손엔 일곱자 청려장 들었도다.

주홍 칠한 반상에 화기 놋등걸은
  이제 모두 어디로 갔는가?
네개의 나무바리때에 표주박 하나로다.

경대며 연지분 어디 갔는가?
벽에 여덟자의 장군 죽비竹篦로다.

패랭이꽃 무늬 푸른 저고리
  붉은 치마 어디로 갔는가?
백요배 청장삼, 금란 홍가사에
검정베로 가를 둘렀도다.

중인지 속인인지 누군들 구분 못 하랴만
남자인지 여자인진 보고는 모를레라.

4
이 마음 안주할 곳 극락세계

香囊珠珮何處在?
背後一鉢囊手中七尺藜.

紅雕盤畫砂鎔盞何處在,
四箇烏木鉢一片白瓢盞.

長椅畫鏡脂筒粉盒何處在,
壁上丈八尺將軍竹篦.[10]

石竹紋綠衣紅裳何處在,
白襖緋·靑長衫·
錦襴紅袈裟緣邊墨綵.

僧與俗不須辨,
男與女也自迷

4
是心安處極樂世,

서천西天으로 가는 길 역력한데
　안개 구름 아득히 가려 있네.

선방 창 옆에 기대앉아 장삼을 깁는 그 손
곱고 고운 손가락 죽순처럼 부드럽네.

석장 망혜로 길을 떠나니
천 봉우리 만 골짝 곳곳에 흰 구름 떠도는데

물은 운모雲母 방아를 찧고
구름은 복전福田[11]의 이랑을 덮으니

운무적雲無跡 수무심水無心
떠난들 누가 붙잡으며
　찾아간들 누가 떠밀랴?

십년 고해苦海 설움받던 땅
　이제 돌아보며 허허 웃노라.

새장에 갇힌 학, 우리에 매인 염소
지나간 속세의 일
　한갓 매미 허물이니,
속세의 욕망일랑
　후회한들 무슨 소용이랴.

歷歷西天歸路霧盖雲幌.

懶倚禪窓縫衲衣,
纖纖指春筍柔荑.

芒鞵錫杖從此去,
白雲處處千峰又萬溪.

水春雲母碓,
雲滿福田畦.[11]

雲無跡·水無心,
去誰留·來誰擠.

回頭笑十年苦海淪落地,

籠鶴藩羝.
前塵事蟬蛻甲,
下界慾麝噬臍.

저 산 아래 진애에 파묻힌 즐비한 집들,
정에 끌려 어리석은 꿈 꾸는 자
　저 인총 중에 얼마나 많을까?

만산홍록은 절로 뜻을 얻은 양
한번 핀 꽃 비는 부슬부슬
제각자 마시고 쪼고
　타고난 대로 근심걱정 없나니
대숲의 노루요, 바위틈의 다람쥐라.

山外狂塵億兆家,
牽情癡夢幾黔黎.

조계漕溪의 물 맑고 맑아
　파르스름 물결 이는데,
한 쌍의 원앙새 짝지어 노닐고

滿山紅綠自得意,
一番花雨霎霎.
自飲自啄生來不愁思,
竹麕與巖鼯.

달은 기울었다 다시 차서
휘영청 난간에 비친다.
가련타, 오늘밤 하늘에 뜬 저 달
나의 고향 빈방에도 비치겠지.
장삼으로 얼굴 가리고
　팔 베고 자리에 누워 엎치락뒤치락

漕溪淡淡漾淸綠,
對浴乘鸞雙鶿.

月色有缺還有盈,
皎皎映欄枅.
可憐今夜諸天月,
遍照故園空閨,
雲衲掩面蒲團枕臂輾轉臥.

밤기운조차 싸늘한데
　혼이 천길 만길 날아 고향 동산 당도하니

夜氣淒淒魂飛千疊萬疊到故園,

등불 지고 누워 계신 우리 어머니
　머리는 다 희시고 주름투성이

마산 마을[12] 보이지 않는데
마산 가는 길을 어이 찾으리?

오경이면 상방에
　스물여덟번 치는 종소리
새벽바람에 어느 집
　첫닭 울음 아련히 들려온다.

긴 소매 들어 얼룩진 눈물 닦으며
내 어찌 두고두고 마음 아파하랴?
본부인 원망 서방님 원망
　이제 다 그만두자.

다만 이 한 몸 삼세의 원업일는지
　남의 첩이 된 신세 한스럽구나.

창포물로 목욕하고 향로에 향 피우고,
공양을 드리고 부처님께 발원하누나.

背燈孤臥鶴髮白鷄皮皺.

不見馬山村,[12]
豈知馬山蹊.

忽然五更上房二十八鐘聲,
依俙是曉風茅屋第一鷄.

揄長袂拭淚眼,
我何用重悽悽.
不怨主母不怨郞,

只恨此身三生宠業爲人媵.

沐蘭湯·爇檀爐,
發願佛前椒糈齊.

5

"소녀 도솔천에 왕생하길 원치 아니하옵고
보리수로 화하기도 원치 아니하옵고

다만 생생 세세 천겁 만겁
님은 서방님 되고 저는 각시 되어
하늘에 날아 원앙새요,
물에 비목어比目魚[13]라.
불속에 들어가든 물속에 들어가든
　헤어지지 말지라.

여러 여자들과 친자매처럼 어울려
투기도 하지 말고 다툼도 하지 말기를

不願往生兜率天,
不願化樹爲菩提.

但願生生世世千劫又萬劫,
郎爲丈夫妾爲妻.
在天爲元央,
在地爲比目,[13]
火澤不相睽.

대자대비 제불 제보살
　전에 비옵나니
이 제자의 하는 말
　진실임을 굽어 살피소서.

親愛諸姬若姊妹,
不妬不忌無勃谿.

이 제자는
　살아생전에 부처님 모시고
이 마음
　삼가 옥과 같이 간직하겠사오니

伏願大慈大悲諸佛諸菩薩,
俯鑑弟子言有稽.

弟子生前侍佛前,
敬持此心如璋復如珪.

금강역사의 칼을 빌려다가
제자의 고통
   가시덤불 베듯 잘라주옵시고

대혜大慧의 칼을 빌려다가
제자의 미욱함을 돌피 뽑듯
   제거해주옵소서.
천재팔난天災八難 눈 녹듯 얼음 풀리듯
괴로움의 바다에선 구원의 배
   희미한 길에선 나침반 되어주옵소서.

또 바라옵나니
집 나간 자식 기다리시는 울 엄니,
   센 머리 검어지고
   빠진 이 다시 나고
아버님 어머님
   아무쪼록 강령하시어
천년 백년 해로하시고
   만복을 누리시길

제자의 육신은
   석골산 아래 재가 되더라도
혼백이 알면 웃음 머금고 바라볼 것이오.

乞得金剛劍,
拔出弟子苦痛如蒺藜.

乞得大慧刀,
除去弟子鈍根猶稗稊.
天災八難雪消冰泮,
苦海慈航迷塗指南軼.

願使倚閭人,
白髮復黑牙生齯.
主父主母亦康寧,
偕老同禂享蝦褆.

弟子肉身化爲石骨山下灰,
魂魄有知含笑眂.

넋이 지하로 돌아가도
　부처님 공덕 칭송하고
혼이 하늘로 날아가도
　무지개 되오리다.

천년 후에 벽정사碧井詞 한 곡조를
아만자阿滿子[14]로 주고받으며
　손에 손을 잡고

그 옛날 위숙경衛叔卿[15]이 청산에서
흰 눈빛 사슴 타고 놀던 일
　부러워하지 않으리.

부처님 영험 공덕 잊어버린다면
머리를 뽑아 신을 삼고
　혀를 뽑아 쟁기 보습 만드소서.

인생 백년 그림자 꽃이요
속세 만사 날리는 버들솜이라.

불문의 하루 한해만큼 긴데
가서 살 곳은 백옥경白玉京[16]이니
건널 곳 청운제青雲梯[17]라.

魄歸地下頌佛功,
魂飛天上爲雌霓.
千年碧井詞一曲,
阿滿子相和相提攜.[14]

不羨當時衛叔卿,[15]
騎上青山雪色麑.

佛靈佛力如可忘,
擢髮苴履拔舌耕犂.

人生百年幻花,
塵世萬事吹虀.

空門慧日長如年,
居是白玉京,[16]
渡是青雲梯.[17]

천하에 공규空閨를 지키는 가련한 이들

　이내 말 전하노니

나와 함께 돌아가옵시다."

寄語天下空閨可憐人,
同我歸來兮.
(『태을암집太乙菴集』)

1 **오뇌곡懊惱曲(歌)** 악부의 오성가곡吳聲歌曲의 하나. 남조南朝 때 강남의 민간에서 발생한 것으로, 남녀 애정이 좌절한 데서 받은 고뇌를 서술한 내용이다.

2 **대제大堤** 경상남도 밀양군 수산면水山面에 있는 저수지. 수산지水山池라고도 하며, 삼국시대로 올라가는 유서 깊은 못이다.

3 **영서靈犀** 서로 마음이 통함을 이르는 말. 옛날에 물소[犀]는 신령한 짐승으로, 특히 그 뿔이 영감이 있다고 생각했다.

4 **삼參·저氐** 각기 별자리 이름. 28수宿에 들어 있다.

5 중국 북송 진조陳慥의 처 유柳씨는 투기가 심하기로 유명했다. 소식蘇軾이 진조를 기롱해서 "문득 하동河東 사자의 울음소리가 들린다"라는 시를 지었다. 여기서 유래하여 하동사자후河東獅子吼라는 말은 여성의 질투를 가리키게 되었다. 본문의 하동사예河東獅猊도 그것이다.

6 **손랑원孫郞院·중용댁仲容宅** 무슨 뜻인지 미상인데, 앞의 서문에서 본부인의 구박을 피해 단랑을 여러 곳으로 옮겼다 했는데 그 집을 가리키는 것이 아닌가 한다.

7 **주제朱蹄·결제駃騠** 말의 종류. '주제'는 붉은 말을 가리키는데 우리말로 '절다말'이라 했으며, '결제'는 좋은 말의 이름.

8 **석골산石骨山** 밀양시 산내면山內面에 있는 산.

9 **도리闍梨** 범어로 스님. 도리闍梨·아도리阿闍梨·아지리阿祇利·도려闍黎.

10 **죽비竹篦** 쪼갠 대를 합쳐서 만든 긴 막대. 수도하는 중에게 정신을 차리도록 내려치는 데 쓰임.

11 **복전福田** 불교에서 선행을 쌓으면 밭에 농사를 지어 추수하는 것과 같다고 해서 '복전'이라는 말을 쓴다.

12 **마산馬山** 밀양에 있는 지명. 원院의 소재지. 『동국여지승람』에 의하면 마산원馬山院은 밀양부의 남쪽 28리 지점에 있다고 하였다.

13 원앙元央·비목比目 '원앙'은 곧 원앙鴛鴦인데, 이 새는 암수가 짝을 이루고 헤어지지 않기 때문에, 부부간에 금실이 좋음을 이 새에 비유했다. '비목'은 비목어比目魚. 이 고기는 눈이 하나뿐이어서 두마리가 짝을 지어 다녀야 온전히 볼 수 있기 때문에 짝을 짓지 않고서는 다니지 않는다 한다. 이는 서로 한시도 떨어지지 않고 지냄을 비유하는 데 쓰임.

14 아만자阿滿子 악곡의 이름. 『악부시집』에는 하만자何滿子로 되어 있다. 백거이白居易는 "하만자는 개원開元 때 창주滄州의 가자歌者로 형벌을 받아 죽게 됨에 이 노래를 불러 용서해주기를 빌었으나 마침내 면하지 못했다"라고 말했다. 단장의 슬픈 가락이었다 한다. 여기서는 벽정사碧井詞를 처절한 가락으로 서로 주고받는다는 뜻이다.

15 위숙경衛叔卿 중국 한漢나라 중산中山 사람으로 신선이 되었다 한다. 한 무제가 한가로이 있는데 문득 어떤 사람이 흰 사슴이 끄는 운거雲車를 타고 하늘에서 내려왔다. "누구냐?" 하고 물었더니, "나는 중산의 위숙경이다"라고 답했다. 무제는 그에게 예의를 갖출 것을 요구하자 묵묵히 떠나버려 후에 그를 사방으로 찾았으나 다시 만나지 못했다는 것이다. 갈홍葛洪의 「신선전神仙傳」에 그에 관한 기록이 보인다. 설색예雪色霓는 곧 흰 사슴이 끄는 운거를 가리킨다.

16 백옥경白玉京 즉 옥경玉京, 도교에서 이르는 천상의 수도.

17 청운제靑雲梯 구름 사다리〔雲梯〕. 신선이 되어 천상으로 올라가려면 구름을 타고 가야 한다고 생각한 데서 나온 말.

🌸 작자 소개

신국빈申國賓(1724~99): 자는 사관士觀, 호는 태을암太乙菴, 본관은 평산平山. 경상도 밀양지방의 시인. 정조 때 진사가 되었으며, 『태을암집』을 남겼다.

🌸 작품 해설

이 시는 남녀 간의 애정 갈등이 빚어낸 고뇌를 서술한 내용이다.

작중 주인공 단랑을 박순칙이 우연히 발견해서 두 사람은 마음이 통했다. 그런데 단랑은 사회적 지위가 낮은 데다 남자는 이미 결혼한 몸이기에 첩으로 맺어질 수밖에 없었다. 이때 정실 부인은 첩실 단랑을 몹시 구박한다. 단랑은 처첩 간의 격차에 신분상의 약점을 안고 있는 것이다. 단랑은 질곡과 고난을 해결할 방도를 찾지 못하고 결국 절간으로 들어가 중이 되어버린다.

시는 단랑의 1인칭 서술로 전개되고 있다. 단랑이 이미 중이 된 몸으로 부처님 앞에서 발원하는 장면이 작중의 현재다. 따라서 서사적 내용은 과거를 회상한 형식이다. 즉 여자가 자신의 비련의 이야기를 독백하는 방식을 취하고 있으므로, 시는 주정적 진술이 되며 그런 만큼 사실성은 부족하지만 호소력을 가진다. 가령 주인공이 삭발을 하고 중으로 변신한 과정을 서술한 대목의 경우, 그의 기구한 운명과 괴롭고 허탈한 심경을 처연하고 풍부한 사연으로 나타내고 있다.

마지막에 단랑이 부처님께 발원한 말에서 신앙에 귀의, 오뇌를 해소하려는 뜻이 역연하다. 그럼에도 임을 향한 애정은 함께 해소되지 못해 저승에서나마 이루어보자는 식이다. 더구나 소망사항에서까지 "여러 여자들과 친자매처럼 어울려"라고 자신의 첩실 지위를 유지하고 기껏 정실과 화목을 꿈꿀 뿐이다. 주인공은 그토록 자신이 짓밟히고 배신당한 문제의 본질을 인식하지 못한 것이다. 그 점은 그가 신앙에 귀의한 태도와도 무관하지 않다고 본다. 한편 시인의 남성적 편견에 의해 왜곡된 측면도 고려해야 할 것이다.

여사행
女史行

1

왜적들 물밀듯 몰려들어
　진주성이 함락될 적에
논개라 그 이름
　관기로 기특한 인물

아리따운 그의 자태
　꽃도 같고 달도 같고
검푸른 머릿결 발그레한 얼굴
　복실복실 저다지 꽃다우랴.

남강 흐르는 물가로
　촉석루 우뚝 섰는데
한 여자 쌍긋이 미소짓고
　누군가 부르는 듯싶구나.

강 앞으로 왜병의 진지
　달무리 둘러 있으니

女史行

李奎象

1
倭寇晉州城陷時,
論介其名官妓奇.
佳人似花復如月,
翠鬟紅粧何葳蕤.
亭亭表立矗江石,[1]
嫣然一笑若招誰?
江前倭陣月暈匝,

번득이는 칼날 번쩍하는 탄환
   핏방울 떨어져 흘렀네.

왜군 중에 방탕한 무리
   나는 듯 달려들 와서
미인 하나 앞에 놓고
   두놈이 서로 다투는구나.

미인은 틈을 보아 두 손아귀에
   왜군들 하나씩 꽉 잡고
백길 아래 시퍼런 물속으로
   함께 뒹굴어 떨어졌다네.

그제야 알았노라, 그 여자
   본디 죽기로 결심한 줄
한목숨 던져서
   왜놈 둘을 대번에 해치웠구나.

사나이 꾀를 내더라도
   이런 일 쉽지 않거늘
더구나 미천한 관기
   연약한 일개 아녀자로서

옥빛 같은 맑은 강물에

白刃炮火血雨垂.
倭中蕩子倏飛步,
兩倭爭掠一娥眉.
娥眉兩手挈兩敵,
百丈江波身共隳.
乃知一死素所決,
一死猶辦殺兩夷.
男兒作計此不易,
何況官妓一弱姿.
淸江如玉石不轉,

바위 우뚝 서 구르지 않는다.
이 여류 협객
　　한낱 아녀자 아니로다.

2
일본의 여성 협객
　　그 역시 빼어나다는구나
근자에 일본 다녀온 사신
　　전하는 이야기 들어보니

아시바나마찌² 거리에는
　　이름난 여자 살았으니
이 여자 때문에 중국 상선
　　얼마나 돌아가지 않고 머뭇거렸던고?

배에 실은 갖가지 귀한 물화
　　여자 위해 선물로 바치고
남녀 사이 맺어진 연분
　　정으로 긴밀히 이어져

중국 상인 말하기를
　　"이 여자 결코 버릴 수 없다."
아시바나마찌의 여자 말하기를

女兒俠士非女兒.

2
倭中女俠又卓然,
近日東槎消息傳.
蘆花町裏養女俠,²
爲女唐船幾流連.
唐船百貨爲女幣,
月姥紅繩情纏綿.³
郎言倭妾不可捨,
妾言中原郎返船.

"중국 서방님 배를 돌려 가서야죠."

돈은 어느새 다 녹아났고
　흑달비 닳아서 해지는구나.
소녀 님의 마음속에
　깃발처럼 달려 있거늘

봄바람 꽃피는 날
　헤어져 떠나간 다음
여기저기 날아다니는 벌
　어느 꽃에 끌려 앉을런가?

산 사람 죽음으로 전별하기
　님을 위한 계책이라.
바닷물에 몸을 던지니
　님을 위한 희생이로다.

중국 상인 통곡을 하며
　옥탑玉塔을 세우고서
그 위에 여자의 이름
　녹운선綠雲仙이라 새겼더라지.

남자 고국으로 돌아가자
　우환이 행복으로 바뀌고

黃金用盡黑貂弊,
妾在郎心若旌懸.
東風花事斷送後,
浪跡遊蜂何處牽?
生人死別爲郎計,
投海妾身爲郎捐.
唐商痛哭立玉塔,
上刻女名綠雲仙.
郎返古國禍轉福,

여자 여생을 포기하니

　뜻을 스스로 편 셈이로다.

아시바나마찌 거리

　기생이 거주하는 곳인데

더러운 연못 속에서

　하얀 연꽃 한 송이 피어났구나.

조선 그리고 일본

　모두 동방에 속하나니

논개 그리고 녹운선

　의협의 행동은 한길이로다.

태양의 양명한 기운

　동방에 먼저 쪼여서

여성으로 태어난 사람도

　밝고 굳센 기개 보인 걸까.

女棄餘生志自宣.
蘆町是倭倚門地,
不意汚池生玉蓮.
朝鮮日本摠東方,
鮮女倭娥俠一行.
無乃陽烏以先照,[4]
縱在坤成秉陽剛.[5]

3
후금에서 태어난 열녀

　정절이 더욱 굳세니

후금의 장수 요면要免은

　그 남편 이름인데

3
金邦節婦節尤貞,
金將要免其夫名.

요면의 아버지는 바로
　　태종의 형님 귀영개貴永介
요면은 영특하고 용맹하여
　　만군의 으뜸으로 꼽혔더란다.

송산보松山堡[7] 싸움에 소년 장수
　　선봉에 나서 적진을 짓밟더니
칼날머리에 이 영웅
　　목숨을 초개처럼 버렸구나.

백보百寶로 엄숙히 꾸미고서
　　단발한 여인 누구던고
자식들 눈물로 끊고
　　무덤 속으로 님 따라가는구나.

용사의 아내, 열렬한 기운
　　혼강渾江의 하늘 아래 울렸더니
거기서 돌아온 이의 기록에
　　사적이 뚜렷이 밝혀 있네.

免父汗兄貴永介,[6]
要免英雄冠萬兵.
松山厮殺少年將,[7]
劍頭英雄草塵輕.
嚴粧百寶斷髮婦,[8]
哭訣諸兒殉墓塋.
渾江寰宇義烈震,[9]
質官日記事蹟明.[10]

4

이 무렵 중국 땅 관외關外에

4

同時關外女將軍,

여장군 하나 출현하니
그이의 성은 진秦씨요
　이름은 양옥良玉이라[11]

비단옷 벗어던지고서
　섬섬옥수에 이화창 꼬나잡고
천지를 휩쓰는 유적流賊들
　음험한 그 기운 쓸어내고자

서쪽으로 밀고 오던 구왕九王[13]도
　얼굴 가리고 도주하니
만리장성 방어하던 장수
　오삼계吳三桂[14]만 공이 큰 것 아니로다.

중과부적의 적세와 맞서다
　마침내 전장에서 죽으니
조대수 홍승주 이런 장수들[16]
　이 여자 앞에 부끄러우리.

여성 협객에 정절의 부인
　또 여걸 장군 나왔으니
여장군의 조국 위한 충성
　향기로운 이름이 더욱 높구나.

姓秦其名良玉云.[11]
梨花一槍白玉手,[12]
揮出乾坤流賊氛.
西來九王掩面走,[13]
不獨長城三桂勳.[14]
終然馬革裏玉碎,[15]
祖洪頭巾愧羅裙.[16]
俠女節婦又女將,
女將忠臣倍芳芬.

음기의 운세 점점 커나가
    노쇠한 양기를 압도하는데
이제 음의 가운데서
    올바른 기운이 펼쳐진다.

펼쳐나가는 그 형상
    옥통소 맑은 소리 퍼지듯
높이 드러나는 그 얼굴
    해와 별이 또렷또렷 빛나듯

구주九州[17]의 바깥으로 세 나라
    서로서로 이웃해 있으니
한 하늘에서 부여받은
    양지 양능 다 같이 지녔도다.

사람이면 가진 바 양능 양지
    가장 슬기롭고 빼어난 것이
저처럼 여성 속으로
    온통 모였단 말인가!

나 지금 붓을 들어
    대서특서하노니
인간 세상에 여장부
    훌륭한 그 모습 제시하노라.

陰運漸漸壓老陽,
陰中亦有正氣張.
鋪張當以白玉管,
表揭有如星日光.
三邦相隔九州外,[17]
一天同賦知能良.
良能良知最炳靈,
可惜盡鍾紅粉粧.
我今特書大書,
又使讀人間有鬒娘.
(『일몽고一夢稿 · 한산세고
韓山世稿』 권21)

1 **촉강矗江** 진주 남강의 별칭. 촉석루矗石樓가 있기 때문에 붙여진 이름.

2 여기서 노화정蘆花町이 일본의 어느 도시에 있는 지명인지 밝혀져 있지 않다. 일본의 경우 개항開港 이전의 대외 무역항으로는 큐우슈우九州에 있는 나가사끼長岐가 유일한 곳이었다. 시의 이 대목은 나가사끼에서 일어난 일로 추정되는 것이다. 나가사끼에 기생의 거주지가 발달했던바, 그곳 이름이 마루야마丸山인데 당시 우리 측 기록에는 대개 노화정으로 나오고 있다.

3 **월로홍승月姥紅繩** 달밤에 노인이 붉은 끈으로 남녀의 인연을 맺어주는데, 한번 맺어주면 반드시 결혼하게 된다는 전설이 있다. 남녀의 필연적인 인연을 가리키는 말로 쓰임. 노(姥＝老).

4 **양오陽烏** 해 속에 있다는 신화 속의 큰 까마귀. 곧 해를 가리킴.

5 『역易·계사繫辭』에 "건도乾道는 성남成男하고 곤도坤道는 성녀成女"라는 말이 나온다. 이 구절에서 여자는 음도陰道로 이루어졌으나 양陽의 강성剛性을 함께 지녔다는 뜻이다.

6 **한汗** 변방 민족이 군왕을 일컫는 말로, 여기서는 청 태종太宗 홍타시洪太氏를 가리킨다. 귀영개貴永介는 청 태조太祖의 큰아들로 태조가 죽자 왕위를 동생인 홍타시에게 양위했다는 설이 있다. 귀영개는 중국 측 기록에는 대선代善으로 나온다.

7 **송산松山** 중국 봉천奉天 금남현錦南縣 남쪽에 있는 산. 산 서쪽에 송산보松山堡가 있는데 이곳에서 명明과 청淸의 군대가 교전하여 결국 청군이 대승하였다.

8 원주에 "여진족의 부인들은 머리 짜르기의 길고 짧기에 따라 그 슬픔을 알 수 있다"라고 하였다.

9 **혼강渾江** 원주에 "혼강은 심양瀋陽에 있다"라고 하였다.

10 『**질관일기質官日記**』 원주에 "소현세자昭顯世子 춘방春坊 신유申濡의 일기다"라고 하였다. 신유(1610~65)는 자가 군택君澤, 호는 죽당竹堂으로 벼슬은 부제학副提學에 이르렀다.

11 **진양옥秦良玉** ?~1648. 석주石砫의 선무사로 있었던 마천승馬千乘의 처로, 남편이 죽자 대신 그 부대를 지휘하여 많은 공적을 세웠다. 그의 부대를 백한병白桿兵으로 일컬었다. 후에 장헌충張獻忠이 이끄는 반란군이 사천성四川省 일대를 점거하자 중과부적의 형세였으나 끝까지 항전하였다. 『명사明史』에 입전立傳되어 있다. 본문에 관외關外라고 한 것은 진양옥이 사천四川에서 태어나 그곳에서 활동했기 때문이다.

12 **이화일창梨花一槍** 옛날 창법의 하나. 송나라 양업楊業이 개발하여 그 기술이 자손에 전해졌다는 설이 있다.

13 구왕九王 청 태종의 아들이며, 세조의 숙부. 당시 실력자로서 청이 중국을 통일하는 데 공이 컸다. 이름은 다이곤多爾袞, 예친왕睿親王에 봉해졌음.

14 삼계三桂 산해관山海關을 지키던 오삼계吳三桂(1612~78). 이자성李自成의 농민반란에 의해 북경이 함락되자 오삼계는 구왕九王(청 태종의 동생으로 실력자)이 이끄는 청군을 끌어들여 반군을 진압하였다. 이에 청이 중국 천하를 차지하게 된 것이다. 이 두 구절은 사실 인식에 잘못이 있는 것 같다.

15 진양옥의 최후를 표현한 구절이다. "전장에서 죽은 시신을 말가죽으로 싸서 묻었다〔馬革裏尸〕"라는 말이 있다. 진양옥은 적군에 굴하지 않고 끝까지 버티다가 마침내 병으로 죽었다.

16 조홍祖洪·나거羅裾 당시 명의 장수로 청에 항복했던 조대수祖大壽와 홍승주洪承疇. '나거'는 여자의 복식. 즉 여성을 가리킴.

17 구주九州 중국을 지칭하는 말. 중국은 고대에 아홉개의 주를 설치한 바 있다.

🌀 작품 해설

　이 시는 16세기 말부터 17세기 전반기 사이에 동북아 지역의 민족국가에서 출현한 기절氣節의 여성상을 그려 보인 것이다.

　임진왜란으로 서막을 열어 청황제 체제의 대륙 지배로 종막을 지은 거대한 드라마는 하나의 역사 전환이었다. 시인은 이 과정에서 여성의 존재를 민족마다 하나씩 발견한다. 조선의 논개, 일본의 녹운선, 여진의 요면의 처, 한족의 진양옥이다. 이들은 취한 행동이나 드러난 성격이 동일하다고 할 수 없다. 녹운선과 요면의 처는 한 남자를 위해 자결한 경우인데 논개와 진양옥은 조국을 위해 자기를 희생하거나 용감하게 싸웠다. 신분상으로 보면 논개와 녹운선은 기생이었으며 다른 둘은 귀족에 속한 것이다. 시인은 이들 모두를 여협女俠이란 범주로 파악하고 있다. 즉 행동의 양태나 규모의 대소는 서로 다름이 있더라도 여성으로서의 의기를 견결하게 지키고 실천했다는 면에서 공통되기 때문일 것이다.

　시인은 무엇보다 여성 중에서 이러한 인간 형상이 등장한 사실을 대단히 주목한다. 작품의 결구에서 다시 "나 지금 붓을 들어 대서특서하노니／인간 세상에 여장부 훌륭한 그 모습 제시하노라"라고 강조한 것이다. 시인은 남성은 양陽이라 동적이고 강건하며, 여성은 음陰이라 정적이고 유약하다는 해묵은 논리구도를 청산하지 못했다. 이 구래의 논법을 끌어들이는데 "태양의 양명한 기운 동방에 먼저 쪼여서／여성으로 태어난 사람도 밝고 굳센 기개 보인 걸까"라고 남성우월론적 논리를 가지고 여성 쪽으로 뒤집은 셈이다. 여성의 주체적 각성과 성장은 인간 해방사의 한 부분이다. 이 「여사행」에 등장한 형상은 비록 낡은 도덕 개념과 논리 틀로 수식되어 있으나 전환기의 시대에 여성 존재를 부각시켰다는 면으로 보면 대단히 흥미롭다.

　이 시는 인물의 사적을 나라별로 차례차례 서술해나가서 전체가 4부로 이루어졌다. 그리고 각 부의 끝에 약간의 견해를 붙여 연결고리를 만들고 주제사상을 심화시킨다. 이와 같은 구성방식으로 여러 인물의 복잡한 이야기가 비교적 요령 있게 엮일 수 있었다. 그런 반면 표현의 구체성은 다소 결여된 느낌이 없지 않다.

옥천 정녀 노래

沃天貞女行

김두열

옥천 땅 아리따운 여성
옛 정녀 열부에 견주어 부끄럼 없으리.

민간에서 나서 자라
손수 길쌈하여 생계를 꾸렸지요.
그 남편 그리 어질지 못한데
아내의 품성을 어떻게 알아보랴.
폭풍우 날마다 몰아치면
홍수물 맑은 물에 뒤섞이지.

저는 마음 깊이 맹세하였사오니
여자의 바른 도리 생각할 뿐
새사람의 질투 마음에 두지 않고
오직 서방님과 사이좋기나 바랐지요.

겨우 몸이나 들여놓을 낡은 집에
허술한 울타리 두메산골 옆이라
언제고 호환이 염려되어

沃天貞女行

金斗烈

沃天有佳人,
無愧古貞烈.

少小在閭巷,
紡績聊生活.
良人異梁鴻,
焉知孟光德.[1]
暴風日以吹,
涇渭混淸濁.[2]

妾有可心誓,
但知古女則.
不嫌新人妬,
願我郞好合.

破屋僅容膝,
短籬當深峽.
常恐虎豹警,

서방님 출입하실 제 조마조마
어두우면 마음이 벌써 떨리어
나가지 못하게 붙들었지요.

어느날 바람이 휙 불어 등불 꺼지고
천둥 치는 소리 창문이 부서지며
호랑이 뛰어들어 서방님 물고 달아났네.
창황히 일어나 꼭 붙드니
호랑이 내닫는 대로 가시덤불에 찢겨져
온몸이 피투성이되었지요.

기어코 서방님 구해내겠다 결심하여
제 몸 불고하고 죽어도 놓지 않았어요.
마침 길 가던 사람들 보고 달려드니
호랑이도 느낌이 있던지 놓고 달아나데요.

우리 내외 백년 기약
이제부턴 행복한 내일을 꿈꾸는데
탐탐히 노리는 저 두 눈
밤이면 밤마다 담벽의 틈을 엿보더니
외마디 소리에 깜짝 놀라 일어나니
서방님의 숨소리 들리질 않아요.

한밤중에 문을 열고 뛰쳐나가

戒郎愼出入.
夜黑心先怕,
扶持膝相接.

獰風吹燈滅,
疾雷破窓閤.
虎以良人去,
蒼皇起扶執.
所過多荊棘,
肌肉流血赤.

誓使郎或脫,
妾身無可惜.
行人爲之救,
虎亦感而釋.

庶幾百年約,
從此期安樂.
惟彼耽耽者,
夜夜窺毁壁.
一聲忽驚起,
不聞良人息.

夜半出門啼,

허둥지둥 범의 발자취를 따라갔지요.
이런 액운 한번도 어디야 한데
두번이나 당하다니……
추운 날 밤에 미처 버선도 못 신고
더군다나 태중인 몸으로
험악한 산길에
비척비척 힘이 다 빠졌지요.

바람 앞에서 저의 손가락 깨물고
물가에 다가서서 저의 머리 감고
깨문 손가락으로 신명께 다짐하고
감은 머리로 달님 별님께 빌고

"서방님 무슨 허물로 죽나요.
제 몸으로 대신해주옵소서."
통곡하고 호소하는 그 소리
애처롭고 애처로워 천지도 침울한데

서방님 호랑이 잔등에서
울음소리 바람결에 얼핏 들리더라오.
홀연 얼굴도 보이는 듯
넘어지고 엎어지며 울음소리 찾아와
영영 죽은 줄 알았던 사람 살아서 만나다니
놀랍고 기쁜 마음 황홀하였소.

顚倒追虎跡.
一之旣云厄,
再此又何酷.
天寒足不襪,
況復兒在腹.
山路苦險阻,
彳亍無餘力.

向風嚙余指,
臨泉濯余髮.
嚙指質神祇,
濯髮祝星月.

郎死亦何辜,
願以妾身贖.
哀哀哭且訴,
天地爲慘惻.

良人虎背上,
尙聞風末哭.
忽看然疑面,
尋聲來顚跌.
死別還生逢,
驚喜殊怳惚.

서방님 정신을 좀 차리자
저를 위해 전말을 들려주는데

"당신의 한결 같은 정성 아니었던들
내 어찌 호랑이 입에서 벗어날 수 있었겠소.
당신의 곡성은 산도 무너뜨릴 수 있고
당신의 마음은 하늘이 증험하리다.
호랑이 역시 상감相感이 있었던지
나를 물어다놓고 냉큼 잡아먹지 못하고
그래도 제 악성 버리지 못한지라
이글이글 끓는 눈으로 노려보니
도마 위에 오른 한 덩이 고기
형세가 경각에 달렸더라오.
이때 절벽이 별안간 무너져
호랑이 순식간에 치여 죽었지.
호랑이 죽자 나는 살아났다오.
이야말로 천지 음조로 정해진 일
음조로 정해진 일 어이 내 힘이랴!
당신의 곡성 하늘에 닿은 때문이었지."

말을 마치자 흐느껴
저절로 비장한 감회 마음속에 일어난다.
동네사람들 서로 말하길

良人稍定魂,
爲我敍顚末.

靡爾斷斷誠,
吾豈虎口脫.
爾哭山可裂,
爾心天可質.
虎狼亦相感,
捨我不忍食.
惡性終未已,
閃閃且注目.
一塊俎上肉,
急勢在頃刻.
蒼崖忽崩折,
忽然壓虎殺.
虎殺吾則活,
得此冥冥隲.
冥冥豈我隲,
賴爾聲上徹.

語罷爲一泣,
感歎中自怛.
里人相謂曰,

"장하다! 이런 일 파묻어둘쏘냐?"
모두 함께 관가로 들어가
원님에게 사실을 아뢰었네.

원님 듣고 차탄해 마지않다가
감사께 자세히 보고를 올렸다네.
감사 또한 어허 하며 혀를 차고
장차 조정에 아뢰려 했다네.
대궐이야 구중 심처
문지기 가로막고 소리치는 터
저 하시골 사람이라고
곧은 행실 영영 사라지게 내버렸구나.

내 본디 강개한 성질
이 이야기 한번 듣고 절로 감탄하였네.
표창을 받고 말고 그대에게 무슨 상관 있으랴?
그대의 절조 스스로에 부끄럼 없을 뿐
우리나라 예의 습속
그대의 일로 다시 한번 떨치리.

자고로 정녀 열부 몇몇이더냐?
이런 기이한 일 그대 홀로 행했도다.
애달프다! 저 기량杞梁³의 아내
통곡하여 성이 무너졌으되 무슨 효험 있었던고?

烈哉不可滅.
齊聲入官家,
爲向太守說.

太守嗟嘆久,
牒報都觀察.
觀察亦嘖嘖,
將以朝廷達.
天門九重深,
閣者亦嗔喝.
遂令下土人,
貞行任泯沒.

僕本慷慨者,
一聞感嘆發.
褒賞何關爾,
若節爾無怍.
吾東禮義俗,
賴爾應更作.

何限古貞烈, (恨)
異事惟爾獨.
嗟彼杞梁妻³
崩城竟何益.

저 고갯마루에 서 있는 망부석
떠난 님 바라보며 속절없이 눈물만 흘렸지.

옥천의 이 부인 같은 사람
처음부터 끝까지 흠결 하나 없었네.
첫번째 통곡에 길 가던 사람들 달려왔고
두번째 통곡에 바위가 무너졌다네.
사람들 달려와 호구에서 구해냈고
바위 무너져 화근을 없앴도다.

장부도 행하기 어려운 일
한 여자가 해낸 걸 보았고
양반에게도 듣기 희한한 일
하천한 처지에서 얻었다네.
이런 갸륵한 일 내 큰 붓 한 자루 얻어서
비석에 새겨보리라.

又聞天山石,
望夫空悲切.

豈如沃川女,
本末無欠缺.
一哭行人來,
二哭山石落.
人來救其死,
石落滅其厄.

丈夫所難能,
乃於一女覩.
士族所罕聞,
爰得下賤閥.
願將如椽筆,
鑴彼中墨碣.[4]
(『청장관전서靑莊館
全書·이목구심서耳
目口心書』권53)

1 **양홍梁鴻·맹광孟光** '양홍'은 중국 후한後漢 때의 인물. 그는 '맹광'이란 여성이 외양은 볼 것이 없었으나 덕성이 훌륭함을 알고 결혼했다. 이 부부는 평생토록 서로 간에 예절을 지켰다 함.

2 **경위涇渭** '경'과 '위'는 각기 강물 이름으로 황하의 지류다. 경수는 물이 흐리고 위수는 맑은데 이 두 물이 합수할 때 흐린 물과 맑은 물이 선명히 구분된다고 한다. 그래서 경위는 무엇이 분명하게 구분됨을 뜻한다. 이 구절은 남편의 무분별로 집안이 어지러워졌음을 말한다.

3 **기량杞梁** 춘추시대 제齊나라 사람. 기량이 거莒를 치다가 전사했는데, 그의 처가 남편의 시체를 거두고 성 밑에서 통곡을 하자 성이 무너졌다 한다.

4 **중루갈中壘碣** 중루中壘는 중국 고대의 관직명인데, 한漢의 유향劉向이 이 벼슬을 역임했기 때문에 그에 대한 호칭으로도 쓰인다. 갈碣은 비석.

 김두열金斗烈(1735~?): 자는 황중黃仲, 호는 예원藝園·남촌南村·갈관재褐寬
齋, 본관은 광산光山. 벼슬은 군수에 그쳤으며, 서예에 주력하여 특히 전서로 이
름을 얻었고 도서·인장도 잘했다.

● 작품 해설

 이 시는 제목 그대로 곧고 굳센 한 여자의 형상을 그린 것이다.

 옥천 땅의 한 평민 여성이 남편을 호랑이에게 물려간 위기로부터 두번이나
구해낸 이야기다. 한번은 물어가는 호랑이를 끝끝내 붙들고 쫓아가서 드디어 호
랑이가 남편을 놓고 달아났으며, 다음은 또 물려가 이미 종적을 찾을 수 없었는
데 여자의 극진한 정성이 통하여 기적이 일어났다. 앞서 남편은 아내의 고상한
품성을 알아보지 못한 나머지 박대하였는데 이제 아내의 지성에 깊이 느끼게
된다. 시인은 역사상 허다한 정렬貞烈의 여성 가운데 이 옥천 정녀야말로 마음
이 굳셀 뿐 아니라 강인한 실천력으로 어려움을 관철한 사실을 높이 사고 있다.
주인공이 강고하게 자기 몸을 던져서 지킨 것은 여성 자신의 굴레였던 도덕률
이었다. 그렇지만 무서운 호랑이도 굴복시키는 불굴의 용기와 인내, 그리고 호
랑이로부터 신명까지 감복시켰다 할 정도의 성실한 마음을 우리는 이 여성 형
상에서 값있게 보는 것이다.

전불관행

田不關行

만포¹의 한 기생
성은 전씨 이름은 불관
그 아비 진장鎭將으로 왔다가
남몰래 관비를 보아 낳은 아이.

불관 태어나고 이내 어미 죽어
외로운 몸 갖은 고생 겪으며 자라
나이 열여섯에 기적妓籍에 올랐더니
그 용모 어여쁘고 얌전하였네.

들으니 구具모씨의 사랑을 받아
머리를 쪽지어 올렸더라네.
그 남자 불관에게 맹세하길
너를 속량해서 가마 태워 데려가마.
약속하고 떠나더니 다시 오질 않아
한번 이별한 산이 막히고 물이 막힌 듯.

상토진² 이모집에 잠깐 가 있는데

田不關行

成海應

滿浦有官妓,¹
姓田名不關.
其父爲鎭將,
潛與婢屬奸.

兒生母隨沒,
孤身經百艱.
十六屬官籍,
顏貌美且閑.

聞爲具某悅,
得以加髻鬟.
仍復贖其賤,
誓娘相載還.
坐待消息來,
一別隔河山.

暫依上土鎭²

276 제5부 애정 갈등과 여성

그 집에서 알뜰히 보살펴주었지.
새로 온 진장 성이 조씨
호색하여 분별없이 덤비는 자
불관이 제일 예쁘다는 말 듣고
빨리 와서 신관 사또께 현신하라.

매인 몸으로 독촉을 받았거늘
회피할 도리 있겠는가.
염소, 돼지처럼 끌려와서
가쁜 숨 돌리고 쳐다보니
진장 나리 대청에 앉았는데
얼굴에 벌써 화색이 도는구나.

얼른 올라오라 재촉하더니
당장 끌어안으며 구애를 하는데

"네가 좋은 서방 고르자면
나 말고 또 누가 있겠느냐?
나는 시방 진장으로
돈이야 비단이야 손안에 쥐었으니
너 사는 집에 가득가득 채울 게고
친척 이웃에 으리번쩍 빛이 나리.
나를 따라 서울로 갈 양이면
화려하게 아로새긴 교자에

為庇親誼敦.
新鎮聞姓曺,
漁色事窮殫.
聞娘好姿首,
促來謁新官.

賤人旣被督,
不得事遮攔.
被驅似羊豕,
喘定方仰看.
鎮將據中堂,
輒已發懽顔.

催呼上重茵,
摟抱仍求懽.

爾若擇佳婿,
孰若儂可欲?
儂方作鎮將,
銀帛在把握.
使汝堆滿屋,
焜燿聳隣族.
且當隨我歸,
彩轎具彫飾.

장안이라 꽃피고 화려한 곳
우리 집 한 골목에 있으니
팔진미 네가 먹을 음식이요
비단옷 네가 입을 옷이란다.
하루 종일 호강하며 즐길 테니
너의 인생 이에 부족함이 있으랴!"

불관은 진정으로 호소하여
그의 말 간절하고 측은하다.

"쉰네는 본디 천한 몸이오라
부엌일이 분수에 맞사온데
지금 제게 관심을 두시오니
또한 은택에 느낄 따름이옵니다.
하물며 귀한 어른 가까이 모셔
밤낮으로 함께 지내오면
천한 이 몸에 영광이 넘치오리니
팔자가 바뀌다뿐이겠습니까?

하오나 쉰네 사람을 만나 약조 맺었사오니
그 언약 응당 지켜야 옳지요.

기생들 구름처럼 모여 있어
저마다 피어난 꽃인 양

長安花柳遍,
吾家臨紫陌.[3]
淳熬爲汝食,[4]
綺紈爲汝服.
鎭日取懽娛,
汝生良亦足.

不關訴衷曲,
誠懇堪惻惻.

女身旣賤流,
分當厨湯役.
今方蒙記錄,[5]
亦已感恩澤.
況復接貴體,
伏事度日夕.
賤軀溢榮耀,
何啻鳥遷木.[6]

小人旣經人,
理當待彼約.

群妓集如雲,
豐肌皆膩澤.

사또의 고임을 다투어 기다리니
머리 빗고 곱게 치장하고
향긋한 내음 코앞에 감돌아
마음이 녹아날 듯싶더이다.
이들을 불러 수청 들게 하오면
오죽이나 기쁘오리까.

쉰네는 아직도 어린 몸이라
모시자 해도 잘 모시기 어렵사오니
부디 비옵건대 그냥 놓아두사
제 의사대로 살아가게 하옵길……"

진장은 당장 책상을 치며
노여운 호령이 터져나온다.

"관에서 너희들 둔 것은
보고 즐기자는 데 불과하거늘
네깟 년에게 정절이란 당키나 하느냐,
관장의 뜻을 거역하려 들다니."

즉시 사령들을 호령하여
매를 매우 치라 한다.

집장 사령 명이 떨어지자 달려드는데

競待官家顧,
粉脂兼櫛沐.
芳氣噴馥馥,
心魂欲消鑠.
招來使薦枕,
得不快懽樂.

小人方幼艾,
無以供酬適.
不如任所之,
勿復事逼迫.

鎭將即拍案,
吼怒從中作.

官家置若曹,
不過供耳目.
何敢附貞節,
遽欲官意逆.

催呼鈴下卒,
亟與箠撻酷.

卒隷應聲至,

개개이 생긴 꼴들 흉악하구나.
득달같이 낚아채 끌어내어
욕을 보이기 더할 수 없네.

"제 행동 돌아보건대 잘못이 없삽거늘
매를 치다니 법도에 어긋납니다."

箇箇狀貌惡.
捽抑疾風火,
極意加催辱.

불관을 끌어다 형틀 위에 엎어놓고
삽시간에 결박을 짓는구나.
치마를 들추고 속옷까지 들추니
하얀 살결 그대로 드러나네.

顧我非潑淫,
笞擊違法式.

한번 매질에 피멍이 들고
두번 매질에 붉은 피 솟는구나.

擧體伏機上,
倏忽已束縛.
掀翻剝褻衣,
綽約露肌肉.

"이 몸뚱이 아무리 으스러질지라도
내 마음 끝내 변치 않으리!"

一打腫靑黑,
再打血逆射.

울고불고 애걸하랴
굳게 입 악물고 아픔을 참더라.

我體雖糜爛,
我心不變易.

진장은 그래도 미련이 남아
노여움 이내 누그러뜨리고
풀어주어 떠메고 가게 하니

叫頓豈祈憐,
嘿嘿受痛毒.

鎭將尙戀戀,
威怒仍復息.
卸下遂輿返,

이모 놀라 약을 바르고
동무들 찾아와 위로를 하며
통한이 가슴에 미어지네.

이모 눈물을 흘리며 타이르길
"너는 태어나길 기생 아니더냐.
관가의 명령 참으로 두렵단다.
오욕을 당한다 피할 수 있으랴.
끝끝내 거역하러 들다간
몽둥이 아래 죽음밖에 더 있더냐.
부디 저 좋을 대로 들어주어라.
재앙을 벗어나야지 않겠느냐."

불관은 아무 대답 없이 묵묵히 앉아
두 줄기 눈물 하염없이 떨구더라.

"인생이 어찌 이리 몹쓸 운명 타고났나요
사는 길을 택하자면 짐승같이 될 터이지……
내 전에 옷을 짓기 위해
베 몇필 새로 사다가
일전에 내 손으로 마전해서
농 속에 고이고이 넣어둔 것 있어요."

버드나무에 그네를 매고

姨母事治藥.
女伴來相慰,
痛恨徒抑塞.

姨母垂涕謂,
汝生在妓屬.
官令儘可畏,
焉得避褻瀆.
終始若違拒,
不過斃梃扑.
何不狗其慾,
得免禍殃速.

不關嘿不語,
雙淚下簌簌.

人生何惡命,
生乃似禽犢.
我欲製單衫,
新買布數幅.
前日手自涷,
深藏在箱篋.

官柳繫秋千,

기생들 울긋불긋 그네를 타는구나.
진장 나리 불관을 끌어내어
억지로 어울려 놀게 하는데
불관의 심중 이미 죽기로 작정한 터
마음에 없는 놀이 다시 할 건가.
진장 또 누각 위로 불러서
쌍륙 놀음판 벌리더니
진장 겨우 한판 놀다가
술에 곯아떨어졌구나.

불관은 세검정洗劍亭[7]으로 살그머니 나가
천길 폭포 아래로 몸을 던져
애달프다! 연약한 몸이
폭포 아래 바위에 부서졌네.

드디어 깨끗이 바랜 그 베로 염을 하여
생시의 부탁 저버리지 않았더라네.
한 맺힌 혼령은 흩어지지 못하여
날이 저물면 원한의 소리 울리는구나.

성인의 가르침 마련한 뜻
윤리를 바로 세우는 데 있거늘
어찌 관기를 금하지 않아
풍속을 더럽게 만드는가?

官妓紛紅綠,
不關亦與召.
强與諸伴逐,
吾意已捐生.
此戲不可復,
樓上更催喚.
相與賭雙陸,
一局纔已了.
鎭將睡仍熟,

潛從洗劍亭,[7]
投身千丈瀑,
可憐荏弱質,
觸碎湍石角.

遂將練布斂,
不負生時託.
冤魂結不散,
日暮聞號哭.

聖人設司敎,
常欲倫理篤.
胡不禁官妓,
秪令風俗黷.

향락을 탐하다 예법을 무너뜨리니
진실로 부끄럽고 창피한 노릇이다.

하물며 잔혹한 자 내보내
백성 다스리는 일 맡게 하다니
이야말로 호랑이를 풀어놓아
물어뜯게 하는 것과 무에 다르랴.

한 여자 정조를 지키기 어려우매
마침내 처절한 원혼이 되었구나.
아무렴 이런 사실 당로當路에 알려서
관리로 옳은 사람 뽑도록 못 할 건가.

耽樂壞坊範,[8]
良足增慚忸.

況乃使殘酷,
種種司民牧.
有似縱虎狼,
任意嚙且搏.

貞烈不自葆,
慘慘爲鬼錄.
安得告當路,
擇吏須卓犖.
(『연경재전집研經齊
全集』권1)

---

1 **만포滿浦** 평안도 강계江界 땅에 있던 진鎭으로 지금 만포시. 압록강에 면한 군사요충
지로 병마첨절제사兵馬僉節制使 약칭 첨사僉使를 두었다. 작중의 진장은 곧 첨사다.
2 **상토진上土鎭** 강계 땅에 있는 지명. 역시 군사요충지로 만호萬戶가 두어졌다.
3 **자맥紫陌** 서울의 도로를 가리키는 말.
4 **순오淳熬** 팔진미의 하나. 『예기禮記·내칙內則』에 "식해〔醢〕를 볶아서 육도陸稻 위에
덮으면 기름진 요리가 되는바, 이를 순오라 부른다"라고 하였다.
5 **기록記錄** 이름이 등재된다는 뜻으로, 여기서는 특별히 관심을 둠을 가리킴.
6 **조천목鳥遷木** 좋은 자리로 옮겨지거나 특히 여자가 결혼을 높이 하는 경우에 쓰이는
말.(『시경·소아小雅·벌목伐木』: "伐木丁丁, 鳥鳴嚶嚶. 出自幽谷, 遷于喬木.")
7 **세검정洗劍亭** 만포진에 있는 정자. 성대중成大中의 「만포 세검정滿浦 洗劍亭」이라는
시에, "세검정 높다랗게 비 개인 석양에 기대었는데/외로운 성 한 모서리 백운이 비
껴 있구나〔洗劍亭高倚晩晴, 孤城一片白雲橫〕"라고 하였다.
8 **방범坊範** 제한 격식, 곧 예법. 방(坊=防).

● 작품 해설

이 시는 미천한 신분을 타고난 여자가 자기 주체를 순결하게 지키기 위해 자결하는 사연이다. 『춘향전』과는 이야기의 전말이 유사하면서 흥미롭게 대비되는 면을 보이고 있다.

우선 인물 설정을 보면, 춘향은 전불관에, 구모씨는 이도령에, 변사또는 신임 진장에 대응되는바, 삼각관계를 이룬 구도가 서로 일치하는 것이다. 사건의 경과 또한 사랑과 이별, 그다음에 끼어든 힘있는 자의 횡포로 갈등을 유발하는 동일 유형이다. 그뿐 아니라 세부에 들어가서도 대조되는 부분이 더러 나온다. 예컨대 진장이 불관을 회유하는 장면이나 불관이 집장 사령에게 매맞는 장면, 이모가 불관을 타이르고 불관이 유언 비슷한 말을 하는 정경 등은 내용이 그대로는 아니지만 『춘향전』의 어느 대목을 금방 연상케 한다.

신분 모순이 애정 갈등을 초래하고 나아가 인간 기본권의 유린을 야기하는 현상은, 특히 중세 말기에 하나의 보편적 서사구조로 나타난다. 『춘향전』과의 사이에 보이는 유사성은 기본적으로 이런 측면에서 해석해야 할 것이다. 「전불관행」은 그 근거 사실이 있었던 것으로 생각된다. 시인은 실제 사실에서 취재하여 이 시를 쓰면서 이미 판소리로 널리 알려진 『춘향전』의 내용을 참작한 것 같다.

「전불관행」은 위와 같이 『춘향전』과 유사성을 지니고 있으면서도 다른 측면을 주목할 필요가 있다. 주인공 불관은 춘향과 같은 신분 부류에 속한다. 그렇지만 불관의 처지는 고아의 신세로 불우하기 짝이 없다. 춘향의 외관이 자못 야단스럽게 그려지는 데 반해서 불관은 열악한 민중 현실과 좀더 친근하게 설정된 셈이다.

그리고 작중에서 갈등의 진전이 각기 완전히 상반된 방향으로 귀결되고 있다. 불관 앞에는 자기를 위기로부터 구출해줄 '님'이 출현하지 않아, 마침내 스스로 목숨을 끊는 비통한 종말이 있을 뿐이다. 『춘향전』이 희극적인 것이라면, 「전불관행」은 비극적인 것이다. 『춘향전』의 행복한 결말은 실은 현실이 아니고 환상인데, 다만 민중적 희망의 투영이며, 그것은 민중적 낙관주의라고 보아 긍정적으로 해석하는 터다. 합리적 인식을 소유한 시인으로서는 환상으로 현실을 호도할 수 없었을 것이다. 「전불관행」의 비참한 결말은 확실히 현실성이 있으며, 작품의 주제사상을 심화하고 미학적 성격까지 규정짓고 있다.

작품은 결말을 향해서 사건이 발전하는 구조인데, 주인공 전불관이 부딪치는 여러 경우에 대처하는 그 자세가 곧 자결의 막다른 골목으로 가는 길을 스스로 선택한 셈이다. 자결의 길로 기어이 나아가는 그 과정에서 전불관의 형상이 부각된다. 가령 "제 행동 돌아보건대 잘못이 없삽거늘/매를 치다니 법도에 어긋납니다"라고 관장에게 대드는 말에서 그의 저항적 성격이 드러나며, "사는 길을 택하자면 짐승같이 될 터이지……"라는 그의 서글픈 탄식에서 떳떳한 인간이 되고자 하는 각성을 읽을 수 있다.

소경에게 시집간 여자
道康瞽家婦詞

이는 가경 계해년(1803)의 일이다. 내가 금릉金陵(강진의 별칭)에서 귀양
살이할 때 이 일을 목격하고 애처로움에 문득 기술해볼 마음이 들었으
나 미처 손을 대지 못했다. 어느날 양승암楊升菴¹의 시집에 「한단재인邯
鄲才人—마부의 아낙이 된 여자嫁爲廝養卒婦」라는 시가 있는 것을 보았
다. 이 시는 「여강소부행廬江少婦行」²을 본받아 지은 것이었다. 이에 강
진의 소경 아내의 사실을 취해서 한편을 엮어 만드니 무릇 180운韻이 되
었다. 비록 말을 만들고 실정을 그린 것은 고인의 본뜻을 잃지 않았으나
아무래도 풍격風格이 미치지 못하니, 이는 어쩔 수 없는 듯하다.

丁若鏞

此嘉慶癸亥事也. 余在金陵謫中, 目覩玆事, 悵然忽有述, 顧未能焉, 一日, 觀楊
升奄¹詩集, 有邯鄲才人嫁爲廝養卒婦詩, 旣擬廬江少婦行²而作. 於是, 取道康瞽
婦事, 編綴成文, 凡百八十韻. 雖造語寫情, 不失古人本意, 而風格漸下, 何得不然.

1
드는 길에 도꼬마리 캐고
나는 길에 강리풀 본다.
곱고 고운 작약꽃이

道康瞽家婦詞

1
入門采綠葹,³

진흙탕에 떨어졌구나.

어떤 여자 꽃다운 얼굴
어디로 가는지 갈림길에서 울고 섰네.
머리엔 송낙을 쓰고
허리엔 가사를 두르고
목에는 백팔염주 걸었으니
율무로 만든 마니摩尼[5]로다.
붉은 입술 살짝이 드러나고
파르란 눈썹 은은히 감추오니
깎이어 매끈한 살쩍
다시는 연지 기름 쓸 곳이 없구나.
울먹이며 말을 하지 못하고
뚝뚝 두 눈에 눈물이 방울진다.

종놈 둘이 뒤따르며
매를 들고 으르렁
재촉하여 관가로 끌고 가는데
걸음걸음 슬픔이요 한숨이더라.

"어느 마을 여자인가?
아버지는 누구시며
나이 지금 몇인고?
무슨 일에 잡혀가게 되었는가?"

出門見茳蘺.[4]
娟娟芍藥花,
零落在塗泥.

有女顏如花, (玉)*
仳儸泣路歧.
頭上黃蒡笠,
腰帶木綿絲.
脰間百八珠,
薏苡當摩尼.[5]
微微露朱脣,
隱隱藏翠眉.
蟬鬢削已平,
不復施膏脂.
吞聲不能語,
琅琅雙淚垂.

二廝隨其後,
咆哮執長笞.
催行赴縣門,
一步一悲噫.

問汝何村女,
女爺云是誰?
年復幾何歲,
云何速訟爲?

그 여자 고개를 숙인 채 대답을 못 하는데
옆에 가던 어미가 대신 말하더라.

2

"저 아이 본래 강진 사람이온데
어려서부터 읍내서 살았지요.
지금 나이 열여덟살인데
참으로 팔자도 기구합니다.
시집이라고 간 것이 판수네라
소경은 성질까지 고약하여
우리 아이 삭발하고 중이 된 것은
곧 그 굴레 벗어나기 위함이지요.
소경은 관가와 결탁하여 고발하니
붙잡으러 나오길 바람보다 빠릅디다."

"저 여자 옥 같은 자태
한창 피어난 꽃이거늘
성중에 4천호
준수한 신랑감 어이 없으랴.
푸른 규삼⁶ 떨치고 백마 탄 젊은이들
좋은 활에 자줏빛 고삐 늘이고
두 눈이 초롱초롱 샛별 같아서

女俛不能答,
阿母替致詞.

2
本是道康人,
生少在城中.
兒年一十八,
八字良奇窮.
嫁作瞽家人,
瞽者復頑凶.
兒哀削其髮,
乃爲瞽所縱.
締搆申縣官,
官捕疾於風.

問汝顔如玉,
韶華正丰茸.
城中四千戶,
俊逸多佳郎.
白馬靑褉衫,⁶
雕弓紫絲韁.
兩眼明長庚,⁷

개개이 나무랄 데 없더군.
어찌 이런 사람들 버려두고
하필 눈먼 이에게 시집갔더란 말이오?
소경은 나이 몇이며
혹시 먼저 장가든 일 없더랬소?"

소경은 이미 나이가 높아
칠칠에 사십구 마흔아홉이라오.
전에 벌써 두번 초례를 치러
내 아이는 이제 세번째 여자라.
초취에서 두 딸을 낳고
재취에서 아들 하나를 얻어
사내자식도 이미 다 큰 아이요,
작은딸이 지금 스물세살이랍디다.
차라리 구렁창에 버릴지언정
이런 소경에게 시집보낼 리 있으리까.
저 아인 부모를 잘못 만난 탓이니
우리 영감이 본래 주정뱅이거든요.
아름다운 꿩이 개에 물린 격이라
한탄한들 이제 무슨 소용 있으리까.
중매장이 돈을 많이 먹고서
말을 공교히 꾸며 하는데,

"판수님은 부자요 어진지라

箇箇如東方.[8]
云胡舍此曹,
而苦嫁與瞽.
瞽者年幾何,
倘有他可取?

答瞽年已高,
七七四十九.
前已再成醮.
兒乃第三婦.
前婦産二女,
後婦擧一男.
男年已成童,
少女今廿三.
寧當棄溝壑,
豈今瞽委禽.
兒不遇父母,
翁性唯嗜酰. (猶)*
文雉受狗噬, (口)*
恨恨那能堪.
媒人喫錢多,
巧詐餙言談.

言瞽富且仁,

혜택이 마을에 미치고
문전에 10경頃의 좋은 논
기름져서 한이랑에 돈이 한냥이요
곳간에 팔백 꿰미 돈
뒤주 속에 자물쇠로 봉해두었으니
그 논은 영감께 축수로 바칠 게고
그 돈은 영감께 쓰라고 드리리다.
영감은 집 없다 근심 마오
고래등 기와집이 당신 거요.
영감은 옷 없다 근심 마오
보름새 고운 베에 명주 비단 쌓일 테고
영감은 탈 말이 없다 근심 마오
걸음이 날랜 호마를 탈 테고
영감은 늙어 병들 걱정 마오
판수 집엔 인삼이 썩어나지요.
온갖 물화 냇물처럼 밀려오리다."

중매장이 말마다 꿀인 양 달콤하니
영감 귀는 어찌도 그리 여리고
영감 마음은 어찌도 그리 어리석은지
그래 그래 좋다고 승낙하고
싱글벙글 집으로 돌아와서는
기쁜 빛이 눈썹 사이에 넘쳐
뒤죽박죽 말을 늘어놓는데,

惠澤被閭閻.
門前十頃田,
沃沃畝一金.
庫中八白緡,
鐵鎖嚴封緘.
田當爲翁壽,
錢當使翁酣.
翁無患無家,
複壁連重檐.[9]
翁無患無衣,
細布堆繒縑.
翁無患無騎,
北馬步驂驔.
翁老勿憂病,
瞽家多人蔘.
物物如川至,

言言如蜜甘.
翁耳一何軟,
翁性一何憨. (腸)
爾爾許媒人,
施施還家門.
喜氣溢眉宇,
散漫多雜言.

"인생은 다 한때가 있거니
딸아이 마침 당혼이 되었구려.
읍내 서문에 좋은 낭재가 있으니,
인물이 준수한 데다 문장도 잘하고
나이는 이제 서른을 넘겨
수염이 한창 보기 좋은 터수에
가산도 넉넉하여 평생 먹고살기 걱정 없고
값진 보화 그득그득하다네.
이 사람 홀아비로 배필이 없고
여태껏 자식도 두지 못했다는군.
다만 좀 안된 건 한짝 눈이 짜긋하나
얼굴은 한창 젊은 사람이라대.
나는 이제 몸도 늙고 여생이 막막하여
우리 식구들 기한을 걱정해야 할 판인데
다행으로 이런 사위 얻게 되면
종신 가난을 모르고 살겠지.
우리 영감 할멈 편히 봉양을 받으면
마치 태산에 기댄 듯 좀 든든하겠나.
얼른 옷감을 꺼내서 마름질하소.
다시 여러 말 할 것 없네."

어언듯 납채하는 날이 되어 그날 밤
안팎을 쓸고 닦고 함진아비 맞았다오.

人生有一時,
阿女今當婚.
城西有佳郎,
俊逸頗能文.
年甫踰三十,
鬖鬖鬒始新.
家貲足一生,
藏蓄多奇珍.
新鰥未有偶,
復無兒女存.
所嗟眇一目,
顏色乃嬋媛.
吾老無長計,
十口憂飢寒.
幸復得此婿,
畢世無艱難.
翁媼坐受養,
依倚若泰山.
便可裁衣裳,
不須有紛紜.

納采在今夕,
洒掃迎使人.

각종 채단이 네댓필이요
예폐로 담은 돈이 서른냥이라.

아침나절엔 송화빛 노란 저고릴 짓고
저녁나절엔 꼭두서니 빨간 치마를 지었다네.
동면 장터서 삿자리 사고
서면 장터서 은비녀 사고
감색 요에 부용을 수놓고
비취색 이불에 원앙 무늬로다.
패옥은 석점 다섯줄인데
나비 문양에 고기비늘처럼 연이었네.

3
대사 치르는 날이 어느새 다가와서
목욕 새로 하고 신부 단장 고울시고
날씨마저 마침 맑게 개어
차일 사이로 바람이 살랑거리는데
온동네 사람들 구경 와서
새신랑 언제 오나 고개 들어 바라본다.

백마에 푸른 말다래를 붙이고
두줄 고삐 늘늘이 일곱발
기럭아범 말총모자 썼는데

雜綵四五疋,
禮幣三十緡.

朝成松花襦,
暮成茜紅裙.
東市買枕簟,
西市買釵釧.
紺褥芙蓉繡,
翠被鴛鴦紋.
雜佩三五行,[10]
蝶翅連魚鱗.

3
良辰亦已屆, (吉)
洗浴冶新粧.
其日天氣晴,
帳幕風微颺.
四鄰皆來觀,
遙遙眄新郞.

白馬青障泥,[11]
交轡七丈長.
鴈夫紫驄帽,

갓끈에 호박빛 무르녹고
홍사 초롱에 푸른 불빛
쌍쌍이 줄을 지어 나아오네.
말 한필에 족두리 쓰고 따르는 이
이름하여 구내랑[12]이라
신랑 행차 동구로 들어오는데
구경꾼들 놀라 술렁이네.

신랑이라 생긴 모습 얼굴빛 숯덩이요
험상궂기 어디다 견줄쏜가?
턱주가리 입살에는 등나무 줄기 얼기설기
콧자리는 웬일로 움푹 파였구나.
얼른 보니 분명코 눈먼 사람
흰 창이 두 눈동자를 덮었는데
나이도 오륙십은 됨 직하여
하얀 수염 서릿발이 날리듯
동리사람들 눈이 휘둥그레 서로 둘러보고
가까운 손들 낙심해서 도로 마루에 오르고
이모님들 차마 못 봐 달아나더라.
어머니 눈물을 펑펑 쏟으며,

"아이구 아이구 내 새끼!
무슨 죄로 이런다냐, 무슨 재앙으로 이런다냐?"

雕纓琥珀光.
紅紗碧燭籠,
兩兩自成行.
冪䍦從一騎,
云是舊姻娘.[12]
行行至里閭,
觀者猝駴惶.

顏貌黑如炭,
險惡不可當.
藤葛交頤脣,
窪窟滿鼻傍. (方)
遙看是瞽人, (還)
白膜蒙兩眶.
年可五六十,
皓鬢如飛霜.
里人瞠相顧,
親賓還上堂.
諸姨走且匿, (匿)
阿母涕滂滂.

嗟嗟我兒子,
何罪復何殃?

영감이 와서 이치를 들어 타이른다.

"이미 그르친 일 성급히 굴지 마오.
어쨌거나 초례라도 치러서
모양이 꼴사납게 하지 말아야지.
나 역시 남의 속임을 당했으니
임자는 나를 보고 원망할 것 없네.
아무개는 젊은 사내에게 시집갔어도
서방이 덜컥 죽어 청상과부 되었다네.
사람의 기수란 하늘이 정해준 걸
화복의 엇갈림 그 누가 알겠나."

뉘엿뉘엿 서산에 해는 져서
등불 촛불 속절없이 밝고 밝아
눈물을 닦고 신부를 부축해서
안 떨어지는 걸음 화촉동방에 들여보냈구나.
신방에서 소곤소곤 소린 들리질 않고
한바탕 요동치는 소리뿐일러라.
새벽닭 울자 신부 나오는데
눈물이 제 어미 치마를 흠뻑 적시었다오.
"다시는 눈물바람 하지 마라"고 타이르길,

"네 명이 기박한 걸 어찌하랴.
어쨌거나 네 낭군 정성껏 모시고

翁來說義理,

已誤勿劻勷.
但得成醮牢,
無俾禮貌傷.
我自受人欺,
卿無我怨望.
阿某嫁少年,
還聞作靑孀.
命數有天定,
倚伏誰能詳?

靄靄日將暮,
燈燭徒煌煌.
拭淚挈新婦,
細步入洞房.
不聞耳語聲,
但聞閧一場.
鷄鳴新婦出,
洒涕沾我裳.
戒之勿復然,

無那汝命薄.
勤心奉箕箒,

함부로 망령된 짓 해선 안 되느니라."

4

딸아이 시집이라 보내긴 하였으되
속마음은 두고두고 쓰라렸다오.
그리고 두석달이 채 못 되어
아이가 서문거리서 걸어오는데
옷이 몸에 헐렁한 꼬락서니
그 곱던 살결 다 여위어 수척해 보이었소.

"네게 무슨 그리 서러운 일 있었길래
이다지도 모질게 녹고 삭게 하였다냐?
아그배도 씹다보면 단맛이 돌거니
살다보면 즐거운 일 없겠느냐!"

딸아이 눈물 머금고 대답하되,
"저는 참으로 명도가 사납나봐요.
그 사람 눈을 들어 보기만 해도
저는 혼이 벌써 달아나는데
어떻게 의탁할 생각이 들겠나요.
아무리 마음을 돌리자 해도
총탄에 놀란 참새 같은 걸요.
제 본디 점치는 건 죽어라 싫어하잖아요.

勿復有妄作.

4
送兒之夫家,
心懷久悽弱.
未至二三月,
兒還自西郭.
衣帶忽已緩,
肌膚盡瘦削. (肥)

問汝何所悲,
而自受銷鑠.
苦棃嚼亦甜,
豈全少歡樂.

阿兒含淚答,
兒誠命道惡.
擧眼魂已飛,
何以念依託?
縱欲回心意,
常如惻殫雀.
生憎問卜人,

소경에게 시집간 여자 295

때때로 무슨 일이 났다 하면
급급히 산통을 흔들어대며
외우는 소리 귀에 시끌시끌

곽박이요 이순풍 씨
소강절 원천강 씨[13]
소리소리 구역질이 날 판인데
어찌 속인들 상하지 않으리오.

병신인신은 일곱이요
무계진술은 다섯이라.

외워대는 이 소리 참고 듣자면
송곳으로 창자를 찌르는 듯합니다.

그는 또 성질이 재물에 어찌나 인색한지
곡식 한홉 가지고도 화를 버럭 내고
게다가 두 딸의 고자질 얼마나 교묘한지
고약한 품이 늑대 같고 호랑이 같아
밤낮으로 백주에 없는 말 지어내어
살살 꼬아바쳐 눈먼 아비 충동이는데

내가 장롱에 고운 베 훔쳐내다
몰래 몰래 친정 아비 갖다준다

時來怪事發.
急急搖籤筒,
誦呪聲聒聒.

郭璞李淳風,
邵子袁天綱.[13]
聲聲逆人耳, (意)＊
那得心不傷?

丙辛寅申七,
戊癸辰戌五.

此聲益怪異,
錐鑽交腸肚.

性復吝惜財,
升龠生嫌怒.
二女工讒慝,
猜險若豺虎.
日夜造浮言,
謠諑激狂瞽.

言兒竊細布, (帛)＊
密密遺阿父.

내가 뒤주의 양식을 퍼내다가
몰래 몰래 친정 언니 갖다준다
내가 돈궤의 엽전을 훔쳐내다
삼시 세 때 떡이야 엿이야 사설랑
꾸역꾸역 혼자서 먹어치우고
시누이에겐 꼴도 보이지 않는다 이러지요.

어린 아들놈 역시 거짓말이 난당이라
이리저리 헐뜯기를 시작하는데
내가 제 머리 빗겨줄 적에
빗으로 찔러서 뒤통수에 상처를 냈다는 둥.
맛있는 열구자탕 새어미 혼자 먹고
아버지 상엔 문드러지고 상한 것만 놓는다오.

이 아이 고자질 날로 날로 더해가니
소경의 노여움도 날로 날로 심합니다.
처음에는 그래도 야단만 치고 말더니
점차 말이 창날처럼 느껴져요.
전에는 방망이를 던지는 정도더니
요즘은 가랫자루로 두들겨패요.
저는 이제 마음을 정했으니
다시는 여자의 도리 돌보지 않으렵니다.

진작부터 깊은 물에 몸을 던지자 했으나

言兒竊米糧,
密密付阿姊.
言兒竊錢刀,
三時買餠餌.
頓頓獨自呑, (頻頻)
不以遺兒子.

兒哥亦回邪,
綢繆起訾毀.
謂言櫛髮時,
觸刺傷其腦.
鯖鱠母自啖,
爺食惟敗蕢.

兒言日以深.
瞀怒日以盛,
始猶譙訶止,
漸覺言鋒勁.
前旣擲砧杵,
近復撞鏊枋.
兒今計已定,
無復顧女行.

久欲投淸池,

성질이 모질지 못해 어려워요.
들으니 보림사 북쪽 계곡에
조용한 승방이 있답니다.
저는 그리 가기로 작정을 했으니
제 발길 막으려 마옵소서."

어미는 목메어 울며 말하길,
"어떻게 그런 생각을 한단 말이냐?
구름처럼 피어오른 너의 검은 머릿결
차마 싹둑 잘라버리겠으며
어여쁜 너의 불그레한 얼굴로
차마 검은 장삼 입겠느냐.
지금 바야흐로 꽃다운 시절인데
중이 되어 절로 간다니 당키나 한 말이냐?

너의 집 본디 한미한 터라
지체 높다는 말 듣지 못하였구나.
다른 사람 골라서 시집을 가면야
저 원수 다시 만날 리 있겠느냐.
인생은 전광석화처럼 빠르고
옳으니 그르니 싸우는 말들 뜬구름이란다."

딸아이 이 말에 얼른 귀를 막으며,
"저는 지금 듣고 있지 못하겠어요.

寸腸苦未硬.
傳聞寶林北,[14]
窈窕有僧房.
兒今計已決,
勿復生阻攩.

阿母失聲哭,
作計何不良?
油油此鬢髮,
何忍着剃刀?
娥娥此紅顔,
何忍如緇袍?
歲月方如花,
胡爲空門逃.

汝家本寒微,
未聞門閥高.
便可適他人,
此讐寧再遭.
人生如石火,
是非如浮雲.

阿兒急塞耳,
謂言不忍聞.

어머니 그런 말씀을 하시다니
여식은 이제 떠나가오니
어머니 언제 다시 뵈올는지."

딸은 옷깃을 여미고 하릴없이 일어나
터덜터덜 소경의 집으로 돌아갔지요.

天只不諒人,[15]
恩情從此分?

5
아이가 다녀간 지 며칠이 지나
소경이 급히 와서 수선스레 말하기를

蹌蹌躡衣去,
蝸蝸還瞽門.

5
阿兒去數日,
瞽來話紛紛.

"아침에 일어나보니 금침이 비었는데
신부는 어디 갔는지 찾아도 모르겠소.
친정어머니와 의논이 있었을 터요
도망친 것도 아니요 숨은 것도 아니라
연약한 여자다리로 멀리는 못 갔을 테고
새처럼 날개가 달려 날기를 할까
분명 딴놈에게 간 것이라.
내 점괘는 원래 틀림이 없지.
내 지금 관가에 가서 아뢸 테니
제 어찌 마음대로 갈까보냐."

朝起見空衾,
新婦尋不得.
諒與母有謀,
非走又非匿.
弱脚不遠步,
焉能有羽翼!
分明適他人,
我筮原不忒.
吾今去申官,
豈得任肓臆?

"허허 그 무슨 어처구니없는 말이오?

嘻嘻此何言?

내 꿈에도 생각지 못한 일을
임자가 오죽이나 인정없이 굴었길래
우리 아이 밤낮으로 모진 구박 못 견뎌
노상 하소연하길 죽고나 싶다더니
정녕 연못에 가 빠진 것이지
임자가 우리 아일 죽게 한 것이니
내 지금 관가에 먼저 고하리라."

소경 역시 아무 말 하지 못하고
이상하다 고개만 갸웃거렸지요.
소경이 다녀가고 며칠 못 되어
낯모르는 여승이 찾아와서 말하는데

"하루는 한 젊은 새댁이
우리 암자에 홀로 찾아왔더라오.
방장스님께 꿇어앉아 인사를 드리고 나서
눈물을 뿌리며 딱한 사정 호소하되
저는 본래 가난한 집 딸로 태어나
일찍 시집을 갔다가 불행히도
금방 신랑이 죽고 시어머님마저 돌아가시고
친정 부모님도 계시지 않으니
일신을 의지할 곳 천지간에 없습니다.
저는 부처님께나 귀의하려 하옵니다.

夢寐所未測,
爾自薄恩情,
日夜有驅逼.
渠常懷言狀,
果然必赴池.
君旣令兒死,
吾今先告之.

瞽亦不能答,
但道事可疑.
瞽去僅數日,
有一女僧來.

云有一少婦,
獨行到僧房.
長跪禮房長,
揮涕敷肝腸.
我本貧家女,
不幸早迎郎.
郎死姑亦殞,
又無爺與孃.
一身靡所賴,
惟有託空門.

제 손으로 칼집의 칼을 뽑아서
싹둑싹둑 잘라서 까까머리 만드니
갑작스러운 일이라 말리지도 못하고
마침내 더불어 사형사제師兄師弟 되었지요.
법명은 묘정妙靜이라 이르고
연비燃臂[16]를 하고 수계도 하였지요.
벌써 반야심경을 외웠고
공양할 때마다 염불을 한답니다.
이제야 비로소 사실을 고백하고
강진읍내 동촌에 자기 집이 있다면서
나더러 어머님께 소식을 전해달라 하고
겸하여 이 치마 저고리 싸줍디다."

붉은 치마 초록 저고리에
얼룩얼룩 눈물자국이 분명하며
전에 그 패옥 석점 다섯줄이
신혼 때나 다름없이 선명한데
하나하나 어머니 앞에 벌여놓으니
반혼[17]한 듯 마음이 미어졌다오.
그 어미 일어나 가슴을 두들기며
옷가지를 끌어안고 소경의 집으로 달려가서

"우리 아인 지금 중이 되었다네.
판수네 판수네 이 일을 어찌하려나

自拔鞘中刀,
剪剪已成髡.
倉卒莫能救,
遂與爲弟昆.
法名是妙靜
燃臂受戒言.[16]
已習般若經,
每飯念世尊.
今始吐情實,
說住城東村.
遣我報阿母,
兼付此衣裙.

紅裙與綠襦,
龍鍾皆淚痕.
雜佩三五行,
鮮好若新婚.
種種陳母前,
惻惻如返魂.[17]
阿母起搥胸,
抱衣之瞽家.

阿兒今作僧,
瞽瞽將奈何?

우리 아인 아무 허물이 없건만
모질게도 구박하고 매질해서 이리되었지.
싹둑 잘려진 이 한줌의 머리칼
바로 우리 아이의 구름결 같던 머리라네.
판수네 판수네 이 일을 어찌하려나
차라리 나를 당장 죽여나 주오."

소경은 일어나 관가로 달려가서
제멋대로 꾸며 만든 소장을 올리니
원님의 판결하는 말 우레처럼 엄하여
건장한 사령을 풀어 보냈더라오.
캄캄한 밤중에 암자로 들이닥쳐
장삼을 입은 몸을 끌어내서
몰아세워 동헌 앞에 당도하니
원님의 노여움은 어찌나 대단턴지.

"부녀자의 행실 왜 그리 편협한고?
남편을 헌 버선짝처럼 팽개치다니
지금부턴 다시 머리를 기르고,
부부간에 금실 좋게 지내어라."

호령이 사자의 고함처럼 울리는데
한마딘들 제 뜻을 아뢸 수 있었겠소.
시집이라고 다시 돌아가 방 안에 들어서니

兒實無罪愆,
逼迫兼箠撾.
髽髻一掬髮,
是兒如雲髮.
瞽瞽將奈何?
何不直我殺.

瞽起走縣門,
訴牒恣搆捏.
判詞嚴如雷,
緘辭發健卒. (臂)
黑夜打山門,
麻衣被曳捽.
前驅到縣閣,
官怒猶勃勃.

女行何褊斜?
棄夫如弊韈.
自今長髮毛,
復與調琴瑟.

號令獅子吼,
一言那得發.
還家復入房,

소경의 기세 자못 펄펄하더라오.

우리 아이 한밤중에 또 몰래 빠져나와
도망질을 쳐서 험준한 산마루 넘고 넘어
다다른 곳이 개천사라는 절이라.
이 절에서 십여일 묵었을 제
소경 수소문하여 찾아냈더라오.
우리 아이 단지 속에 자라처럼 꼼짝없이
이제 다시 붙잡혀 관가로 끌려가는 길
저 아이 죽일지 살릴지 모를 일이라오.

6
사람들 담을 쌓고 둘러서 듣다가
너나없이 혀를 차고 두런두런.

애처롭구나, 저 아리따운 여자
어쩌다가 늙은 소경의 짝이 되었는가.
아비와 자식 간에 서로 속이다니
돈이다 곡식이다 이게 다 무어길래
이욕이 사람의 슬기를 어둡게 하여
사랑 은정 모두 끊을 수 있단 말인가.

딱하다 너희 집 아버지

瞽氣頗活潑.

中宵又逃身,
趲程凌嶄嶻.
行至開天寺,
留滯十餘日.
瞽家尋到此,
捕兒如甕鱉.
被驅又入縣,
不知殺與活.

6
聽者如堵墻,
喞喞復咄咄.

哀哉彼姝子,
夫豈瞽之匹,
骨肉忍相詐.
錢糧是何物,
利欲令智昏,
恩愛乃能割.

嗟嗟汝家翁,

그 죄는 날마다 매를 맞아도 싸겠지.

혹시나 상한 고기는 먹을지언정

늙은 소경 남편으로 누가 좋아하리.

차라리 청산에 들어가

부처님 모시고 살고 싶지 않으랴.

여자의 마음씀은 외곬이니

한번 세운 뜻 누가 능히 빼앗으랴.

줄곧 시달림을 받고 보면

제 스스로 목숨을 끊게 되지 않을까.

애처롭구나, 저 아리따운 여자

너나없이 두런두런 혀를 차고.

厥罪合日撻.
腐魚尙可啗,[18]
瞽夫誰能眠.
豈若靑山中,
閒自守甁鉢[19]
女子皆褊心,
立志詎能奪.
一向被困督,
安知不自滅.

哀哉彼姝子,
咄咄復喞喞.
(경인본綱人本『한객건
연집韓客巾衍集』부록)

* 원문은 이동환 교수 소장본과 대조해서 글자의 다름이 있는 경우 적절히 취택했는데 맞고 틀림이 뚜렷하지 않을 때는 괄호 안에 함께 제시했다.

1 **양승암楊升奄** 1488~1559. 중국 명나라의 문학가. 이름은 신愼. 승암은 그의 호. 시문과 사곡詞曲에 뛰어났으며, 민간문학을 중시했다. 『승암집升奄集』을 남겼다.

2 **「여강소부행廬江少婦行」** 중국 문학사에서 서사시의 최대 걸작으로 손꼽히는 「공작동남비孔雀東南飛」를 가리킴. 『옥대신영玉臺新咏』에는 「고시 위초중경처작古詩 爲焦仲卿妻作」이라는 제목으로 수록되어 있다. 여강 땅에 사는 초중경焦仲卿이라는 청년과 그의 아내 유난지劉蘭芝 사이의 비극적 운명을 그린 내용이기 때문에 「여강소부행」

이라 일컬은 것이다.

3 **녹시綠葹** 도꼬마리. 엉거시과에 속하는 일년초로 들이나 길가에 자생함. 가을에 조그 만 열매가 맺히는데 가시가 돋쳐 사람의 옷에 잘 붙음. 봄에 연한 싹은 캐먹으며, 열매 는 약재에 쓰인다. 일명 권이卷耳·창이蒼耳.

4 **강리茳蘺＝江離** 일명 궁궁이 또는 천궁川芎. 미나리과에 속하는 다년생초. 어린 잎은 식용이 되고 한약재로도 쓰임.

5 **마니摩尼** mani. 범어로 여의주를 말함. 혹은 보주寶珠나 무구無垢라고도 일컬음.

6 **규삼袿衫** 가운데를 갈라서 경편한 옷. 승마복.

7 **장경長庚** 금성, 즉 샛별의 별칭.

8 **여동방如東方** 사윗감으로 아주 훌륭하다는 의미.(고악부古樂府 「일출동남양행日出東 南陽行」: "東方千餘騎, 吏胥居上頭." 이는 작중의 여자 나부羅敷가 자기 남편이 지위도 높고 풍채도 빼어나다고 자랑하는 뜻의 말.)

9 **복벽複壁·중담重檐** '복벽'은 벽이 두겹이란 의미, '중담'은 지붕에 부연을 설치한 것.

10 **잡패雜佩** 패옥佩玉. 옷 위에 차는 옥. 옥이 세로로 다섯개 엮여 가로 석줄로 되어 있음.

11 **장니障泥** 말다래. 말을 탄 사람의 옷에 진흙이 튀지 않도록 가죽 등으로 만들어 말의 언치 양쪽에 대는 것.

12 **구내랑舊嬭娘** 신혼 행렬에 따르는 유모 같은 여자. 신부가 시집갈 때 유모나 시녀가 따라가는 것이 관행이었는데 신랑의 경우에도 그런 풍속이 있었던 것으로 보인다.

13 두 구절은 점을 칠 때 외우는 사설로, 역대 점을 잘 치기로 유명한 사람의 이름.

곽박郭璞: 중국 동진東晋 때 사람. 사부詞賦로 이름이 높았으며 점을 잘 쳤다 함.

이순풍李淳風: 중국 당唐 때 사람. 천문·역산曆算에 밝았으며, 길흉을 신기하게 점쳤 다 함.

소자邵子: 소강절邵康節. 중국 북송 때 학자. 이름은 옹雍. 강절 선생이라 불렸다. 상 수象數의 학에도 조예가 깊었다.

원천강袁天綱: 중국 당 때 사람. 풍감風鑑을 잘해서 어긋남이 없었다 함.

이들 네 사람은 특히 점치는 데 유명해서 그 이름을 든 것이다.

14 **보림寶林** 보림사로 절 이름. 지금 전남 장흥군 유치면有治面에 있다. 강진에서 그리 멀지 않다.

15 이 구절은 어머니가 개가를 권유하는 데 대해 거부하는 뜻을 표현한 말.(『시경·용풍 鄘風·백주栢舟』: "母也天只, 不諒人只!")

16 **연비燃臂** 부처에 귀의하는 의식으로 팔에 심지를 세우고 불을 붙이는 것.

17 **반혼返魂** 반우返虞. 장사를 지낸 후 신주神主를 집으로 모시는 절차.

18 『논형論衡·사휘四諱』에 "썩은 물고기의 고기를 반찬으로 쓰는 것은 속일 수 없다(肴食腐魚之肉, 不可爲諱)"라는 말이 있다.

19 **수병발守瓶鉢** 중이 되는 것을 뜻함. 병발瓶鉢은 중이 밥을 먹는 도구, 즉 물병과 바리때.

다산시茶山詩의 현실주의에 대한 재인식
—「소경에게 시집간 여자」를 읽고*

1

다산 선생이 귀양살이로 강진땅에 당도한 때는 1801년 추운 겨울이다.

> 북풍이 나를 날리는 눈처럼 몰아쳐서
> 남으로 강진읍내 매반가賣飯家에 닿았도다.

그는 국왕으로부터 각별한 신임을 받았다. 그래서 자기의 개혁적인 이념을 현실정치에 적용해보려 했다. 국왕이 갑자기 세상을 떠나 정국이 뒤바뀌자 그는 두 차례나 투옥되었다. 그리고 간신히 형륙刑戮을 면하여 시골 주막 노파에게 의탁하는 신세로 낙착이 된 것을 천행으로 여겨야 했다. 그가 느꼈던 좌절감과 적막한 기분이 위의 시구에 잘 드러나 있다.

바로 이때 그는 「탐진촌요耽津村謠」「탐진농가」「탐진어가」 같은 연작시 3편과 「애절양哀絶陽」 등을 짓는다. 이들 작품은 모두 강진지방의 농민·어민들의 생활현실에서 취재한 것으로 방대한 다산시의 목록 속에서 가장 빛나는 대목이다. 그뿐 아니라 우리의 현실주의 문학의 발전에 하나의 획기적인 몫으로 인정받고 있다. 지금 새 자료로 공개하는 「소경에게 시집간 여자」는 또한 그가 이 무렵에 쓴 것이다.

---

* 필자는 이 시를 발굴해서 『창작과비평』 1988년 겨울호에 발표한 바 있다. 그때 소개하는 글을 함께 실었는데 지금 해설 대신에 그 논고를 붙여둔다.

2

이 작품은 360행의 장편 서사시다. 다산시 가운데에서 최대의 작품이다. 문제는 길이에 있지 않다. 하나 시인이 주어진 사건에다 주제를 부여해 엮어가는 데 그만한 분량이 소요되었을 것이므로, 길이는 거기 상응하는 비중과 의미가 들어가 있다고 본다.

물론 작품에 대한 결정적 평가는 앞으로 충분한 논의와 분석을 기다려서 내려질 것이다. 나는 처음 소개하는 입장에서 이 시의 내용 및 예술적인 특징에 관해 몇가지 측면을 언급해두고자 한다.

첫째, 작품 구성상의 특징

이 시는 한 여성의 비극적인 운명을 그린 내용이다. 말하자면 하나의 이야기를 시형식으로 엮은 셈이다. 그런데 어디에 이런 여자가 살았는데 이러저러한 일이 있었더라는 식으로 풀어나가지 않고 서술 공간과 시간이 한 지점 한 시각에서 시작하여 끝맺고 있다.

시의 현장은 강진읍내의 어느 거리다. 그곳에 한 젊고 아리따운 여자가 등장하는데 중의 행색을 하고 있다. 옆에는 어머니로 보이는 여인이 따라온다. 이 젊은 여자는 바야흐로 종놈들에게 강제로 끌려가는 판이다. 현대 소설이나 영화에서 보는 장면 제시적 수법을 연상케 한다.

거기서 시인이 무슨 영문인지 묻게 되어, 젊은 여자는 목이 메어 말을 못 하고 어머니가 대신 나서서 사정을 들려준다. 이후부터 끝까지 등장인물의 대사로만 엮는다. 시의 끝맺음 역시 마침 그 자리에 둘러섰던 사람들이 주인공의 운명에 대해 혀를 차면서 안타까워하는 말로 처리된다. 맨 처음 장면에서 인물을 인상 깊게 묘사한 부분을 제외하고는 시인에 의한 직접적인 서술·묘사·설명이 생략되어 있다. 시인의 감회나 평설까지도 문면에서 완전히 제거하고 있다. 요컨대 전편을 극적인 전개 방식으로 구성한 것이다.

둘째, 주제사상과 그 표출상의 특징

다산은 이 작품에서 무엇을 나타내고자 했는가? 위에서 지적한 대로 시인 자신의 의사는 전혀 표명되어 있지 않다. 대사 속에 잠재되어 있을 뿐이다. 대사에 의해서 인물의 형상화가 이루어지고 사건이 드러나므로, 그 인물 형상과 사건을 분석해서 파악해야 할 것이다.

사건은 주인공이 소경에게 시집가는 데서 일어난다. 육신이 멀쩡한 여자가 불구자를 남편으로 만나는 거기에서 문제가 그치지 않는다. 신랑 명색이 앞을 못 보는 봉사에다 추한 몰골의 늙은이다.

소경은 이미 나이가 높아
칠칠에 사십구 마흔아홉이라오.
전에 벌써 두번 초례를 치러
내 아이는 이제 세번째 여자라.
초취에서 두 딸을 낳고
재취에서 아들 하나를 얻어
사내자식도 이미 다 큰 아이요,
작은딸이 지금 스물세살이랍디다.

한창 꽃처럼 피어난 18세의 소녀가 이런 환경 속에 시집이라고 가보니 자기보다 나이가 위인 전처 소생의 두 딸과 아들 녀석이 새엄마를 갖가지로 구박하고 모함해서 도저히 참고 살아갈 수 없게 만드는 것이다. 게다가 늙은 소경마저 모진 학대를 가한다. 주인공 앞에 놓인 삶의 자리는 지옥보다 험악하고 철창보다 고달픈 곳이었다. 이 생지옥으로부터 탈출을 꾀한 것이 머리를 깎고 중이 되는 길이었다. 그러나 그 막다른 길마저도 이 가련한 여자에게는 허용되지 않고 관가로 붙들려가는 것이 현재의 지점이다.

사람은 누구나 생을 행복하게 영위하고 보람 있게 꾸미고자 한다. 그것은 인간의 기본적인 소망이며 권리다. '소경에게 시집간 여자'에 대해서는 이러한 인간의 기본권이 무참하게 짓밟히고 말았다. 이 비극적인 운명은 어떻게 설명해야 할 것인가?

먼저 그 여자를 핍박한 자들의 행위와 성격을 따질 필요가 있다. 주동자는 늙은 소경이고 방조자는 친정아버지며 후원자는 강진 고을 원님이다. 늙은 소경이 자기의 부유한 재산을 미끼로 던져 유혹하자 아버지가 얼른 넘어간 것이다. 늙은 소경의 경우 부를 이용해서 한 여성의 인격을 빼앗고 짓밟았으며, 아버지의 경우 가장家長의 위치에서 자신의 물질적인 안락을 위해 딸의 인생을 희생시켰다고밖에 볼 수 없다.

> "부녀자의 행실 왜 그리 편협한고?
> 남편을 헌 버선짝처럼 팽개치다니
> 지금부턴 다시 머리를 기르고,
> 부부간에 금실 좋게 지내어라."

원님이 내린 판결이다. "금실 좋게 지내어라"라니 말은 그럴듯하다. 그렇지만 피고인이 기왕에 무슨 억울한 사정과 고통을 당했으며, 이 판결의 결과 그녀의 인생이 장차 어떻게 되리라는 것은 전혀 고려하지 않은 것이다. 여권女權이 완전히 무시되고 있다. 판결의 이론적 근거는 여성에게 순종을 강요하는 윤리다. '예의로 살인을 한다'는 말도 있거니와, 이 경우가 바로 여성 일반을 억압했던 윤리규범의 족쇄를 채워 가련한 여성을 다시 사지로 밀어넣은 꼴이다. 이처럼 원고 측에 절대로 유리하게 관권을 움직였던 내막에는 부의 힘이 작용했으리라는 것은 추측하기 어렵지 않다. 요컨대 비극은 기본적으로 빈부의 모순에서 발단하였고 또 여성을 멸시하고 속박한 봉건윤리에 의해서 양성된 것이다.

시인은 '소경에게 시집간 여자'의 운명에 대해 연민의 정을 마음으로 느끼고, 그렇게 만든 사회적 모순과 예속禮俗의 잘못을 심각하게 생각하고 있다. 바로 이 작품의 주제사상이다. 그런데 시인은 결코 자신의 목소리로 주장을 하지 않는다. 다만 대화의 수법을 운용해서 주인공의 인생을 제시할 뿐이다. 주제사상은 구체화된 형상 속에 잠재해 있다. 그래서 독자들이 연극을 감상하듯 주인공의 역경을 구체적으로 살펴서 이해하고 또 스스로 생각해보도록 한 것이다.

셋째, 인물 형상의 대립과 전형성

혼인 비극으로 엮인 이 서사시에서 갈등의 축은 젊은 여자와 늙은 소경이 인연을 맺음에 있는데, 거기에 친정어머니와 아버지가 주요 인물로 역할을 맡는다. 이들은 각기 나름으로 성격을 지닌 생동하는 인물로 부각되어 있다. 주인공은 시의 서두에서 벌써 비상한 관심을 끌도록 인상적으로 등장하지만, 서사적 전개가 진행됨에 따라 개성이 뚜렷이 드러난다.

이 여자는 지아비에 대해 무조건 절대적으로 복종해야 한다는 도덕률을 거부한다. 이 측면에서는 확실히 저항적이다. 한편으로 어머니가 개가를 권유하자 받아들이지 않는다. 의식의 모순을 드러내고 있다. 그의 뇌리에 개가란 금수의 행동으로 비쳐진 듯싶다. 어쨌건 그는 남편에게 순종하고 자식을 낳아 기르는 여자의 도리를 거역하는 대신 신앙생활로 자기 인생의 의미를 찾고자 하는 것이다. 여기서 그의 의지가 집요하고 강경함을 작품은 묘사하고 있다. 어머니가 딸의 전정을 생각해서 적극 만류할 때도 뿌리쳤거니와, 관권의 개입으로 붙잡혀가서 시집살이의 지옥에 다시 갇혔을 때도 용감히 탈출했던 것이다. 봉건 예속의 굴레를 벗어나 자유로운 삶의 길을 모색하였지만, 어떤 진취적인 진로를 개척하지 못하고, 기껏 종교 신앙에 안주하려 했다. (그것마저 차단당했지만) 이 여자의 형상에서 우리는 고결한 인격을 실현하려는 여성의 한 시대적 전형을 마주한다.

소경은 이 여자와 반대되는 면모를 골고루 갖추고 있다. 젊음과 늙음, 아름다움과 추함, 청초함과 비루함으로 상반되어, 도저히 한 쌍의 짝으로 어울려 보이지 않는다. 그뿐 아니라, 생활관습에서도 소경은 "때때로 무슨 일이 났다 하면/급급히 산통을 흔들어대며" 점을 치는데, 그 꼴이 여자에게는 역겹게 느껴진다. '소경에게 시집간 여자'의 운명은 사실 특수한 사례에 속하는 것이다. 소재상에서 보편성을 결여한 것처럼 보이는데, 갈등의 축에 놓인 두 인물을 이같이 대립적으로 형상화시킴으로써 보편적 의미와 함께 전형성을 획득할 수 있었다.

여자의 아버지와 어머니, 이 두 인물은 대조적으로 그려져 있다. 아버지의 경우 부에 현혹된 나머지, 신랑감이 두 눈이 먼 사람임을 뻔히 알고도 "다만 좀 안된 건 한짝 눈이 짜긋하나/얼굴은 한창 젊은 사람이라대"라고 거짓말을 하여 혼담을 이루도록 하며, 뒤에 신랑의 정체가 드러나자 아내에게 "나 역시 남의 속임을 당했으니/임자는 나를 보고 원망할 것 없네/(…)/사람의 기수란 하늘이 정해준 걸/화복의 엇갈림 그 누가 알겠나"라고 얼레발을 치고 되지 못한 운명론을 끌어다 기어이 결혼을 시키고 마는 것이다.

반면에 어머니 쪽은 딸의 운명에 대해서 마냥 서러워하고 안타까워한다. 중이 된 딸이 옷가지와 잘라낸 머리털을 친정으로 보내는 장면이 있다. 이때 어머니는 그것을 끌어안고 소경의 집으로 달려가서 "싹둑 잘려진 이 한줌의 머리칼/바로 우리 아이의 구름결 같던 머리라네"라고 한가한다. 그로 인해 딸은 종적이 탄로나서 붙잡혀오게 되는 것이다. 말하자면 어머니가 공연히 주책을 떨어서 딸을 곤경에 빠뜨린 꼴이다. 그러나 우리는 어머니의 무분별한 처사를 탓하면서도 오죽이나 절통했으면 그랬겠느냐고 동정심이 일어난다.

'소경에게 시집간 여자'의 친정집은 가난하고 무지를 면키 어려웠던 우리네 서민 가정의 전형이다. 작중에 전개된 내용 역시 서민생활의 비극으로서 전형성을 띠고 있거니와, 여자의 아버지는 가난과 무지 때문에 왜곡된 구시대 가부장의 형상으로, 어머니는 가부장의 권위에 눌려 지내면서 자식에게는 무한한 애정을 쏟는(약간은 무분별하지만) 모정의 형상으로 묘사되어 있다.

넷째, 표현상의 몇가지 특징

위에서는 대개 작품의 골격과 전반에 걸친 사항을 검토했는데, 이제 언어표현의 수법에 속하는 세절細節에서 발견되는 특징들을 열거해본다.

(1) 사건이나 정황의 묘사가 생생하게 되어 있는 점: 혼례를 치르던 날 신랑 행차가 신부집에 당도했을 때의 장면을 보자. "동리사람들 눈이 휘둥그레 서로 둘러보고/가까운 손들 낙심해서 도로 마루에 오르고/이모님들 차마 못 봐 달아나더라." 신랑의 의외의 생김새에 놀라 일으키는 반응이 이처럼 친소 관계에 따라서 다르게 나타남을 포착해 그려서, 우리가 그 광경을 직접 눈으로 보는 듯한 느낌이 든다. 또 가령 청순한 여성이 음흉한 늙은이에게 유린당하는 첫날밤의 상황은 "신방에서 소곤소곤 소린 들리질 않고/한바탕 요동치는 소리뿐일러라"라고 간결하게 처리한다. 그 여자의 곤욕스러운 몸부림이 아프게 느껴지는

것이다. 이처럼 언어 표현이 생생하게 구사되어 결국 작품의 형상성을 높이고 있다.

(2) 여러가지 풍속도를 그려낸 점: 혼수 마련, 신랑이 장가들러 가는 행렬, 소경이 점치는 모습, 중이 되는 절차 등의 대목을 보면 자못 상세하게 묘사해서 마치 김홍도의 풍속도를 펼친 듯싶다. 이런 부분은 주제와 직접적인 관련은 없지만, 작품 내용을 생활과 밀착시켜 풍부하게 해주고 '조선적 정조'를 살리는 효과도 있는 것이다.

(3) 시어가 천근賤近하면서도 비속하지 않고 사설이 장황하면서도 산란하지 않은 점: 당초 한시 형식이기 때문에 일상 구어와는 거리가 멀 수밖에 없다. 그러나 전체적으로 시구를 평이하게 엮어나가면서 천근한 생활어를 대폭 수용하고 있는 것이다. 또 어떤 대목에서는 판소리 사설이 그렇듯 장황하게 나열되고 어떤 구절들은 사설의 재미를 살리기 위해 비사실과 과장을 조금 끼워넣기까지 했다. 그런데 천근하면서 심원한 뜻이 있고 장황하면서 간결한 멋이 있다. 이 점은 작품의 특이한 표현미학이라고 여겨진다.

(4) 서정성이 함축된 점: 이 작품은 당연히 서사를 위주로 하고 있다. 그런데도 서사적 과정 속에 정감이 스며 있어 경우에 따라선 서정성이 강렬해지기도 한다. 이는 앞서 언급한 서술방법과 관련이 있다. 작품상에서 진술자는 시인이 아니고 주인공의 어머니다. 모정의 형상인 어머니가 딸의 기막힌 사정을 들려주는 것이다. 이야기는 저절로 회한이 서리고 눈물이 섞이기 마련이다. 특히 운명의 고비인 여자가 신방에 들어가게 되는 혼인날 저녁이나 보림사의 암자에서 어느 여승이 딸의 소식을 가져온 장면 같은 데서는 서정적인 표현이 고조되고 있다. 시인도 작중에서 다른 청자들과 함께 어머니의 이야기를 듣고 비로소 주인공의 인생을 알게 된다. 그 이야기를 점점 들어감에 따라 감동하여 연민의 정까지 생겨나게 된다. 서사와 서정을 교묘한 수법으로 결합시켜 심대하고 독특한 효과를 거두었다고 하겠다.

3

작품은 앞에 짤막한 머리말을 붙이고 있다. 작가의 자서인 것이다. 그 머리말에서 작가가 분명히 밝힌바, 작품은 실재 사실에서 취재하였는데, 양승암楊升庵의 「한단재인―마부의 아낙이 된 여자」라는 시로부터 창작과정에 촉발을 받았다는 것이다. 작품의 소재와 관련된 특수성을 검토해보아야겠으며, 양승암의 그 시에 대해서도 한번은 짚고 가야겠다.

양승암의 시는 중국의 전국시대 고사에서 취재한 것이다. 조趙나라 왕이 연燕나라에 포로로 잡힌 것을 일개 마부가 기발한 변설로 구출해와서, 그 마부는 궁중의 일등 미녀를 아내로 맞게 되었다는 내용이다. 이 고사는 원래『사기史記·장이전張耳傳』에 끼여 있다. (이 「한단재인―마부의 아낙이 된 여자」는 고악부에 제목만 보이고 그 가사는 전하지 않던 것인데 양승암이 「장이전」의 사실을 가지고 재구성한 것이다.) 다산의 「소경에게 시집간 여자」를 양승암의 시와 대조해 보면 우선 작품의 서두에『시경』에서부터 개발된 흥興의 수법을 이용한 점이 서로 일치하고 시구를 엮어간 방식도 상당히 통하고 있음을 알 수 있다. 그러나 중요한 측면에서 커다란 차이가 드러난다. 양승암의 시는 당대의 현실이 아니라 아득한 상고에서 소재를 끌어오고 내용에도 민중성을 담지 못하고 있다. 양승암으로부터 다산이 배운 바는 무엇보다 「여강소부행廬江少婦行」(=공작동남비孔雀東南飛)을 본받으려 한 그 태도에 있지 않았던가 싶다.

다산시의 특색은 바로 목전에서 발생한 사건을 작품화한 데서 드러난다. 작가의 창작동기는 스스로 고백하였듯 자기가 목도한 일에 남다른 충격을 받았기 때문이다. 곧 사건에 인연해서 인생의 애환을 느끼고 장편의 시를 쓴 것이다. 이야말로 고전적인 악부시에서 보는 "애환에 느끼고 사실에 의거해서 표출한다〔感于哀樂 緣事而發〕"라는 그것이다. 여기서 우리는 문제의 사건을 취급하는 작가의 시점에 주의하자.

시인이 사건을 목도한 현장이 곧 시의 현장이다. 서술자는 물론 사건 현장을 포착한 시인이다. 이미 지적한 대로 작품은 시인과 작중 주인공의 어머니와의 대화로 엮이는데, 차츰 어머니의 진술이 곧 시인의 진술처럼 생각되기에 이른다. 사실상 어머니의 진술에 의해 사건이 전개되므로 어머니의 시점은 시의 시점으로 일치된다. 눈은 마음의 창이다. 시인과 어머니 사이에 점점 정서적 동화가 일어나고 있다. 그리고 마침내는 현장에서 구경하던 사람들에게까지 마음의 동화현상이 확대됨을 보여주고 있다.

이 경우 시인은 서민과 정감적으로 합일된 상태다. 그러므로 어리석은 백성을 가르치려는 설교문학의 방향이나 백성의 처지를 걱정하는 입장에서 이념을 내세우는 목적문학의 방향으로 나갈 수 없다. 앞에서 살펴본바, 작품의 여러 예술상의 특징은 이런 작가적인 자세의 반영일 것이다.

물론 우리나라에서 다산이 처음 서사시 문학을 시도한 것은 아니다. 다산 이전에도 서사시적인 작품이 종종 발견되며, 그중에 여성 문제를 다룬 것도 없지 않다. 그러나 이 작품만큼 밀도 높게 사회성이 부여되어 있고 또한 그 주제를 구도덕(예컨대 정절이니 열녀니 하는 등)과 차원을 달리해서 심화시킨 사례는 썩 찾아보기 어려운 듯하다. 그리고 주제 표출상에서 시인의 주관적·설교적 개입을 끝까지 자제하고 풍부한 현실내용을 삽입해서 서사시로서 완결이 되고 고도의 예술적인 성과를 거둔 경우 또한 흔치 않을 듯하다. 이는 현실주의에 의해서 추구된 경지다. 우리는 이「소경에게 시집간 여자」를 통해서 다산시의 현실주의를 재인식한다.

4

나는 이 자료를 한 필사본 책에서 발견하였다. 겉에 '사대가四大家'라 씌어 있고 내표제는 『한객건연집韓客巾衍集』이라 했다. 이 책은 연암의 제자로 나란히 문명을 날리던 이덕무·유득공·이서구·박제가의 시 모음인데 이미 간행되어 널리 보급되었으며, 필사본도 더러 눈에 띄는 것이다. 그런데 끝에 부록으로서 남상교南尙敎·이학규李學逵·이가환李家煥·이용휴李用休의 시 한두편과 함께 마지막 몇 장에다 정약용의 「도강고가부사道康瞽家婦詞」라는 제목의 장시가 씌어 있었다. 이 부록에 다산과 함께 들어간 다섯분은 기호지방 남인 계열에 속하는 인물들이다. 이 책을 베껴서 꾸민 사람이 누군지 알아볼 길은 없으나 추측건대 역시 기호 남인계의 후예일 것이다. 그래서 어떤 교분을 통해 자료를 입수하여 한때 식자들 사이에 유행했던 『한객건연집』을 필사하면서 끝에 적어 놓았을 것으로 생각된다.

이 작품은 『여유당전서』의 시문집 가운데에는 빠져 있다. 그런데 이동환 교수가 소장한 책자 속에서 또 발견된다. 그 책자 역시 필사본으로 모두 다산의 시를 베껴놓은 것이라 한다. 작품의 필치라든지 여러가지 자료적 정황으로 미루어 다산작이 확실한 것으로 보인다.

이 작품을 지은 때는 언제일까? 작가 자신이 가경嘉慶 계해, 곧 순조 3년인 1803년에 작중의 사실을 보았노라고 언급해놓았다. 이 연대는 작중의 사건이 실제로 발생한 때다. 창작연대는 그후가 될 것이다. 확증이 없기 때문에 단언하기는 어렵지만 1803년으로부터 그리 먼 시기는 아닐 것으로 생각된다. 대개 그해 아니면 그 이듬해를 벗어나지 않았을 것 같다. 1803년에는「애절양」을, 다음 1804년에는「하일대주夏日對酒」를 쓴다. 이 어름에 짓지 않았을까 보는 것이다.

어떤 연유로 이 작품이 다산의 정리된 시문집 가운데에서 빠졌을까? 이 역시 알 수 없는 노릇이다. 우리는 현재 남아 있는 다산시 자료가 제대로 정리된 상태가 아님을 유의해야 할 것이다. 연대적으로 살펴보면 1811년부터 8, 9년 사이에는 시작품이 홀랑 빠졌다. 이 시기의 시들은 분명히 망실되었을 것이다. 또 1803~4년 사이에도 실린 작품이 평소 그의 시 생산량에 견주어볼 때 아주 적은 편이다. 다산의 시인으로서의 전모를 파악하는 데 현재 남겨진 자료로서는 완전치 못하다. 다산시 자료의 발굴에 유의해야겠다는 점을 이 자리를 빌려 제언한다.

나는 근래 우리의 문학유산 가운데에서 특히 서사시 문학에 관심을 기울여왔다. 다산의 이 작품을 처음 대하자 더욱 흥미를 가졌음이 물론이다. 나는 작품을 널리 공유하는 뜻에서 감히 번역을 하여 소개하거니와, 혹시 오역이나 이해의 잘못이 보이면 바로잡아주시기 바란다. 끝으로 이동환 교수가 아끼던 자료를 한 부 복사해주어서 필자가 가진 작품에 결손이 있는 부분을 보충했음을 밝힌다.

모심기 노래 5장

秧歌五章

이학규

오늘 날씨 맑다 흐려
빗줄기 한자락 가볍게 뿌렸구나.
모판에 잘 자랐네. 부지런히 모를 쪄서
못짐 지고서 앞들로 나갈 적에

예쁘고 예쁜 새각시도
시누이 올케 손을 잡고
모심기엔 법도도 정연하니
남정네는 앞을 서고 아낙네 뒤를 따라

남정네 소리는 귓가에 요란만 한데
아낙네 소리는 가락이 새로워라.
새 노래 네댓가락
차례로 듣자 하니

소리를 뽑아올릴 젠 바람 안은 부들 같고
감돌아 자지러질 젠 가는 연기 풀리듯
저렇듯 애달프니 원한이 서렸구나.

秧歌五章

李學逵

今日晴後陰,
雨脚來輕颸.
新秧冪冪稞,[1]
馱向前陂時.

娟娟新嫁娘,
姊妹相携持.
揷秧亦有法,
男前而女隨.

男歌徒亂耳,
女歌多新詞.
新詞四五関,
次第請聞之.

稍揚若風絮,
轉細如烟絲,
若是乎怨思.

구곡간장 서린 원한 그 누구 때문일런가?

1장
우리 친정집 낙동리에
오라버니 세분네 인물도 훌륭하지
오라버니 다음으로 이내 몸이 태어나니
우리 어매 우리 아배 이내 몸을 이뻐하사
천냥 주고 머리 다래
백냥 주고 화장 일습
떠나가는 배에 태워
물아래 총각에게 시집이라 보내셨네.

해 저무는 봄날인데
무슨 일로 한 맺혔나 고개 돌려 바라보오?
쓸쓸하다 텅 빈 초옥
신나무 가지가지 속절없이 푸르르네.
아랫녘 세상살이 윗녘과 다르더라.

소금 굽고 고기잡이 일이 이러하니
삼월달에 서방님 배 타고 떠나시면
구월달은 서방님 맞이할 기약이라
하루에도 밀물 썰물 아침저녁 들고나고
때를 아는 제비는 봄철이면 날아와서

怨思將爲誰?

一章
儂家雞東里.
三男美須髯,
儂生三男後.
父母之所慈,
千金買長髢,
百錢裝匳資.
一棹更斷送,
送嫁江南兒.

兼是暮春日,
回頭何恨思?
憎憎白茅屋,
歷歷靑楓枝.
江南異江北,

事在醝魚鰣.
三月送郞行,
九月迎郞期.
江潮日兩回,
燕子春深知.

바닷물 나갈 제 제비도 떠나가니
인간 세상에 긴 이별 이래서 생기는가.

곱디고운 저기 저 메꽃
덩굴이 끊어지면 꽃도 함께 시드나니
시어머님 어른이라고
하시는 말씀 어이없어라.
사립문이라 문을 나와 하염없이 바라보며
흘리는 눈물이 두 볼에 적시는구나.

강물이 막혔다네. 어매 아배 사시는 집
물결만 아득하여 끝간 데 모를레라.
울어매 울아배
어쩌자고 날 낳았소?
애당초 이내 몸 낳지를 않았던들
오늘 이 슬픔이야 아주아주 없었을걸!

2장
오늘은 무슨 날인가. 해 다 지기 어려우니
긴긴 해에 할 일 있나 모심기나 힘써보세.
메벼일랑 많이 많이
찰벼일랑 갖춰 심되
메벼야 아무렴 절로 절로 잘될 게고

潮回復燕去,
敎人長別離.

鮮鮮鼓子花,
蔓絶花亦萎.
阿姑自老大,
言語太差池.
出門試長望,
涕泗霑兩腮.

隔江父母家,
烟波水無涯.
哀哀乎父母,
生儂太不奇.
當日不生儂,
今日無儂悲.

二章
今日不易暮,
努力請揷秧.
秔秧十萬稞,
秧秧千稞强.
秔熟不須問,

찰벼도 그런대로 잘 익어 풍족하다.
찹쌀은 무엇하나 인절미나 만들어보세.
인절미 한입 덥석 입안에 향기로워라.

누런 수캐 잡아라. 삶은 고기 이바지로
영계는 산 채로 묶어서 들고
친정집에 근친을 가세.
첫 근친 언젤런고 칠월 백중 서늘한 철
이내 몸 민며느리
총각이사 우리 서방님
뿔 굽은 암소일랑 이내 몸 타고
서방님 모시옷 눈부시게 하얗구나.
길고 긴 칠월 한달
근친 가기 언제 지났는지
비옵니다 비옵니다 칠월달 지나거든
석달 열흘 장마나 드옵소서.

3장
섬섬옥수 쌍가락지
손가락에 갈고 닦아
멀리 보면 달일레라.
가까이선 쌍가락지
우리 형님 예쁜 입매

稷熟須穰穰.
炊稷作糗餈,
入口黏且香.

雄犬碟爲臊,
嫩鷄生縛裝.
持以去歸寧,
時維七月涼.
儂是預嫁女,
總角即家郎.
儂騎曲角牸,
郎衣白苧光.
遲遲乎七月,
歸寧亦云忙.
但願七月後,
霖雨九旬長.

三章
纖纖雙鑲環,
摩挲五指於.
在遠人是月,
在近云是渠.
家兄好口輔,

말씀 어찌 험하신가.

우리 형님 하는 말씀 작은아씨 자는 방에

숨소리가 둘이로고.

그런 말씀 마옵소서. 이내 몸 처자이니

나서부터 이제까지 몸가짐 조심조심

어젯밤 추운 밤에 마파람 들이불어

문풍지 떠는 소리 대단하더이다.

4장

이야기 듣자 하니 주흘산 고갯마루

서쪽의 상상봉 하늘까지 닿아서

구름도 쉬어 넘고

바람도 쉬어 넘고

보라매 해동청도

고갯마루 쳐다보고 후유 한숨 쉰다는데

이내 몸 태어나길 연약한 아녀자라

발걸음 한발짝도 동구 밖을 나가지 못했건만

임 계신 곳 어디인지 소식 듣는 그날로

저 높은 고갯마루 평평한 길처럼

천걸음도 만걸음도 단숨에 뛰어올라

상상두 고갯마루 나는 듯이 넘어가리.

言語太輕踈.
謂言儂寢所,
鼾息雙吹如.
儂實黃花子,[2]
生小愼興居.
昨夜南風惡,
紙窓鳴噓噓.

四章
曾聞主紇嶺,[3]
上峰天西陬.
雲亦一半休,
風亦一半休.
豪鷹海靑鳥,
仰視應復愁.
儂是弱脚女,
步履只甌窶.
聞知所歡在,
峻嶺卽平疇.
千步不一啄,
飛越上上頭.

5장

마산 저울 얻어오소

저울로 달아보면 이내 마음 아시겠지.

해창 섬괘을 가져다가

이내 정을 담아나 보소.

그렇지 않거들랑 하나로 두들겨 뭉쳐서

보자기에 싸고 싸서 열겹이나 싸고

묶고 묶고 꽁꽁 묶어

괴나리봇짐 하나 만들어서

양 어깨에 걸머지고

천 걸음에 백번 넘어져도

차라리 길을 가다 짊어진 채 죽을지언정

이 마음 당신에게 부끄러울 것 없어라.

五章
請捋馬州秤,
秤汝憐儂意.
請捋海倉斛,
量儂之恩義.
不然並打團,
十襲裹衣帔.
縈之復結之,
裝作一擔贄.
擔在兩肩頭,
千步百顚躓.
寧被擔磓死,
此心無汝媿.
(『낙하생전집洛下生全集 ·
극시재집郤是齋集』하)

---

1 **괘과稞** 과稞는 보리의 일종 또는 영근 곡식알을 뜻하는데, 여기서는 볏모의 포기를 가리키는 말인 것 같다. '괘'은 글자 뜻이 미상인데 '窠'의 오기가 아닌가 한다. 이 글자는 『강희자전康熙字典 · 보유補遺』에 '萬'과 통하는 것으로 나와 있다. '萬萬'은 숫자가 아주 많음을 수식한다. 즉 '만만과'는 모판에 모싹이 무수히 잘 자라는 모양을 표현한 말로 생각된다.(『오호신방五湖神方 · 삽앙挿秧』: "六莖爲一叢, 六稞爲一行, 稞行宜直, 以便耘揚.")

2 **황화자黃花子** 황화여아黃花女兒. 처자를 가리킴.

3 **주흘령主紇嶺** 문경聞慶의 새재鳥嶺가 있는 산 이름이 주흘산이다.

이 시는 민요의 일종인 '모심기 노래'를 취재하여 창작한 것이다. 시인이 김해지방에서 유배 생활을 할 당시 그 지방에 유행하여 들었던 노래로 추정된다.

고정옥高晶玉은 "민요의 중심은 노동요이고 노동요의 핵심은 역사적·지역적으로 보편적인 '모심기 노래'다"라고 그 중요성을 강조한 다음, "'모심기 노래'의 멜로디는 '보리타작 노래'가 그 노동의 리듬을 좇아 급템포인 것과 반대로 대단히 유장하다"라고 특징을 지적한다. 그리고 "'모심기 노래'는 소위 '정구지'(또는 정자·정지·둥지)라는 장르를 형성하는 것인데 작업과정에 따라 '모찌기 노래' '모심기 노래'로 대별할 수 있으며, 작업의 시종, 점심시간의 노래 등에 의해서 노래 종류를 달리 한다"라고 해설하였다.(『조선민요연구朝鮮民謠研究』) 이처럼 '모심기 노래'는 노동요로 가장 보편성을 가졌고 작업과정에 따라 노래의 종류가 분화되었으므로, 그 가사는 다종다기하고 그 내용도 여러가지 인생 정감을 담은 것이었다. 향랑 고사와 관련해서 발생한 「산유화」도 이 '모심기 노래'에 흡수되었거니와, 다른 노랫가락도 이 속에 편입된 사례가 더러 있다.

지금 이 「모심기 노래 5장」은 앞의 서장만 시인의 소감을 머리말로 붙인 것이며, 다음 제1장부터 제5장까지는 민요의 노랫말을 옮긴 형식이다.

제1장은 낙동강 상류 쪽에서 태어나 낙동강 하류 지방으로 출가한 여자가 시집살이의 고달픔과 친정을 그리는 사연인데, 제2장으로 이어져 모처럼 근친을 가는 기쁨을 노래한다. 제3장은 서사의 내용이 바뀌는데, 어떤 처자가 침실로 남자를 끌어들였다고 비난받는 데 대해 변명하는 사연이며, 제4장에서 또 바뀌어 별리의 정을 서술하고 있고, 제5장도 결코 변치 않을 애정을 호소한 것이다. 처음부터 하나의 서사구조로 완결된 형태는 아니다. 몇몇의 서사적 정황을 엮어놓은 셈이다. 그러나 주제 및 정서의 통일적 흐름은 가지고 있다. 서장에서 "저렇듯 애달프니 원한이 서렸구나"라고 시인이 인식하고 있는 대로 서민의 애환이 담긴 것이다. 사상 경향이 인간성을 본능적으로 긍정하고 낙관주의를 견지하는데, 언어정서가 곧 생활 속에서 우러나온 점이 특색이다.

방주가

古詩爲張遠卿妻沈氏作

김려

1

깊은 산에 계수나무 한그루
높다란 벼랑에 가까스로 뿌리 붙였는데
스산한 바람 몰아쳐 흔들면
가지와 잎새 서로 돌아본다.
기이한 새 한마리 날아와 깃드니
오색의 찬란한 무늬를 띠었으며
아청색 발끝에 인의를 움켜잡아
천성이 부드럽고 안온한 자태로다.
구름길에서 짝을 잃고
외로이 날며 눈물 흘리는데
날씨는 춥고 죽실竹實²도 영글지 않아
갈림길에서 처량하게 우는 소리.

세상사람들에게 말을 붙여 전하노니
나의 이 괴로운 울음을 생각해보오.
딸을 낳거들랑 굶겨 죽일지언정
탕자의 아내는 만들지 마오.

古詩爲張遠卿妻沈
氏作¹

金鑢

1
山中有桂樹,
託根崇巖路.
悲風倏漂搖,
柯葉自相顧.
異鳥來其傍,
五采含亨章.
紺趾握仁義,
性和禮安康.
失侶於雲衢,
單飛淚如濡.
歲寒竹實荒,²
啾啾岐道隅.

寄聲世間人,
念我恒苦啼.
生女凍殺可,
莫作蕩子妻.

탕자는 해가 가도 돌아오지 않으니
원기冤氣가 방에 차서 넘치누나.

2

그대의 집 찾기 쉬우니
어려서부터 전라도 살았더라.
전라도 오십 고을에
장계 땅 제일 물맛이 좋으니
조상 대대로 양수척을 하여
시냇가 버들가지 늘 사랑했어라.
버들가지 풍성하면 우리네 살찌고
버들가지 앙상하면 우리네 여윈다네.
아비는 솜씨가 빼어나
정교하기 세상에 비길 데 없으니
남면 장터에 가 고리짝 팔고
북면 장터에 가 키를 팔고
칼송곳 들고 작업하면
모양 좋다고 누구나 칭찬하네.

큰오빠 읍내서 장사하고
막내오빠 푸줏간 운영하고
둘째오빠 위포胃脯[4] 만들기
더운 여름엔 개장국을 끓이고

蕩子不歸周,
冤氣漲空闈.

2

君家誠易識,
幼少住湖南.
湖南五十州,
長谿味最甘[3]
祖世楊水尺,
慣愛浦邊柳.
柳豊令人肥,
柳歉令人瘦.
阿父妙手工,
精緻世無比.
南市賣矮籠,
北市鬻箕子.
錐刀日中集,
皆言製造美.

大兄邑貿販,
小兄營懸坊.
中兄業胃脯,[4]
長夏烹狗醬.

동리에서 큰일을 치를 때면
불려가서 돼지 잡고 염소 잡고
썩썩 서릿발같이 칼을 갈아
어찌 한치 칼날인들 무딘 적이 있었을까.
수공은 동전 스무닢이요
썰어주는 댓가는 고기 한근
보통 때에는 사람 대접 않다가
급하면 은근히 부른다네.

아비는 성질이 순하며
거무튀튀한 얼굴에 수염은 더부룩한데
늘그막에 딸아이 혹처럼 생겨나니
너를 일러 꼬마 방주라
방주 겨우 젖이 떨어질 무렵
어미는 저승으로 가고
아비 혼자 방주를 기를 적에
눈물을 얼마나 쏟았던가!
미음을 끓여 먹이고
해진 포대기 깔아주고
몸에는 입힐 옷가지 하나 없어
앙상히 뼈만 드러났어도
때먼지로 얼룩진 사이에
얼굴이 그림처럼 수려하였지.
이 아이 진작 어미를 잃었으니

里社冠昏禮,
往宰猪與羊.
霍霍磨霜刀,
何曾鈍寸鋩.
手功銅卄葉.
俎價肉一斤,
平時忽棄之.
急處招慇懃,

阿父柔且善.
胖黑頗有鬚.
晚暮雌驪子,
呼爾小蚌珠.
蚌珠纔斷乳,
渠母在鬼錄.
阿父養蚌珠,
清泚霍渌渌.
餌以賣糜粥,
藉以弊絮褥.
渾體無所掛,
嶒崚骨瘦瘠.
隱映垢膩間,
眉目粲若畫.
渠旣失所恃,

수고로운 일 어찌 꺼릴 수 있으랴.

아비는 진정에서 나온 말로
입만 열면 우리 방주 부르고
방주도 진정에서 나온 말로
입만 열면 우리 아부지 찾더라.
세살 적에 말소리 똑똑했고
네살에 방향과 셈을 알았고
다섯살이 되어선 이웃의 또래들과
나루터 어귀에서 풀쌈놀이하며
밭머리엔 어린애들 옹기종기
보리싹이 푸르게 무성하다.
여섯살에 실 자을 줄 알고
일곱살에 언문을 깨치고
여덟살에 윤기 흐르는 까만 머리
언니 본떠서 혼자 빗질을 하고
밝은 호롱불 아래 앉아
사씨전謝氏傳[6]을 낭랑히 읽으면
선들바람에 귀여운 목소리 실려
쨍그렁 구슬 깨지는 소리로다.

아홉살에 천자문 알고
열살 되어서는 가사를 배워
산유화 짧은 가락

豈敢憚勞劬.

阿父眞情言,
口口稱蚌珠.
蚌珠眞情言,
口口稱阿父.
三歲了語音,
四歲解方數.
五歲肩隣娃[5]
鬪草渡口田.
田頭稗子斑,
麥苗靑葱芊.
六歲識繰絲,
七歲通諺書.
八歲髮點漆,
學姊能自梳.
時向華燈下,
朗吟謝氏傳.[6]
微風送逸響,
琮琤破玉片.

九歲辨晋字,[7]
十歲曉歌詞.
短関山有花,

목을 뽑아 부르는 양 참으로 애처로워
밭 가는 농군 앉아서 수염을 쓰다듬고
짐을 진 인부 갈림길에 멈추더라.
어느덧 열서너살이 되니
그윽한 자태 음전도 하여
단정한 몸가짐 칭찬 자자하네.
고운 모습은 하늘에서 내려온 듯
바느질 솜씨 얌전하기 그지없고
길쌈은 더욱 견줄 짝이 없으니
새벽에 베틀에 올라앉으면
해거름에 한필을 짜니
빛나는 저 은하수 흐르는데
감돌아 하늘의 무늬 펼친 듯

延喉益凄其.
耕父坐持髯.
擔夫駐路歧,
荏苒十三四,
幽閒儼成人.
儀體盈萬方,
艶態由天眞.
鍼線旣通聖,
紡績更無倫.
淸晨入機杼,
薄暮成七襄.[8]
晥被雲漢流,
昭回爲天章.

지체의 귀하고 천함으로
어질고 어리석음 단정하지 말아라.
연꽃은 진흙탕에서 피어나고
용은 개천에서 나오느니
고기를 먹음에 하필 방어며
양반집 여자도 같잖은 것 있다네.
영지靈芝는 당초에 뿌리가 없고
예천醴泉[10]이 따로 근원이 있으랴!
하늘은 한편에 치우치는 법이 없나니
지당하시다 성인의 말씀이여.

莫以地貴賤,
看取人賢愚.
菌䓚發泥淖,
虹蜺産溝渠.
食魚何必魴,
齊姜亦不如.[9]
靈芝旣無根,
醴泉寧有源.[10]
洪鈞不偏與,[11]
至哉先民言.

어여쁘다 규방에서 찾아도 빼어날손
필경 하늘에서 내려보냈나.
가문이 비천함을 원망치 않고
천지 비좁음을 한하였지.

3
삼복의 찌는 더위 지긋지긋
오늘은 유난히도 심하구나.
움푹한 집 무덥기 시루 속 같아
줄줄 흐르는 땀 흠뻑 적시니
자배기 들고 빨래나 갈까
문을 나서니 숨이 턱 막힌다.
태양이 구천에 이글거려
붉은 햇살이 냇가에 내려깔린다.
맑은 물 하얀 자갈 여울에
파문이 얽혀 일렁인다.
어여쁜 저 물결 정이 채 들기도 전에
얼른 흘러가버리는가.
울퉁불퉁 시내에 깔린 반석
우북수북 물가에 널린 부들
반석은 굴러 움직이지 않는데
부들은 성질이 쉽게 시들지
사물의 이치 헤아리기 어려워라.

婉孌閨房秀,
畢竟怎下落.
不怨門戶卑,
但恨乾坤窄.

3
劇知三伏熟,
今日偏獨甚.
深屋烘似甑,
粉汗透衾枕.
提甕洴澼可,
出門氣還吓.
大明赫天道,
朱曦散平蕪.
淸淺素石灘,
文漪漾縈紆.
愛波情未極,
逝者如斯夫.
礧礧澗底磐,
欝欝河畔蒲.
磐性難轉移,
蒲性易凋萎.
物理亮莫測,

공연히 발길 서성이네.

파충把摠[12]이 북녘에서 오는데
의기가 푸른 하늘로 솟아
금안장에 수놓은 말다래
좋은 말 청월아 타고
네 발굽에 우레소리 울려
고삐 끌어올리고
채찍을 휘두르니 번개 치듯
번쩍번쩍 빛이 번뜩인다.

제주 양태갓에
의양宜陽[14] 세모시 도포요
귀밑에는 백옥 관자
허리에 홍금 조대를 둘렀구나.
신장은 구척이 넘고
안광도 시원스레 양양하며
사람됨이 끼끗하고 훤칠한데
구레나룻은 희끗희끗
시냇가에 다다라 말에서 뛰어내리니
종자들 길가에 늘어선다.
방주에게 정중히 예를 표하고

"낭자 평안하신지?

感此空躑躅.

把摠從北來,[12]
意氣凌靑天.
金鞍繡障泥,
寶馬鐵連錢.[13]
轟雷殷四蹄,
高擧紫遊韁.
揮鞭若奔電,
爆爆爛輝光.

耽羅細量笠,
宜陽縹紵袍.[14]
髩賒白玉圈.
腰橫紅錦條.
身材九尺强,
酋酋眼彩揚.
爲人潔白晳,
勒鬚微老蒼.
臨流滾下馬,
從者羅道傍.
怡聲禮娘子,

娘子平安不?

긴 노정에 뙤약볕이 쪼이고
구름도 이글이글 끓어
길 가는 이 사람이
더위먹어 남보기 부끄럽구려.
낭자에게 부탁하노니
물 한 그릇 떠서 목을 축이게 하여주오.”

長程鋪火傘,
赤雲盪烼烋.
懣愧行路人,
中暍慘無顔.
申乞小娘子,
勺水沃喉漱.

방주 이 말을 듣고
몸 굽혀 얌전히 인사하고
왼손으로 하던 빨래 걷어서
잔디 위에 올려놓고
오른손에 표주박을 들고
물가에서 깨끗이 헹구고
흐르는 시내 가운데로 들어갈 제
하얀 발이 거울에 비친 듯
맑은 물 떠가지고 돌아와
무릎 꿇고 받들어올리니
파총은 공손한 그 거동에
선뜻 받아들지 못하고
멈칫멈칫 마주 무릎 꿇고
읍하며 하는 대로 기다린다.

娘子聞此言,
磬折齊且肅.
左手撕潺汙,
整頓莎岸曲.
右手搦瓢了,
下渚拭乾淨.
亂流趨中央,
素足明如鏡.
盛取淸水歸,
長跪擎進之.
把摠見敬容,
不忍親自持.
逡巡亦長跪,
拱手聽所爲.

방주 그 뜻을 알아차리고
두려움에 눈을 내리깔고

娘子識此意,
謖然斂羞眉.

"어르신 지체 높은 어른이
잠깐이나마 체모 잃어 되오리까.
들판에서 창졸간의 예절이
어떻게 법도대로 되겠습니까.
자잘한 절문은 접어두고
어르신 편의대로 하옵소서."

파총은 표주박 받아들 제
마음에 큰 기쁨이 일어나네.
누가 알았으리! 고미 갈대 사이에서
이런 훌륭한 여자를 만날 줄
이 늙은이 세상일 많이 겪어
올해 나이 예순인데
눈으로 보고 귀로 들은 바론
어느 누구 비길 데 있으랴!
허허 어떤 아주머니가
이렇게 아리따운 딸 낳았던고?
정신 문득 황홀하여
온몸을 가누기도 어렵다.
빼어난 자태 사방에 비쳐
산수마저 맑은 빛에 더욱 곱구나.

아름다운 얼굴이야 천하에 흔하지만
덕스러운 모습은 세상에 드물레라.

大人上道客,
造次寧失儀.
倉卒野中禮,
安得如度焉?
脫略細節文,
大人且尊便.

把擷捧水瓢,
心下大歡喜.
誰謂菰蘆叢,
見妓女名士.
老夫閱歷多,
六旬今年紀.
耳目所睹聞,
誰某可比擬.
嘖嘖何物嫗,
篤生寧馨兒?
神精忽恍惚,
四體諒難支.
英彩動左右,
山水媚淸輝.

艶色天下衆,
德容世上稀.

삼정三停에 빠진 데 하나 없고
오악五岳 또한 준수하며
인당印堂이 단정하여 더욱 좋고
문조門竈도 너그러워 윤기 나고
난대蘭臺는 봉 쓸개를 매단 듯
채하彩霞는 활시위를 당긴 듯[15]
열 손가락은 죽순처럼 보드랍고
두 손바닥 피가 솟은 듯 붉고
심상心相은 맑고 따스하며
윤곽은 희고 오목하니
부귀는 말할 나위 없고
복록이 고금에 드물레라.

살포시 발길 옮겨놓고
사뿐히 물에서 나온 듯
다소곳하기 태산처럼 무겁고
온후하기 황하처럼 넓고
가을 기러기 내려앉은 듯 침잠하고
봄기러기 날듯 표일하며
앞태를 보니 관음보살이요
뒤태를 보니 석가세존이라.
의젓하고 단아한 상이니
구규九竅[16]에 모두 신령이 통했구라.

三停既圓滿,
五岳秀且峻.
平正印堂好,
寬舒門竈潤.
蘭臺懸鳳膽,
彩霞彎鵲弓.[15]
十指春笋柔,
雙掌噀血紅.
心相淑溫惠,
輪廓皎而深.
富貴不足道,
禮祿罕古今.

盈盈移玉趾,
冉冉出素靂.
凝若泰山重,
蘊若黃河渾.
沈若秋鴈落,
逸若春鴻翻.
前瞻觀世音,
後眺釋迦尊.
莊嚴端妙相,
九竅皆靈通.[16]

그윽한 꽃다움에 난향이 스미고
밝은 기상에 영롱함을 띠었으니,
가까이 보면 세모랫벌에 구른 듯
멀리 보면 나무그늘을 지난 듯
얼핏 보면 바람에 움직이는 꽃이요
뜯어보면 어른거리는 물결 속에 달이라.

4
시냇가 외나무다리
다리 끝나는 곳에 사립문이 섰으니
문밖에 갈까마귀 우는데
고목진 회나무 그늘을 드리웠다.
집 앞으로 맑은 시내 감돌고
집 뒤로 바위가 삐죽삐죽.
사립문 안에 돌확이 놓였으니
그 높이 한자 남짓.

파총은 서서 바라보고
곧장 말 몰아가서
문에 들어 둘러보니
보이는 것마다 이상도 해라.
엉성한 울타리 위론
쇠가죽이 너절하게 걸쳐져 있고

幽芳襲蘭茝,
光氣洞玲瓏.
近看轉沙衍,
遠看度林樾.
驟看風動花,
細看波漾月.

4
谿邊獨木橋,
橋盡映柴門.
門外老鴉叫,
古槐蔭數根.
屋前淸谿繞,
屋後亂石蹲.
門內安石臼,
石臼高尺許.

把摠望見之,
便卽驅馬去.
入門先左顧,
所見多所恠.
鬅鬆麂眼籬,
纍纍牛皮掛.

뜨락에는 쇠털이 쌓였으며
토마루 자못 널찍한데
거기 앉은 이들 누구인가.

솜씨 좋은 장인들 빙 둘러앉았으니
어떤 사람 쑥대머리 어지럽고
어떤 사람 쇠코잠방이 걸치고
어떤 사람 무두질한 가죽을 비비고
어떤 사람 버들가지를 짜고
어떤 사람 서서 난도를 울리고
어떤 사람 앉아서 양을 손질하고

문득 찾아온 낯선 손님에 놀라
노구솥에 물 끓듯 야단법석
상하 차서를 잃고
어른 아이 할 것 없이 뒤죽박죽.
봉창 구멍으로 피해 허둥지둥
담구멍으로 달아나 살금살금
금방 새 짐승처럼 흩어지고
먼지와 검불만 토마루에 널려 있네.

주인은 손발이 바쁘거늘
어느 겨를에 옷과 신발 챙기리오.
뜰에 내려가 굽신굽신

侑庭堆氄毹,
土軒頗閎宕.
滿堂者誰子?

匝坐高手匠.
或垂奔蓬鬢,
或曳犢鼻褌.
或按瘦衛鞹,
或織檉條箱.
或立鳴鸞刀,
或坐爛羊胃.

忽驚生客至,
叫嚷如鼎沸.
尊卑失次序,
老幼渾褌褓.
紛紛牖竇竄,
溜溜垣穴走.
斯須鳥獸散,
塵芥遍荒阨.

主人手腳忙,
奚暇檢衣履.
傴僂下階伏,

한동안 일어나지도 못하더라.

"자래로 저희 도가屠家에
양반 나리 오신 적 언제 있었겠습니까?
간밤에 꾼 꿈이 좋고
새벽에 까치가 울더니
귀한 손님이 정녕 오셨으니
조상이 큰 복을 내리셨나보외다."

파총은 그 말을 듣고
달려가 부축해 일으키며 말하되
"이 늙은이 세상사 많이 겪어본 사람이라
범사에 요모조모 다 안다오.
사해가 모두 동포인데
겸손이 너무 지나치구면.
늙은이 기왕 여기 왔는데
무어 다시 거리낄 것 있겠나?
올 여름 무더위야
근년에 보기 드문 더위 아니오.
길 주변에 콩잎들이
누렇게 타서 씨도 남지 않았는데
이런 더위에 먼 길을 걷느라고
사람·말 모두 주리고 지쳤으니
땔나무 약간 마련하여
저녁밥을 겸하여 지어주겠나."

良久未敢起.
由來小屠家,
衣冠豈曾到.
前宵夢兆佳,
今晨乾鵲噪.
貴客儼然臨,
祖先介景祉.

把摠聞此言,
趨進敬扶止.
老夫涉世人,
凡幹熟消詳.
四海皆同胞,
謙讓太過當.
老夫旣來此,
那復置嫌疑.
聊知今夏暑,
近歲罕如玆.
道周荳藿葉,
焦黃靡子遺.
辛苦道路色,
人馬幷飢疲.
翹薪薄刈楚,
夕飯兼速炊.

주인은 굽신하고 아뢰기를
"황송한 분부 어찌 감히 어기겠습니까.
쇤내는 비록 가난하오나
다행히 주림은 면하고 사옵지요.
뒤주에는 양식 말이나 있고
가축들도 제법 살이 올라 있지만
꼭 한가지 부족한 것은
그릇가지 갖추기 어렵습니다.
평생 처음 뵙는 어른께
송구하고 부끄럽기 짝없습니다."

파총은 껄껄 웃으며
"주인은 참으로 답답하구먼.
시속엔 촌스러움이 좋고
수수한 태깔 숨길 것 있겠나.
우리 모두 하늘 이고 사는 부류인데
하늘이 부여하심에 차별이 있을까.
사발이고 대접이고 가릴 것 없네.
다 같이 먹는 그릇 혐의할 것 뭐 있나."

주인은 이 말을 듣고
기쁜 빛이 눈썹에 떠오르며
서방세계 생부처님

主人摧謝道,
盛教焉敢違.
小屠家雖寠,
幸免常苦饑.
飯石略庋儲,
畜牧頗腯肥.
所欠只一事,
器皿難另備.
平生始創睹,
悚兢恧且愧.

把摠呵一呵,
主人眞踈迂.
薄俗嗜鄕閭,
野態亮難誣.
等是頂天流,
蒼穹賦與敦.
不揀鉢與盂,
寧嫌共飯湌.

主人聞此言,
喜氣浮鬖眉.
西方活佛聖,

자비롭게 복을 내리시는가
신이 나서 예 예 하며
헐레벌떡 달려들어가
방주를 불러세우고
살짝이 거듭거듭 말 이른다.

"귀한 손이 내려오셨는데
뵙기에 시장한 듯하니
아무쪼록 시간을 끌지 말고
진지상을 정갈하게 보도록 하여라."

방주 말씀 듣고 반기는데
미소 띤 표정 손에 잡힐 듯싶더라.
손 씻고 부엌으로 들어가니
치맛자락에 바람이 사뿐사뿐
김제들 융도戎稻 쌀
옥보다 윤기 나게 찧어서
닭고깃국에 들깨즙·쌀즙 넣어 부드럽고
잉어 회쳐서 알싸한 겨자장 곁들이고
부추김치는 맛이 자못 매콤하다.
미역으로 끓인 국 파르스름
무는 사철 먹는 것이로되
채소 중엔 으뜸으로 꼽는지라.
은실처럼 가늘게 채썰어

慈悲錫純禧.
諾諾復喏喏,
起身走輒踖,
入室呼蚌珠,
密地勤叮囑.

貴客上道來,
所見似空腹.
愼莫且稽留,
進支宜精熟.

蚌珠聞之喜,
笑容如可匊.
洗腕厨房下,
裙聲亂瓢儵.
金堤戎稻飯,
精鑿潤於玉.
鷄瀋荏糝滑,
鯉膾芥醬馥.
蘸葅味稍辣,
海帶羹更綠.
蔓菁食四時,
菜族爲宗祖.
縷切銀絲細,

상에 올리니 볼품이 좋네.

그 아비 숙달된 솜씨로
금방 수톨 한마리 잡는데
눈같이 흰 목살고기
달고 연한 그 맛 견줄 데 없어라.   登盤粲可數.
잠깐 새에 진찬을 마련하니
찬품이 소담하고 깔끔하니   阿父手段慣,
창머리에 흑서주黑黍酒 향기   頃刻推豵子.
고양이 눈처럼 준열하다.   雪白項臠肉,
                                    甘嫩實尠比.
                                    斯須辦妙膳,
                                    蕭澹楚又潔.
대청마루에 대자리를 깔아   牕頭黑黍酒,
대자리 얼음처럼 서늘한데   芳釀猫眼裂.
손님을 가운데 앉히고
부채 흔들어 더위를 식힌다.   高堂鋪簟簟,
더운 바람에 모기들 들싸니   簟膩瀓似冰.
마당가 나무에 붉은 해도 넘어간다.   勸客坐中央,
주인이 몸소 상을 들고 와서   搖扇敲炎蒸.
앞으로 나아가 무릎 꿇고   暑風溫蚊蚋,
또 사설이 한창이다.   庭木頹朱暈.
                                    主人親捧飯,
                                    前前敬曲跽.
                                    苦辭造次間,

"졸지에 마련하느라
차린 것이 거칠고 변변치 않사옵니다.   廱糲太率易.
쉰네 상처하고 가모도 없이   小屠匹已闋,
                                    賤媳遂中饋.

딸년이 살림이라 하고 있으니
흉내는 대강 낸다지만
　음식 맛이야 어디 제대로 되겠습니까.
근래 금령이 엄해서
소고기마저 귀하니 참으로 마련없사옵니다."17

파총은 수저도 들기 전에
마음속으로 감탄하였으니
그 산뜻한 빛깔 눈에 확 뜨이고
그 향긋한 냄새 코에 닿았음이라.
여자의 여러 범절에
첫째가 음식 솜씨
음식 솜씨 이 같거늘
다른 일은 물어볼 것도 없겠구나.

5

하늘에 점차 노을이 들고
나무 끝에 서늘한 바람이 살랑이는데
초생달은 처마 사이로 돌아
대청마루로 맑은 빛이 스며들고
하늘에 푸른 구름은 가렸다가 걷혀서
은하수는 비단에 수놓은 듯 찬란하다.
모든 것이 조용히 잠들어

方法雖粗解,
調和豈適味.
近來邦禁嚴,17
黃肉況復貴.

把摠未下箸,
感激心內意.
華彩倏媚眼,
珍臭已觸鼻.
婦人百行要,
先從酒食議.
饌品旣如此,
不須問甚事.

5

天色漸曛黃,
木末生微凉.
新月動簷隙.
軒宇透淸光,
碧雲掩復開.
河漢粲錦繡,
蕭蕭羣動息.

그 밤은 대낮처럼 환한데
하인배들 섬돌 아래 쓰러져
서로 베고 원숭이처럼 잠자는데

파총은 주인을 간곡히 대하여
"방안으로 들어가 이야기나 나누세.
주인과 손의 정의는 잠시나마
어찌 거리낌 둘 것이 있겠는가.
자고로 사람을 사귀는 마당에는
한번 만나도 서로 친해진다네.
인생은 하루살이 같은데
좋은 밤 또 만나기 쉽지 않지."

주인은 이 말을 듣자
머리 숙여 절하고 꿇어앉아
"한솥밥은 먹을 수 있다지만
같이 자리에 앉는다니 죽을 벌 받게요.
신명神命의 눈이 환히 밝으신데
하늘이 두렵지 않겠습니까?"

파총은 껄껄 웃으며 말한다.
"공손도 지나치면 예가 아니라
뜻이 맞으면 모두 붕우요
정이 깊으면 곧 형제라.

時夜明於晝,
僕夫倒庭除.
枕藉眠如狖,

把攬懇主人.
入室敍情話.
暫時主客誼,
寧復有嫌芥.
自古交場言,
一見猶傾盖.
浮生若蜉蝣,
良宵難再會.

主人得聞之,
扣頭便拜跪.
同鼎尚自可,
幷坐罪當死.
神目電晃晃,
那不畏天爾?

把攬嘻嘻道,
過恭殊非禮.
義孚皆朋舊,
情深卽兄弟.

누가 말하리요, 하느님의 뜻이라고
사람 사이에 계급을 나눈 것이."

주인 이 말 듣고
마지못해 섬돌로 올라서
무릎을 마주하고 정답게 앉으니
상하의 구분 있지 않게 되었네.
댓잎에 이슬이 방울방울 맺히고
추녀 사이로 별이 초롱초롱 보이는데
밤이 깊어 반딧불 반짝반짝
깜빡이며 이끼 긴 댓돌에 비추고
사방이 고요하기만 한데
파총은 그제야 말문을 연다.

"내 집에는 아들이 하나 있는데
자네 집에 좋은 처자가 있구먼.
아들은 장성하면 장가를 들고
딸은 나이 차면 시집가는 법
남녀 모두 혼기가 있나니
좋은 시절을 어찌 지나치리오.
자네는 다른 생각 말고
지금 당장 정혼하도록 하세."

주인은 이 말을 듣고

誰謂天公意,
以玆限級陛.

主人聞此言,
黽勉遵階右.
欻曲促膝坐,
等秩更何有.
湊湊露滴篠,
耿耿星在霤,
夜久燿燿飛.
明滅照苔甃,
四隣寂無饗,
把擖始乃語.

儂家有美男,
君家有好女.
男大必迎室,
女長必迎夫.
摽梅其實七,[18]
良時安可踰.
願君勿薪持,
言下當肯兪.

主人聞此言,

가슴이 울컥 막히어
부모의 이름을 들은 양
듣기는 해도 무어라 말을 못 하네.
"쇤네 비록 미련한 놈이오나
경위는 구분할 줄 아옵니다.
짚신도 제 날을 맞춰야 하고
삼베도 제 올을 끼어야지요.
예로부터 하천배론
백정을 첫번째로 꼽지요.
남의 집 종보다 못한 신세
광대도 우리보단 영예롭다오.
하늘과 땅처럼 견주지 못할 바이온데
그런 말씀 감히 꿈이나 꾸겠습니까!
쇤네에게 허물이 있다면
차라리 매질이나 해주옵소서.
혼이 빠지고 넋이 나가
온몸이 말을 듣지 않습니다.
말씀이 어찌 이에 이르렀나요?
나으리 소인을 놀래 죽이시렵니까?"

파총은 이 말을 듣고
도리어 껄껄 웃으며
"귀한 사람 조상 음덕 이어받고
천한 사람 복록을 타지 못했다지만

臆塞心膽傈.
如得父母名,
可聞難可謂.
小屠雖迷劣,
亦能辨涇渭.
芒鞵愛同經,
贗布愛同緯.
由來下賤者,
先頭數白丁.
人奴尙不如,
倡優反爲榮.
霄壤未足比,
議論豈敢期.
小屠若有過,
棍箠任所爲.
魂魄不相附,
四體無一可.
是言奚宜至?
進賜驚殺我.

把摠聞此言,
呀呀還大歌.
貴者承祖蔭,
賤者稟薄祿.

천지가 만물을 생성하는 이치
고르고 가지런하여 본디 치우침이 없거늘
어찌하여 이 결함 세계는
아비지옥같이 되어 있는가.
불행히도 도가에서 태어나
손으로 짐승 잡는 일 하지만
군자는 자기 처지에 안일하고
소인은 그렁저렁 살아가는데
어찌 알리요 소 잡는 백정이
거들먹거리는 벼슬아치 부러워 않는 줄.

이 늙은이 성격이 오활하여
속된 유행 따르기 부끄러워한다네.
인연이 어긋나면 이웃 간에 원수 되고
뜻이 합하면 오랭캐라도 짝 맺으니
사이좋게 혼인하기로 약속하는데
한마디 말로서 분명하지.
빈부는 본래 물을 것도 없거늘
지체야 다시 논할 것 있겠는가.
장래 궁하고 달하고는
팔자의 소관이니
백가지 중에 당자 하나요
그 나머진 따질 것 무엇 있나."

絪縕化醇理,
均齊元不黷.
爭奈缺陷界,
較似阿鼻獄.
不幸屠市翁,
手劈禽獸肉.
君子安所蹈,
小人倖苟免.
寧知爾鼎俎,
不羨我軒冕.

老夫賦性迂,
耻隨流俗奔.
綠乖晋秦讎,[19]
誼合胡粵昏.
惠好姻親約,
端的片言存.
貧富本不問,
地閥誰敢論?
將來窮與達,
八字所關係.
百中當身一,
餘外復何計?

주인은 그 말 듣고 나서
묵묵히 다시 말을 못 하고
머리 떨구고 숨을 죽인 채
어디에 몸 두어야 할지 몰라하더라.

6

장파총 웬 사람인가?
옥산[20]의 양반집 아들로
명족의 자손이니
빛나는 선세의 덕 이었더니라.
젊어서 우환을 당하고
표표히 향리를 떠나
부모님 일찍 여인 안타까움에
외로이 허전한 심정
쓸쓸하고 또 의지 없어
마음이 늘 아팠다네.

남산 밑에서 나무를 하는데
산골짝 굽이굽이
초겨울 북풍이 몰아쳐
매섭고 눈이 펑펑 내리는 날
석간수에 낫을 가니
물이 숫돌에 어룽지네.

主人得聞之,
默默不復語.
低頭屏氣息,
措躬昧處所.

6

借問把摠誰,
玉山良家子.[20]
蟬聯留佚胄,[21]
奕赫世趾美.
少小嬰憂患,
飄宕去鄉里.
哀哀劬勞恨,
罔罔終鮮恥.
零丁且竛竮,
惻愴心內傷.

采樵南山下,
詰屈險羊腸.
孟冬北風寒,
天嚴雨雪雰.
磨鎌高磵水,
水激廣石斑.

호랑이는 그 옆에서 으르렁
멧돼지는 그 사이에서 씩씩
나무떨기에 얼음이 맺히고
아슬아슬한 벼랑길 미끄럽구나.
손발은 부르터 못이 박이고
옷은 무릎도 못 가린 모양
뉘엿뉘엿 서산에 해는 저물어
터덜터덜 산기슭 내려와
구리개²² 주막에서 밥을 부쳐먹고
팔패²³의 저자에서 기숙을 하였네.
갈랫길에서 슬피 노래할 적에
눈물이 줄줄 앞을 가리더라.

중년에도 생애 궁박하여
용강²⁴ 구석에서 남의 집에 얹혀 사는데
강가에 오고 가는 사람들
그에게 생선장수를 권했더라.

생선을 파는 것도 때가 있고
생선을 파는 것도 길이 있으니
자년子年 해엔 동해바다 풍어요
오년午年 해엔 서해바다 풍어요
묘년卯年 해엔 남해바다 풍어요
유년酉年 해엔 관북바다 풍어요

猛虎啼我側,
靑蒙嘷我間.
層氷結叢薄,
文澌滑危棧.
手足胼胝胼,
短褐不掩骭.
奄奄日崦嵫,
漫漫阪剦嵼.
霭凔銅街店,²²
寄宿八牌市.²³
悲歌歧路際,
淸涕何粲粲?

中歲稍有涯,
贅食龍江澳.²⁴
江上往來人,
皆言賣魚好.

賣魚亦有時,
賣魚亦有道.
歲子東魚盛,
歲午西魚長.
歲卯南魚富,
歲酉北魚穰.

진辰·술戌의 해 축丑·미未의 해엔
어족이 씨가 마른다오.
서해 고기 귀하면 동해 고기 흔하고
남해 고기 흔하면 북해 고기 귀하여
귀하면 보배처럼 값나가고
흔하면 흙덩이처럼 천하지.

삼월엔 조기 실은 배
큰 돛이 험한 바람 무릅써
연평바다에 하얗게 이는 파도
기와지붕보다 높이 솟구치네.
사월엔 도다리 팔고
오월엔 준치를 파는데
한마리엔 삼십푼이요
두마리엔 육전 남짓이니
한짐 삼십관이면
한 사람 힘에 적당하다.

수레로 운반하면 말보다 유리하니
태가[26]가 아주 절감되어
본전을 제하고도
노자까지 떨어진다.

갈대줄기 저마다 타고난 성질이라

辰戌如丑未,
魚族多空亡.
西貴東必賤,
南賤北必貴.
貴必如珠貝,
賤出如土卉.

三月載石首,
舸艃冒風惡.
燕灘浪頭白,[25]
岌於瓦官閣.
四月販鱛子,
五月販蹲鴟.
單尾卅葉零,
兩尾六錢奇.
一擔三十貫,
人力便相宜.

輥路勝似馬,
駄價逈不同.[26]
假使折本了,
盤纏出其中.

葦條物所有,

남아돌건 모자라건 값은 바뀌지 않으니
어찌 서민의 입에 들어가리오.
단지 벼슬아치들의 배를 채울 뿐.

7

유월이면 양양襄陽으로 올라가는데
양양은 어호漁戶가 많아
벼랑 사이로 집들이 다닥다닥 붙어 있으니
매달린 집 게딱지 같더라.

불그스름한 송어 맛이 젖처럼 달아
기름진 살이 눈같이 살살 녹고
연어알 붉고 윤기 나니
반짝반짝 구슬을 꿴 듯
이 고장 사람 끼니마다 먹으니
그 좋은 맛깔 누가 감별할 건고?

관동의 대도회
낙산사 어찌 그리 웅장한가.
동대東臺의 바위틈에
곱고 고운 꽃 무수히 피었구나.

연자蜒子[27] 전복을 따라 나와

贏縮不更費.
肯落閭巷口,
秖充卿相胃.

7
六月上襄陽,
襄陽漁戶衆.
雜處崖薄間,
懸屋若礨空.

赬鮞甘如乳,
肥肉點絳雪.
鰱卵紅且潤,
璀璨火珠綴.
土人頓頓喫,
色味誰鑑別?

關東大都會,
洛山何雄哉?
東臺巖石缺,
艶花無數開.

蜒子采鰒去,[27]

웃고 노래하며 파도를 헤치니
남들은 전복 따기 쉽다 하나
나는 전복 따기 어려운 일이라 하노라.
흔들거리는 조그만 배
마치도 소라껍데기
왼팔에 통발의 끈
오른팔엔 쇠꼬챙이
바다의 끝은 하늘과 가지런한데
일렁이는 물결 창공에 닿아
삿대를 몰고 앞으로 나아가서
거기 닻을 내려 세우고
가슴에 둥근 바가지 차고
손에 고래기름 뿌리고
몸을 굽혀 내려다보니
물이 맑아 돌이 뾰족뾰족
펄쩍 한번 몸을 솟구쳐
곧장 파도 속으로 들어가
첫 손에 빈 껍데기 만지고
두번째에 산골山骨을 더듬고
세번째에 바로 따서
목을 뽑아올리고 물 밖으로 나온다.

뱃전의 부서진 곳 흘낏 보니
맑은 물이 두 귀에서 솟아나온다.

歌笑凌驚湍.
人道采鰒易,
我道采鰒難.
搖擺小艇子,
劇似螺螄殼.
左擎竹筌繩,
右擎鐵叉㮇.
海宗與天齊,
汨瀎黏空碧.
驅槳詣其前,
下碇據乎額.
胥着無口瓟,
手撒鯨版脂.
低身俯見之,
水淸石矗矗.
翻然跳一跳,
直向洪波沒.
初摘摹虛甲,
再摘摹山骨.
三摘幸得中,
引頸始出水.

盼盼艙間頯,
淸泉湧兩耳.

본래 뜨고 잠기는 것을
바가지에 맡긴 이래로
경각간에 실수를 하면
생명이 곧 위태롭단다.
이곳에 살아가는 사람들
거지반 파도머리에 죽게 되지.

모래사장에 어떤 어부의 아낙
해를 보고 절하며 울부짖는다.
"우리 아이 전복을 따러 가서
열흘이 가도 돌아오지 않아요.
재작년엔 애 아비가 목숨 잃고
작년엔 형이 뒤를 이었으니
정녕 물귀신의 먹이 되었거늘
관가의 재촉은 아랑곳없답니다.
이름 석 자 한번 장부에 오르면
도타한들 어디로 가랴!

전복을 따는 자에게 전복 한개는
가난한 자의 천속束 곡식인데
전복 자시는 분에게 전복 천개
부자의 한톨 곡식에 불과하다오.
실어다 바쳐 날마다 쌓이니
주방이 그득히 넘치는 터

追來沈與浮,
匏也主張是.
失手頃刻際,
性命在尺咫.
蠢蠢此中人,
太半濤頭死.

沙干黑漁媼,
咿嚘拜日哀.
阿兒采鰒去,
一旬終不廻.
曩歲渠爺罷,
去歲渠兄續.
端爲水鬼餌,
豈關年命促?
姓名塡公簿,
逃躱亦維谷.

采者一箇鰒,
貧者千純穀.
啖者千箇鰒,
富者一粒粟.
輸來日堆積,
充塞庖厨屋.

꾸역꾸역 먹다가 내버리고
종놈들까지 배불뚝이 되지요.

밤중에 왜 개들이 짖어대나
관차官差가 나와 마을을 들쑤시더니
연자들을 모두 몰아대고
매질하며 아우성치는데
사또님 다담상에
전복이 두번이나 빠졌다.
저 고얀 연자것들
미련하기 소새끼로고.
독촉은 성화같이 급하여
몽둥이 비 쏟아지듯 하더이다."

嗷唼兼蹂躪,
彭張羣奴腹.

海犬中夜吠,
官差鬧村茨.
驅出衆蜑子,
咆哮鞭扑之.
使道茶啗床,
生鰒闕兩次.
赤憎彼蜑子,
冥頑似牛犢.
徵督星火急,
白挺如雨墜.

어부의 아낙 가슴치며 통곡하니
곡성이 하늘을 찌르더라.
"전복이 원수로고
우리 아이 어이 돌아오지 못하는가.
앞집은 유기그릇 전당을 잡히고
뒷집은 홑바지 팔아서
돈은 간신히 마련했는데
전복 살 길이 없다오."

漁媼拊膺哭,
哭聲徹蒼天.
海蟲眞寃讎,
阿兒胡不旋.
前隣典銅罐,
後隣賣單袴.
錢兩艱辛覓,
貿易寔無路.

아아 어부의 구실이여

吁嗟海夫役,

전복 따는 괴로움 같은 일 다시없도다.
누가 임금께 알리어
어호의 부역을 덜어줄 건가?

8

칠월이면 숭어를 팔고
팔월이면 민어를 파는데
민어는 살이 단단하고 희어야 좋으니
영종도 산이 최고라지.

구월이면 농어에 살이 오르는지라.
돌아서 남쪽 바다로 가니
남해를 낀 경상·전라 두 도는
풍속이 대략 비슷한데
경상도 사람 사납기 범 같고
전라도 사람 성급하기 염소 같아
염치 아는 장수는 백에 하나요
탐욕스러운 장수는 줄줄이
때를 타서 기회를 잘 잡아
이문에는 털끝을 다투고
저울 눈금 하나에 화를 내어
대낮에 칼을 날리는구나.
정말 남방 인심 고약해서

莫如采鰒苦?
誰能扣君門.
洪恩寬漁戶?

8
七月賣秀鯔,
八月賣鮰鰾.
鮰鰾利堅白,
永宗品最嬌.

九月鱸魚肥,
邐迤走南洋.
南洋介兩省,
風俗略相當.
近嶺猛如虓,
近湖悍如羊.
廉賈百之一,
貪賈儕成行.
乘時射機巧,
於利鬪毫芒.
失意鎦與銖,
淸晝飛劍揚.
信知南土惡,

북방 같지 않은 줄 알겠더라.

찬바람 땅을 쓸어
표표히 어디로 불어가는가.
나그네 갈 길 재촉하여
새벽녘에 짐을 꾸리고 나서
철문의 계곡이 가파른데
어둠에 진창길 내려가니
깊은 숲에 신나무 전나무
덩굴이 서려 드리워지고
중도에 바위가 불쑥 나타나니
타고 가던 말이 놀라 멈칫한다.
간간이 맹수의 울음소리
섬뜩 놀라 웅크린 곳 돌아보고
세상은 불운한 일도 많은지라
무서운 생각에 마음 졸이며
나의 아득한 발걸음
피곤해 지쳐도 계속 가야지.

시월에 된서리 내리고
바다에 물결이 일렁이니
어부들 다투어 하는 말
명태가 물결을 불어일으킨다.
코를 벌렁이며 와자지껄

不如北土良.

大風卷地來,
飄飄吹何處?
游子期行邁,
束裝向天曙.
鐵門谿磵峻,
陰黑下沮洳.
深林隱楓栝,
盤磴垂薯蕷.
中路石色改,
我馬立猶豫.
時聞猛獸吼,
回首窺割據.
物理限通塞,
安危動百慮.
吾道悠悠始,
疲苶且前去.

十月嚴霜厲,
海門波濤湧.
漁子競相語,
明駝吹浪動.
高鼻亂謀眤,

낄낄 기쁨이 입에 가득 차네.
금년엔 직성直星[28]이 좋아
옷도 밥도 풍족하리.

노련한 사공에게 분부하니
그는 물길의 요리에 달통한지라
황장목으로 돛대를 만들고
박달나무로 고물을 만들어
마상이로 앞바다 돌고
당도리로 먼바다 나가
키 놀리기 제비보다 날래어
수면을 베 짜는 북처럼 왔다리 갔다리
가는 곳마다 조條[29]를 세우면
고기떼 몰려들어
좋은 조는 만 상자 넘어 들고
못한 조도 백 상자는 담기네.

날짜를 손꼽아 항구에서 기다리면
조짐이 언젠가 가만히 점치는데
고기떼 바다로 오를 때
거품은 콩알처럼 가늘게 일어
진주 흩어놓은 듯 바람에 날리고
만경창파 비단 아롱지듯
이선耳船[30]은 나는 듯 질러나가

咭咭喜口滿.
今年直星好,[28]
果得衣飯碗.

分付善梢手,
料理通溟瀆.
黃樹爲帆柱,
白檀爲尾舳.
勺尙下瀧涯,
唐兆上瀧塿.
振柁捷於燕,
水顔竄梭逐.
去處隨條立,[29]
群鱗輻輳轂.
選條孕萬鍾,
劣條潘百斛.

前期深港口,
暗占魚氣候.
頭隊上海時,
泡沫細似荳.
散風灑瓊霙,
萬波紗紋皺.
耳船飛渡出,[30]

고기 오는 길목 끊은 다음

촘촘히 그물을 쳐서

한마리도 빠져나가지 못하게

조수가 한번 움직일 새

이선이 양쪽으로 벌려서

손과 손이 모두 온힘 쏟으니

어영차 소리 저 하늘에 울린다.

그물이 솟아오르자 모든 눈이 쏠려

벼리줄을 끌어 그물을 당기는데

뱀이 서리를 감아틀듯

새가 날개를 움츠려 품듯

가련타 어족 등이여

혼이 빠져 달아나고

비늘이며 껍데기며 은빛 지붕을 이루어

행여 도망칠 길 없이 잡혔으니

작은 놈은 숨을 깔딱깔딱

큰 놈은 아직도 펄떡펄떡

구물구물 진흙탕 같고

풀떡풀떡 물이 끓듯

쓱쓱 쌀을 일듯

퍼덕퍼덕 새 날개 치듯

사방에서 갈고리창을 들고 달려들어

찍고 찔러 목구멍을 따고

截斷來路後.
密密布網子,
壹壹防逸漏.
斯須潮始吸,
耳船左右張.
衆手逞神力,
呼聲破彼蒼.
穹窿萬目呀,
挈罟提其綱.
匝之蛇腰遶,
覆之鳥翼颺.

可憐猩介族,
蕩魂都奔忙.
鰭甲齊銀屋,
所觸無幸亡.
小者延晷刻,
大者猶倔彊.
戢戢若淤泥,
粥粥若滾湯.
叟叟若淅米,
搰搰若斲薑.
四面鉤子戟,
摘搦輒中吭.

너도 나도 꺼릴 것 무언가.
순식간에 산더미처럼 쌓인 고기
하루아침에 씨를 말렸구나
좋고 나쁘고 가릴 것도 없이.

재앙은 포희씨庖犧氏에서 비롯하여
헌원씨軒轅氏에 이르러 극심하였나니[31]
사냥질·고기잡이 가르치심이
도리어 생물에 해가 되는구나.
하늘이 낳은 것 마구 몰살하면
욕망이 너무 지나친 일이라
비린 바람 엉켜서 풀리질 않고
살기는 등등하여 떨리다.
가없는 바다 멀리 바라보며
지는 해 어슴푸레 시름에 가려
기쁨은 바뀌어 쓸쓸하니
신의 섭리 물거품이 되란말가.

듣자 하니 을유년 바람은
바다의 신령이 크게 노하신 까닭이라네.
하물며 음산한 구름 휩싸이더니
황사가 비처럼 쏟아져서
어슴푸레 낮이 밤처럼
어두컴컴 천지가 파묻히고

爾我無嫌猜,
瞬息庤坁京.
驅打一朝盡,
何論否與臧.

厲階庖犧始,
禍首軒轅最.[31]
設法敎佃漁,
反爲生成害.
天物單暴殄,
嗜慾無已泰.
猩飈凝不開,
殺氣盛蔚薈.
窮溟一以眺,
黃日愁晻曀.
歡娛變簫瑟,
神理詎微沫.

傳聞乙酉風,[32]
海靈赫斯怒.
況此陰雲擁,
土霾降如雨.
窈窅羌晝晦,
昏黑埋天宇.

배들이 서로 뒤집히고	舟楫自相墜,
인명이 파리 목숨같이 되었네.	軀命輕鴻羽.
	(…)
	(『담정유고藫庭遺藁』권12)

1 '고시, 장원경의 처 심씨를 위해 지음.' 이는 '古詩爲焦仲卿妻作'(「공작동남비」의 별
칭)과 같은 방식으로 붙인 제목이다.

2 **죽실竹實** 대의 열매. 대는 꽃이 피고 열매가 맺히면 죽어버린다. 그런데 전설에 봉황
새는 이 죽실을 먹는다고 한다.

3 **장계長谿** 지금 전라북도 장수군長水郡에 속한 고을. 이 고을에 작자의 부친 김재칠金
載七이 1780년 무렵 현감으로 부임해 있었다.

4 **위포胃脯** 음식 이름. 소의 양을 고아서 여러가지 양념을 넣고 건조시킨 것.

5 **찬姿** 『신자전新字典』에서 이 글자를 '아름다울 찬', '두계집들〔一妻二妾〕'의 두가지로
풀이해놓았다. 이 두가지 풀이로는 의미가 통하지 않아서 문맥으로 보아 비슷한 또래
의 계집애로 번역했다.

6 **사씨전謝氏傳** 김만중이 지은 소설 『사씨남정기』.

7 **진자晉字** 『천자문千字文』이 진晉의 주흥사周興嗣에 의해 지어졌기 때문에 진자라고
한 것임.

8 **칠양七襄** 『시경·소아小雅·대동大東』: "跂彼織女, 終日 七襄." 직녀織女는 직녀성을 가
리키며 칠양은 그 자리를 옮김을 뜻한다. 별자리가 일곱번 옮겨졌다는 말인데, 여기
서 '칠양'은 베를 종일 싸서 성과를 올렸음을 의미한다.

9 **제강齊姜** 제齊나라의 종실이 강씨인 데서 유래하여 귀족 가문의 여성을 지칭하는 말
로 쓰이고 있다.

10 **예천醴泉** 물맛 좋기로 유명한 샘물.

11 **홍균洪鈞** 원뜻은 큰 도가니로 하늘의 조화를 가리킴. 만물이 하늘의 화육化育으로
이루어진다는 뜻에서 붙여진 말.

12 **파총把摠** 각 군영軍營의 종4품 무관직.

13 **철연전鐵連錢** 말의 명칭. 철鐵은 청흑색이며, 연전連錢은 빛깔에 반점이 지는 것. 연
전총連錢驄. 우리말로 얼룩무늬 말을 월아라 불렀다.

14 의양宜陽 경상남도 의령宜寧의 별칭인 듯.

15 삼정三停·오악五岳·인당印堂·문조門竈·난대蘭臺·채하彩霞 관상술觀相術의 용어. 얼굴의 중앙부를 상·중·하의 세 부분으로 나눈 것. 곧 '상정上停'은 이마, '중정中停'은 콧마루, '하정下停'은 턱부위가 된다. 다음의 '오악'은 이마·코·턱·좌우 광대뼈, '인당'은 양 눈썹 사이, '문조'는 콧구멍. '난대'는 콧마루의 양옆, '채하'는 눈썹인데 역시 관상술의 용어다.

16 구규九竅 인체에 있는 구멍의 총칭. 눈·코·귀의 여섯과 입·항문·생식기의 셋.

17 이조시대에 농우農牛를 보호하기 위해 소의 도살을 금하는 명령을 내린 경우가 많았다.

18 『시경·소남召南·표유매摽有梅』: "摽有梅, 其實七兮." 그 의미는 떨어지는 매실이 이제 겨우 일곱개밖에 남지 않았다는 뜻으로 혼기가 박두했음을 나타낸 것이라 한다.

19 중국의 춘추시대에 진晉과 진秦이 서로 국경을 가까이하고 있으면서 혼인관계가 빈번했다.

20 옥산玉山 경상북도 인동仁同의 별칭으로, 장張씨의 본관지.

21 선련蟬聯·일주佚冑 '선련'은 끊이지 않고 이어지는 모양. '일주'는 아름다운 가문의 전통.

22 동가銅街 구리개 거리를 말한다. 현재 서울의 을지로 입구 쪽을 동현銅峴(구리개)이라고 칭했다.

23 팔패八牌 서울에 새로 발달했던 시장의 하나. 칠패와 팔패가 있었는데 남대문 밖이었다.

24 용강龍江 노량진과 마포 사이의 한강을 일컫던 말. 지금 원효로 쪽에 원래 용산이 있었다. 용산강이라고도 부른다.

25 연탄燕灘 어느 곳을 가리키는지 알 수 없는데, 연평도延平島 쪽의 바다를 음취해서 표현한 것으로 추정된다.

26 태가駄價 짐을 운반하는 비용.

27 연지蜒子 바다에서 물질을 하여 전복 등을 채취하는 사람에 대한 호칭인 듯.

28 직성直星 사람의 나이에 따라 그의 운명을 맡은 별. 제웅직성·토직성·수직성·금직성·일직성·화직성·계도직성·월직성·목직성의 아홉 별.

29 조條 무엇인지 알 수 없으나 고기를 잡기 위한 시설물로 추측된다.

30 이선耳船 큰 배에 딸린 작은 배.

31 포희庖犧·헌원軒轅 '포희'와 '헌원'은 모두 아득한 옛날의 신화적 인물이다. 포희씨

伏羲氏는 처음 그물을 만들어 산짐승과 물고기를 잡도록 했으며, 헌원(황제黃帝)은 궁시弓矢·석도石刀·석부石斧 등을 발명했다 한다. 그래서 동물들의 처지로 보면 이들이 재앙의 비롯이 되었다 한 것이다.

32 여기 을유乙酉는 어느해에 해당하는지 분명치 않는데 1765년이 아닌가 한다.

◉ 작자 소개

김려金鑢(1766~1821): 자는 사정士精, 호는 담정藫庭, 본관은 연안延安. 정조·순조 때의 문학가. 젊은 시절에 이옥李鈺·강이천姜彛天·김건순金建淳 등과 문학적인 교유를 맺었는데 대개 문체의 참신성으로 정조의 '문체반정' 정책에 지탄을 받던 쪽이었다. 강이천의 이른바 비어옥사飛語獄事에 연루되어 1797년 함경도 경원으로 귀양을 갔다가 1801년 재조사를 받아 경상도 진해로 옮겨진다. 이 유배지의 견문 체험을 시 작품으로 담았는데『사유악부思牖樂府』는 대표적인 것이다. 1806년 유배에서 풀려 만년에 연산현감, 함양군수를 역임했다. 산문으로「단량패사丹良稗史」를 썼고 문집은『담정유고』가 있다. 여러 종의 편찬서가 있는데 자기와 교유했던 문인들의 저작을 수습한『담정총서』, 여러 야사잡독을 총집한『한고관외사寒皐館外史』등이 그것이다.

◉ 작품 해설

이 시는 720행에 이르는 장시다. 그런데도 '아래는 떨어져나감(하결下缺)'으로 표시되어 있다.

주인공 방주는 장계長谿(지금 전라북도 장수군에 속한 지명) 땅의 백정집에서 태어난 여성이다. 무관 장파총이 지나다가 방주를 보고 일부러 방주의 집을 방문해서 그녀의 아버지에게 자기 아들과의 혼인을 청한다. 작중 현재에 진행된 사건은 여기서 일단 정지되며 시는 장파총의 과거로 소급해 들어간다. 그리하여 장파총의 파란의 인생역정을 장황하게 서술해가는데 그러다가 중간에서 끊어진 것이다.

그런데 원제에서 '장원경張遠卿의 처 심씨를 위해 짓는다'라고 하였다. 심씨란 방주를 가리키며, 장원경은 필시 장파총의 아들이다. 그리고 서시 부분에서 전통적인 흥興의 수법을 쓴 새의 의미 내용으로 미루어 그들 양인의 결혼은 아마도 행복한 삶으로 이어지지 못한 모양이다. 시인은 작품을 양반의 자제와 백정의 딸이 장파총의 진보적 인간관의 선도로 결합을 하였으나 마침내 신분 갈등 및 성차별로 인해 파탄에 이르는 이야기로 구상했을 것이다.

그러나「방주가」는 유감스럽게도 중도반단으로 끝나고 말았다. 왜 이렇게 되었을까? 물론 어쩌다 뒷부분만 떨어져나갔을 수도 있겠지만 본래 완결을 시키지 못했던 것이 아닌가 짐작되기도 한다.

문제점은 장파총의 소경력을 진술한 제6부에서 제8부에 있다. 어엿한 양반으로서 백정의 집에 청혼하는 일은, 백정 자신이 "예로부터 하천배론/백정을 첫번째로 꼽지요./남의 집 종보다 못한 신세/광대도 우리보단 영예롭다오./(…)/그런 말씀 감히 꿈이나 꾸겠습니까!/쇤네에게 허물이 있다면/차라리 매질이나 해주옵소서"라고 경악하듯, 당시의 제도나 상식에 비추어 도저히 상상조차 못할 일이었다. 이에 파총은 인간의 가치는 신분에 의해 결정되는 것이 아님을 역설하면서 "빈부는 본래 물을 것도 없거늘/지체야 다시 논할 것 있겠는가"라고 설득하였던 것이다. 파총은 과연 어떤 인간이었기에 당시로선 놀라운, 실로 파격적인 사상을 선취해서 갖게 되었던가? 바로 이 점을 해명하는 것이 작자로선 응당 필요하게 되었다.

그래서 "장파총 웬 사람인가?" 하고 서사의 시점이 제6부에서부터 과거로 들어간 것이다. 그런데 여기서 문제를 초래하였다. 물론 간과해서는 안 되는, 당연히 설정되어야 할 내용이다. 또한 이 부분은 독립적으로 보면 현실주의 문학의 한 중요한 성과임이 틀림없다. 그러나 작품 전체로 볼 때 이 부분은 너무 비대하여 구성축에서 과다히 빗나갔다. 뿐만 아니라 빗나간 그 상태로부터 원점으로 돌아오지도 못한 것이다. 작자 자신 이 대목을 써나가는 데 스스로 흥취를 느낀 나머지 기량을 마음껏 발휘하다가 급기야 수습하기가 어려워진 것이 아닌가 하는 느낌이 든다.

작품은 내용 형식이 단일하지 않고 복잡하며 예술적 성취도 다채로운 편인데 몇가지 주목할 점을 들어본다.

첫째, 주제 사상의 진보성과 인물 형상화의 특징

신분 차별이 빚어낸 애정 갈등은 중세 말·근대 초 문학예술에서 특징적 제재로 많이 다루어졌거니와, 이 시는 가장 무거운 신분 질곡을 받았던 백정의 딸을 주인공으로 등장시켜 주제를 선명하게 한데다 평등의식이 다른 어떤 작품보다 앞서나가 있다. "천지가 만물을 생성하는 이치/고르고 가지런하여 본디 치우침이 없거늘"이라는 균평의 원리에 입각하여 인간의 본원적 평등을 확고히 인식하고, 그리하여 가장 하천한 신분의 백정 가운데에서 아름다운 여성을 발견하며, 또 나아가 그 신분을 타고난 여성과 대등한 결합을 실현시키려는 것이 작품의 핵심이다(「춘향전」의 경우도 대등한 결합이 이루어진 것은 아니다). 특히 방주라는 구체적 인물의 자태와 행동을 묘사하여 인간은 평등하다는 진리를 보여주며, 주제사상은 장파총과 방주 아버지 사이의 대화 속에 용해되어 있다.

둘째, 생활 현실의 사실적 표현

제4부에서 백정의 생활 실태, 제6부부터 제8부까지에 있는 서울의 남산에서 나무를 해다 구리개서 파는 이야기, 바다에서 고기잡이하는 노동현장과 양양襄陽(지금 속초항 일대)의 전복 채취하는 어민들이 관의 탐학에 고통당하는 실상 등 사실적 서술이 풍부하고도 빼어나다. 그중에도 고기 잡는 바다의 현장 묘사는 알려지지 않은 특수한 생활지식에 바탕을 두고 있어 소중하게 여겨진다.

셋째, 판소리처럼 민중적 어법을 도입한 점

이 시는 쇠코잠방이犢鼻稒·마상이亇尙·당도리唐兆 등등의 생활어휘나 민간지식을 어구상에 대폭 수용했거니와 때로 사설이 사뭇 장황하게 엮이기도 하며, 이미 언급한 것처럼 부분이 과다히 확대되는 경향을 보이고 있다. 이런 필치는 판소리소설의 언어 표현적 특징으로부터 영향받은 것으로 여겨지기도 한다. 형식미학의 관점에서는 결함이 되겠지만 오히려 새로운 미학적 모색으로 볼 수 있다.

「방주가」는 미완성의 서사시다. 주제와 사건을 통일적으로 결합시켜 서사의 완결을 이루지는 못한 결함이 있으나 서사시의 귀중한 성과로 해석하고 평가해야 할 것이다. 북쪽의 우리 문학사에서는 이 시를 '근대적 서사시의 출현'에 크게 기여한 것으로 보아 비중을 두어 다루고 있다.

남당사
南塘詞

작자 미상

다산의 소실이 내침을 당했는데, 양근楊根 사람 박생朴生이 가는 편에 안동해 보내서, 강진의 남당南塘 본가로 돌아가게 되었다.

박생은 그녀를 데리고 호남의 장성읍내에 당도해서는 그곳 부자 김씨와 밀모하여 훼절을 시키고자 하였다. 그녀가 이를 알고 크게 울음을 터뜨리고 박생과 단절한 다음, 곧바로 금릉金陵(강진의 별칭)으로 갔다. 그리하여 남당 친정으로 가지 않고 다산이 전에 머물던 초당으로 가서 날마다 연못과 누대, 초목 사이를 서성거리며 서럽고 원망스런 마음을 달랬다. 금릉의 악소배惡少輩들이 그곳 경내를 감히 한 발자국도 넘보지 못했다 한다.

나는 이 이야기를 듣고 몹시 슬프고 안타깝게 여긴 나머지 「남당사」 16수를 지었다. 이 노래는 한결같이 여심을 파악해서 표출한 것이요, 하나도 부풀린 말은 없다. 읽는 이들은 살피기 바란다.

茶山小室, 遭逐, 順付楊根朴生行, 歸南塘本家. 朴生到湖南之長城府, 與富金陰議奪志, 覺之大發哭. 遂與朴決絶, 直走金陵, 不之南塘本家, 之茶山舊住, 日盤桓池臺花木, 以寓愁思怨慕. 金陵惡少, 不敢窺茶山一步地. 聞甚悲惻, 遂作南塘詞十六絶, 詞皆道得女心出, 無一羨語. 覽者詳之.

1

남당 물가에
　우리 집이 있거늘
무슨 까닭으로
　다산초당에 머무는고?

낭군이 기거하시던 곳
　그 자취 느끼고 싶어서요.
손수 가꾸신 꽃이
　연못가에 피어 있어요.

2

남당의 부녀자들
　뱃노래 좋아하여
밤이면 강가로 나가
　물결에 노니는데

상인은 먼 길 떠나길
　가볍게 여긴다지만
상인들은 오히려
　가고 오고 잘도 하네요.

一

南塘江上是儂家,[1]
底事歸依舊住茶?
欲識郎君行坐處,
池邊猶有手栽花.

二

南塘兒女解舟歌,
夜上江樓弄素波.
縱道商人輕遠別,
商人猶見往來多.

3

돌아갈 날만 생각하는 임
　내 마음은 슬퍼요.
매일 밤 피운 향불,
　뜻이 하늘에 닿았으리.

어찌 알았으랴!
　모두들 기뻐하는 그날이
아이의 집에는
　기구한 운명이 지어진 때일 줄.

4

어린아이 총명도 해라
　그 아비 닮았는가.
아빠를 부르고 울먹이며
　"언제 와요?"

한나라는 소통국蘇通國²도
　속량을 받아 돌아왔다는데
무슨 죄라고 이 아이는
　유배지에 남아 있나요?

三
思歸公子我心悲,
每夜心香上格之.
那知擧室歡迎日,
反作兒家薄命時.

四
幼女聰明乃父如,
喚爺啼問盍歸歟?
漢家猶贖蘇通國,²
何罪兒今又謫居?

5

정씨 댁에서 버림받은 이 몸
    김씨에게 단비斷臂로 지켰노라.[3]
강포한 짓을 저지르도록 하다니
    무슨 원한 이다지도 깊을까.

어찌 알았으리오?
    화아化兒[4]의 장난을 두번이나 만날 줄
양근 박씨와 돌아오는 길에
    이 마음 밝혔노라.

6

베짜기 바느질
    마음에 두질 않고
하릴없이 등불 켜고
    밤도 하마 이슥한데

오경에 다다라서
    새벽닭 우는 때에
옷 입은 채 벽에 기대
    혼자서 신음합니다.

五
刖足丁家斷臂金,[3]
敎人强暴怨何深?
那知再遇化兒戲,[4]
楊朴歸來表此心.

六
機梭刀尺不關心,
無事挑燈夜已深.
直到五更鷄唱罷,
和衣投壁自呻吟.[5]

7

천고에 빛나는 문장
　세상에 특출한 재주
만금을 주고도 한번
　만나기 어렵거니

갈까마귀 봉황과 어울려
　짝이 될 수 있으랴!
미천한 몸 복이 넘쳐
　재앙이 될 줄 알았지요.

8

목석 같은 마음
　돌미륵인지
고금을 관통하는 학식
　견줄 곳 다시없어라.

한번 깨진 거울은
　다시 둥글게 될 가망 없다지만
부자간의 천륜마저
　어찌 끊는단 말인가?

七
絶代文章間世才,
千金一接尙難哉.
寒鴉配鳳元非偶,
菲薄心知過福災.

八
土木心肝另石人,
貫穿今古竟雖倫.
破菱縱絶重圓望,[6]
忍斷君家父子親?

남당사　367

9

지운 화장 버려진 비녀,
　　누가 엿볼까 두려워
미소 짓고 찡그리는 표정
　　나 혼자 보아요.

서방님 그래도
　　연연한 마음
어쩌다가 꿈길에
　　찾아오지 않으실까요?

10

물이 막히고 산이 가려
　　기러기도 날아오지 않으매
한해 다 가도록
　　광주廣州 편지 받질 못했네.

지금 아이 하나 데리고
　　만단의 고달픔
서방님 떠나시기 전으로
　　돌아갈 수만 있다면……

九
殘粧墮髻畏人窺,
宜笑宜顰只自知.[7]
莫是郎心猶綣戀,
半床時有夢來時?

十
水阻山遮鴈亦疎,
經年不得廣州書
將兒此日千般苦,
那得阿郎未放初.

11

석자 예리한 칼로
　이 가슴 도려내면
그 속에 임의 자태
　정녕코 그려져 있으리.

용면거사[9] 솜씨로도
　따르지 못할 일
사무친 정성이
　하늘의 재주를 훔친 건가.

12

귤동[10] 서편 쪽으로
　월출산 솟아 있는데
저 산마루 바위는
　누구를 기다리나?

이 몸은 천만번 죽어도
　한이 끝내 남으리라.
저 산마루 바위처럼
　망부석이나 되고 지고.

十一
幷刀三尺決心胸,[8]
胸裡分明見主公.
縱有龍眠摹畵筆,[9]
精誠自是奪天工.

十二
紅橘村西月出山,[10]
山頭石似望人還.
此身萬死猶餘恨,
願作山頭一片頑.

13

서산에 지는 해
    님을 위한 슬픔인가
늙기 전에
    상봉하지 못함을 한하노니

아무도 오토烏兎[12]를
    붙잡아맬 힘이 없다는데
남은 세월 내내
    생이별로 지낼거나.

14

고적한 집에 홀로
    그림자를 끌어안으니
등잔 앞 달빛 아래
    옛 인연이 잡히니

서재며 침실이며
    꿈결에 어렴풋한데
베갯머리에
    눈물 흔적만 남았군요.

十三
崦嵫日色爲君悲,[11]
恨不相逢未老時.
縱乏膠舐烏兎術,[12]
忍將餘景做生離!

十四
孤館無人抱影眠,
燈前月下舊因緣.
書樓粧閣依俙夢,
留作啼痕半枕邊.

15

남당 봄물에
　안개가 자욱한데
늘어진 버들가지
　갓 핀 꽃향기가 여객선을 덮네.

여기서 곧바로
　하늘가로 길이 통해
배에 우리 아이 실으면
　소내[13]로 닿을 텐데……

16

남당의 노래
　여기서 그치나니
이 노래 마디마디
　절명絶命의 소리.

남당의 노래
　들어볼 것도 없이
저버린 마음이야
　저버린 사람이 잘 알겠지.

十五
南塘春水自生煙,
渚柳汀花覆客船
直到天涯通一路,
載兒行便達牛川.[13]

十六
南塘歌曲止於斯,
歌曲聲聲絶命詞.
不待南塘歌曲奏,
負心人自負心知.
(「남당사南塘詞」)

1 **남당南塘** 강진읍 가까이 있는 지명으로 남당포. 탐진강이 바다로 들어가는 곳으로 예전에는 배가 닿는 항구였음. 윤정기尹廷璣의 「금릉죽지사金陵竹枝詞」에는 "남당의 젊은 여인들 뱃노래 좋아하여 날마다 꽃 핀 강가로 나가 물결에 노니누나〔南塘少婦解舟歌, 日向江花弄素波〕"라는 구절이 나오는데, 여기에 주를 붙여 "고을 앞의 강 이름이 남당포"라고 했다.

2 **소통국蘇通國** 한나라의 소무蘇武가 19년 동안 흉노匈奴에 잡혀 있었을 때 흉노 여자와의 사이에서 낳은 아들이 있었는데 그 이름이 소통국이었다. 소무가 고국으로 돌아온 다음, 돈을 바치고 이 아이를 한나라로 데려왔다 한다. 『춘향전』에도 이몽룡과 춘향이 이별하는 장면에 "하량낙일수운기河梁落日愁雲起는 소통국의 모자이별"이라고 한탄하는 말이 나온다.

3 **월족刖足·단비斷臂** '월족'은 고대에 인신에 가해지던 형벌의 일종으로 발꿈치를 자르는 것. 여기서는 여자의 몸으로 시집에서 쫓겨난 사실을 가리키는 듯하다. '단비'는 왕응王凝의 처 이씨가 어떤 남자에게 손을 붙잡히자 스스로 자기 손목을 잘랐다는 고사(『신오대사新五代史·잡전서雜傳序』)에서 유래하여, 여자가 자기 몸을 깨끗이 지킴을 뜻함.

4 **화아化兒** 세상 온갖일에 조화를 부린다는 존재. 다분히 부정적인 어감을 띠고 있는 말이다.

5 **화의和衣** 옷을 벗지 않고 있는 것.

6 **파릉破菱** '菱'은 능화무늬가 있는 동경을 가리킴. 곧 능화경菱花鏡. '破'는 능화경이 깨짐을 가리킴. 부부가 헤어짐을 비유하는 말로 쓰인다. 혹은 파경破鏡이라 한다.

7 **의소의빈宜笑宜顰** 중국 춘추시대의 유명한 미인 서시西施에게서 유래하여 여성의 미모를 표현하는 말로, 웃는 표정이나 찡그리는 표정이나 모두 아름답다는 뜻.

8 **병도并刀** 좋은 칼을 가리킴. 중국의 병주并州란 곳에서 좋은 칼이 제작되었다.

9 **용면龍眠** 본래 중국 안휘성安徽省에 있는 산 이름인데 송나라 때 유명한 화가 이공린李公麟이 이곳에서 여생을 보내며 자호를 용면거사龍眠居士라 했다.

10 **홍귤촌紅橘村** 다산초당이 소재한 마을인 귤동을 가리킴. 현재 행정구역으로는 강진군 도암면 귤동.

11 **엄자崦嵫** 해가 지는 곳을 가리키는 전설적인 산이름. 중국의 감숙성甘肅省에 이 이름을 가진 산이 있기도 하다.(『초사楚辭·이소離騷』 "吾令羲和弭節兮, 襲崦嵫而勿迫.")

12 **오토烏兎** 해와 달을 가리킴. 해에는 다리 셋 달린 까마귀가 깃들이고 달에는 토끼가 살고 있다는 신화에서 유래한 것이다. 고구려 벽화에도 이 까마귀가 그려진 것을 볼

수 있다.

13 우천牛川 다산의 고향인 경기도 광주 마현馬峴의 지명(지금 행정구역으로는 남양주
시). 우천은 소내를 한자로 표현한 것이며, 소천苕川으로 쓰기도 했다.

신발굴자료 「남당사」에 대하여

―다산초당으로 돌아온 여자를 위한 노래*

1.

지금 소개하는 「남당사」는 절구 16수로 엮인 한시 작품이다. 한문학의 분류 개념으로 말하면 노래 형식의 소악부小樂府 계열 내지 죽지사竹枝詞류에 속하는 것이라 하겠다. 전편에 걸쳐 한 여성화자가 자신의 고독하고 애절한 사연을 서정적 방식으로 표현하고 있다. 테마 자체는 서사성이 풍부한데 서정화해서 특이한 감명을 주는 것이다.

이 신자료는 특히 서사와 서정의 결합양상에서, 그리고 여성성의 문제에서 주목할 작품으로 여겨진다. 그런데 작중의 주인공은 '다산 소실小室'로 밝혀져 있다. 다름 아닌 정약용丁若鏞(1762~1836)이 강진 유배지에서 만난 여자다. 이 자료는 정약용이라는 한 위대한 인간의 삶의 진솔한 일면을 감지할 수 있다는 점에서 각별한 관심이 가기도 한다. 문학이란 무엇을 쓸 것인가와 어떻게 쓸 것인가라는 문제를 생각해보는 사례로 읽을 수도 있겠다.

필자는 기왕에 「정약용의 강진 유배기의 교육활동과 그 성과」라는 제목의 논문을 발표한 바 있다. 지금 이 글은 그의 강진 유배기 생활의 일단을 알아본다는 점에서는 위 논문의 후속편이 되는 셈이다.

---

* 「남당사」를 발굴해서 민족문학사연구 20호(2002)에 소개하면서 붙인 논문이다. 작품 해설 대신으로 이 논문을 싣는다.

2.

필자는 이 자료를 접하기 전에 진작 다산의 여자에 관해 이야기 두편을 들었다. 하나는 벽사碧史 이우성李佑成 선생으로부터 전해들었는데, 이 이야기는 당초 강진의 귤동橘洞 윤재찬尹在瓚 옹에게서 나온 것이다.

귤동은 다산초당이 있는 만덕산 산자락의 바다에 면해 있는 윤씨 마을이다. 다산초당은 원래 귤동의 윤단尹慱(귤림처사橘林處士)이란 분의 산장이었다. 다산은 윤씨의 특별한 배려로 유배의 처소를 강진읍내에서 이곳으로 옮겼던 것이다. 다산이 이곳 초당에서 거주했던 기간은 1808~18년 귀양살이가 풀려 경기도 마현馬峴 본가로 돌아갈 때까지다.

강진읍에서 썰물 때면 갯벌이 되는 바다 옆길을 따라가다가 귤동에서 버스를 내린다. 동백·차나무·동청수 등 남방의 상록수에 파묻힌 다산초당을 올려다보며 몇발짝 옮기면 동구에 윤재찬 옹의 집이 있었다. 사립문을 들어서면 이초異草와 괴석으로 조촐한 정원 가운데 종려수 한그루가 우뚝하다. 그래서 사랑채를 비록 초옥이지만 종려관棕櫚館이라 일컬었는데 그 주인이 다름 아닌 윤재찬, 낙천樂泉으로 자호하는 분이었다. 윤옹은 혹 누가 다산을 알아보기 위해 찾아오면 자기 집에 온 손님으로 여겨 반갑게 맞아 다산에 관해 말하기를 무척이나 좋아했다(그 시절엔 다산초당을 찾는 사람이 지금처럼 많지 않았다).

필자도 지난 1977년 겨울 종려관에서 하룻밤을 묵은 적이 있었다. 윤옹은 당시 76세의 고령으로 밤이 깊어가는 줄도 모르고 이야기를 하는데 다산을 후세에 전하는 일에 사명감을 가진 듯싶었다.

성균관대 국문학과에서 호남지방으로 처음 답사를 가서 다산초당을 찾은 것은 1970년대 초였다 한다. 당시 벽사 선생과 시인 김구용金九庸 선생 등이 종려관에서 윤옹과 일숙을 하게 되었으니 다산 이야기로 꽃을 피웠을 것임은 물론이다. 그 자리에서 시인 구용이 문득 "다산 선생이 여기 계실 적에 혹시 가까이 모신 여자는 없었답니까"라고 물었다 한다. 윤옹은 말문을 닫고 구용의 얼굴을 한참이나 물끄러미 바라보다가는, "지금까지 숱하게 많은 사람들이 여기 와서 선생의 사적에 관해 묻습니다만 그런 질문은 처음 받아보요" 하고 다시 망설이던 끝에 "이왕 물으셨으니 내 털어놓으리다" 하며 이야기를 꺼냈다는 것이다.

시인 구용은 로렌스의 『채털리 부인의 사랑』을 인류 최고의 문학이라고 주장하는 지론을 가지고 있었다. 그의 물음 자체가 가장 구용다운 관점에서 나왔고, 그래서 드디어 비화를 얻어들었다고 하겠다.

윤웅이 들려준 이야기의 요지인즉, 다산 선생이 초당에서 지내실 적에 의복 음식을 수발하며 모신 여자가 하나 있었다는 것이다. 다산 선생과의 사이에서 딸이 하나 있었는데 이름이 홍임紅任이어서 그녀를 '홍임이 모母'라고 불렀다 한다. 다산 선생이 해배되어 돌아가신 뒤에도 홍임이 모는 초당에 남아 있으면서 해마다 찻잎이 새로 돋아나면 따서 정성스럽게 차를 제조해서 경기도 마현으로(강진의 경주인 편을 이용해서) 보내드리곤 했다 한다. 다산 선생이 그 차를 받아보시고 지은 시구가 전해온다면서 윤웅은 읊었다.

기러기 끊기고 잉어 잠긴 천리 밖에
매년 오는 소식 한봉지 차로구나.

雁斷魚沈千里外, 每年省息一封茶.

요즘처럼 통신수단이 개발되기 전의 옛 세상에는 머나먼 길에 소식을 전해줄 메신저로 기러기를 떠올렸고 혹은 물고기까지 상상했다. 하늘나라에서 죄를 짓고 이별한 견우와 직녀도 1년에 한번은 만난다는데 이들 경우는 재회의 길이 현실적으로 단절된 상태였다. 다만 매년 잊지 않고 올라오는 한봉지 차를 대하게 되는 그 심경이 위의 시구에 함축되어 있는 것이다.

다른 한편은 필자가 우전雨田 신호열辛鎬烈 선생께 들은 에피소드다. 전라도 장성읍 월평리에 김좌랑金左郞 집이 있었다. 울산 김씨 하서河西 선생의 후예로 전라도에서 손꼽히는 명족이다. 다산의 소실이 있었는데 무슨 사정으로 월평 김좌랑 집에 맡겨지게 되었다 한다(그 경위는 모호하다). 김좌랑 집의 남자가 그녀를 탐내어 범하려 하자 그녀는 "내 비록 천한 몸이지만 조관을 지낸 분의 첩실이다. 어찌 감히 이럴 수 있느냐?" 하고 준절히 항의를 했다는 것이다.

우전 선생님은 향리가 장성과 인근인 함평군 나산면 송암松巖마을이었기에 직접 전문傳聞하셨을 것으로 생각된다. 이 에피소드에는 특히 불평등한 제도의 모순 때문에 성적 모독을 당하는 여성의 인격에 대한 주장이 부각되어 있다.

위의 두 이야기는 서로 달라서 연결을 지어보기 어려웠다. 강진 땅 귤동의 초당에 있던 여자가 어떻게 장성의 김씨 댁에 맡겨져서 그런 사건이 일어났을까? 이해되지 않아서 필자는 각기 다른 이야기처럼 머릿속에 넣어둔 채로 있었다. 그러다가「남당사」란 제목의 이 자료를 우연히 발견하게 된 것이다.

「남당사」첫머리의 산문으로 설명을 붙인 대목에서 "다산의 소실이 내침을 당했는데 양근楊根 사람 박생이 가는 편에 안동해 보내서, 강진의 남당 본가로 돌아가게 되었다"라는 말이 자세지지는 않지만 저간의 사정을 대략 짐작게 한다. 홍임이 모는 다산이 해배되어 돌아간 이후 어느 시점인지 경기도로 올라왔으나 받아들여지질 못해 결국 친정으로 돌아가야 하는 신세가 된 것이다. 그리하여 강진까지 먼 길을 여자 혼자 가게 할 수 없어 양근 박생이 가는 편에 딸려 보냈던바 "(박생이) 그녀를 데리고 호남의 장성읍내에 당도해서는 그곳 부자 김씨와 밀모하여 훼절을 시키고자 했다"는 데서 필자의 머리에 담겨 있었던 두 편의 동이 닿지 않았던 이야기가 비로소 하나로 연결될 수 있었다. 홍임이 모가 비극적 주인공으로 전해지게 된 사실이 무엇보다 주목되는 점이다.

이「남당사」의 서문에 해당하는 글은 워낙 간결해서 이런저런 사연들이 풀리지 않는다. 악역으로 설정된 양근 박생은 어떤 사람이고 무슨 일로 호남행을 했는지 알 수 없지만 그건 몰라도 그만이다. 그녀가 다산의 본가에서 왜 받아들여지지 못했던가는 아무래도 지나칠 수 없는 의문이다. '조축遭逐'으로 표현된 그 구체적 경위는 무엇이었을까? 그의 가정 내부에 어떤 사정이 있었던지 이 부분은 전혀 알아볼 길이 없다. 외부의 객관적 정황은 미루어 짐작되는 바가 있는데 당시 다산의 처지는 비록 해배되었다지만 정적들의 눈초리를 조심하지 않으면 안 되었다. 정약용이란 존재는 중용될 가능성이 없지 않았던 까닭에 당초 질시·음해했던 무리들이 그때까지도 남아서 계속 주의하는 시선을 거두지 않고 견제를 가하곤 했던 사실이 다산연보나 자찬묘지명自撰墓誌銘 등에 보인다. 홍임이 모녀를 집에 그냥 두기 곤란한 사정이 다산 앞에 있었을 것이다.

윤옹은 홍임이 모 이야기를 들려주고 나서 귤동 윤씨에게 보낸 다산의 편지

들을 적어놓은 적바림을 꺼내 보였는데, 그 가운데 홍임이 모를 잘 보살펴달라고 당부하는 말도 들어 있었다 한다.

어쨌건 그녀는 결국 버림받은 신세가 되어 돌아왔지만 임을 향한 뜻은 마음 속에서 떠나지 않았다. 강진으로 내려와서도 친정집으로 가지 않고 다산이 머물던 초당으로 와서 "날마다 연못과 누대, 초목 사이를 서성거리며 서럽고 원망스런 마음을 달랬"다는 것이다. 이에 다산초당으로 돌아온 여자를 위한 노래 「남당사」가 지어지게 되었다.

3.

「남당사」의 작자는 그 여자의 인생이 너무나도 슬프고 안타깝게 느껴져서 16수를 지었다고 밝혔다. "이 노래는 한결같이 여심을 파악해서 표출한 것이요, 하나도 부풀린 말은 없다." 그야말로 '연정緣情의 작作'이라 하겠는데 시인은 작중인물을 정확히 대변했음을 특히 강조했다. 16수 모두 진술방식이 예외없이 '비극적 주인공'의 독백으로 되어 있다. 시인은 작중인물 속으로 잠적한 모양이다.

문예학에서 서정시는 대개 시인의 자설自說이기에 1인칭 화법을 쓰는 것으로 규정한다. 「남당사」의 경우 서정시의 일반적 진술방법과는 다른 형식이다. 그렇다고 서사시라 규정할 수 있을까. 자못 풍부한 서사성을 내포하고 있긴 하지만, 시인과 작중인물이 등치되어서 작중인물의 한숨과 노랫소리만 들릴 뿐이다. "드라마에서는 시인이 자기 인물들의 뒤로 사라져버린다"(R. Wellek & A. Warren, *Theory of Literature*)는 논리에 의하면 「남당사」는 다분히 극적인 성격을 보인다 하겠다. 필자는 지금 장르론을 펼치려는 것이 아니다. 다만 「남당사」는 원천적으로 서사성을 내장하고 있으면서 극적인 진술방식을 원용하고 있다는 점을 지적하고자 한 것이다. 딱히 구분을 짓자면 서사시라고 하겠거니와, 방금 지적한 두 가지 특징으로 인해 서정성이 고양되는 효과를 초래한 것으로 볼 수 있다.

「남당사」에는 여주인공이 존재하므로 그녀가 위치하는 공간이 있게 마련이다. "남당 물가에 우리 집이 있거늘 / 무슨 까닭으로 다산초당에 머무는고?" 남당 여자가 남당으로 돌아가지 않고 다산초당으로 와서 거주하는 사정을 문제적 상황으로 제기한 것이다. 작중의 의미있는 공간으로 남당과 다산초당이 설정된바,

다산초당은 서정주체의 현재적 공간인데 남당을 제목으로 표출했다. 남당이란 곳은 그녀의 친정 고장으로 당시엔 제법 번화한 항구였다 한다. 제2수에서 "남당의 부녀자들 뱃노래 좋아해서" 그네들의 노랫말을 들어보면 "상인은 먼 길 떠나길 가볍게 여긴다지만/상인들은 오히려 가고 오고 잘도 하네요"라는 탄식에, 왜 자기의 임은 오도 가도 않느냐는 원성이 터져나오도록 되어 있다. 제1, 2수는 서사序詞에 해당하고, 제3수에서부터 자연스럽게 본장으로 들어간다. 그리하여 제15수에 이르면 "남당 봄물에 안개가 자욱한데/늘어진 버들가지 갓 핀 꽃향기가 여객선을 덮네"라고 다시 남당으로 돌아와, "여기서 곧바로 하늘가로 길이 통해/배에 우리 아이 실으면 소내(정약용의 본가가 있는 지명)로 닿을 텐데"라는 이루어질 수 없는 소망으로 전편이 종결에 이른다. 남당을 표제로 삼은 뜻이 서사와 결사에서 선명하다.

제16수의 「남당사」는 방금 살펴보았듯 플롯으로 볼 수는 없지만 나름으로 짜임새를 갖추고 있다. 서사와 결사를 앞뒤로 두고 가운데 펼쳐진 제3~14수는 본사에 해당하는 것이다. 서사와 결사가 여주인공의 현재 심경이었던 대로 본사에 있어서도 고독과 번뇌를 되새기는 그녀의 심경을 따라서 현재와 과거로 상념이 교차하고 있다. 일종의 의식의 흐름이다.

돌아갈 날만 생각하는 임
　　내 마음은 슬퍼요.
매일 밤 피운 향불,
　　뜻이 하늘에 닿았으리.

어찌 알았으랴!
　　모두들 기뻐하는 그날이
아이의 집에는
　　기구한 운명이 지어진 때일 줄.
　　　　　　　　　　　　(제3수)

이처럼 서정주체의 마음은 이별하던 과거로 올라가서 회상하는데 모두들 환희하던 그날이 자기 모녀 앞에는 불행의 시작이 될 줄 어찌 알았으랴고 통탄하는 것이다. 여기서 서정주체의 대자對者인 임이 나오며, 또 임과 나 사이에서 태어난 아이가 나온다. "어린아이 총명도 해라. 그 아비 닮았는가. / 아빠를 부르고 울먹이며 '언제 와요?'"(제4수)라고, 그 아이의 목소리까지 들리는 것이다. 작중 인물 둘이 더 출현한 꼴이지만 임은 서정주체의 상념 속에서만 나오며, 아이는 서정주체의 분신이므로 이 둘은 작중에서 독자적 인물로 등장하고 있다고 간주하기 어렵다.

작품상에서 서정주체의 현재와 과거로 교차하는 상념은 기복이 일어난다. 자신은 처지가 임(정약용)과 너무도 달라서 "갈까마귀 봉황과 어울려 짝이 될 수 있으랴! / 미천한 몸 복이 넘쳐 재앙이 될 줄 알았지요"(제7수)라고 체념의 한숨을 쉬는 것이다. 이 대목에도 인간의 불평등에 대한 문제의식이 담겨 있다. 그리하여 자신과 임과의 사이를 "한번 깨진 거울은 다시 둥글게 될 가망 없다지만"(제8수)이라고 이미 파경破鏡이 왔음을 인정하는데 그럼에도 끝내 승복할 수 없는 점이 있다. "부자간의 천륜마저 어찌 끊는단 말인가?" 그 두 사람 사이의 사랑의 결실인 아이의 문제를 제기하는 것이다. 작품은 제11수에서 정점에 이르는 것 같다.

> 석자 예리한 칼로
> > 이 가슴 도려내면
> 그 속에 임의 자태
> > 정녕코 그려져 있으리.

> 용면거사 솜씨로도
> > 따르지 못할 일
> 사무친 정성이
> > 하늘의 재주를 훔친 건가.

(제11수)

임을 향한 그리움이 얼마나 사무쳤는지, 자기 가슴속에는 임의 형상이 그야 말로 각인刻印되었으리라는 것이다. 그 처절한 사실적 형상은 아무리 빼어난 화가의 재능으로도 따를 수 없는 경지여서 하늘의 재주를 훔쳤는가 싶다고 한다. 상념의 극한에서 자살의 위기감이 감도는데 이어지는 시편에서 "이 몸은 천만 번 죽어도 한이 끝내 남으리라./저 산마루 바위처럼 망부석이나 되고 지고"(제 12수)라고 사무친 원한은 죽음을 넘어서 저 임을 그리다가 마침내 돌로 변했다는 망부석 전설과 결합하고 있다.

제11,12수를 넘어서면 상념의 곡선은 강하한다. 그리하여 조용히 결사로 넘어가게 되는데 서정주체의 죽음의 상념은 소멸 혹은 체념한 상태로 된 것이 아니어서 결사에 이르러서까지 "이 노래 마디마디 절명絶命의 소리"라고 일깨운 다음, "남당의 노래 들어볼 것도 없이/저버린 마음이야 저버린 사람이 잘 알겠지"라고 끝을 맺는다. 임을 향해 오금 박는 소리로서 드디어 전편이 끝나고 있다.

다산은 강진시절에 「탐진촌요耽津村謠」「탐진농가耽津農歌」「탐진어가耽津漁歌」 3부작을 남겼다. 모두 이 지역민들의 삶의 정조를 7언절구 연작의 형식으로 다채롭게 포착한 악부 계열의 작품이다. 이 향토문학적인 시형식은 바로 강진 고을 출신 문인들에 의해 계승되었던바, 윤종억尹鍾億의 「남릉죽지사南陵竹枝詞」, 윤정기尹廷琦의 「금릉죽지사金陵竹枝詞」 등을 꼽을 수 있다. 윤종억은 다산초당에서 양성한 제자의 하나이며, 윤정기는 다산의 외손자로서 고향이 역시 강진이다. 지금 이 「남당사」 또한 강진 배경의 향토적 시문학을 계승한 것이다.

「남당사」의 경우 앞의 촌요어가나 죽지사 들처럼 서민의 삶의 정경을 카메라의 렌즈가 이동하며 포착하듯 한수 한수 개별적으로 노래한 방식과는 다르다. 전편이 서정적 일관성을 획득한 것이다. 이 특성은 서사적 바탕 위에서 성립되었다. 한문학의 풍부한 소양 위에 서구문학을 섭취해서 나름으로 하나의 문학세계를 이루었던 산강山康 변영만卞榮晩(1889~1954) 선생이 시조에 관해 했던 발언을 참고해보자. "시조는 서정시이고 서사시의 용기容器는 아니다. 부득이 사실을 들게 될 경우에는 이를 정서화해야 쓸 것이다."(「復活하랴 하는 時調道」, 『色眼鏡』, 『동아일보』 1931. 4. 24) 시조와 유사한 단형시 형태인 절구라는 용기에 어

남당사 381

면 인물의 서사를 담자면 '서정화'는 불가피하고도 효과적인 방도일 수 있다.

「남당사」는 언제 누가 지은 것일까? 원자료에 '정다산 지음丁茶山著'이라는 글씨가 쓰여 있는데 이는 그 필체로 보아 뒷사람이 멋대로 써넣은 것이다. 작품 내용으로 보아도 다산 자신이 지었을 이치는 만무하다. 달리 근거가 나오지 않는 한 작자 미상으로 처리할밖에 없다. 지은이는 아무래도 다산에게 직접 가르침을 받은 제자는 아닐 듯한데, 다산초당의 은밀한 일들까지 소상히 알고 있는 점으로 미루어 다산의 제자들과 기맥이 통하는 강진의 한 문인일 것이다. 그리고 창작연대는 다산이 강진을 떠난 이후로부터 오래지 않은 시점으로 추정된다. 요컨대 「남당사」는 1820년 무렵 강진 문인의 작이라고 보면 틀리지 않을 것이다.

4.

끝으로 다산의 친필로 전하는 산문 한편을 인용해둔다. 강진 다산초당의 제자 윤종삼尹鐘參(자 기숙旗叔, 1798~1878)과 윤종진尹鐘軫(자 금계琴季, 1803~79) 형제가 경기도 마현으로 선생을 찾아가 뵈었을 때 직접 써서 준 글이다.

다산초당의 제생諸生(제자를 이르는 말)이 열상洌上(한강가란 뜻으로 다산의 고향을 일컬음)으로 나를 찾아와서 인사말을 나눈 다음에 나는 물었다.
"금년에 동암東菴은 이엉을 새로 했는가?"
"이었습니다."
"홍도紅桃는 아울러 이울지 않았는가?"
"생생하고 곱습디다."
"우물 축대의 돌들은 무너진 것이 없는가?"
"무너지지 않았습니다."
"못 속의 잉어 두마리는 더 자랐는가?"
"두자나 됩니다."
"백련사로 가는 길 옆에 심은 선춘화先春花(동백)들은 모두 다 번성하는가?"

"그렇습니다."

"올 적에 일찍 핀 찻잎을 따서 말리도록 했는가?"

"때가 일러 아직 못 했습니다."

"다신계茶信契의 전곡錢穀은 결손이 없는가?"

"없습니다."

"옛사람 말에 '죽은 사람이 다시 살아와도 능히 마음에 부끄럼이 없어야 한다'고 하였다. 나는 다시 다산초당에 갈 수 없는 몸이니 죽은 사람과 마찬가지다. 그러나 내가 혹시 다시 가게 되는 때 모름지기 부끄러운 빛이 생기지 않도록 힘써야 할 것이다."

> 茶山諸生, 訪余于洌上, 敍事畢, 問之, 曰: "今年葺東菴否?" 曰: "葺." "紅桃竝無橋否?" 曰: "蓄鮮." "井甃諸石, 無崩否?" 曰: "不崩." "池中二鯉益大否?" 曰: "二尺." "東寺路側種先春花, 竝皆榮茂否?" 曰: "然." "來時摘早茶, 付曬否?" 曰: "未及." "茶社錢穀, 無哺否?" 曰: "古人有言云, 死者復生, 能無愧心. 吾之不能復至茶山, 亦如死者同. 然倘或復至, 須無愧色焉可也." 癸未 首夏 道光三年 洌上老人 贈 旗叔·琴季二君.

다산 선생이 이 글을 쓴 시점은 1823년의 첫여름이다. 자신이 유배기를 보낸 귤동의 다산초당으로 그의 마음이 얼마나 가 있는지 곡진하게 그려지고 있다. 그는 다산초당을 떠나면서 여러 제자들을 위해 결성했던 다신계茶信契에 각별한 관심을 표명한다. 자신은 앞으로 다시 돌아갈 수 없는 처지지만 내가 혹 가게 된다 하더라도 한점의 부끄럼이 없도록 해야 할 것이라는 당부는 실로 비장하고도 엄숙하다. 그에 앞서 자신이 머물렀던 다산초당의 돌 하나, 꽃 하나, 나무 하나까지 빠뜨리지 않고 애정이 닿아 있다. 심지어는 연못의 잉어까지 안부를 물어보는 것이다. 그러면서도 홍임이 모녀에 대해서는 한마디 말도 비치지 않는다. 필시 표면으로 드러내지 못했을 성싶다. "홍도는 아울러 이울지 않았는가?"라는 이 물음 속에 혹시 홍임이 모녀에 대한 마음이 실려 있지는 않을까.

「남당사」의 원문은 표제도 없이 이것저것 필사해놓은 적바림에 들어 있었던 것이다. 거기에는 다산의 저술의 하나인『아언각비雅言覺非』의 일부분이 함께 씌어 있다. 필자는 이 책자를 지난 1999년 서울 인사동의 문우서림에서 얻어보았다. 문우서림의 김영복金榮福 사장께 사의를 표한다.

　자료상에는 원래 결손된 글자가 더러 있었다. 이런 부분을 벽사 선생의 교시를 받아 보충했으며, 함께 번역문도 선생의 검토를 거쳤다. 강석江石 박석무朴錫武 형 또한 윤재찬 옹으로부터 홍임이 모에 관한 이야기를 들은 바 있었다 한다.

제 6 부

예인 및 시정의 모습들

藝人

市井

한양 협소행

漢陽俠少行走贈羅守讓

조찬한

서울이라 한양성
  이백년 태평 세월
도성 중에 사람사람
  풍요롭고 미끈하다.

가가호호 호사하네
  고기반찬 기름진 밥
치장 단장 눈부시고
  풍악소리 그칠 날 없고

삼문[3] 밖에 나가보자
  협객들 모이는데
누구누구 손꼽던가
  삼정오라三鄭五羅[4] 뽑힌다지.

기운 솟아 무지개요
  고함 소리 우레 치듯
넓은 바지 띠 느슨히 늘이고

漢陽俠少行走贈
羅守讓[1]

趙纘韓

漢陽昇平二百祀,
都人士女殷且美.
家家鍾鼎食如螳,[2]
明粧耀日喧歌吹.
三門之外稱俠窟,[3]
三鄭五羅唯其最.[4]
吐氣如虹聲若雷,
大袴緩帶相徘徊.

어슬렁어슬렁 나서네.

춘삼월 호시절
　꽃 피고 새 우는데
송현⁴마루 모퉁이서
　미인을 낚아채고

주점을 찾아들어
　진탕만탕 술에 취해
못된 녀석들과 치고받고
　닭 도야지 패대기치듯

오월 단오 명절이라
　씨름판이 벌어지니
그 힘을 뉘 당하랴
　멋들어지게 넘기는구나.

무창이라 허가요
　풍천이라 이가로다.⁷
종루 저자 한길가에
　말께 올라 으스대니

패권을 다투노라
　칼을 뽑아 어르는데

三月鶯花滿禁城,
掠挾妖娥松峴隈.⁵
索酒酒肆醉如泥,
鬪殺惡少如豚雞.
端陽令節好角觝,
力如任鄙任顚委.⁶
武昌豐川許與李,⁷
高馬躍出鍾樓市.
爭雄較悍挺釼合,

그 형세 하늘에 솟아
　풍진을 일으키네.

무창 풍천 허가 이가
　범처럼 무서워도
이네들 쯤이야
　다섯 나씨에 어림없지.

다섯 나씨 그중에도
　막내가 가장 젊어
협객 무리 마음대로
　수중에 넣고 거느렸다네.

날이면 날마다
　개 잡고 돼지 잡고
봄바람 그지없고
　오동추 달 밝은 밤

철따라 명절이요
　복날이나 섣달이면
말고삐 잡고서
　나란히 달린다네.

남의 집 두길 담장

聲勢拉霄風埃起.
武昌許李似哮虎,
名聲未出諸羅氏.
是時季羅年最少,
指揮衆俠如兒戲.
殺狗屠豕日復日,
春風無邊秋夜月,
歲時伏臘銳氣加,
連鑣共袂爭馳突.
超越人家十八墻,

가볍게 넘나들고
　높은 성곽 평지처럼
　　뛰어오르고 뛰어내리고

절대가인 천하일색
　귀족 집에 숨었거늘
공교롭게 빼어내니
　그런 재주 다시 없네.

서울이라 한양 성중
　휩쓸고 호령하여
저처럼 용맹한데
　누가 감히 대적할까?

하루아침 섬놈들이
　삼경⁹을 짓밟으니
한양성 번화 문물
　잿더미로 변했구나.

으스대던 협객들도
　연기처럼 흩어지니
기한에 떠돌아
　호남 땅에 떨어졌네.

上城下城如平陸.
偸出侯家絶代色,
不啻齊狗偸狐白.
傾都振畿畏如狼,
郭解精悍人誰敵?[8]
一朝海寇蹵三京,[9]
漢陽文物烟塵腥.
豪華任俠散如烟,
飢寒流落湖州城.

호걸 협객 많고 많더니
　열에 하나 남았을까
두 나씨 지금 보니
　마름처럼 떠도는군.

이제는 이미 늙어
　수염 머리 새하얗구나
떨치던 기운 어디 갔소?
　쇠잔한 몰골이구려.

남원성 근방에서
　그대를 만나다니
손을 잡고 바라보며
　옛 생각 하염없네.

아, 애닮도다
　원수 갚을 날 언젤런고?
후생侯生[11]은 늙은이로되
　상객 대접 받았다지.

그대는 보지 못했나?
　진무양秦舞陽[12]의 얼굴색 변한 것을
젊은 날의 풋기운
　책망할 것 못 되느니.

多豪多俠十無一,
只有二羅飄如萍.
只今鬚髮已衰落,
驥老奮憶無筋力.
龍城城下偶見之,[10]
握手相看感疇昔.
噫吁嘻!
家藏亡命報人讎,
侯生雖老爲上客.[11]
君不見?
歷垰色動秦舞陽,[12]
少子血勇焉足責!
(『현주집玄洲集』)

1 「한양협소행─나수양에게 급히 주다」. 이 원제 아래 주를 붙여 시를 짓게 된 경위를 언급하고 있다. "나공의 오형제는 모두 태평시대의 협객이었는데 수양守讓씨만 혼자 호남으로 유락하여 임실에서 나를 만났다. 나는 등불 아래서 붓을 들고 이 노래를 지어 급히 주다(羅公五兄弟, 皆平時俠客. 而守讓氏獨落湖南, 見我於任實. 燈下把筆走贈.)"

2 종정鍾鼎 종명정식鍾(鐘)鳴鼎食의 준말. 옛날 부귀한 집의 호화로운 생활을 가리킴. 솥을 여럿 늘어놓고 식사를 하며, 식사를 할 때 악기를 연주한다는 뜻.

3 삼문三門 궁궐이나 관청의 문을 가리킴. 중앙의 큰 문과 좌우 협문의 셋으로 이루어져 있기 때문에 붙여진 말이다. 여기서 '삼문 밖'으로 통용되는 지명이 있을 터인데 어딘지 알 수 없다.

4 삼정오라三鄭五羅 서울에서 당시 손꼽히던 정가 3인과 나가 5인의 협력. 오라는 바로 이 시의 대상인물인 나수양羅守讓 등 5형제다.

5 송현松峴 서울의 지명으로 지금 종로구 중학동 한국일보사가 있는 근처다.

6 임비任鄙 중국 전국시대 진秦나라 때의 역사力士.

7 무창武昌·풍천豊川 지명으로, '무창'은 어딘지 미상이고 '풍천'은 황해도에 있는 고을이다. 당시 서울에서 활동하던 협객으로 허가 성과 이가 성을 지닌 사람의 출생지 내지 본관지였을 것으로 생각된다.

8 곽해郭解 중국 한나라 때 유명한 협객. 소년시절엔 살인하고 불법으로 돈을 주조하며 도굴하는 등 악행을 일삼았으나, 나중에 마음을 가다듬어 의로운 일을 실천하였다. 사람들이 그를 사모하여 다투어 모여들었다.

9 삼경三京 서울과 개성中京·경주東京를 가리키는데, 여기서는 우리나라를 뜻하고 있다.

10 용성龍城 남원의 옛 이름. 임실이 남원에 인접한 곳이므로 용성성하龍城城下라고 하였다.

11 후생侯生 중국 전국시대 위魏나라 인물 후영侯嬴. 빈한하여 칠십 나이에 위나라 수도의 이문夷門을 지키는 아전으로 있었다. 당시 신릉군信陵君이 그를 존경하여 몸소 맞아다가 상객上客으로 삼았다. 후에 그의 조언을 들어 진나라 군사를 물리치고 조나라를 구원할 수 있었다. 여기서 주인공 나씨를 후생에 견주어본 것이다.

12 진무양秦舞陽 중국 전국시대 연燕나라의 무사였다. 형가荊軻가 진시황을 죽이기 위해 진나라로 들어갈 때 함께 따라갔는데, 계단을 오를 때 진무양은 두려워 얼굴빛이 변했다 한다. 당시 진무양은 소년이었다.

조찬한趙纘韓(1572~1631): 자는 선술善述, 호는 현주玄洲. 본관은 한양漢陽. 전라도 출신으로 남원지방에서 살았다. 선조 때 문과에 급제, 벼슬은 승지에 이르렀고, 광해군 때 3도 토포사가 되어 창궐하던 군도를 토벌한 일이 있다. 시문학으로 명성을 얻어 허균·권필 등과 친히 교유했으며 『현주집』을 남겼다.

● 작품 해설

이 시는 16세기 말 서울의 임협任俠을 그린 내용으로, 당시의 시정세태의 일면을 엿보게 한다.

시는 협객 중의 한 사람이었던 나수양羅守讓에게 지어준 형식이다. 시의 현재는 임진왜란 직후의 어느날, 시를 쓴 장소는 전라도 임실이다. 그런데 서사의 화폭이 펼쳐진 시공은 임진왜란 직전의 서울 성중이다. 작품은 서두에서부터 무사안일로 사치 향락에 젖은 분위기를 소개하면서 특히 협객들의 소식과 활동상을 들려준다. 이른바 삼정오라三鄭五羅의 명성이라든지, 시정에서 호기를 다투고 우쭐거리며 노는 정경이라든지 모두 진기하고 재미난 사실로 엮인다.

그러나 작품은 한낱 지난 세월을 회상하며 흥미로운 세태를 펼쳐 보이는 데 그치는 것이 아니다. 협객들의 활동상을 서술한 다음 "저처럼 용맹한데 누가 감히 대적할까?"라고 일단 찬탄의 말로 정리를 한다. 바로 이어 왜군의 침략을 받게 되는데 "으스대던 협객들도 연기처럼 흩어지니"라고 정작 용맹을 발휘해야 할 자리에 당해서 무력했음을 뚜렷이 인식케 한다. 7년 전란의 어려움 속에서 침략군을 몰아내고 조국을 수호한 것은 우리 민족의 자랑이다. 하지만 침략군이 "하루아침 섬놈들이 삼경을 짓밟으니/한양성 번화 문물 잿더미로 변했구나"라고 시인이 몹시 개탄했던 그 책임과 과오를 엄중히 따져 물어야 옳았다. 또한 각기 자기반성도 있어야 할 일이다. 작품의 주제는 안일에 젖었던 데 대한 자기반성에 초점을 두고 있다.

시인은 시를 주는 인물, 나수양에 대해 의기를 북돋는 말을 결말에서 덧붙인다. 원수를 갚는 그날에 그대는 늙었으되 참으로 지모와 용기를 내보라는 의미다. 시인의 의식의 저변에는 적개심과 원수에 대한 응징의 정신이 타오르고 있다.

후비파행

後琵琶行

성완

김명곤金溟鯤은 영남의 현풍 사람이다. 아홉살에 머리를 깎고 중이 되어 법명을 묘원妙園이라 하였다. 열여섯살에 휘원徽遠스님을 따라서 비슬산 유가사의 석굴에서 참선공부를 하게 되었다. 몇달을 잠을 자지 않고 좌선座禪하다가 갑자기 미친 증세가 생겼다.

이에 승복을 벗고 속세로 내려와, 드디어 호남지방의 노련한 악공에게 비파를 배워 1년 남짓해서 국공國工이 되었다. 다시 사방으로 구름처럼 떠돌며 2,3년 비파를 타는 재주로 밥을 먹었다. 스무살 무렵에는 돌아다니던 끝에 평안도의 선천, 철산 등지로 발길이 닿았다.

거기서 우연히 모도독毛都督(모문룡) 휘하의 인사인 번후지樊後遲란 중국인을 만났다. 번후지는 음률을 아는 사람이라 김명곤이 연주하는 소리를 듣고 놀랍게 여겼다. 그를 가도椵島³로 데리고 들어가 모도독에게 소개하였다. 모도독은 진해루鎭海樓에 큰 연회를 베풀고, 총애하는 여자 화아花兒와 양아들 이견李堅을 시켜 각기 재주껏 저의 자랑을 해보도록 하였다.

이에 화아는 금琴을 타고, 이견은 슬瑟을 탔다. 여러 악기들의 연주가 끝난 후에 김명곤에게 비파를 타도록 하였다. 모도독은 김명곤의 비파소리를 듣고는 크게 감탄하며, 즉시 그를 불러서 상좌에 앉혔다. 그리고 다른 악사들은 물러가게 하면서, "이 사람은 천하의 묘수로다. 너희들

은 참으로 형편없구나. 이 사람과 나란히 앉을 자격이 없다"라고 질책하
는 것이었다. 화아와 이견은 크게 부끄러워 자리에서 물러났다. 모도독
은 그의 재주를 몹시 사랑하여 매양 좋은 때를 만나면 그가 연주하는 소
리를 듣는데, 서쪽으로 고국을 바라보며 눈물을 떨어뜨린 일도 있었다
한다. 모도독은 그에게 광녕廣寧의 미희 후자운後紫雲을 상으로 내려주
고 운주당運籌堂 가까이에 거처하도록 하였다. 그리고 그가 신임하는 경
중명耿仲明[4]과 공유덕孔有德[5] 같은 장수들과 어울려 노는 자리가 있으면
으레 옆에는 김명곤을 앉혔다.

후에 모도독은 중국의 원숭환袁崇煥[6]에게 죽임을 당하였다. 병자·정
축년 사이(1636~37)에 청 태종이 동국의 땅을 짓밟고 돌아가는 길에 가
도를 공격하여 그곳의 병사들이 섬멸당하였다. 김명곤 또한 혼란한 가
운데 휩쓸려서 가족을 잃고 다른 섬으로 도주하여 겨우 생명을 건졌다.

다시 떠돌다가 강릉 해변에 이르러 어느 어부의 집에 몸을 의탁하였
다. 그 어부가 죽자 다시 의지할 곳이 없어 단신으로 서울로 올라왔다.
이내 곧 개성으로 가서 마첨지馬僉知 아무의 집에 의탁하게 되었다. 그
집에서 연회가 열리면 비파를 타서 좌중의 사람들로부터 크게 칭찬을
받곤 했다. 이윽고 또 마첨지가 죽어서 몸을 돌려 황해우도(해주를 중심
으로 한 서해안 지역)로 갔다가 장연의 금사사金沙寺로 가서 기랍耆臘[8]
해청상인海淸上人에게 의탁하였다.

그는 해청상인의 심부름으로 재령載寧에 와서 연진延津 농가에 머물고
있었다. 나를 만나자 "샌님이 휴양차 와서 이곳에 머무신다기에 일부러
이 시골마을까지 찾아왔습니다. 초년에 그런대로 지내다가 말년에 불운
하게 된 저의 생애를 서술한 글 한편을 얻었으면 합니다"라고 하는 것이
었다. 나는 그의 부탁하는 말을 듣고 한동안 천정을 바라보다가 "그대 말

이 참으로 서글프군. 처음에 좋았다가 나중에 불운하게 되는 현상은 자연스러운 이치이겠지. 옛날에 백사마白司馬(백거이白居易)가 비파 타는 여인을 만나 들었던 그 사연도 이와 비슷하지 않은가" 하고 나는 드디어 백거이의 운을 따라서 시 한편을 짓고 이름하여 「후비파행」이라 하다.

成琬

金溟鯤者, 嶺南玄風人也. 九歲薙髮, 法名妙圓. 十六隨師徽遠, 學禪於毗瑟山[1] 瑜伽寺石窟, 不寐者數月, 忽發狂疾. 遂變緇, 學琵琶於湖南老樂工, 未周年爲國工. 而雲遊四方, 食於手者, 數三年矣. 二十轉至關西宣鐵之間, 忽遇毛都督[2]麾下士樊後遲. 樊生卽知音者, 一聞奇其才. 遂偕入椵島[3], 紹介於文龍. 毛帥大供具於鎭海樓, 命其寵姬花兒及義子李堅, 各試其技藝.

於是, 花兒抱琴, 李堅理瑟, 而衆樂皆張, 然後命溟鯤奏琵琶. 毛帥一聽, 大奇之. 遂使坐上座, 叱退諸樂曰: "此天下之妙手也. 汝等眞奴才, 不可齒於此人." 花兒李堅大慚而退. 毛帥極愛鯤之才, 每於良辰, 聽之不厭, 或西望故國, 泣下數行. 遂賞鯤以廣寧美娃後紫雲, 近住於運籌堂外. 其愛將耿仲明[4]·孔有德[5], 小會曲宴, 鯤輒在座.

後毛都督爲中朝袁崇煥[6]所殺. 及至丙丁之間, 紅酋[7]東躒, 廻兵襲取椵島, 島兵見劉. 鯤於亂兵中, 失其家人, 逃竄海嶼. 轉至于江陵海邊, 寄身漁家. 其主翁死, 孑孑無依, 遂還漢陽, 旋入松都, 依於馬僉知某. 或於遊宴, 試彈琵琶, 大爲座客延譽. 俄而馬老亦死, 翻向海右, 至長淵金沙寺, 依耆臘[8]海淸上人.

以海淸使事, 到載寧延津田舍, 謂余曰: "聞上舍病寓於此. 跟尋窮巷, 欲得一語, 敍我始泰終否之狀." 余仰而有間曰: "爾言, 吁可悲哉! 否泰相交, 理所然矣. 昔白司馬之所遇琵琶女訴怨, 亦猶爾也." 遂用白公韻[9], 名以後琵琶行.

1

이 사람 현풍고을 백사리서 태어나
아홉살에 비슬산 중이 되어
백로지白鷺池에서 대원선大願船을 타고[11]
기원정사 솔바람 소리 고요히 듣더니

유가사 옛 절을 꿈결에 떠나서
산마루에 달을 보고 미친 듯 껄껄
머리 다시 기르고 삼현三絃의 음률 뒤늦게 배워
울륜포欝輪袍[13] 한 곡이 손끝에서 나오더라.

2

관서로 노니는데 지음知音이 누굴런고?
가도椵島의 중국인 번후지樊後遲를 만났더라네.
모도독毛都督이 한번 보길 원해
진해루鎭海樓 위에 굉장한 잔치 벌였어라.

모도독 앞에서 한 곡조 연주하는데
연못의 봄물결도 찰랑거리네.
발撥을 따라 소리소리 드물게 울리는데
만고의 정이 어린 풍류일러라.

모도독 듣다가 기분이 달라져

1

白沙汀畔玄風客,[10]
九齡學禪山毗瑟.
鷺池初泛大願船,[11]
祇園静聽松風絃.

瑜伽古寺夢中別,
狂來大笑山頭月.
長髮晚學三絃聲,[12]
欝輪袍音随指發.[13]

2

客遊關西知音誰?
椵島華人樊後遲.
都督毛公請一見,
鎭海樓前敞華宴.

歷階而進按曲來,
況復春波漲池面.
香撥星星四五聲,
自是風流萬古情.

毛公聞之動顏色,

가슴속의 불평한 심사 확 풀리네.
현과 손끝이 어울려서 화음을 이루니
배꽃 만그루에 꽃이 활짝 피어나네.

비파의 소리 웅장하여 싸움을 일으키는 듯
동정호에서 양요楊么[14]의 누선 격파할 때요.
청아한 소리 울리면 연우烟雨 속에 패옥이 부서지듯
상강湘江의 여신, 한수漢水의 여신처럼 낭랑한 소리.[15]

애처로운 음조 어울리다 맑은 곡으로 바뀌면
마노를 두들기고 파려를 치는 건가.
삼협三峽의 거센 물결이 손가락에 스치듯
용조탄龍爪灘[16]의 거창한 파랑 아우성친다.

거센 물결 끓어오르다가 끊어지는 듯
지희정至喜亭[17] 아래 비파소리 멈추었네.
정향丁香 고벽古壁에 가을 기운 일어[18]
원숭이의 첫 울음 아득히 들려오누나.

서리 내린 9월에 계수나무 잎이 떨어지고
삼경 서릿발에 학이 우는데,
헌원씨의 무기 구주九州를 평정하여
만국의 사절이 공물을 받들고 오는 듯.

暢叙胸間不平志.
絃將手語弄和音,
梨花萬樹催花事.[15]

雄如壯士出戰挑,
洞庭樓船破楊么.[14]
淸如碎珮滿烟雨,
湘妃漢女琅琅語.[15]

哀音交憂變淸彈,
瑪瑙甕擊玻璨盤.
三峽流泉指下滑,
巨浪時吼龍爪灘.[16]

灘聲抑揚流復絶,
至喜亭下始休歇.[17]
丁香古壁秋陰生,[18]
遙送冷猿第一聲.

迎霜九月桂葉隆,
警露三更仙鶴鳴.
軒戈掃塵九野畫,[19]
萬國梯航奉玉帛.

무더운 여름비 한자락 길에는 사람이 드물고
푸른 산그림자 하얀 강물에 넘어지는데
반쯤 취한 가운데 발을 스쳐서 현을 재촉하니
고조에 신성이 어울려 형용할 말이 부족하구나.

3
모도독이 요동의 미녀를 상으로 내려주어
운주당 가까이서 살도록 하였네.
좋은 밤엔 불러서 몇 곡 타게 하니
양부兩部[20]의 소리는 멀어지게 되었네.

슬을 든 이견은 한숨을 내쉬고
금을 든 화아는 시새움하고
경중명耿仲明 공유덕孔有德 같은 장수들
놀라워하며 그의 재주 탄복하더라.

다른 장교들도 다투어 대접하니
좋은 술 살진 고기 버려질 지경이더라.
숭정 병자 정축년 사이에
되놈 십만 대군이 압록강 건너 쳐들어왔다가

회군하는 도중에 가도를 도륙내니
가련해라 명나라 장졸들 모두 전사하고

炎天新雨道少人,
碧山倒影江湖白.
催絃拂柱半酣中,
古調新聲談不容.

3
毛公賞以遼東女,
運籌堂外連門住.
相邀清夜曲屢成,
皷吹自此退兩部.[20]

瑟下長聞李堅歎,
琴前更覺花兒妬.
耿仲明與孔有德,
嘖舌皆以奇才數.

其餘將校競相饋,
大酒肥肉棄渠汚.
崇禎年末丙丁年,
虜騎十萬龍灣渡.[21]

回軍島中縱殺死,
可憐漢卒皆物故.

그 홀로 몸을 숨겨 밤중에 빠져나오다가
혼란통에 요동 여자를 잃어버렸다지.

남은 한 몸 장시로 떠돌며 걸식하다가
누구를 따라서 강릉으로 내려와
생선장수 도와서 어선에 몸을 실었으니
경포대 바닷가에 달빛이 차더라.

동지섣달에 홑옷을 걸치고 덜덜 떠니
흘간산紇干山²² 쌓인 눈에 얼어죽은 참새처럼
객지로 떠도는 처량한 신세 겨우 살아가니
풀숲의 귀뚜라미 조문하는 울음소리.

이처럼 빈한한데 아는 이 하나 없이
친구를 돕는 의리 지금 어디서 찾으리오.
계묘년 늦가을에 서울로 왔다가
입에 풀칠하기 위해 개성으로 가더라.

4
개성의 번화한 거리
대로변 청루에 풍악이 울리더라.
비파를 얻어 전에 타던 곡조 시험해보니
옛 곡조가 새 소리로 바뀌어 울리더라.

竄身荒谷夜渡海,
蒼黃竟失遼東婦.

滕行匍匐乞於市,
随人却向江陵去.
爲是漁商寄漁船,
鏡浦臺邊夜月寒.

還悲歲暮衣裳單,
正似凍雀在紇干.²²
瑣尾流離保視息,²³
草根暗蛩吊唧唧.

一寒如此無故人,
綈袍大義今誰識.²⁴
癸卯高秋歸漢京,
皷腹糊口到開城.

4
開城地卽長干里,²⁵
大道靑樓歌管聲.
試借琵琶歌舊曲,
舊曲換作新音生,

당로미인當壚美人[26]의 높은 솜씨 무색게 하고
마음에서 터득하여 손길 따라 울리니
북리北里의 훈김이 하늘에 치솟는 부자들
이 몸을 당상으로 맞아 귀 기울여 듣고

자기 옷 벗어주며 곡을 마저 타게 하니
자하동에 백화가 활짝 피어났소.
굶주림으로 근래에 다시 연주할 기회를 잃고
장연으로 천릿길 떠나게 되었더라오.

장연은 송곳 하나 꽂을 땅도 없거늘
요행히 금사사 스님의 구제를 받았지요.
옥산화玉山禾가 없으매 천마는 굶주리고[29]
말라죽는 물고기 강을 지나며 우는 꿈이 되는군요.

나 역시 구빈도사救貧道士[31]의 뜻 지닌 사람이라
약간의 도움 주자 하니 눈물이 앞서더라.

當壚美人色沮喪,[26]
得之於心應手鳴.
幸有北里富薰天,[27]
邀余堂上側耳聽,

解衣衣我奏餘聲,
紫霞洞裏千花明.
飢火年來失曲譜,
千里遂作長淵行,

長淵地無一錐立,
幸賴金沙僧濟急.[28]
玉山無禾天馬飢,[29]
夢爲枯魚過河泣.[30]

我亦救貧道士者[31]
爲分緡錢淚先濕.
(『취허집翠虛集』 권2)

---

1 **비슬산毗瑟山** 지금 대구광역시에 있는 산. 대구의 남쪽에 위치해서 앞산으로 일컬어
지기도 함. 고찰로 용연사龍淵寺와 함께 유가사瑜伽寺가 있다.
2 **모도독毛都督** 명말의 장국 모문룡毛文龍(1576~1629). 요동遼東의 총병관 이성량李成

梁 휘하에서 활동하다가 1621년 후금의 누르하치奴兒哈赤에게 요동 지역을 점거당하자, 요동반도의 여러 섬과 조선을 배경으로 후금에 대항하는 형세를 취했다. 좌도독에 임명되었으나, 그뒤 전횡을 일삼는다는 죄목으로 원숭환袁崇煥에 의해 처형당했다.

3 가도椵島 일명 피도皮島. 압록강 어구의 동쪽에 있는 섬. 명·청이 각축하고 조선이 끼어 있는 상황에서 전략적 요충지였다.

4 경중명耿仲明 1604~49. 명말의 장군으로 청에 항복했음. 청으로부터 정남왕靖南王으로 봉해졌으나 죄를 얻어 자살했다.

5 공유덕孔有德 ?~1652. 명말의 무관으로 모문룡의 부장. 모문룡이 죽은 뒤 등주登州의 참장으로 있다가 반란을 일으켜 청군에 투항했다. 청으로부터 정남왕定南王의 봉을 받고 명의 잔여세력을 치는 데 동원되어 싸우다가 패하여 자살했다.

6 원숭환袁崇煥 1584~1630. 명말의 명장. 명·청이 대치하는 상황에서 크게 승전하여 요동순무사遼東巡撫使에 오르고 이어 청 태조의 공격을 막아내어 '영금대첩寧錦大捷'으로 일컬어지는 전과를 올렸다. 그런 중에 모함을 받고 투옥되어 죽었다.

7 홍추紅酋 청 태종 황태극皇太極을 가리키는 것으로 보임.

8 기랍耆臘 나이가 많은 승려. 출가하여 계戒를 받은 해부터 계산하여 그 햇수를 납臘이라 하는 데서 온 말.

9 백공운白公韻 백거이의 「비파행琵琶行」을 가리킴. 백거이는 강주사마江州司馬로 좌천되어 있을 때 심양강潯陽江(양자강)가에서 밤에 여자가 애절한 곡조로 비파를 연주하는 소리를 듣고 그녀의 인생역정을 노래한 장편 서사시를 지었는데, 곧 「비파행」이다. 이 「후비파행」은 「비파행」의 운자를 그대로 따라서 지은 것이다.

10 백사리白沙里 현풍(지금 대구광역시에 속함)의 지명. 작중의 주인공 김명곤이 김재찬金載瓚의 「금사사의 노거사 노래〔金沙寺老居士歌〕」에서는 "집이 현풍 백사리에 있다〔家在玄風白沙里〕"라고 했다.

11 백로지白鷺池·대원선大願船 '백로지'는 인도의 마갈타국摩羯陀國(범어 Magadha)의 도성인 왕사성王舍城(범어 Rājagrha) 죽림원竹林園에 있는 연못. 부처가 이곳에서 대반야바라밀다경大般若波羅蜜多經을 설법했다고 한다. '대원선'은 부처나 보살의 대원력大願力을 배에 비유하여 이르는 말.

12 삼현三絃 현악기를 이르는 말. 현금, 가야금, 비파를 가리키기도 하는데, 후세에는 거문고, 가야금, 해금을 가리켰다.

13 울륜포鬱輪袍 비파로 연주하는 곡. 당나라 때 왕유王維가 지었다고 함.

14 양요楊幺 ?~1135. 북송 때 종상鐘相과 함께 동정호洞庭湖에서 반란을 일으킨 인물. 그는 관군에 저항하여 동정호에 누선을 띄우고 바퀴로 물을 저으니, 그 빠르기가 나는 듯했으며, 배의 측면에 당간撞竿을 설치하여 관선官船이 가까이 오면 부숴버리는 등 위세를 떨쳤다. 악의岳毅가 계책을 써서 격파하고 양요를 사로잡았다.

15 상비한녀湘妃漢女 상비는 순임금의 두 왕비인 아황娥皇과 여영女英을 가리킴. 순임금이 죽자 상수에서 자결하여 여신이 되었다고 한다. 한녀는 한수漢水의 여신을 가리킴. 한수는 양자강의 지류 중 하나. 중국의 여신으로서 '상비한녀'가 함께 일컬어졌다.

16 용조탄龍爪灘 성도부成都府 광도현廣都縣에 있는 여울 이름인데 용격龍格이라고도 한다.

17 지희정至喜亭 중국 호남성 의창시宜昌市에 있는 정자. 이곳은 삼협이 끝나는 지점으로 장강의 물이 이곳에 이르러 평탄해지기 때문에 선인들이 기뻐한다 해서 붙여진 이름. 구양수歐陽修의 「지희정기」가 유명하다.

18 정향丁香 고벽古壁 수심에 쌓인 가운데 쓸쓸함을 표현한 말. 이상은李商隱의 『대증代贈』에 "파초잎은 피지 못하고 정향은 맺혀 있어, 함께 봄바람을 향해 각기 수심에 잠기네〔芭蕉不展丁香結, 同向春風各自愁〕"라고 했고, 노조린盧照鄰의 「문옹강당시文翁講堂詩」에 "텅 빈 들보 위엔 제비 하나 없고 오래된 벽엔 단청만 남아 있네〔空梁無燕雀, 古壁有丹靑〕"라고 하여 각각 근심과 쓸쓸함을 환기시키는 소재로 사용된 전례가 있다.

19 구야九野 구주九州와 같은 말로 온 천하를 뜻함.

20 양부兩部 중국 고대의 악단은 앉아서 연주하는 악대와 서서 연주하는 악대가 있는데, 이 두 악대를 합칭하여 양부라 한다. 이 양부를 구비한 음악은 융숭하고 성대한 대접을 의미한다. 이 글에서는 김명곤 외의 악사들은 모두 버림을 받았을 정도로 그의 비파 연주솜씨가 뛰어났음을 나타내기 위해 차용되었다.

21 용만龍灣 의주義州의 별칭.

22 흘간산紇干山 일명 흘진산紇眞山으로, 여름에도 늘 눈이 쌓여 있다고 한다. 당나라 때 "흘간산 꼭대기 얼어죽는 참새들, 어찌하여 좋은 곳에 날아가 살지 않나〔紇干山頭 凍殺雀, 何不飛去生樂處〕"라는 말이 유행했는데, 당나라 소종昭宗이 떠돌아다니다 이 말을 거론하며 눈물을 흘렸다고 한다.(『자치통감資治通鑑·당소종唐昭宗·천우원년天佑元年』) 흘간산은 지금의 산서성山西省 대동현大同縣 채량산采涼山.

23 쇠미유리瑣尾流離 전란을 당해서 떠도는 모습.(『시경詩經·패풍邶風·모구旄丘』: "瑣兮尾兮 流離之子.")

24 제포綈袍 따뜻한 명주 솜옷. 전국시대 위魏나라 수가須賈가 진秦나라에 사신으로 갔을 때 매우 어려운 처지에 있어 보이는 옛 친구 범저范雎를 만나서 그를 몹시 애처롭게 여긴 나머지 제포 한벌을 주었다. 본래 수가의 모함으로 범저가 많은 고생을 겪고서 진나라의 정승이 된 터라 일부러 변장을 하고 간 것인데 이 일로 그동안 수가가 저지른 잘못을 용서했다. 이 뒤로 친구 간의 우정을 말할 때 흔히 쓰이는 고사가 되었다.(『사기史記·범수채택열전范雎蔡澤列傳』 권79)

25 장간리長干里 번화한 도시의 거리를 지칭하는 말. 원래 중국 남경의 한 구역의 명칭이었음. 이곳의 생활상을 노래한 「장간곡長干曲」이 있으며, 이백의 「장간행」이 유명하다.

26 당로미인當壚美人 탁문군卓文君을 가리킴. 탁문군과 사마상여司馬相如는 다 같이 금琴의 고수였는데 사마상여가 탁문군을 유혹해 도망을 쳐서 술집을 차렸다. 탁문군은 술청에 나가 손님을 상대하고 사마상여는 쇠코잠뱅이를 입고 일을 했다는 고사가 있다. '당로미인'은 탁문군의 술청에 나간 사실을 지칭한다.

27 북리부훈천北里富薰天 두보杜甫의 시 「삭풍표호안朔風飄胡雁」에 "북쪽 마을은 부유함이 하늘을 훈훈하게 하고 높은 누각에선 밤에 피리를 부네〔北里富薰天, 高樓夜吹笛〕"라는 구절이 있다.

28 금사사金沙寺 황해도 장연長淵 해안방海安坊에 있던 절.

29 옥산무화玉山無禾 이백李白의 「천마가天馬歌」에 "비록 옥산에 화가 있다 하더라도 굶주림을 면하게 할 수 없네〔雖有玉山禾, 不能療苦飢〕"라는 구절이 있다. 옥산은 전설 중에 신선이 산다는 곤륜산崑崙山. '禾'는 역시 곤륜산에 있다는 전설적 식물. 아무리 천마와 같은 재능을 지녔더라도 때를 못 만나면 펼 수 없다는 의미.

30 고어과하읍枯魚過河泣 『악부시집樂府詩集』에 「고어과하읍」이란 시가 있다. 내용은 "어부한테 잡혀가는 마른 물고기 강을 건너며 흐느껴 우나, 어느 때에 후회한들 미칠 수 있으랴. 편지를 써서 방어와 잉어에게 주노니, 서로들 경계하여 함부로 물 밖으로 출입하지 마시라〔枯魚過河泣, 何時悔復及. 作書與魴鯉, 相敎慎出入〕"라고 하여, 이미 지난 일은 후회해도 소용없다는 뜻을 담고 있다.

31 구빈도사救貧道士 양균송楊筠松을 가리킴. 자는 숙무叔茂, 호는 구빈救貧이다. 당나라 희종僖宗 때의 국사. 그는 부귀영화를 천하게 여기고 산수에 마음을 두어 결국 벼슬자리에서 떠나, 남쪽으로 돌아가서 풍수지리로 행세行世했다. 힘을 다하여 가난한 백성들을 구제했기 때문에 '구빈선인救貧仙人' 또는 '구빈선생救貧先生'의 호칭을 받았다. 저서로는 『청낭경靑囊經』 등이 있다.

성완成玩(1639~1710): 자 백규伯圭, 호 취허翠虛로 본관은 창녕이다. 동명東溟 정두경鄭斗卿에게 시를 배웠으며, 창해滄海 허격許格과는 지기가 상합하여 그 문하에 출입했다. 현종 7년(1666)에 사마시에 합격, 숙종 8년(1682)에는 일본 통신사행에 제술관으로 뽑혀 일본에서 문명을 날린 바 있다. 그의 시문집으로 『취허집』이 1766년에 평양에서 영명사판으로 간행되었는데 서문을 홍계희洪啓禧가 썼다. 이 서문에서 "성씨는 대대로 시를 잘하여 취허가 일본에 갔던 38년 후에 취허의 조카인 성몽량成夢良이 일본에 시로서 갔고, 몽량의 45년 후에 취허의 종증손인 성대중成大中이 또 시로 갔다"라고 특기했다. 그의 가문은 서계庶系로서 시학의 전통이 이처럼 대단했던 것이다.

● 작품 해설

「후비파행」은 백거이의 「비파행」의 후속편이라는 의미에서 붙인 제목이다. 「비파행」은 젊은시절 장안에서 비파로 날리다가 늙어 강호에 영락해 있는 여자를 시인이 만나 비파연주와 함께 그녀의 인생역정을 듣고 감회가 깊어 읊은 내용이다. 총 616자, 88구에 이르는 장편시로 인구에 회자해온 명작이다.

「후비파행」은 「비파행」과 비교해볼 때 공간도 다르고 시대배경도 다르고 남녀의 다름이 있지만 다 같이 비파 고수의 이야기다. 영락한 신세에 초점이 맞춰진 점에서 더욱이 동질성이 있다. 그런데 「후비파행」의 주인공 김명곤이란 악사의 인생역정은 그야말로 파란만장이어서 「비파행」의 주인공 여자에 견주어 훨씬 복잡다단하고 가련하기도 하다. 어려서 중이 되었다가 환속을 하고, 악사가 되어 '국공國工'으로 명성을 날리더니 전락해서 떠돌던 끝에 거지 신세로 황해도 장연의 한 절에서 붙어사는 처지다. 명청 교체기라는 역사적 상황이 배경을 이루어 이 인물의 운명에 심대한 영향을 직접 미쳤던 때문이다. 1622년 요동 지역을 여진족의 누루하치가 장악하여 모문룡이 가도를 점거하고 있던 당시 김명곤은 모문룡의 비상한 애호를 받아 그의 인생에서 황금기를 누리게 되며, 병자호란이란 전란의 과정에서 그는 재산도 여자도 다 잃고 떠돌이가 되어 유랑하게 된 것이다. 동북아의 역사전환기의 혼란과 고난의 축도가 그의 삶에 그대로 전이된 모양이다.

시인은 이 늙고 불쌍한 신세의 악사 김명곤을 황해도 재령의 어느 촌가에서 만난 것으로 되어 있다. 그 시점은 분명치 않으나 작중에서 그가 유랑하는 과정에서 서울에 들른 것이 계묘년(1663)이었다. 그후로 개성의 부호 마대인에게 한동안 대우를 잘 받다가 다시 또 유랑하는 신세가 되었으니 이 기간을 10년 안쪽으로 잡으면 1670년 무렵이 된다. 그의 비파 인생은 70년이 넘는다. 성완은 이 김명곤의 비파 인생을 백거이의 「비파행」의 틀 속에 집어넣은 것이다. 훨씬 더 복잡한 제재를 비교적 단일한 제재의 형식적 장치에 수용했다. 「비파행」의 각운까지 그대로 따라 쓰고 있다. 한시 작법상의 특수한 일이지만 지극히 어려운 작업을 해낸 성완의 창작적 기량은 실로 놀라운 바가 있다.

물론 이런 작업상에는 어려움과 함께 무리도 따랐다. 단일한 내용을 담았던 그릇에 복잡다단한 내용을 담기에는 한계가 있게 마련이다. 그래서 운문으로 표현하기 어려운 사정들은 병서의 산문을 길게 써서 전하는 방식을 취했다. 한가지 언급해둘 점이 있다. 「후비파행」에 쓰인 운자들을 비파행과 대조해보면 전부 일치하는데 후반부로 가서 운자 하나가 빠진 것이 발견된다(鳴 · 傾 · 聽으로 이어지는 대목에서 「후비파행」에는 傾운이 들어간 짝이 보이지 않음). 이는 시인 자신의 착오 아니면 전사과정에서 잘못일 것이다. 그러나 작품상으로는 별문제가 아닌 것 같다.

권국진을 송별하는 노래

送權國珍歌

신광수

또 한해 저무는구나
　　북풍에 눈발 날리어
다리께 주막집에
　　행인도 끊어진 즈음

서울의 부귀가 자제들
　　갖옷을 껴입고
아늑한 방 화로 앞에
　　더워더워 하다가

나들이할 땐 호마에 높이 앉아
　　얼굴이 지붕 위로 솟고
은안장 으리번쩍
　　길거리에 빛이 나는데.

권생 이 사람
　　폐포파립 행색으로
말 한필 종 하나

送權國珍歌

申光洙

歲暮北風天雨雪,
山橋野店行人絶.
長安子弟身重裘,
洪爐密室苦稱熱.
出入猲馬高於屋,
銀鞍照市電光掣.
此時權生破衣裳,
一馬一奴鞭百折.

먼 길을 떠나는구나.

나를 보고 말하기를
　"남방의 고을살이하는 친구를 찾아보고
노속들 속전이나 받아다가
　진 빚을 좀 갚으려오."[1]

권생의 옛날 일 내 알거니
　본래 대갓집 자손으로
소년시절엔 기상이 빼어나
　남의 기림도 자자했거니

아아, 시운이 맞지 않았나
　하는 일 뜻대로 되지 않아
나이 스물에 이미
　낙백한 인간이 되었구나.

5년을 떠돌아
　남쪽 바닷가 돌아다니며
생선장수 소금팔이로
　부모님을 봉양터니

관서로 말을 몰아
　누런 먼지 둘러쓰고

告我將見南諸侯,
贖奴持錢償逋物.[1]
權生舊日卿相孫,
少年落落稱俊逸.
嗚呼時命不謀身,
二十遂爲落魄人.
五年流離南海上,
賣魚販鹽勤養親.
驅馬西關蹋黃塵,

동래서 돛을 달고
　일본 땅을 엿보았네.

강호상에 노니는데
　장사치들과도 마주치면
서로 간에 너나들이로
　무릎 비비며 어울리고

이러구러 세월이 흘러
　이젠 나이가 서른을 넘기니
사나이 살아가는 도리
　더욱 소슬해졌구나.

부모님 배고프고
　처자식 헐벗으니
사는 것이 좋다지만
　이래 살아 무엇하리!

막다른 골목에서
　동남방으로 먼 길 나서는데
문밖에 차가운 햇살
　행인의 옷자락 비추더라.

새재 넘고 섬진강 건너고

掛席東萊窺赤日,[2]
江湖佔客有時逢,
半是爾汝相促膝.
秖今年紀三十餘,
男兒生理轉蕭瑟.
父母不飽妻子啼,
生乎雖賢亦奚爲.
窮途憫然東南行,
出門寒日照征衣.
鳥嶺蟾江路不盡,

길은 끝이 없거늘
강도야 호랑이
　낮에도 노린다지.

권생 이 사람
　사해를 지척으로 보니
마상의 어둑어둑한 하늘
　고니새 훨훨 날아가네.

재물을 얻고 잃고야
　굳이 따질 것 있으랴!
모르는 사람들 그를 비웃건만
　그를 아는 이들 서글퍼 여기네.

권생이여!
　세밑에 하필 어디로 가려오?

虎豹强盜晝敢窺.
權生咫尺視四海,
馬上冥冥鴻鵠飛.
黃金得失那可論,
不知者笑知者悲.
權生歲暮欲何之.
(『석북집石北集』권1)

---

1 자기 집의 문서에 올라 있는 노비를 양인으로 풀어주는 조건으로 돈을 받아, 그 돈으로 빚을 갚겠다는 뜻. 속노贖奴란 노비로부터 면제시키는 것. 이때 받는 돈을 속전贖錢이라 한다.
2 **적일赤日** 일본 땅을 가리키는 말.

※ **작품 해설**

　이 시는 송별시 형식으로, 원래 5수로 되어 있으나 그중에 제1수만 서사적 내용을 담은 것이기에 따로 뽑아냈다. 작품을 지은 때가 영조 25년(1748) 동지冬至일로 밝혀져 있는데 바로 작중의 현재다. 권국진權國珍이 어떤 인물인지 달리 알려진 사실은 없지만 파란의 경력을 지닌 특이한 사람이었던 모양이다. 그래서 송별하는 시에서 당자의 행적과 함께 인간상을 서사적 필치로 그렸을 것이다.

　사대부의 신분을 타고났던 사람이 마침내 행상으로 나서게 되고, 그리하여 장사치들과 너나들이를 하는 사이로 발전한 사실은 흥미롭다. 그리고 노비들의 속전을 받으러 가는 일은 야담의 화제로 흔히 등장하지만 서사시에 나오는 경우는 드물다. 이 시는 양반계급의 분화현상을 흥미롭게 보여주고 있다.

김생가

送金生赴愁州行營作金生歌贈之

남원 고을 필공筆工으로
　한양 나그네
이 사람 성은 김이요
　이름은 원탁이라네.

언제고 들어서기 바쁘게 술을 찾으며
　행동이 거칠기 짝이 없어
내 당초 미더워 않고
　마음에 불쾌하게 여겼는데

送金生赴愁州行營作
金生歌贈之[1]

한달을 두고 겪어보니
　사람됨을 알겠더라.
곧은 성질 화살 같아
　무엇이고 가로막질 못할레라.

申光河

龍城筆工漢陽客,
自言姓金名元鐸.
入門索酒醜豪甚,
我始不信心不樂.
置之一月得其人,
直性如矢物不隔.
自甘貧賤不辭勞,
百日製筆凡幾束.

빈천을 스스로 달게 여기고
　고달픈 일 사양칠 않아서
붓 매기 백일 동안에

412　제6부 예인藝人 및 시정市井의 모습들

붓은 무릇 몇속速이나 매는지

가는 털 살펴 정세하게 고르되
　모양보단 먼저 흠이 없기에 힘쓰니
제갈공명 계거필[2]에 못지않고
　왕희지 서수필[3]과도 겨룰 만하네.

그대는 어쩌다 이처럼 영락하였소?
　그의 내력 물어보니
술잔이 들어가 거나해지자
　옛날을 회상하여 이야길 꺼내는데

술주정 마냥 부려서
　한보동韓寶童[4]께 사람 취급 못 받더니
절제하고 근신하여
　황도위黃都尉[5]와 교유하게 되었더라오.

함춘원 뜰에는
　살구꽃 피어 환하고
창경궁 앞으로
　실버들 늘어져 푸르른데

닭싸움 붙이기 개 몰고 사냥하기
　멋대로 호기를 부리며

用心精細秋毫內,
不求容美先去惡.
諸葛雞距此其亞,[2]
右軍鼠鬚眞堪敵.[3]
問君緣何此流落?
酒酣以往話疇昔.
使酒不數韓寶童,[4]
折節交遊黃尉宅.[5]
含春苑裡杏花白,
昌慶宮前柳色碧.
鬪鷄走狗氣無前,

김생가 413

맑은 노래 구성진 춤
　　향락에 끝간데없었더라오.

그러다가 이도 저도 다 버리고
　　문득 명산을 찾아 돌아다니는데
서쪽으로 가서 묘향산이요,
　　동쪽으로 가서 금강산이라.

서편으로 충청도요 영남으로 경상도라
　　가노라 오노라 이천리
천봉만학에
　　발걸음 두루두루 닿았더니

이제 떠돌이 신세로
　　저 두만강가까지 가구요.
폐포파립 이 몰골
　　누가 알아보기나 하리오.

清歌妙舞樂未極.
忽然棄之入名山,
西過妙香東楓嶺.
西湖山南二千里,
千厓萬壑遍行跡.
如今漂泊窮荒北,
破衣敝冠人不識.
人生哀樂眞須臾,
回首長安事如昨.
路逢鄕人拜傴僂,

인생의 환락과 비애
　　참으로 눈 깜짝할 새 스치나니
머리 돌려 서울 하늘 바라보면
　　흥겹게 놀던 일 엊그제런가.

길 가다 고향사람 만나면

굽실굽실 허리도 펴지 못하고
필공을 자칭하고
　붓 매는 일 맡아 하지요.

지방의 고을살이하는 수령님네들
　서로 다투어 불러가고
때로는 병마절도사 영감까지
　편지로 간청해 간다오.

이 양반들 붓 매는 재주를 취함이나
　겸하여 그 사람됨도 취하게 되나니
그대의 일생 소경력 들어보면
　누군들 탄식하지 않으랴.

올해는 불행히도 큰 흉년을 만나
　백성들 죽어가는 판이라
처자식 춥고 배고파
　하늘을 향해 울부짖거늘

바닷가 궁벽한 곳에
　허술히 얽어놓은 초가집
북풍이 찬눈을 몰아오는데
　네 벽엔 서발막대 거칠 것 없구나.

自稱筆工而僕役.
使君地主爭招致,
兵馬節度交書牘.
諸公取才兼取人,
聞君行事皆嘆息.
今年年饑民大殺,
妻子嗷嗷向天哭.
新結茅茨滄海崖,
北風捲雪空四壁.

김생가 415

김생이여, 한필 말을 타고
　　그대 지금 어디로 가려는가?
북쪽으로 머나먼 길
　　함경도라 종성 땅으로 가옵니다.

내 들건대 종성 병영의 사또
　　인품이 어질고 은혜롭다대.
그대 거기 가거들랑 부디
　　오래 있지 말고 속히 돌아오소.

生胡騎馬欲何之,
愁州北去路三百.
吾聞主將仁且惠,
生去勿留還且速.
(『진택집震澤集』 권6)

1 "김생을 수주 행영으로 떠나보내면서 김생가를 지어 그에게 증정하다." 수주愁州는
　함경북도 종성鍾城의 옛 이름. 행영行營은 임시 머무는 군영을 뜻하는 말로, 종성에
　진영이 있기 때문에 붙여진 것이다.
2 **계거鷄距** 붓의 일종. 단봉短鋒에 모양이 닭 발톱처럼 생겼다 해서 붙여진 이름.
3 **우군右軍·서수鼠鬚** '우군'은 왕희지王羲之를 가리키며, '서수'는 쥐 수염으로 만든 붓
　이다. 왕희지가 「난정기」를 쓸 때 이 붓을 사용한 것으로 유명하다.
4 **한보동韓寶童** 누구를 가리키는지 알 수 없는데, 한보동이라고 일컬어지던 귀족 가문
　의 젊은이가 있었던 것으로 추정된다.
5 **황위택黃尉宅** 부마도위駙馬都尉 황인점黃仁點을 가리키는 듯하다. 영조 27년(1751)
　에 영조의 딸인 화유옹주和柔翁主와 결혼하여 창성위昌城尉로 일컬어졌고, 순조 2년
　(1802)에 세상을 마친 인물이다. 이 부마도위의 집에 김생이 출입하게 되었다는 뜻.

　이 시 역시 먼 길을 떠나는 필공 김원탁金元鐸이란 이에게 지어준 것이다. 그런데 시인은 그 인물의 경력 및 성격에 비상한 흥미를 가져, 바로 그 사람을 주인공으로 삼는 서사시 형식을 택하였다.

　붓이란 당시에는 필기도구로 유일한 것이었다. 그런 요긴한 물건을 제작하는 필공 또한 수공업자로 존재 의미를 지녔음이 물론이다. 필공이란 대개 고객의 요청으로, 혹은 스스로 고객을 찾아 돌아다니는 형태였다. 여기 주인공 역시 마찬가지다. 필공 김생은 시인의 집에서 백일 정도 작업을 했던바, 다시 다른 고객의 주문에 응해서 지금 멀리 종성 땅으로 찾아가는 판이다.

　시는 김생을 불러 처음 일을 시키는 데서 시작된다. "성은 김이요 이름은 원탁이라"라고 자기소개를 하는데 시인(고객)에게 준 첫인상은 썩 좋은 것이 아니었다. 그러다가 한달을 겪어보고서야 그의 인품을 이해하고 좋아하게 되었거니와, 무엇보다 붓 매는 기술에 탄복한 것이다. 끝으로 멀리 북쪽 변경으로 떠나야 하는 고달픈 사정이 서술된다. 한 필공의 형상이 그의 현재와 삶의 구체적이고 풍부한 과거로 그려지는데 세태의 재미난 면을 엿볼 수 있고 또 인생에 대해서도 한번 숙연히 생각게 한다.

최북가

崔北歌

신광하

그대는 보지 못하였소?
최북이 눈 속에 얼어죽은 것을.

갖옷 입고 백마 탄 너희들
　　대체 어느 집 자식들이냐?
너희들 거드름 피우느라
　　그의 죽음 슬퍼할 줄도 모르리라.
최북의 한미한 처지
　　참으로 애달픈 일이었다.

최북 그이의 사람됨
　　정갈하고 매서우니
그 스스로 칭호하길
　　화사 호생관毫生館이라고
체구는 작달막하고
　　눈은 한짝이 멀었지만
술이 석 잔을 넘어서면
　　꺼리는 것이 도무지 없었더니라.

崔北歌

申光河

君不見?
崔北雪中死.

貂裘白馬誰家子?
汝曹飛揚不憐死.
北也卑微眞可哀.

北也爲人甚精悍.
自稱畵師毫生館.
軀幹短小眇一目,
酒過三酌無忌憚.

북으론 숙신으로 올라가서
  흑삭을 거쳐 돌아왔고[1]
동으론 바다를 건너
  일본 땅을 다녀왔다지.

대갓집 병풍에 산수 그림
안견 이징을 무색게 만들었으니
술을 찾아 미친 듯 부르짖다가
  비로소 붓을 드는데
대청마루 대낮에
  강호 풍광이 살아난다.

열흘이나 굶주리던 끝에
  그림 한 폭을 팔아서
술을 사 마시고 돌아오다
  대취하여 성 모퉁이에 쓰러졌다네.

물어보자
  북망산에 진토된 만인의 뼈다귀
세길 눈 속에 파묻혀 죽은 최북
  그와 견주어보면 어떠하냐?

슬프다, 최북이여!

北窮肅愼經黑朔,[1]
東入日本過赤岸.[2]

貴家屛幛山水圖. (幢)*
安堅李澄一掃無.
索酒狂呼始放筆,
高堂白日生江湖.

賣畫一幅十日餓.
大醉夜歸城隅臥.

借問北邙塵土萬人骨,[3]
何如北也埋却三丈雪?

嗚呼北也!

최북가 419

그의 몸은 비록 얼어죽었으되

그의 이름은 길이 지워지지 않으리!　　　　　　身雖凍死名不滅.

1 **숙신肅愼·흑삭黑朔** '숙신'은 두만강 연안 일대, '흑삭'은 흑룡강黑龍江 쪽을 가리키는
말.
2 **적안赤岸** 일본 땅을 가리키는 말. 최북은 화원으로 통신사절단에 속하여 일본을 다녀
온 일이 있었다.
3 **북망北邙** 원래 중국 낙양洛陽 근교에 있는 산 이름으로, 그곳에는 동한시대에 귀족의
무덤이 많았다. 이에 연유하여 흔히 공동묘지를 가리키는 말로도 쓰이지만 여기서는
부귀한 자들의 묘지를 뜻하고 있다.

420　제6부 예인藝人 및 시정市井의 모습들

● 작품 해설

화가 최북의 예술가적 형상을 표출한 것이다. 최북은 기인형의 개성적 인간
이었다. 그의 괴벽한 성격, 유별난 행동을 전하는 전기류 기록은 더러 있는데,
「최북가」는 시 형식으로 그의 주검 옆에서 애도하며 그의 인생을 평정하는 만가
적인 성격을 갖는 점에서 특이하다.

최북은 직업적 화가였다. 작중에서 "최북의 한미한 처지 참으로 애달픈 일이
었다"라고 개탄하였듯, 직업화가는 천대받던 것이 당시의 사회관행이었다. 그
런데 『풍요속선』에 그의 시 3수가 뽑혀 있을 정도로 그는 문학적 교양을 소유하
고 있었으며 전공인 회화에서는 '절세絶世'로 평가받는 수준이었다. 그는 자신
을 직업화가로 의식하여 '화사畵師 호생관毫生館'으로 자칭했다. 붓으로 살아간
다는 뜻이니, 그림을 그려 살아가는 존재임을 분명히 자각한 것이다. 그는 실제
로 "아침에 한 폭 팔아 아침밥 먹고 / 저녁에 한 폭 팔아 저녁밥 먹고"(신광수「최
북설강도가崔北雪江圖歌」) 그런 생활을 영위하고 있었다. 좌중에 "술을 찾아 미
친 듯 부르짖다가 비로소 붓을 드는데 / 대청마루 대낮에 강호 풍광이 살아난다"
라는 간결한 묘사에서, 그의 기인다운 면모와 빼어난 예술 기량이 현장적 실감
으로 우리 앞에 전해진다.

이러한 그가 열흘을 굶주린 끝에 겨우 그림 한 폭을 팔게 되었다. 그래서 얻
은 약간의 돈을 들고 돌아가는 길에 그는 술을 사 마시고 객사한다. 최북의 최후
다. 거기에 허다한 이야기가 있겠고 덧붙일 감회도 적지 않을 터인데 시는 일체
생략해버렸다. 그래도 독자는 이 예술가가 고객의 천박한 기호에 영합하지 못해
굶주렸으며, 그러다 구차히 한 폭을 팔아 얻은 돈을 간직하고 돌아가는 그의 걸
음은 무한히 울적했을 것이라고 추측하기 어렵지 않다. 시는 대담하게 독자의
상상에 많은 부분을 맡겨버리고 서두에서 제기했던 문제로 돌아가 가장 불우하
게 살다 허무하게 간 이 죽음의 의미를 정리하는 것으로 마무리 짓는다.

「최북가」는 서사적 구성이 더없이 간결하고도 긴장감을 준다. 그리하여 부조
된 최북의 형상은 우리 18세기에 새롭게 출현한 예술가의 모습인데, 그네들의
고뇌에 찬 신음소리를 옆에서 듣는 것도 같다.

김홍도

題丁大夫乞畫金弘道

신광하

그대 보지 않았는가?
정대부의 그림 그려달라고 청한 노래
내 방금 그 노래 읽어보고
　　속절없이 한숨을 쉬었다네.

정대부 낙마해서
　　반년이나 객관에 드러누워
손에 책을 놓지 않고
　　노상 시를 지어 읊조리는데

좋고 궂은 세상만사
　　마음에 들어오지 않는데
아무리 좋은 그림 있다 한들
　　그건 또 무엇에 쓸 건가?

내 듣자 하니 화사 김홍도는
　　요즘 사람은 말할 것 없고
옛사람도 그의 그림 솜씨

題丁大夫乞畫金弘道¹

申光河

君不見?
丁大夫乞畫歌.
我今一讀空咨嗟.
墮馬半年臥客館,
手不釋卷長吟哦.
世上萬事不入心,
雖有工畫且奈何.
吾聞畫工金弘道,
不啻今人古莫過.

따르기 어렵다 하대.

일찍이 왕명을 받들고
　　동쪽으로 관문을 넘어갈 제
좋은 비단 뒤에 싣고
　　채찍을 날리며 말을 달렸다지.

금강산 만 봉우리 솟아
　　아홉 고을에 뻗쳐 있는데
신선이 어른어른 노닐고
　　바닷물결 출렁인다네.

금강의 기기묘묘한 산과 바다
　　대궐의 전각 아래 펼쳐지니
오색구름 해를 붙잡아
　　서로 뒤엉켜 흔드는 듯이

위의 부르심에 대비하여
　　금문金門²에서 항상 대기하느라
집에 있는 날 드물고
　　궐내에 있을 적이 많다네.

그대 젊은시절부터
　　각별한 지우를 입었도다.

往年奉命東出關,
揚鞭走馬隨輕羅.
九郡細縈萬峰盧,
神仙嫋娜空海波.
海嶽却在殿中間,
彩雲句日相盪摩.
立待金門不時召,²
在家常少在內多.
嗟爾紗年殊遭遇,

그대의 절등한 재주 놀랍되
　　어찌 재주로만 사랑을 받았을까.

내 그의 사람됨을 살펴보니
　　자태는 고요하기 그지없고
매양 어떤 사물을 그림에
　　마음에 깨침을 얻는 듯

최북 그 사람
　　취하여 제멋대로 떠들고
그림 그리는 동료들 만나선
　　자칭 독보라 뽐내더니

최북 이 사람 궁해서 죽자
　　그림값도 따라서 떨어졌다지.
때를 따라 변하는 세상 물정
　　차라리 말하지 말자.

내각이라 공봉供奉[3]으로
　　30인 뽑힌 가운데
김홍도라 그 이름
　　오늘에 가장 떨치는구나.

정대부의 문장 수완

豈惟絶藝蒙眷顧.
吾觀其人貌甚靜,
每畫一物心若悟.
豈如崔北衆中恣醉罵,
目見曹耦稱獨步.
北也窮死畫亦賤.
休道物情隨時變,
內閣供奉三十人.[3]
於今弘道名獨擅.

지금 국중에 울리나니
글씨 하나 땅에 떨어져도
　사람들 금이야 옥이야
붓을 들어 노래를 지으니
　그 노래 어떻던가?

김홍도여! 김홍도여!
그런 노래 얻었으니
　그림 한 폭 그려도 좋으리라.

그대는 그림을 그리되
　풀벌레, 물고기, 꽃과 잎새
　이런 따윈 그리지 말고
저 대부 지팡이 짚고
　소요하는 모습을 그리게나.

어서 돌아가세 어서 돌아가
학여울가의 초옥에
　그 그림 걸어두고 보리라.

大夫文章震一國.
片言落地如黃金白璧.
放筆爲歌歌磊落.
弘乎弘乎!
得此畫亦足.
願君勿畫蟲魚與花葉,
畫作大夫放杖行歒側.
早歸去·早歸去,
掛之鶴灘上之草屋.⁴
(『진택집』권9)

1 "정대부가 김홍도에게 그림을 구하는 데 부쳐." 여기 '정대부'란 인물은 시인으로 명
  성이 높았던 정범조다. 그는 자가 법세法世, 호는 해좌海左, 벼슬은 이조참판에 이르
  렀고 『해좌집海左集』을 남겼다.
2 **금문金門** 금마문金馬門의 준말. 특히 임금 측근의 문신들이 부름에 대기하고 있는 곳
  을 가리킴.
3 **내각內閣·공봉供奉** '내각'은 규장각奎章閣의 별칭. '공봉'은 임금의 좌우에서 일 보는
  관직. 『대전회통』에 의하면, 규장각에는 "각감閣監 2명, 사권司卷 2명, 검서관檢書官 4
  명, 영참領籤 2명, 감서監書 6명, 사자관寫字官 8명, 화원畵員 10명, 검률檢律 1명"으로
  규정되어 있다. 이중에 "사권·영참·감서는 지금은 철폐했다"라고 되어 있다. 규장각
  에는 공봉에 속하는 부류가 화원을 비롯해서 대략 30인이 두어졌다.
4 **학탄鶴灘** 학여울. 어딘지 확실치 않은데 정대부가 돌아가고자 하는 고장일 것이다. 지
  금 서울의 강남구에 학여울이라는 지명이 있다.

🏵 작품 해설

이 시는 지어진 경위가 복잡한 편이다. 정대부란 시인(정범조)이 먼저 김홍도에게 그림을 그려달라는 의도를 내포한 시를 지었는데 다시 거기에 붙여 쓴 것이 이 시다.

전편이 세 단락으로 나누어지는바, 제1부에서는 정대부가 하필 김홍도의 그림을 요청하는 뜻이 어디에 있는가 하는 의문을 던진다. 다음 제2부에서 화가로서의 김홍도 경력과 수준을 서술하고, 끝의 제3부에서 비로소 정대부가 김홍도의 그림을 갖기 원하는 까닭을 해명하고 있다. 이와 같은 내용 구성으로 되어 있기 때문에 전체를 완전한 서사시로 볼 수는 없다. 주인공 김홍도의 예술가적 형상을 서술한 부분이 일정하게 서사성을 띠고 있는바, 그 형상에 관심이 가는 것이다.

김홍도는 최북과 동시대에 화가로 나란히 활동한 인물이다. 시에서 최북과 김홍도를 비교한 대목은 특히 흥미롭다. 그리고 "매양 어떤 사물을 그림에 마음에 깨침을 얻는 듯"이라고 한 구절로, 김홍도가 견지한 예술정신과 도달한 경지를 단적으로 엿보게 한다. '마음에 깨침'을 얻은 눈으로 사물을 통찰하여 그리는 그것을 높이 사서, "저 대부 지팡이 짚고 소요하는 모습"을 그려달라고 요망하는 것이다.

동양 전래적으로 시와 회화는 긴밀한 관계를 맺어왔다. 작중에서 김홍도의 회화로 시인 쪽이 경도된 현상을 보였는데, 사실적 경향을 추구하던 시인·화가 사이에 정신적 교유가 맺어지고 또 그 사이에 새로운 관계 설정도 시작되는 것 같다.

🏵 참고

정범조가 지은 원가는 제목이 「기김홍도구위산수충조도가寄金弘道求爲山水蟲鳥圖歌」(김홍도에게 부침, 산수충조도를 구하는 노래)로 되어 있다. 정범조는 다시 신광하의 이 작품에 붙인 노래가 있으니 그 제목은 「희제신수부화걸화가戱題申水部和乞畫歌」다. 이 두편을 연구자를 위한 참고자료로 다음에 원문을 제시해둔다.

寄金弘道求爲山水蟲鳥圖歌

往者崔七七, 馳譽沈鄭間. 爲我掃古梅, 筆力破天慳. 斯人已黃土. 代起誰爲勝? 近時畫家推獨步, 精妙無過金士能. 枳桓之山蟠海東, 瓊峰戌削彌蒼空. 滾雪飛霜萬瀑洞, 驚霆急霹九龍洪. 登臨化窟神爲會, 頃刻移來毫素中. 內閣屏障黃金粧, 貴家窓壁白練光. 輿酣盤礴恣揮灑, 逸氣直與靑霞揚. 尤工翎毛與花葉, 細心點綴何微茫. 天生絶藝不虛死, 屢蒙至尊含笑視. 豈比崔生窮到骨, 白首鬻技長安市. 海左老人眼有力, 看畫頗能辨品格. 逢人每說金士能, 神交肯隨形骸隔. 近聞養痾廢丹鈆, 爲余强起寫數幅. 或爲山水或蟲鳥, 淋漓未害從心欲. 至寶終須識者傳, 休將戲筆酬塵俗. 我亦贈君乞畫之古歌, 君知此歌不易得.

戲題申水部和乞畫歌

洛陽畫師金弘道, 自倚畫藝傾東域. 意驕不肯輕下筆, 人蓄一紙千金惜. 海左詞伯老興顚, 戲作歌詞出新格. 每歌一篇索一畫, 弘也得之如拱璧. 三日爲山五日水, 八幅掛我中樑脊. 滿堂賓客皆絶倒, 謂我文章有權力. 世間能事易爲患, 莫以得意誇流俗. 君不見水部瀟郞申文初, 白髥飄腹雙瞳爍. 昨夜簫燈一放筆, 朝來傑句動京國. 機鋒剩有摩壘勢, 光焰直奪生綃色. 譬如孫子出上駟, 中權闔闢神莫測. 又如淮陰發輕騎, 赤幟如電入趙壁. 文初文初汝誠能, 汝兄石北才無敵. 汝又爭長齊楚間, 新聲鼓角撼華嶽. 牛割鴻溝誠不辭, 並驅中原莫相阨. 感激贈汝同聲歌, 爲雲爲龍長追逐.(『해좌선생문집海左先生文集』권10)

달문가
達文歌

옛날 옛적 은문규殷文圭[1]란 사람
어찌나 입이 크던지
주먹이 입 속으로 들락거렸다네.
어떤 한 노인이 그를 보고 감탄해 말하길,
"이런 모습 곧 신선이로다.
신선이 못 되면
큰 이름 천하에 떨치리라."

내 달문의 사적을 보니
그 노인 말 과연 증험하겠더라.
손을 들어 다섯 손가락 오므리면
부처님 도라면[2] 같은데
벌린 입 사발만하여
주먹이 입 속에 들락날락.

달문은 어떤 사람인가?
스스로 말하길, 안평대군 자손이라고
예전엔 금지옥엽으로 드날리더니
지금은 자손이 상사람 되었다는구나.

장성해서도 장가를 들지 않아

達文歌

洪愼猷

昔吳殷文圭,[1]
口大入其拳.
有翁見之歎,
此狀乃神仙.
神仙若不成,
大名天下聞.

余觀達文事,
翁言驗果然.
引手拳五指,
如佛兜羅綿.[2]
問口大如鉢,
拳入恢恢焉.

文是何爲者?
自言安平孫.
翩翩貴公子,
子孫爲庶人.

年壯不娶婦,

머리에 갓을 쓰지 못했더라.
어디 매인 데 없이 떠돌며
일신에 걸리는 일이 없었네

달문은 팔풍무³를 잘 추는데
어룡魚龍이요 만연曼延놀이로다.
몸을 뒤로 젖히면 머리가 발에 닿고,
배꼽이 불쑥 하늘을 쳐다보네.

온몸이 유연하여 뼈가 없는 듯
삽시간에 몸을 돌려 뒤집더니
어느새 획 바뀌어
꼿꼿이 섰다가 홀연 도립을 한다.
바로 보지 않고 눈을 흘기더니
비뚤어진 입에 나오는 대로 떠드누나.

산대山臺⁵의 좌우부에
장안의 악소년 무리들
그를 모셔다 상석에 앉히고서
귀신이나 모시듯 떠받드네.

달문은 일신을 의탁할 집도 없어
아는 사람 집에 기숙하더니
하루는 주인이 밤에
약간의 돈을 잃어버렸는데
달문은 주인이 자기를 의심하는 줄 알고
잘못했다 사과하고 그 돈 돌려주더라.

頭上又不冠.
放浪而不覊,
一累身不關.

善作八風舞,³
魚龍更曼廷.⁴
外屈頭至足,
臍腹兀朝天.

四體若無骨,
閃倏回且旋.
俄膺瞥而改,
植立忽爾顚.
側目無正視,
喎口無完言.

鼇棚左右部,⁵
長安惡少年.
延之坐上頭,
敬之若鬼神.

無家身可投,
寄宿就所親.
主人一日夕,
亡錢若干緡.
文知主人疑,
慚謝以錢還.

그날 같이 묵은 다른 손이
며칠 후 돈을 갚으려 들러 하는 말.
"마침 주인이 집에 없길래,
내 미처 말하지 못하고 가져갔더랬소."
이때부터 달문의 이름이 나서
온 세상 그를 칭찬하였네.

먼 옛날 중국 한나라 사람 직불의直不疑[6]가
천년 후 조선 땅에서 다시 태어났는지
본디 신의를 중히 해서
남에 대해 거짓과 속임이 없었더라.

사람들 딱하게 여겨 그에게 권하되
거간군이라도 하여 살 방도를 차리라 하니
전라도 큰 삿갓을
머리 위에 두둥실 쓰고

보검은 일본서 건너오고
기이한 물화들 북경서 들어오며
여우 갖옷이며 호피 모자
화려한 머리장식 현란한 노리개

낮에는 부잣집에 가 거래하고
아침에는 대갓집에 가 흥정하고
몇푼의 이익에 쫓아다니는 꼴
스스로 돌아보기에도 서글프구나.

其日同舍客,
又償主人錢.
謂値主人無,
取去不告云.
自此文知名,
一世爭稱賢.

西京直不疑,[6]
千秋生朝鮮.
信義是素蓄,
向人不欺謾.

人勸作牙儈,
取剩以資身.
湖南大簑笠,
頭上黃圓圓.

寶刀從南蠻,
異貨自北燕.
狐裘如貂帽,
繁餙珮繽紛.

晝沽富豪家,
朝售甲第門.
營營刀錐利,
自顧足悲酸.

어찌 사내 대장부의 몸으로
마당에 닭처럼 곡식 한톨 다툴 건가.
으쓱하여 청루靑樓로 들어가니
곱게 차린 여자들 이쁘기도 해라.

那將丈夫身,
如鷄爭一餐.
昂然入靑樓,
珠翠多嬋娟.[7]

기생들 역시 그의 이름 들었던 터
한번 보고 크게 반가워하며
한껏 뽐내다가 애교로 바뀌어
슬슬 기고 고분고분하는구나.

兒女亦聞名,
一見大喜歡.
虎威變狐媚,[8]
婢膝兼奴顔.

오른 소매에 구름 같은 머릿결이요
왼 소매에 석류빛 치마.
탕자 뒤에서 따라오고
사랑스런 계집 탄 말 앞을 서네.

右袖烏雲髻,
左袖紅榴裙.
蕩子步在後,
嬌姬馬在前.

새벽녘이면 장군의 연회에 불려가고
어두울 녘이면 왕손王孫의 잔치에 나아가서
먹다 남은 술 식은 안주
걷어 먹나니 마음이 처량하다.

晨赴將軍幕,
夜趁王孫筵.
殘盃與冷炙,
到口心哀憐.

간다 온다 말도 없이 뚝 떠나
한강변으로 나가 하룻밤 지새고
식전에 문경새재를 넘어
석양에 낙동강을 건너
번화하기로 동남방에 첫손 꼽히는 곳
동래라 바닷가에 있겠다.

卽席無語別,
出宿漢江邊.
朝踰主屹關,
夕濟洛東舡.
繁華擅東南,
萊州在海濱.

그 무렵 통신사
일본으로 곧 떠나는데
따르는 인원이 5,6백명이라
빽빽이 부산으로 연이었구나.

홀연 달문이 어디서 나타나자
모두 전처럼 은근히 맞이하고
읍내 사람들 달문을 한번 보자고
가는 곳마다 몰려 떼를 이루었네.

서로들 잡아끌어 집으로 데려가서
안주는 수북수북 술잔이 넘치는데
익살에다 속담을 섞어서
이러구러 반년을 놀다보니
지루하고 염증이 나는구나.

왼편으로 노정을 잡아 주류하는데
호남으로 호서로 두루두루 노닐어
대동강 건너고 청천강 거슬러올라가
통군정統軍亭 백척 높은 데 올라서니
우리나라 땅 여기 의주서 막혔구나.
지세를 보면 강 건너 사막으로 연하고
북방의 기운 산천으로 휘감았도다.

휘장 안에 비단치마 늘어앉아
대피리 줄풍류 촛불에 비치는데

是時通信使,
將赴日本蠻.
從人五六百,
轟轟連釜山.

忽然文躍入,
如舊接殷懃.
邑人要識面,
所到聚成群.

競引還家去,
酒肉溢杯盤.
調謔雜俚語,
半年成留連.
支離生厭倦.

周流路左遷.
遍遊湖南西,
湡溡轉溯洄.
百尺統軍亭,
東土限龍灣.[9]
地勢連沙漠,
朔氣繞山川.

玉帳列綺羅,
華燭照管絃.

달문가 433

덥수룩한 달문이 뛰어들어
절하는 모습 기운이 펄펄 날아갈 듯
뜰 앞에 온갖 춤 어우러지고
술잔을 받아마셔 얼굴이 주홍빛

蓬頭突其鬢,
膜拜氣連軒.[10]
庭前紛萬舞,
錫爵顔如丹.

한동안 머물다 마음이 답답하여
다시 길 떠나 이리저리 발길 닿는 대로
동쪽으로 금강산 비로봉
서쪽으론 백두산 꼭대기

久居心鬱鬱,
復路步蹁躚.
東上毗盧峰,
西登白頭嶺.

가는 곳마다 사람들 그의 얼굴 알아보고
구경 나온 사람들로 담장을 둘러친다.

到處人識面,
觀如堵墻環.

시속에 헛소리하는 아이 꾸짖을 때
달문이 닮았다 하는데[11]
어쩌다 달문이 그 말을 듣고
"달문이 보고 싶냐?"
문득 입을 벌리고 껄껄 웃으며
주먹을 쥐어 입 안으로 집어넣더라.

諺數童子謾,
必稱類達文.[11]
文忽得聞之,
問欲達文觀.
張口仰天笑,
一拳納其間.

헛된 이름 얻으면 자신을 그르치기 알맞다네.
달문이 역적 옥사에 속절없이 끌려들어
멀고 험한 땅으로 귀양을 갔다가
이내 풀려나게 되었더라.

空名適自誤,
妖獄忽引援.
遷徒遠惡州,
尋蒙解澤恩.

앙상한 머리에 전립을 쓰고
비쩍 마른 몸골에 누더기 걸쳤으며

髮短戴氈笠,
形槁衣結鶉.

세파 풍상 겪은 나머지
기특했던 기운 사그라졌구나.

어느날 어디론가 훌쩍 떠나버려
종적 구름처럼 찾을 수 없네.
푸른 산 만 겹이나 깊고 깊고
푸른 바다 만 굽이나 넓고 넓은데
소식이 끝내 들리질 않으니
죽었는지 살았는지 누가 알리오.

별난 재주 익살스런 소리
이름이 벌써 온 나라를 들썩이다가
광막한 천지에 바람처럼 떠돌아
그 자취 참으로 신선을 방불케 하네.

이 사람 명색이 하찮은 부류지만
요망한 재앙에 걸려들었네.
하물며 맑은 이름 지닌 인물이야
갖가지로 시기와 노여움 사기 쉽겠지.

이 사람 능히 이름을 감추고
흔적없이 자취를 숨길 줄 알았구나.
어떠한가
예로부터 이름 좋아하던 선비들
자기 몸 보전이 어려웠나니.

지인至人은 무명無名을 귀히 여기어

風霜震剝餘,
奇氣盡凋殘.

一日翩逸去,
蹤跡若浮雲.
青山深萬疊,
碧海橫漫漫.
消息竟茫然,
誰知沒與存?

恢詭更譎怪,
名旣一國喧.
飄颻遊廣漠,
跡又類仙眞.

此子名雖賤,
猶復罹妖氛.
何況有淸名,
猜怒受百端.

此子能藏名,
泯然遠沈淪.
如何好名士,
從古保身難.

至人貴無名,

빛을 감추고 먼지 속에 어울렸더라.
달문은 신선과 그리 멀지 않으니
하필 학이나 난새를 타야만 신선이랴?

나의 이 시 허투루 지은 것 아니니
읽는 사람들 깊이 새겨야 하리.

和光又同塵.
神仙去不遠,
何必驂鶴鸞.

吾詩非偶爾,
覽者宜書紳.
(『백화자집초白華子集抄』)

1 **은문규殷文圭** 중국 오대五代 때 오吳나라 사람. 구화산九華山에 살며 힘써 공부하여 벼루가 닳아서 구멍이 뚫렸다. 후에 한림학사가 되고 『등룡집登龍集』 『명수집冥授集』 등 저서를 남겼다.

2 **도라면兜羅綿** 원래 도라(Tūla)라는 나무의 보드라운 화서花絮로 만든 것.

3 **팔풍무八風舞** 연희의 일종. 『신당서新唐書·축흠명전祝欽明傳』에 "황제가 여러 신하와 잔치할 때, 축흠명祝欽明(당시 국자좨주國子祭酒였음)이 스스로 팔풍무를 출 수 있다 하자 황제가 추어보도록 했다. 흠명은 몸이 비대하고 추했는데, 그 몸으로 땅에 손을 짚고 머리를 돌리고 눈을 깜작이며 좌우를 돌아보는 동작을 벌였다. 황제는 크게 웃었다. 이부시랑 노장용盧藏用이 탄식하며 '축공祝公은 이 행동으로 그의 오경五經이 간데없이 되었다'고 말했다"라고 나와 있다. 달문이 춘 팔풍무란 여기에 유래한 일종의 병신춤이며, 여러 동물의 움직임을 형상화한 것인 듯하다.

4 **어룡魚龍·만연曼延** 진시황秦始皇이 만들었다는 백희百戲의 일종. 광대가 진기한 동물 모형을 만들어 이를 움직이며 공연하는 연극이다. '어룡'은 물고기와 용으로 변하는 동물의 모형이고, '만연'은 길이가 긴 전설상의 짐승이다.

5 **오붕鰲棚** 산대놀이(山臺戲)의 무대를 가리키는 말. 동월董越의 「조선부朝鮮賦」에 "광화문 밖에 동서로 오산鰲山 2좌座를 설치하는데 높이는 광화문과 나란하며 극히 공교하게 되어 있다"라고 했다. '오산'은 큰 자라가 봉래산을 등에 지고 바다로 떠다닌다는 신화에 맞춰 무대를 꾸민 모양을 비유해서 쓴 말이다.

6 **서경西京·직불의直不疑** '서경'은 서한西漢을 가리킴. '직불의'는 문제文帝 때 낭郎의

벼슬에 있었는데 그때 어떤 사람이 동료의 금덩이를 미처 말하지 않고 가져갔다. 금덩이 주인이 직불의를 의심하므로 즉시 변상해주었는데, 후일 가져갔던 사람이 돌아와서 금을 돌려주었다 한다. 이에 직불의는 장자로 일컬어지게 되었다.

7 주취珠翠 주위취요珠圍翠繞의 준말로 여자들이 장신구로 곱게 꾸민 모습. 선연嬋姸은 아름다운 자태.

8 호위虎威 남의 위세를 빌려 뽐내는 것을 가리키는 말로 호가호위狐假虎威. 기생들이 달문을 자세해서 으스대려 한다는 의미.

9 통군정統軍亭·용만龍灣 '통군정'은 평안북도 의주義州에 있는 누각. '용만'은 의주의 별칭이다.

10 막배膜拜 두 손을 모아 이마에 대고 땅에 꿇어앉아 절을 하는 예식. 원래 중국의 서북 지방 민족 사이의 풍속이었다 한다.

11 박지원의 「광문자전」에도 "당시 우리나라 아이들의 서로 야유하는 말로 '네 형이 달문이라'고 했다"라는 언급이 보인다.

● 작품 해설

달문은 일명 광문이다. 영조 때 서울의 시정에서 활동하여 일세에 명성을 얻었던 인물이다. 당시에 그에 관한 일화들이 입에서 입으로 전전하여 그는 이미 옛날이야기의 주인공처럼 되었다 한다. 곧 야담적 인물이 된 것이다. 연암의 「광문자전」은 야담에서 전 형식의 한문단편으로 정착된 경우인데 「달문가」는 서사시로 씌어진 것이다. 야담이 서사시 형식과 결합된 흔치 않은 사례다.

이 시는 달문이 나름으로 세상에 유명해져서 그 때문에 역모사건에 연루되는 화를 입고 마침내 종적을 감춘 데 착안하여, "지인至人은 무명無名을 귀히 여기었다"라는 말로 주제를 삼고 있다. 연암이 「광문자전」에 "명성을 훔쳐 거짓을 가지고 서로 다툴 것인가?"라고 '어떻게 처신할 것인가'라는 문제를 던진 것과 주제의식이 서로 일치하는 것이다. 같은 소재에 설정한 주제 역시 다르지 않게 되었다. 그러나 각기 특성이 있어 「달문가」도 「광문자전」 못지않게 흥미롭게 읽힌다.

「달문가」의 특색을 들어보면 첫째, 여러 다채로운 사건과 일화를 동원해서 풍부하게 엮은 점이다. 달문이 팔풍무를 잘 춘 사실, 산대놀이에서 활동한 일, 중개상인 노릇을 한 일, 팔도 각처를 유람한 일 등등 처음 알게 된 재미난 사실이 적지 않다. 둘째, 일화들을 엮어나가는데 평면적인 배열이 아니라, 주인공의 전환하는 삶의 족적이 시적 구성의 계기로 일체화되고 있는 점이다. 작품은 달문이 세상 별별 일에 다 종사하여 그의 파란의 인생역정을 순차적으로 더듬는데, 삶의 방식이 전변하는 과정이 그가 처한 외적 조건이 내적 심경의 변화로 작용한다. 그래서 다른 삶의 양식을 택하며, 또 그 상황에서 심경의 변화가 일어나 또 다른 길로 바꾸는 것이다. 한 시정의 인간형이 풍부한 삶의 질량을 입체적으로 구사하여 제시되고 있다.

추월가
秋月歌

홍신유

충청도라 백제의 옛 땅
예로부터 노래를 좋아하지.

한 여자 있으니 이름은 추월이요
공주의 기생집에서 태어났는데

나이 열여섯에 노래 잘 불러
명성이 서울까지 울렸다네.

부마궁으로 뽑혀 들어가
미모의 여자들 사이에 단연 빼어나더라.

그때 한 가객歌客이
잡된 소리 부끄러워하고
　음악의 바른길을 추구하였는데
이 가객 따라 노래를 배워
한해 만에 천박한 품 씻겨졌고
자나깨나 목청을 가다듬어

秋月歌

洪愼猷

湖西古百濟,
遺俗好謳歌.

有女名秋月,
公州出妓家.

十六善於歌,
聲名聞京華.

選入貴主宅,[1]
紅拂間綺羅.[2]

時有郢人歌,[3]
白雪恥里巴.[4]
歌從郢人習,
一年洗淫哇.
寤寐喉舌間,

소리 공부 삼년의 세월이었네.

수풀 서늘한 정릉 골짜기며
연융대[5] 시냇가 바위 위에
달빛 하늘에 가득 찬 가을밤
백화만발한 봄날이라.

파초선 폈다 서평군 양평군이요,
학경거 타신 능창군 낙창군이라.[6]

휘황한 자리에 관악 현악 어울리고
수놓은 장막 술잔에 노을빛 흐르는데
춤추는 치맛자락 너울거려 돌고
노래하는 기생의 비녀 줄을 그어서
높이 뜬 구름도 홀연 멈추어 섰고
하늘 가득히 아스라한 산 푸르러라.

추월이 노래 한 곡 부르니
운소雲韶의 팔음이 조화되는 듯[7]
흥겨움에 손뼉을 치니
옛 막수莫愁의 음악일런가.
여음이 들보에 감돌아 한아韓娥[8]가 살아났나.

스스로 생각하길 풍류마당에

唱吟三年多.

林壑貞陵洞,
溪石練戎衙[5]
清夜滿天月,
煖日千樹花.

西陽蕉葉扇,
綾洛鶴脛車.[6]

綺席咽絲管,
錦幕酌流霞.
舞人匝紅裙,
歌兒列金釵.
高雲忽不動,
滿空碧嵯峨.

秋娘一曲歌,
雲韶八音和.[7]
拂塵古莫愁,
遶梁今韓娥.[8]

自擬風流場,

백년 내내 호사하리라 싶더니
세상일 바둑판처럼 뒤집히고
인생이란 물결처럼 흘러가는 법

고대광실 구름 속에 연이었더니
가을하늘 빗긴 해에 이울어진 풀이로다.
요사이 사람들 예스런 가락 좋아하지 않고
부르나니 모두 시속의 천박한 소릴레라.

옛날에도 임금이 우笙를 좋아하여[9]
비파를 안고 문밖에 어정거린 일 있었더니
종자기鍾子期 죽고 나자
누가 다시 백아伯牙를 알아주리오.

비장한 마음 남방의 소리에 부쳐
이제 고향땅으로 돌아오니,
마치 심양강潯陽江 배 위에서
나지막히 비파 타던 여자처럼[10]

그 가락에 강개한 뜻 붙였으니
듣는 이 모두 슬퍼하고 한숨 내쉬네.

세상이란 본래 이러하니
추월이여 그대 어찌하리.

百年長豪奢.
世事飜奕棋,
人生逝瀾波.

連雲舊甲第,
秋草夕陽斜.
今人賤古調,
所歌皆咬哇.

如齊方好竽,[9]
門外抱瑟過.
有如鍾期死,
誰復識伯牙.

悲意託楚謳,
南國歸來些.
正似潯江舡,
掩抑彈琵琶.[10]

中曲意慷慨,
聽者皆悲嗟.

浮世本如此,
秋娘奈爾何?
(『백화자집초白華子集抄』)

1 **귀주貴主** 공주公主를 가리킴. 즉 부마궁駙馬宮으로 뽑혀 들어갔다는 의미.

2 **홍불紅拂** 옛날 유명한 기생의 이름. 수隋나라 때 월국공越國公 양소楊素의 집에 기녀들이 많이 있었는데 그중에도 홍불의 미모가 가장 빼어났다 한다. 전기소설 「규염객전虯髯客傳」에 등장하는 인물.

3 **명인郢人** 노래를 잘 부르는 사람을 지칭하는 말. 명郢은 지명으로 초의 수도였으며, '백설'은 그가 불렀다는 것이다.

4 **백설白雪** 초楚 땅의 노래인 하리파인가下里巴人歌는 천격이며, 이에 대해서 '백설'은 고상한 음악을 가리킨다.

5 **연융아練戎衙** 곧 연융대. 북한산성 안에 있었으며, 지금 그 터가 남아 있다.

6 원주에 "서평西平·양평陽平·능창綾昌·낙창洛昌은 모두 귀공자다"라고 되어 있다. 서평군은 이요李橈, 낙창군洛昌君은 이당李樘으로 모두 국왕의 근친이다.

7 **운소雲韶·팔음八音** '운소'는 송宋대 연악燕樂의 명칭이며, '팔음'은 모든 악기의 총칭으로 금金·석石·사絲·죽竹·포匏·토土·혁革·목木이다.

8 **막수莫愁·한아韓娥** 모두 옛날 노래를 잘 부른 것으로 이름이 전하는 여자들인데, '한아'는 특히 노랫소리가 사람들에게 깊은 인상을 심어주어 "그가 노래를 부르고 떠난 후에 여음이 들보로 감돌아 삼일이나 끊이지 않았다〔旣去而餘音繞梁欐, 三日不絶〕"라는 전설이 있다.

9 **우竽** 중국 고대에 대로 만든 악기의 이름, 생笙과 비슷한 악기. 제나라 임금이 우를 좋아하자 제왕의 문 앞에 우를 든 자들이 몰려들었다는 고사가 있다.

10 당唐의 유명한 시인 백거이가 심양강의 배 위에서 비파 타는 한 여자를 만났는데 옛날 장안長安에서 음악으로 날리던 이였다. 이 사실을 시로 쓴 것이 「비파행」이다.

⚙ 작품 해설

「추월가」역시 「달문가」와 마찬가지로 야담이 서사시로 전환된 경우다. 추월은 18세기 중엽 기생 신분에서 여항의 예인으로 성장한 존재였다. 가객 이세춘李世春, 금객琴客 김철석金哲石 그리고 같은 기생 계섬桂蟾·매월梅月 등과 함께 그룹을 지어 연예활동을 벌였던바, 이네들의 패트런 격으로 심용沈鏞 같은 인물도 있었다. 이들의 활동은 당세에 이름을 날려 야담으로 오르내렸다. 그리하여 「풍류風流」(원제 遊浿營風流盛事) 「회상回想」(원제 秋娘臨老說故事) 「송실솔宋蟋蟀」같은 주목할 만한 한문단편이 이루어졌다.

「회상」은 추월이 늘그막에 이르러 자신이 이세춘 등과 함께 연예활동을 벌이던 시절을 회상하는 이야기인데, 지금 이 서사시에는 바로 추월이 주인공으로 등장하고 있다. 그가 공주지방에서 기생으로 중앙에 선상選上이 되어, 노래의 높은 수준에 도달하고 연예활동을 제법 화려하게 펼치다가 사양길로 들어서 은퇴하는 일생이 서술되는 것이다. 「회상」이 주인공의 노경을 작중 현재로 해서 과거 시점의 일화 셋을 나열한 데 비해 「추월가」는 주인공의 노경을 서사의 정점으로 설정하고 일생을 시간의 순차에 따라 엮는 수법을 쓰고 있다.

이 「추월가」에서 추월에게 음악의 진수를 지도한 가객이 누군지 밝혀져 있지 않은데, 혹시 이세춘이 아니었던가 한다. 그리고 추월이 사양길로 들게 된 요인을 음악에 대한 세인의 취향이 천박해진 데 있는 것으로 말하였다. 다른 작품에도 이와 비슷한 분위기를 느끼게 하는 곳이 있다. 한 시대에 여항의 예인들이 활발하게 등장한 배경과 창조적 활동이 자못 퇴색한 사정은 예술사적으로 주목할 문제점이다.

금사사의 노거사 노래
金沙寺老居士歌

김재찬

1

그대는 보지 못했소?
연진촌延津村의 노거사를.
비파를 들고 구걸 다니는데

머리엔 삿갓을 쓰고 한쪽 다리 절름거리며
하얀 눈썹에 두 눈동자 푸르더라.

그의 말 이렇더라.
　이 몸 영남의 양민 자식으로
현풍 땅 백사리가 고향이라오.

조실부모하고 형제 하나 없이
아홉살에 유가사의 중이 되어

열여섯살에 휘상인徽上人을 따라 멀리 가서
여러달 동안 석실에서 좌선을 하는데

金沙寺老居士歌

金載瓚

1
君不見?
延津村中老居士,
持絃乞米行且息.
頂掛破蕡塞一足,
厖眉垂睫雙瞳碧.
自言嶺南良家子,
家在玄風白沙里.
父母早死無弟兄,
九歲爲僧瑜珈寺.
十六遠隨徽上人,
數月坐禪石室中.

인가도 없는 깊고 외진 골짝
도깨비며 요괴들만 찬 하늘에 울어댑니다.

잠도 못 자고 말도 않고 먹느니 솔잎만
눈앞에 울긋불긋 색실이 어른거리더니

홀연 병이 나 미친 사람처럼 되어
어느 아침에 껄껄거리고 비슬산을 떠났더라오.

2
호남으로 가서 머리 기르고 비파를 배워
장악원의 악생樂生으로 뽑힙니다.

장악원의 봄날에 꽃이 바다처럼
엿새돌이로 행락이 잦은데

묘한 곡 빼어난 소리 손가락 따라 울리니
장악원의 일류 악사들 무색해졌더라오.

구름처럼 종적없이 사방으로 떠돌아
손에 비파 하나 들고 관서로 내려가서

첫번째 연주는 연화 삼월 평양에서

巨壑絶峽無烟火,
山魅木魈嘯寒空.
不寐不語惟食松,
坐觀懸絲靑紫紅.
忽然發病心如狂,
一朝笑別毗瑟山.

2
長髮湖南學琵琶,
來屬梨園爲伶官.[1]
梨園春日花如海,
一日六日多行樂.
妙曲絶響隨指變,
院中國工無顔色.
雲遊四方無蹤跡,
手持樂器出關西.
一彈浿城烟花發,

두번째 연주는 구름 낀 달이 걸린 무협[2]에서

부벽루 연회에 감사또 술을 내리시고
강선루降仙樓 잔치는 태수의 초청 받았지요.

선천宣川 철산鐵山의 천릿길
중간에 산천을 얼마나 돌아다녔던고.

통군정統軍亭[3] 밖으로 망망한 벌판
삼강三江에 지는 해는 뉘엿뉘엿.

한 곡조 타니 곡명이 오야제烏夜啼[4]라.
변새에 날아오는 기러기 구름 속에 시름겹더라.

좌중의 번생樊生은 음률을 아는 자라
나를 배에 싣고 가도椵島로 들어갔소.

3
이때는 숭정崇禎 초년인데
가도에 모도독毛都督이 주둔하고 있었더라.

모도독이 듣고서 나를 부르사
진해루鎭海樓에서 주연을 크게 벌였는데

再奏巫峽雲月低.[2]
刺史命酒浮碧宴,
太守賜座仙樓筵.
宣州鐵州一千里,
中間閱歷幾山川.
統軍亭外荒野大,[3]
三江落日浮蒼然.
一曲彈出烏夜啼,[4]
邊鴻欲廻愁雲烟.
座有樊生能知音,
與我同舟入海國.

3
是時崇禎初一年,[5]
椵島聞有毛都督.
都督聞之使人召,
酒筵大開鎭海樓.

그림배 비단돛으로 바다를 덮고
열두 성가퀴 푸른 물결에 닿았어라.

깃발은 오방으로 구름처럼 둔을 쳤거늘
전사들 하나같이 용맹스럽더라.

계수나무 전각에 백옥白玉의 계단이요
사창紗窓 화란畫欄 겹겹이 통과해서

구층 장막에 금귀金龜가 놓여 있는데
칠보로 꾸민 연석 화룡火龍 깃발 서 있고

박산博山 향로에 침향沈香을 피우니
보랏빛 연기 기이한 봉우리를 이루더라.

좌상에 주렴이 스르르 걷히더니
좌우로 시립한 두 미녀 다소곳이

용맹한 군사들 줄지어 무예를 자랑하며
황관黃冠 쓰고 앉아 일제히 악기를 들어

현악 관악 연주에 북소리 울리고
뜰에는 미희들이 나란히 춤을 추는데

畫舳錦帆迷海門,
十二白堞臨碧流.
旂纛五面屯如雲,
戰士一一皆犰狳.
桂樹中堂白玉階,
綺戶畫欄開重重.
九級羅幕啣金龜,[6]
七寶綵筵承火龍.[7]
博山金爐沈香火,[8]
面面紫烟成奇峯.
閣上珊然畫簾捲,
左右玉女低花容.
虎士分隊各呈技,
黃冠膝席齊抱器.
絲管訇轟笳鼓發,
庭中百嬉羅第次.

칠척의 훤칠한 사내 소매 떨치고 들어와
서너 줄의 작은 악기 손에 잡고서

화아花兒가 타는 금琴 대청에 울리고
이견李堅이 타는 슬瑟 자리에 어울리더라.

모도독 나를 곁에 앉으라 하여
앞에 나가 절하고 비파를 조율하는데

옷깃을 여미고 손가락 튀겨 제일성을 내니
중화엽中和葉 속에 평우조平羽調.⁹

동풍이 건듯 불어 봄비가 보슬보슬
천그루 만그루에 꽃들이 만발한데

울리는 소리 꿈처럼 계면조界面調로 바뀌어
바닷가 폭풍우에 낙엽이 날리는 듯.

좌중이 처연하여 눈물을 흘리더니
곡이 또 한번 변해 매화락梅花落¹⁰으로 가자

달빛에 군사들 일제히 머리를 돌리고
바람 앞의 만마萬馬는 북쪽 향해 웁다.

七尺頎然掉袂入,
手按短器絃三四.
花兒錦琴鳴中堂,
李老寶瑟當華筵.
元帥使我坐其傍,
席前拜起調短絃.
斂衣抽撥劃一聲,
中和葉裡平羽曲.⁹
風自東來春濛濛,
千樹萬樹花的的.
聲聲幻作界面譜,
海天急雨驚落木.
四座棲然忽下淚,
中曲一變梅花落.¹⁰
月中衆士齊回首,
風前萬馬啼向北.

대현의 웅장한 소리 어지러이 울리니
소상강 반죽에 달은 지고 영우靈雨가 지나는 듯.

모도독 박수 치고 절묘하다 칭찬하며
악공들 다 물리치고 윗자리로 맞이하네.

어여쁜 자운紫雲이를 내게 내려주시고
금옥으로 치장한 방에서 지내게 했더라오.

닭이 밝은 운주당運籌堂의 밤
모도독 고루에 기대 고국의 하늘을 바라보다가

나를 불러 한 곡조 타게 하고는
소리 따라 추연히 눈물을 떨구십니다.

4
가도에서 모도독이 처단을 당하고 보니
이 몸은 전전하여 영원백[11]에 속하게 되었다오.

병자 정축 연간에 되놈이 쳐들어와서
심양瀋陽은 진작 함락되고 요동도 어지러워.

大絃嘈呶聲將亂,
湘篁月沈靈雨過.
元帥大拍叫絶奇,
呵退衆伶迎上座.
賜我紫雲盈盈女,
處我金碧深深屋.
運籌堂前淸月夜,
每倚高樓望京國.
呼我一彈聽未了,
愀然淚隨聲聲滴.

4
島中兵來殺元帥,
此身轉屬寧遠伯.[11]
丙丁之年胡騎至,
瀋陽已陷遼東亂.

자운이 어디로 갔는지 소식 모르고
그사이 모아둔 돈도 흩어지고 말았지요.

산해관山海關 북쪽으로는 인적이 끊겨서
시체는 널려 있고 피가 도랑을 이루었는데

부르튼 발로 천리 머나먼 길을 도망쳐
산 넘고 물 건너 죽을 고비 몇번이던고?

간신히 죽지 않고 살아 강릉부江陵府에 당도해서
어느 어부 집에 의탁하여 고기잡이로 살아갔다오.

삼일포 포구에서 그물을 말리고
구송대九松臺 옆에서 도롱이 안고 잠자며

낚싯줄 드리우고 고길 잡아도 잘 물리질 않으니
고기 잡아 팔아서 밥 먹는 일도 어렵습다.

영동에 대기근이 들어 주인도 죽고 나니
바닷가를 떠돌며 몸 붙일 곳 바이없었소.

서울로 올라간들 아는 이 누가 있나
걸식하며 발길 돌려 개성으로 향했지요.

屋中佳人無消息,
囊裡千金盡傾散.
山海關北人烟絶,
白骨如麻血爲水.
脚胝足繭越千里,
驀山潛水經萬死.
竄身遂至江陵府,
寄食漁家爲漁子.
三日浦口曬網歸,
九松臺畔擁簑宿.
擧竿求魚魚不上,
得魚賣魚難自食.
關東大饑主翁死,
流離海上無所托.
北上漢城人不識,
行乞轉向松京路.

개성의 부호 마대인馬大人이
나를 보고 탄식하며 머물게 해줍니다.

개성은 고도古都라 지금껏 문물이 번화하여
곳곳마다 누대에 풍악소리 드높고

꽃이 지는 다리가에 주루가 벌려 선데
실버들 늘어진 봄 도성엔 말 울음소리.

홍촛불 비단방석 좋은 밤 연회 때면
집집마다 나를 불러 포도주를 권하였소.

다시금 옛 곡을 타니 소리가 아직 쇠하지 않아
구름처럼 모인 청중들 혀를 차며 탄성을 발합디다.

5
하루아침에 마씨 댁을 눈물로 고별하게 되니
마대인 돌아가시고 가세가 기울어서였지요.

외로운 신세 이제 다시 어디로 갈까.
가진 것이라곤 지팡이 하나 그릇 하나

먹기를 닷새에 한번, 이 배고픔 뉘라서 동정하랴!

松京富人馬大官,
見我一歎爲之寓.
古都至今盛繁華,
多少樓臺咽歌吹.
畫橋落花列旗亭,
春城細柳嘶遊騎.
紅燭綉毯淸夜宴,
家家勸我葡萄酢.
更理舊曲聲不訛,
聽者如山皆嘖嘖.

5
一夕哭別馬公家,
馬公已歿主家殘.
踽踽此生當安適,
身邊一筇惟一簞.
五日一食誰憐飢,

짧고 헤진 옷으로 추위를 어이 견디리오?

주린 창자 입에 겨우 풀칠하며 간신히 걸어서
황해도 장연長淵 땅에 발을 붙였소.

황해도는 해마다 흉년이 들어 도적이 들끓으니
마을에서 과객을 받아들이지 않습디다.

기랍耆臘[12] 해청海淸 두 노장스님이
금사산金沙山 절에 계신단 말 듣고 찾아가

손에는 백팔염주, 양 팔에 연비燃臂하고
부처님께 발원하여 거사가 되었다오.

지금 제 나이 여든인데도 죽지 않고
떠돌던 지난 세월 헤아려보니 꿈결 같군요.

옛 악보 눈에 어른거려 잊기 어려워서
때로는 목어를 들고 손가락 놀려봅니다.

아득히 무창武昌 노인의 피리소리 듣는 듯[14]
마음은 유장해도 곡조는 매끄럽지 못합니다.

短褐百結那禁寒.
鼓腹糊口行匍匐,
來投海西長淵地.
海西歲弊多盜賊,
村舍不許他人寄.
耆臘海淸二老長,[12]
聞在金沙山上寺.
手掛摩尼燃雙臂,[13]
山門發願爲居士.
至今八十猶不死,
點檢前遊如夢裡.
舊譜依依尙難忘,
時將木魚調五指.
怳如武昌老人笛,[14]
心長曲澁芒然失.

6

지팡이 들고 자루 짊어지고 비척비척

걸식하며 서쪽으로 재령載寧에 이르러

연진촌延津村에서 어떤 사람 만나

평생 이력 털어놓고 두 줄기 눈물 훔쳤소.

나는 이런 이야기를 듣고서 탄식하노니

영욕과 희비 저마다 운명인 걸 어찌하리오!

금사거사가 한편을 지어서

세상의 높은 벼슬아치들에게 부치노라.

6
荷杖負帒步蹣跚,
乞食西至載寧郡.
有人相逢延津村,
自語平生雙淚扠.
我聞此言仍太息,
榮辱悲喜奈命何.
欲將金沙居士歌,
寄與世上公卿家.
(『해석유고海石遺稿』 권2)

1 **이원梨園** 장악원掌樂院의 별칭. 영관伶官은 장악원에 소속된 악생, 악공을 이르는 말.

2 **무협巫峽** 여기서는 평안도 성천의 비류강에 있는 지명. 비류강은 용골산을 끼고 도는데, 용골산은 12봉우리를 깎아세운 듯하여 절경으로 일컬어졌음. 강선루降仙樓는 성천에 있는 누각.

3 **통군정統軍亭** 의주 읍성에서 제일 높은 압록강 기슭 삼각산 봉우리에 자리 잡은 정자로, 의주성의 군사 지휘처로 쓰였다. 통군정에 오르면 옛 의주성의 성벽과 압록강의 푸른 물에 떠 있는 여러 섬들이 보인다 한다. 의주에 압록강을 내려다보는 위치에 있는 누정. 통군정에서 압록강 건너로 대륙이 바라보이는데, 그쪽의 지명에 삼강이 있다. 『열하일기熱河日記·도강록渡江錄』 6월 24일조에 보면 삼강을 일명 애랄하愛剌河라고 한다고 나와 있다.

4 **오야제烏夜啼** 금곡琴曲의 이름이다. 『악부시집樂府詩集·금곡가사사琴曲歌辭四·오야제인烏夜啼引』에서 당나라 이면李勉의 『금설琴說』을 인용하여 "오야제는 하안何晏의 딸이 지은 것이다. 하안이 옥에 갇혔을 때 까마귀 두마리가 지붕으로 날아왔는데 그의 딸이 '까마귀는 기쁜 소식을 전해주니 아버지가 반드시 사면될 것이다' 하고는 이

곡을 지었다고 한다"라고 했다.

5 숭정초崇禎初 1628년 인조 6년. 숭정은 명나라 마지막 황제 의종毅宗의 연호.

6 금귀金龜 황금으로 주조한 거북 모양의 관인.

7 화룡火龍 여기서 화룡은 빛나는 용을 그린 깃발을 지칭하는 것으로 보임.

8 박산금로博山金鑪 아주 귀한 향로. 향로 상부를 전설 중 바다에 있다는 박산博山의 모양으로 꾸몄기 때문에 붙여진 이름.

9 중화엽中和葉·평우곡平羽曲 엽葉은 전통음악에서 곡조의 형식, 평우조는 가락의 일종으로 대개 부드럽게 내는 우조에 해당함. 위백규魏伯珪(1727~98)의 『존재집存齋集』에 "내 나이 여남은살 되었을 때 박세절朴世節이라는 노인이 연세가 일흔이 넘었고 사람됨이 근후하고 독실한 사람이었다. 소시에 경보京普를 학습하여 중대엽中大葉 평우조平羽調를 창唱할 수 있었다. 그 소리가 너그럽고 느슨하며 느리고 무거워 듣는 이들은 마음이 풀리고 기운이 퍼지는 것을 느꼈다. 매번 이 노인이 가군家君을 방문하면 가군이 반드시 나에게 명하여 듣게 하면서 말하기를 '이것이 고조古調인데 지금 사람은 좋아하지 않는다. 이 노인이 죽고 나면 이 악보도 없어질 것이니 슬프구나'라고 하였다. 나는 어려서 비록 음악을 잘 알지는 못했지만 그것을 들으면 싫증나는 줄 몰랐다."(『존재집·격물설格物說』권13)

10 매화락梅花落 악곡의 명칭. 한漢나라 악부樂府인 횡취곡橫吹曲에 이 곡명이 보임.

11 영원백寧遠伯 명군의 장수인 원숭환袁崇煥을 가리킴. 누루하치가 요동 지역을 차지하고 명과 대치상태에 있을 때 원숭환이 명군의 총사령관이었는데 그를 영원백으로 봉했던 것임. 원숭환은 모문룡이 지휘관으로서 문제점이 많다고 보아 제거한 것이다.

12 기랍耆臘 여기서는 기랍을 이름으로 보아 해청海淸과 두 노장승으로 표현하고 있다.

13 연비燃臂 팔을 향불로 지지는 것으로 불심을 표현하는 의식.

14 무창노인적武昌老人笛 당나라 유우석劉禹錫의 시「무창노인설적가武昌老人說笛歌」에 나오는 말. "무창노인은 칠십여세로 손에 유령庾令이 보낸 편지를 받아들었네. 편지에 스스로 이르기를, 어려서 젓대 부는 것을 배워, 일찍 조왕曹王을 섬겨 칭찬과 격려를 받았다오. (…) 지금 늙어 말은 더디고, 귀는 소리의 고저를 분간하지 못하지요. 기력은 쇠약하지만 마음은 여전하여, 때때로 한 곡조 꿈속에서 불러보오[武昌老人七十餘, 手把庾令相問書. 自言少小學吹笛, 早事曹王曾賞激. (…) 如今老去語尤遲, 音韻高低耳不知. 氣力已微心尙在, 時時一曲夢中吹.]" '七十'이 '八十'으로 된 본도 있다. 무창노인 유령이 누군지 미상이며, 조공曹公은 조고曹皐로 당나라 덕종德宗 때 형주자사荊州刺史를 지낸 인물이다.

김재찬金載瓚(1746~1827): 자 국보國寶, 호 해석海石이며, 본관은 연안延安으로 영의정을 지낸 김익金熤의 아들로 태어났다. 영조 때 문과에 급제, 정조 때 초계문신으로 뽑히고 규장각제학奎章閣提學 등을 거쳐, 순조 때 삼정승을 역임했다. 높은 관인으로 활동했으나 시 창작에도 주력했는데, "시는 나의 내장에서 우러나 나의 입에서 나오는 것이다"(「제국기시발후題國器詩跋後」)라는 것이 그의 시관이었다. 남긴 시 작품도 적지 않은 분량으로, 특히 서사성의 시를 짓기 좋아했던 것으로 보인다. 그런 중에서 지금 두편을 뽑아 소개한다. 『해석유고』 12권이 필사본으로 남아 있다.

● 작품 해설

이는 앞에 실린 성완의 「후비파행」에서 다루었던 그 테마를 잡아서 후세에 다시 쓴 작품이다. 「후비파행」과 달리 서문을 붙이지 않고 바로 운문으로 들어가서 총 140구 980자의 장편시로 만들었다. 시적 표현으로 사실의 전모까지 드러내는 방식을 취한 것이다. 이 점을 빼놓고 양자는 서사의 내용 및 구성이 크게 다르지 않고 유사하다. 그러면서도 여러모로 같지 않다. 가도의 모문룡 군영에서 연주를 한 장면이 「후비파행」에서도 비중이 주어졌던 터지만 여기서는 더 크게 주어져서 구체화되며, 특히 청각적 형상을 시적으로 전환시키는 데 공력을 들이고 있다. 그리고 모문룡이 원숭환에게 죽임을 당했을 당시 김명곤은 중국의 영원寧遠 쪽으로 가 있다가 1636~37년 사이의 전란통에 천리 머나먼 길을 도망쳐 간신히 살아난 것으로 되어 있다. 또한 모문룡이 내려준 미인의 이름이 자운이라거나 화아, 이견 같은 악사의 이름도 보인다. 이런 서사의 내용들은 어디서 채취한 것일까?

성완의 경우 황해도 재령의 연진촌에서 김명곤을 직접 만나서 그로부터 자신의 소경력을 들어서 「후비파행」을 지었던 것이다. 김재찬이 이 「금사사의 노거사 노래」를 지은 것은 1세기도 더 지나서다. 「금사사의 노거사 노래」는 "연진촌에서 어떤 사람 만나/평생 이력 털어놓고 두 줄기 눈물 훔쳤소"라는 구절이 결말부 쪽에 나오는데 '어떤 사람'이란 다름아닌 성완을 가리키는 것으로 보인다.

「금사사의 노거사 노래」에서 이 구절은 작중인물이 시인 성완의 「후비파행」을 자기에게 지어주었던 일을 회상하는 것으로 읽힌다. 김재찬은 「후비파행」을 접하고 거기서 대략의 줄거리를 따왔을 것이다. 그렇다면 「후비파행」과 다른 내용들은 어디서 왔을지 궁금하다. 그냥 허구로 꾸며낸 것은 아닐 터다. 무언가 전문한 바가 있었을 것으로 여겨진다. 「금사사의 노거사 노래」는 김재찬의 시집에서 평안도의 성천 지역으로부터 묘향산으로 유람하는 시편들 사이에 들어 있다. 이런 정황으로 미루어 그가 성천부사로 있을 시기에 모종의 전문이 있었을 것으로 추정이 된다.

이 작품은 "금사거사가 한편을 지어서 / 세상의 높은 벼슬아치들에게 부치노라"라는 말로 끝난다. 파란만장한 악사의 삶을 노래한 장편시의 맺음말로서는 권력에 집착하지 말라는 취지이긴 하겠지만, 다소 싱거운 느낌이 없지 않다.

부여에서 만난 검객

扶餘豪士歌

김재찬

1

어떤 길손 충청도로 가서
부여 땅에 이르렀네.

부여는 백제의 옛 도읍지라
산천은 변함없이 울울창창한데

노랫소리 초야에서 일어나고
풍속은 의협을 좋아하더라.

큰 강이 유유히 흐르고
첩첩 쌓인 산 동쪽으로 험준하여

산길 수백리 가노라니
길은 막다른데 해가 산에 기울었네.

바위 드러누워 문을 이루고
천길 곧은 나무 솟은 곳에

扶餘豪士歌

金載瓚

1
有客適湖西,
乃至扶餘縣.
扶餘古國都,
山川欝不變.
謳吟草澤起,
土俗燕趙多.[1]
大江流沄沄,
積峽東嵯峨.
峽行百餘里,
路絶山日昃.
大石臥爲門,
老木千章直.

그 가운데로 몇칸의 집
경쇠 하나 놓인 듯이 소쇄하여라.

바람에 창문이 저절로 여닫히는데
주인을 찾아도 응답이 없고

방에는 고서 삼천권이
서가에 가지런히 꽂혔는데

전서 해서에 붉고 푸른 점 점점이 찍혔으니
이 책들 모두 검에 관한 내용일러라.

보갑에 든 녹로검轆轤劍²
한 쌍이 벽에 걸렸거늘
주인은 멀리 가지 않았는지
향로에 연기가 창호지에 어른어른.

이윽고 한 젊은이가
사슴을 산 채로 묶어 나타났는데

팔척 장신에
두 눈동자 형형하여 비범한 얼굴.

中有數間屋,
蕭灑如孤磬.
風牖自闔開,
主人呼不應.
古書三千卷,
整齊盈架槧.
朱綠亂篆楷.
卷卷皆說釖.
寶匣青轆轤²
壁上掛一雙.
人去知無遠,
爐烟縈紙窓.
少焉一少年,
手縛生鹿至.
身長高八尺,
烱瞳鬚顔美.

길손 보고 놀라 인사하며
얼른 자리를 펴고 마주앉아

흔연히 담소를 나누는데
그의 눈길에서 의기가 느껴지고.

집이 워낙 조촐하여 살림하지 않는 듯한데
말을 하자 바로 주식이 나오더라.

밤이 이슥해 등불 끄고
주객이 한방에서 잠이 들었네.

2
하늘에 별들이 산마루로 이동하여
나무숲에 솨- 하는 소리 울리자

뼛골이 홀연 오싹해져서
찬 바람이 창틈을 뚫고 들더라.

처연한 휘파람이 골짝을 흔들며
적막한 가운데 발자국 소리.

푸른 두건에 푸른 협수夾袖를 입은

見客驚且揖,
顚倒羅床席.
談笑雜咳咯,[3]
意氣生顧眄.
聞然無烟火,
一喚陳酒饌.
夜久吹燈滅,
與客屋中宿.

2
星漢動高山,
萬木鳴淅瀝.
心骨忽森聳,
冷飇透窓隙.
孤嘯起哀壑,
寂聽生履聲.
靑帕靑袂袖,

사나이 마당 가운데 우뚝 서서

휘장을 걷고 칼을 던지며
서로 악수하고 반기는데

마주선 두 젊은이
다 같이 늠름한 기상
길손이 잠결에 달빛을 따라
어렴풋이 동정을 살펴보니

주인은 긴 숨을 내쉬고선
보검을 들고 황관을 챙겨 쓰고

황관이 푸른 두건을 따라
함께 문밖을 나서 어딘가로 사라지더라.

날리는 눈발이 무지개로 변해서
각기 동남방으로 향하니

밤은 벌써 삼경이 지나
달은 중천에 떠 산봉우리들 숙연하더라.

一士立中庭.
披帷擲大刀,
握手倏悲喜.
相對兩少年,
氣貌乃相似.
睡中憑月光,
依俙見動靜.
少年起太息,
手釰黃冠整.
黃冠隨靑帕,
出門不見處.
飛雪化爲虹,
各從東南去.
時夜已三更,
月正千峯肅.

3

다급한 기러기 사나운 물결에 놀라
온 골짝이 다 침통한 분위기

두 젊은이 한 기운을 타고
영롱하게 나무 끝으로 내려서더니

비탄의 감정 이기지 못하는 듯
마주보며 서로 눈물을 쏟는다.

푸른 두건이 황관을 향해서
"형님과 이제 작별하네요."

말이 끝나자 바람이 휘- 하며
그 길로 찬 구름이 일더라.

4

길손은 공손히 옷깃을 여미고
사연을 물으니 대답이 이렇더라.

"우리 삼장사는
각기 사방으로 떠도는 사람인데

3
急鴻驚亂潮,
衆谷皆慘裂.
二士乘一氣,
玲瓏下木末.
悲咤不自勝,
相視淚紛紛.
一士謂少年,
與君從此分.
言已風颯然,
一道起寒雲.

4
客子乃斂衣,
再拜請受言.
曰我三壯士,
各自四方人.

마음을 모아 의형제가 되어
검술을 배우러 연경燕京 지역에 들어갔고

구름처럼 팔방으로 멀리 놀아
생사를 함께하기로 맹서했지요.

막내아우 남방에서 살해당해
십년이 되도록 원수를 갚지 못했거늘

원수는 해상海商으로 노는 자인데
마침 전주 와서 자는 줄 알고

밤에 전주성내로 들어가서
그놈을 죽이고 방금 돌아온 길이라오.

피 묻은 머리 앞에 놓고
막내의 혼령에 곡하며 제사를 지냈지요.

푸른 두건은 둘째 아우이니
나를 형님이라고 부릅니다.

천하를 주유하여 정처가 없으되
집은 백두산 북쪽이랍니다.

結心爲弟兄,
學釖入燕薊.
雲遊至八荒,
生死與同誓.
阿季歿于南,
十年未報仇.
仇人卽海賈,
今日宿全州.
夜入全州城,
殺之今始還.
髑髏血糢糊,[4]
哭祭阿季魂.
靑帕是爲仲,
向我呼以伯.
周遊無定居,
家在白頭北.

백두산에서 여길 왔으니
백두산으로 돌아갔겠지요.

우리는 천하의 호걸이라
사해에 발길 닿지 않는 곳이 없다오.

작은 데는 털끝보다 가늘지만
크게는 풍우처럼 달려서

허공을 치솟는 기세
만리를 눈 깜짝할 새 둘러보고

來自白頭至,
去向白頭歸.
我輩天下士,
四海無不之.
小處芒毫細,
大爲風雨馳.
乘虛上拍氣,
萬里一瞬視.

백가지 변화가 다섯 손가락에서 나오니
다 한 자루 칼이 부리는 조화지요.

옛적의 형가荊軻나 섭정聶政 같은 협객[5]
우리와는 서로 다른 기술이랍니다.

세상사람들에게 부디 말하지 마오.
나의 이야기는 여기까집니다."

百變生五指,
一釖隨所使.
往者荊聶術,[5]
與我各自異.
莫向世人道,
我言至于此.

5
길손은 젊은이와 작별하고

5
客與少年別,

해상이 살던 동네 찾아가보니

다들 하는 말 아무날 밤에
이 집 주인이 머리 없는 주검이 되었다고

집안사람들 상복을 입었으며
관가에선 바야흐로 범인을 찾는다더군.

지난밤에 역력히 들었던 말
목격한 바와 어긋남이 없더라.

부여의 그 집을 다시 들러보니
쓸쓸한 뜰에 까막까치만 지저귀더라.

듣기로 예로부터 강호에는
기걸한 인물 종종 있다는데

말로만 듣고 보지 못했거니
이 젊은이가 그런 부류 아닐까.

去訪海賈里.
齊言某日夜,
主翁無首死.
居人皆衣白,
官家方索賊.
歷歷前夜言,
目擊無所錯.
還尋少年屋,
寒灰噪烏鵲.
昔聞江湖間,
往往多奇士.
可聞不可見,
少年豈非是.
(『해석유고海石遺稿』권2)

1 **연조燕趙** 지금의 하북성河北省과 산서성山西省 일대를 가리키는 말로 이 지역에는 예
로부터 무를 숭상하고 의협이 많이 활동했다. 여기서 '多'는 훌륭하게 여긴다는 뜻.

2 **녹로轆轤** 여기서는 보검을 가리킴(당나라 시인 상건常建의 「장간행長干行」에 "俠客白
雲中, 腰間懸轆轤"라는 구절이 있다).

3 **해각咳咯** 말하는 사이에 섞이는 기침소리.

4 **촉루髑髏** 해골을 뜻하는데 전후 문맥으로 미루어 의역했음.

5 **형섭荊聶** 형가荊軻와 섭정聶政. 중국 전국시대에 유명한 자객.

　무협소설은 대중적 장르로서 오랜 역사가 있으며, 영상매체가 등장한 이후로는 무협영화로서 관중을 끌어모으고 있다. 한시 전통에서 보면 칼을 노래한 것은 더러 있지만 무협과 결부된 사례는 흔치 않다. 한시 장르와 무협은 궁합이 맞지 않는 것도 같다. 김재찬이 지은 이 「부여에서 만난 검객」은 무협의 이야기로서 아주 특이한 경우다.

　요지는 결의형제를 한 세 검객이 있었는데 막내가 어떤 해상海商에게 살해당해서 두 형님이 막내의 원수를 갚는 줄거리다. 이들 검객 삼형제의 서사는 무협소설로 쓰자면 필시 파란만장한 장편이 될 것이며, 영화적으로 연출하자면 아마도 시공을 넘나드는 신출귀몰한 장면이 전개될 듯싶다. 이처럼 복잡한 내용이 시적 형식으로 간결하게 처리되면서 고도의 긴장감을 주고 있다. 행객을 서사의 전달자로 내세워, 그가 우연히 목도하고 들었던 사실을 엮어낸 방식이다. 말하자면 3인칭의 집약적 진술로 구성한 것이다.

　그런데 작중에서 행객은 서사의 주체로 설정되어 있지만, 실제 주인공은 행객이 만난 부여의 검객이다. 부여의 검객과 의동생인 푸른 두건이 한편이며, 전주의 해상과 갈등관계로 서사는 진행되는 형국이다. 작품은 전반적으로 서술자의 시점으로 전개되고 있는데, 어떤 대목에서는 모호하여 분간하기 어렵다. 이런 모호성이 오히려 신비감을 더해주는 느낌이다. 서사의 공간으로 말하면 부여와 전주, 백두산으로까지 연장되고 있다. 그 공간적 거리는 한순간으로 좁혀져서 하룻밤 사이에 무서운 복수극이 벌어졌다가는 '상황 끝'이 된 것이다. 모두 '한 자루 칼이 부리는 조화'라 한다. 신비하고 초월적인 서사영역이지만, '귀신신이지사鬼神神異之事'를 위주로 하는 전기傳奇의 세계와는 성격이 다르다는 점도 유의할 필요가 있겠다.

　이 작품의 창작경위는 밝혀진 것이 없다. 충청 지역이 배경이 된 시편들 가운데 수록되어 있는 점으로 미루어, 작자가 그 지방을 여행하면서 전해들은 이야기를 소재로 삼은 것이 아닌가 생각된다. 서술주체로 설정된 행객이 이야기의 전달자인지, 아니면 작자 자신을 3인칭 화자로 가탁한 것인가는 얼른 판단이 가지 않는다.

천용자가

天慵子歌

정약용

천용자, 그의 자字 천용인데
어리석은 사람이라고
　　너도나도 손가락질하네.

평생 머리에 갓 망건 쓰질 않아
헝클어진 머리 심란해 보이는데

술잔을 들면 꿀꺽꿀꺽 뱃속으로 넘어가니
달거나 시거나 싱겁거나 탑탑하거나
쌀로 담갔건 보리를 넣었건 가릴 게 있나
고양이 눈 같은 청주도 좋고
　　고름같이 탑탑한 탁주도 좋거니

가야금 하나 어깨에 둘러메고
왼손엔 피리 오른손엔 지팡이

봄바람 부는 철이면
　　묘향산 서른여섯 골짝 골짝

天慵子歌

丁若鏞

天慵子字天慵,
千人競指爲癡憃.

生來不用巾網首,
對面蓬髮愁鬖鬆.

酒不經脣直入肚,
不省甛酸與醽醲.
稻沈麥仰斯無擇,
淸如猫睛濁如膿.

肩荷伽倻琴一尾,
左手一笛右一筇.

春風妙香三十六洞府,

가을달 밝을 때면
　금강산 만 이천 봉우리 봉우리

가야금 뜯고 피리 불고
　길게 휘파람 불며
구름 속을 노닐고 노을에 잠자고
　발자취 그칠 적 없어라.

산길에 우거진 숲속을 헤쳐
　잠자는 범 찾아내고
물길에 돌을 굴러
　늪 속의 용龍 놀래키네.

집 나올 때 솜배자 거지에게 주고
해진 옷 바꿔 입어 아주 누더기라.

돌아와 집에만 들어서면
　아내는 괴로워 못 살겠다
땅을 치고 하늘에 부르짖어
　울며불며 가슴을 두드리건마는
천용자 묵묵부답
눈살 찌푸리고 직수굿 듣기만 하더라.

길에서 우연히 괴석怪石 하나를 주워서

秋月金剛一萬二千峯.

彈絲吹竹劃長嘯,
雲游霞宿無停蹤.

山行朴朔搜林覓睡虎,
水行砑訇碾石駭湫龍.

去時綿裘施行丐,
換着敗衣襤褸無完縫.

歸來入室妻苦詈曝曝,
叩地叫天摽其胸.
天慵子默不答,
俛首摧眉順且恭.

道拾一拳怪石至,

주머니에 넣었다가 간혹 꺼내어
　보석이나 되는 듯 어루만지곤 하네.

배고프면 이웃집으로 곧장 달려가
갓 빚은 술 얻어 마시는데
　한잔 두잔 석잔 넉잔

얼큰하면 소리 한가락 나오는데
격렬한 곡조 이칙夷則에 맞고
느린 곡조 임종林鍾에 맞아[1]

方且解橐摩弄如璜琮.

노래 끝엔 종이 찾아
　묵화를 한폭 치는데
가파른 봉우리 성난 바위 급한 여울에
　늙은 소나무 그려 보이고

飢來走鄰屋,
乞飮新醅一二三四鍾.

酒酣發高唱,
激者中夷則,
徐者中林鍾.[1]

가다간 뇌성벽력 치는 소리
　어둠침침 음참한 날이요
깎아지른 산마루에
　눈 얼음 녹아내리는 풍경이라.

歌竟索紙蘸筆爲墨畫,
畫出峭峰怒石急泉與古松

또는 해묵은 등걸에 기괴한 덩굴
　뒤얽힌 모양도 그리고
또는 송골매 보라매

震霆霹靂黑陰慘,
氷雪淞澌皎龍縱.

或畫壽藤怪蔓相糾縎,
或畫快鶻俊鷹相撞摐.

두놈이 맞붙어 싸우는 광경도 그린다.

혹은 또 구름 타고 하늘 나는 신선을 그려
수염 눈썹은 서릿발이 서려 찌를 듯

노승 하나 오뚝이 앉아
  등을 긁는 모습도 그리는데
상어 뺨에 큰 원숭이 어깨
  비뚤어진 입술에다가
  속눈썹 눈을 덮은 스산한 몰골이요,

용과 귀신이 불을 뿜으며
  요괴와 싸우는 모습도 그리고
두꺼비가 달을 파먹어
  토끼의 방아찧기를 범하는 장면도 그린다.

팔목이 잘린대도
  부녀자의 고운 자태,
모란 작약 홍부용
  이런 따윌 그릴 건가!

그림 팔아 술값으로 충당하는데
하루 품 하루 술값으로 날린다.

或畫游仙蹋空放雲氣,
須眉葩髴森欲衝.

或畫窮僧兀坐搔背癢,
鯊腮玃肩喎脣盎睫酸態濃,

或畫龍鬼噴火鬥蛇怪,
或畫妖蟇蝕月侵兔春.

斷捥不肯畫婦女,
與畫牡丹芍藥紅芙蓉.

亦肯賣畫當酒債,
一日但酬一日傭.

자기 이름 관가에 알려지길 꺼려하여
누가 그를 위해 말하고자 하면
　　노여움이 칼날같이 일어선다네.

내 황해도 곡산 고을 부임하고
　　이태가 지나
누각 짓고 연못 파고
　　화락이 이루어진 즈음

천용자 찾아와서 문을 두드려
사또 좀 만나자고
　　큰 소리로 외쳐댄다.

常恐姓名到官府,
有欲告者怒氣勃勃如劍鋒,

돌계단 뛰어올라
　　중문 안으로 들어서는데
맨발에 붉은 정강이
　　들에서 일하다 온 농부 꼴이더라.

我來象山越二歲,[2]
建閣穿池民物雍.

天慵子來叩閽,
大聲叫我與官逢.

읍도 절도 하지 않고
　　두 다리 뻗고 앉아
거듭거듭 하는 말이란
　　술 달라는 소리뿐.

直躡曾階入重閣,
赤脚不襪如野農.

不拜不揖箕踞笑,
但道乞酒語重重.

그의 주변에 청풍이 경쾌히 일어나니

淸風洒然吹四座,

첫눈에 보통 사람 아닌 줄 알겠더라.

손 잡고 가슴 헤쳐
  품은 뜻 쏟아내며
비 오는 아침 달 뜨는 저녁
  늘 서로 어울려 지냈더니라.

一見斂膝知非庸.

握手開襟寫磈磊,
雨朝月夕常相從.

미명彌明이 한유韓愈를 찾은 일[3]
  본받지 못하였으되
지공支公이 대옹戴顒을 방문한 건[4]
  자못 비슷하리.

不學彌明枉韓愈,[3]
頗似支公訪戴顒.[4]

천용자 성은 장씨인데
고향이 어디냐 물으면 입을 다무네.

天慵子張其姓,
試問鄉里其口封.
(『여유당전서·시문집』 권3)

---

1 이칙夷則·임종林鍾 '이칙'과 '임종'은 음악상 고저를 12율律로 구분한 명칭. 12율의
명칭과 순서는 황종黃鍾·대려大呂·태주太簇·협종夾鐘·고선姑洗·중려仲呂·유빈蕤賓
·임종·이칙·남려南呂·무역無射·응종應鐘으로 되어 있다. 이중 홀수 율을 율律, 짝수
율을 여呂라고 부른다.

2 상산象山 황해도 곡산谷山의 옛 이름이다. 정약용은 곡산부사로 정조 21년(1797) 윤6
월부터 정조 23년 4월까지 있었다.

3 미명彌明 도사道士의 이름. 한유를 찾아가서 한유의 제자들과 함께 「석정石井」이란
제목으로 연구聯句를 지은 사실이 있었다.

4 지공支公·대옹戴顒 '지공'은 동진東晉의 고승 지둔至遁(자는 도림道林, 314~66). 25세

에 출가하여 섬剡에서 노닐었고 낙양에서 생을 마쳤다. 절강浙江지방에서 학을 좋아하고 말 기르기를 좋아하는 것으로 여러가지 고사를 남긴 바 있다. '대옹'은 남조 송宋의 고결한 은자隱者(378~441). 오吳지방에서 노닐었고 금서琴書를 사랑하고 조소 회화의 예술에도 경지가 높았다. 그런데 지공과 대옹은 동시대의 인물이 아니다. 대옹의 아버지인 대규戴逵(자는 안도安道, 326~96)로 혼동한 것이 아닌가 한다. 대규도 섬현剡縣에 살았고 풍류 취미가 아들과 흡사했다. 이 시에서 천용자가 작자 자신을 찾아온 사실을 한유와 미명, 지공과 대옹(혹은 대규)의 만남에 견준 것이다.

🏵 작품 해설

이 시는 한 예술세계의 기인형의 인물을 형상화한 것이다. 작품은 크게 2부로 구성되어 있다. 전반부에서 주인공 장천용張天慵을 등장시켜 그의 삶과 행동의 여러 양태를 표출해서 문제적 인물을 직접 대면하도록 하며, 전반부로 와서 그가 추구하는 예술, 곧 그의 창조적 세계를 묘사하는데 그 문면 속에는 그 인간이 들어 있다. "팔목이 잘린대도 부녀자의 고운 자태/모란 작약 홍부용 이런 따월 그릴 건가." 그의 칼날 같은 정신이 섬찟 와닿는 것이다. 후반부의 그를 처음 대면하는 자리, "읍도 절도 하지 않고 두 다리 뻗고 앉아/거듭거듭 하는 말이란 술 달라는 소리뿐"은 그 사람을 독자도 함께 만나보는 것 같다.

장천용은 황해도 사람으로 통소도 잘 불지만 "그림 팔아 술값으로 충당하는데/하루 품 하루 술값으로 날린다"라고 했으니 어쨌건 상품적 수요에 응하는 직업화가인 셈이다. 그렇지만 양반 벼슬아치들에게 아첨하기를 거부한 나머지, 저들에게 자기가 알려지는 경우 "노여움이 칼날같이 일어섰다"라고 한다. 한 창조주체로서의 자기 개성과 자존을 결연히 지키려는 태도를 견지했으며, 그 때문에 그는 기인으로 나타나게 된 것이다.

작자 정약용이 이 인물을 처음 대면한 것은 곡산부사로 있을 때이다. 정약용은 그 첫인상을 "청풍이 경쾌히 일어난다"라고 고백할 정도로 매력을 느꼈으며, 금방 사귐이 깊어지고 서로 뜻이 통하였던 모양이다. 그에게 받은 첫인상과 경도된 뜻을 지우지 못해 이 「천용자가」를 지었거니와, 산문 양식을 빌려 「장천용전」을 쓰기도 하였다. 창작연대는, 시의 경우 처음 만남을 갖게 된 그해인 정조 22년(1798)이고, 전의 경우는 그 이듬해로 추정된다. 그 이듬해 정약용은 곡산에서 해임되어 서울로 돌아오는데, 그 몇달 후 장천용이 기발한 산수화폭을 들고 찾아온다. 이때 새로 알게 된 그 인간 면모와 사실을 첨가해서 그를 위한 전을 쓴 것 같다. 전은 작자가 그 인물과 대면한 장면들을 중심으로 엮은 반면, 시는 활달하게 보다 다양한 내용을 가지고 그 형상을 부각시키고 있다.

남문 밖에서 산대놀이를 구경하고

南城觀戲子

강이천

<table>
<tr><td>

내 나이 겨우 열살이라

문 앞 길도 나가지 않고

책상머리 앉아서 머리 썩이며

창살 너머로 뜨는 해 지는 해 맞고 보내지요.

들리는 소리 남문 밖에

무대를 가설하고 한판 논다는구나.

노인 부축하고 어린애 끌고들

구경꾼 구름처럼 몰리는데

홍의 입고 뽐내는 건 액정서 하예下隷요[2]

백발로 앉았으니 떡 파는 할미라네.

남문 밖은 우리집서 일리 남짓

나도 얼른 신발 신고 달려가니

사람들 옹기종기 성을 쌓고

일만 눈 한곳에 쏠렸더라.

멀리 바라보니 과녁판을 매단 듯

푸른 차일 소나무 사이로 쳐진 데

</td><td>

南城觀戲子[1]

姜彝天

余年纔十歲,
不出門前路.
矻矻書几傍,
一窓送朝暮.

聞說南城外,
設棚爲戲具.
扶老更携幼,
觀者如雲霧.
紅衣掖庭隷,[2]
白髮賣餠嫗.

距家未一里,
吾亦理笻屨.
簇簇女墻頭,
萬目一處注.
遙望似懸帳,
靑帳張松樹.

</td></tr>
</table>

아래선 풍악을 울려

불고 켜고 두드리는 온갖 소리

산이 바다로 무너져 쏟아지듯

달이 구름 사이로 황홀히 비치듯

사람 형상 가는 손가락처럼

나무로 새겨 채색을 하였구나.

얼굴을 바꾸어 번갈아 나오니

어리둥절 셀 수가 없더라.

문득 튀어나오는데 낯짝이 안반 같은 놈

고함소리 사람을 겁주는데

머리를 흔들며 눈을 굴려

왼쪽을 바라보고 오른쪽으로 돌리다가

부채로 얼굴을 가리고 홀연 사라지니

노기를 띠어 흉악한 놈

휘장이 휙 걷히더니

춤추는 소맷자락 어지럽게 돌아가누나.

홀연 사라져 자취도 없는데

더벅머리 귀신의 낯바닥 나타나

두놈이 방망이 들고 치고받고

폴짝폴짝 잠시도 서 있지 못하더니

홀연 사라져 자취도 없는데

야차놈 불쑥, 저건 무언가?

衆樂奏其下,
鏗轟雜宮羽.
海盡陸山出,
雲開恍月吐.

人像如纖指,
五彩木以塑.
換面以迭出,
炫煌不可數.
突出面如盤,
大聲令人怖.
搖頭且轉目,
右視復左顧.
忽去遮面扇,
猙獰假飾怒.
巾帷倏披靡,
舞袖紛回互.

忽然去無蹤,
髼髮鬼面露.
短椎兩相擊,
跳梁未暫駐.
忽然去無蹤,
夜叉驚更遌.

얼굴은 구리쇠, 눈에 도금을 한 놈이

너풀너풀 춤추고 뛰더니

홀연 사라져 자취도 없는데

달자撻子³가 또 달려나와

칼을 뽑아 스스로 머리를 베어

땅바닥에 던지고 자빠지니

홀연 사라져 자취도 없거늘

귀신이 새끼 안고 젖을 먹이며

어르다가 이내 찢어발겨

까마귀 솔개 밥이 되게 던져버리네.

평평한 언덕에 새로 자리를 펼쳐

상좌 아이 깨끼춤 추는데

선녀 하늘로부터 내려왔나.

당의唐衣에 수고繡袴를 입었으니

한수漢水의 선녀 구슬을 가지고 노는 듯

낙수洛水의 여신 푸른 물결에 걸어나오듯

노장스님 어디서 오셨는지?

석장을 짚고 장삼을 걸치고

구부정 몸을 가누지 못하고

수염도 눈썹도 도통 하얀데

사미승 뒤를 따라오며

연방 합장하고 배례하고

蹲蹲舞且躍,
面銅眼金鍍.
忽然去無蹤,
撻子又奔赴.³
長劍自斬首,
擲地仍偃仆.
忽然去無蹤,
有鬼兒乳哺.
撫弄仍破裂,
遠投烏鳶付.

平陂更展席,
僧雛舞緇素.
仙娥自天降,
唐衣復繡袴.
漢女弄珠游,⁴
洛妃清波步.⁵

老釋自何來?
拄杖衣袂裕.
龍鍾不能立,
鬚眉皓如鷺.
沙彌隨其後,
合掌拜跪屢.

이 노장 힘이 쇠약해
넘어지기 몇번이던고?

한 젊은 계집이 등장하니
이 만남에 깜짝 반기며
흥을 스스로 억제치 못해
파계하고 청혼을 하더라.

광풍이 문득 크게 일어나
당황하여 어쩔 줄 모를 즈음
또 웬 중이 대취해서
고래고래 외치고 주정을 부리는데
추레한 늙은 유생
이 판에 끼어들다니 잘못이지.
입술은 언청이 눈썹이 기다란데
고개를 길게 뽑아 새 먹이를 쪼듯
부채를 부치며 거드름을 피우는데
아우성치고 꾸짖는 건 무슨 연고인고?

헌걸차다 웬 사나이
장사로 뽑힘 직하구나.
짧은 창옷에 호신수
호매한데 누가 감히 거역하랴!
유생이고 노장이고 꾸짖어 물리치는데

力微任從風,
顚躓凡幾度?

又出一少姝,
驚喜此相遇.
老興不自禁,
破戒要婚娶.

狂風忽大作,
張皇而失措.
有僧又大醉,
呼號亦恣酗.
潦倒老儒生,
闖入無乃誤.
缺脣獰其眉.
延頸如鳥嗉.
揮扇擧止高,
叫罵是何故?

赳赳一武夫,
可應壯士募.
短衣好身手,
豪邁誰敢忤.
叱退儒與釋,

마치 어린애 다루듯
젊고 어여쁜 계집을
홀로 차지하여 손목 잡고 끌어안고
칼춤은 어이 그리 기이한고!
몸도 가뿐히 도망치는 토끼처럼

거사와 여사당이 나오는데
몹시 늙고 병든 몸
거사는 떨어진 패랭이 쓰고
여사당은 남루한 치마 걸치고

선승禪僧이 웬 물건인고?
여색을 본디 좋아하여
등장하자 젊은 계집 희롱하더니
소매 벌리고 춤을 춘다.

할미 성깔도 대단하구나
머리 부서져라 질투하여
티격태격 싸움질 잠깐새
숨이 막혀 영영 죽고 말았네.
무당이 방울을 흔들며
우는 듯 하소연하듯

너울너울 철괴선鐵拐仙[7] 춤추며

視之如嬰孺.
獨自嬰靑娥,
抱持偏愛護.
舞劍一何奇?
身輕似脫兎.

居士與社堂,
老甚病癃痼.
破落戴敝陽,
襤縷裙短布.

禪律是何物?[6]
聲色素所慕.
登場弄嬌姿,
張袖趁樂句.

婆老尙盛氣,
碎首恣猜妬.
鬪鬨未移時,
氣窒永不寤.
神巫擺叢鈴,
如泣復如訴.

翩然鐵拐仙,[7]

두 다리 비스듬히 서더니
눈썹을 찡긋 두 손을 모으고
동쪽으로 달리다가 서쪽으로 내닫네.

優塞植雙胯.
竦眉仍攢手,
東馳又西鶩.

수많은 사람들 금방 흩어져
새떼 조롱에서 벗어난 듯
넓은 마당이 이다지 적막한가?
한바탕 꿈에서 깨어났나 싶더라.

衆人倏奔散,
如鳥脫樊笯.
廣場何寂然,
怳若大夢悟.[8]

(『중암고重菴稿』제1책)

---

1 '무술 10세시 작戊戌十歲時作'이라는 원주가 붙어 있다. 정조 2년(1778)이다.

2 액정예掖庭隷 액정서掖庭署 소속의 하예. 액정서는 왕명의 전갈, 공어필연供御筆硯,
궐문쇄약闕門鎖鑰 등의 일을 맡아보는 관아.

3 달자㺚子(＝韃子) 몽골족 등 서북방 민족을 지칭하는 말.

4 한녀漢女 중국 양자강揚子江의 지류인 한수漢水의 물속에 있다는 신녀神女.

5 낙비洛妃 황하의 지류인 낙수洛水의 여신인 복비宓妃. 조식曹植의 「낙신부洛神賦」는
이 여신을 두고 지은 것이다.

6 선율禪律 승려를 가리킴.

7 철괴선鐵拐仙 철괴이鐵拐李. 전설상 팔선八仙의 하나. 절름발이 형상이다. 그의 형상
을 본뜬 춤이 곧 철괴무鐵拐舞인 듯한데, 광문은 이 철괴무를 잘 추었다 한다.

8 이하로 다음 12구句가 더 있는데 이런 행사는 단속해야 된다는 상투적 내용이라서 번
역하지 않았다. 그 원문은 이러하다.

兒曹託奇觀, 吾意翻憎惡. 時俗太愚下, 誰能以理喩, 本是一戲事, 風習摠敗斁. 相逐不知休,
奔波廢實務. 幾日下禁令, 此輩悉搜捕, 意在戒後人, 感嘆一詩賦.

강이천姜彝天(1769~1801): 자는 명륜明倫, 호는 중암重菴, 본관은 진주晉州. 문인이자 화가로도 이름 높은 강세황姜世晃의 손자. 소년시절 천재로 알려져 12세 무렵 동몽으로 뽑혀 대궐에 들어가 시를 지어 바쳐 임금에게 "뒷날 참 학사가 되겠다"라는 칭찬을 받았다 한다. 그러나 29세 때 불운하게 소위 비어옥飛語獄에 걸려 제주도로 유배를 가게 되었는데 이때 국왕 정조로부터 문체가 초쇄부경噍殺浮輕하여 모두 소품이라는 지탄을 들었다. 그후 1801년 신유옥사에 재차 심문당하다가 고문으로 죽었다. 천재적 감수성이 참신한 견식과 결합되어 상당한 문예적 성과를 남겼다. 『중암고』 4책이 필사본으로 남아 있는바, 106수의 7언절구 형식으로 서울의 풍속 세태를 노래한 「한경사漢京詞」, 그리고 잡저 부분에 특히 참고되는 내용이 담겨 있다.

🌸 작품 해설

우리 민족의 전래적인 놀이 내지 연극의 형태로 산대희山臺戲가 있었다. 유래가 오래된 것으로 이조시대에는 특히 중국의 외교사절을 위해 이 놀이가 성대하게 공연되었는데 영조 이후 끊어졌다 한다. 대신 시정의 유흥으로 전환되었던 모양이다. 이는 우리 예술사 내지 풍속사에서 중요한 사실이지만 관련 자료가 워낙 빈약하여 제반 자세한 내용은 충분히 파악되지 못하고 있다. 지금 이 시는 시정에서 벌이던 산대놀이의 연희 내용을 비교적 상세히 보고하고 있는 것이다.

작품 서두에서 서술자는 10세 소년으로 밤낮 책상머리에 앉아 머리를 썩이는 처지임을 밝힌다. 이런 소년에게 "무대를 가설하고 한판 논다"라는 소식은 그야말로 환희요 해방으로 들릴 터이지만 감정 변화가 자제된 상태에서 드러난다. 다음 본장에서 구경한 내용, 즉 가설무대 위에 나타나선 한바탕 뛰고 춤추고 소리치다 사라지고, 또다시 등장했다 퇴장하고 줄곧 이어지는 기기묘묘한 놀음놀이를 보여준다. 꼭두각시에 속하는 놀이로부터 탈춤에 속하는 놀이로 연속되는데 그 안에 만석중놀이·철괴무 같은 종류로 보이는 것도 있다. 역시 소년적 감수성에서 일일마다 재미나고 신비롭게 비쳐진 점이 특색이다. 따라서 구체적으로 이해하기는 다소 불충분한 것이다.

이 시는 10세 작으로 기록되어 있다. 작중에서도 서술주체가 10세 소년이므로 10세 때 작이라는 기록은 부인할 수는 없다. 그러나 10세 소년이 지은 것으로 보기에는 어려운 곳들이 눈에 띈다. 아무래도 문장 수사는 다른 어른에 의해서나 아니면 본인이 성장한 다음에 전반적으로 손질이 가해진 것 같다. 하지만 서술 내용 및 시상 자체는 소년의 천재적 두뇌와 예민한 감수성에서 산출된 것이다. 결말 부분에서 놀이의 의미를 완전히 부정하고 엄금해야 할 것으로 규탄한 대목은 어떤 경위로 들어갔건 어울리지 않게 첨가된 것으로 생각된다. 그야말로 사족이기에 이 대목은 번역하지 않았다.

걸사행

乞士行

동당 동당 동당

수술을 늘어뜨린 소고

긴 자루 닳고 닳아 반들반들

백철 고리는 쟁쟁 소리낸다.

한번 칠 때 굽혔던 머리 일으키고

두번 칠 때 번개처럼 몸을 돌리고

세번 칠 때 등뒤로 감추고

네번 칠 때 무릎까지 내리고

한번 공중으로 던지자 뱅그르 돌고

동당 동당 동당

노래하는 입 북 치는 손 잘도 어울린다.

나긋나긋한 영암의 패랭이

칡으로 엮은 모자 비뚜름히

삼남 포리浦吏² 원산 장사치들

머릿기름 냄새에 눈 깜짝이고 침 흘리며

돈 물 쓰듯 하여 빈털터리 되는구나.

동가숙 어느 봉놋방

乞士¹行

李學逵

鼕鐺鼕鐺鼕鐺.
一弗小鼓繩鞃張.
長柄刓脫作膩光.
連環鑞鐵磨鎗鎗.
一槌俯首長.
再槌輪電光.
三槌背後藏.
四槌當裙襠.
一擲空中飜覆忙.

鼕鐺鼕鐺鼕鐺.
歌口鼓手相應當.
靈巖嫩竹細平涼.
葛繩帽子踈結匡.
三南逋吏元山商.²
額瞬齒唾油鬢香.
使錢如水乾沒囊.
東家宿一客房.

서가식 한 됫박 양식

주막으로 장터로 바람 부나 눈이 오나

삼한 천지에 집도 절도 없는 신세라네.

나무아미타불 나무아미타불

사람 보면 손 내미는 거렁뱅이 꼴이로세.

동당 동당 동당

호남 퇴기 해서 창녀

한 불당에

　　내 사당 네 사당 무어 다투랴.

아무 데고 인산인해 이룬 곳에

엉큼하게 손 집어넣어 치맛속 더듬는다.

너는 일전에

　　몸을 허락하는 계집이요

나는 팔도에

　　거친 데 없는 한량이란다.

아침엔 김서방 저녁엔 박서방

물결치는 대로 바람 부는 대로

일반 보시 술 한 잔 국 한 그릇.

동당 동당 동당

춘삼월 호시절에

경포대 한벽당

낙산사 해금강

西家乞一升粮.
店炕墟市風雪霜.
三韓世界無家郎.
阿彌陀佛念不忘.
逢人卽拜乞士裝.

鏊鏜鏊鏜鏊鏜.
湖南退妓海西娼,
　一佛堂何爭我社堂汝社堂
箇處人海人山傍.
暗地入手探帬裳.
汝是一錢首肯之女娘.
我又八路不闚之閑良.
朝金郎暮朴郎.
逐波而偃隨風狂.
一般布施茶酒湯.

鏊鏜鏊鏜鏊鏜.
好時節三月春陽.
鏡浦臺寒碧堂.
洛山寺海金剛.

꽃 피고 해 저물고 바람이 일어날 제

오동추야에 휘영청 밝은 달에

내 님 그리워 마음이 아프다오.

청강상에 한 쌍의 원앙새야

'얼른 죽어지고' 바라지 말라.

사생이 어찌 마음대로 된다더냐.

청상과부 백골신랑

백년 살아도 독수공방

차라리 곱게 차리고 술잔이나 따르리.

동당 동당 동당

시주댁전에 양식을 구걸하니

긴 행랑 중문 옆에

조그만 종년이 예쁘장히 단장하고

쪽물 치마 끌며 나오는데 찬찬도 하지.

통영 반자에 서말 곡식 담고

가운데 대전 열닢을 얹었으니

상평통보 네 글자 뚜렷하다.

축수를 남산만큼 하오리다.

남시주님 여시주님 부자 되고 무병장수하소.

생남 생녀 백자방百子房이니

소동파 문장이요

조맹부 글씨로다.

춘당대 알성과[3]에

花開日落風亂颺.

梧桐秋夜月澄光.

我自思郎心內傷.

淸江上兩鴛鴦.

莫願速死亡.

死生那得如所望.

靑年孀·白骨郎.

百年未死守空牀.

不如且進千萬觴.

蓼鐺蓼鐺蓼鐺.

施主宅前乞米糧.

一角中門長行廊.

小首婢子鸚鵡粧.

頓藍裙拖禮安詳.

統營盤子三斗粱.

當中大錢十文强.

常平通寶字煌煌.

請爲祝壽如山岡.

男施主女施主旣富且康.

生男生女百子房.

文思蘇內翰詞章.

書體趙承旨草半行.

謁聖科上已春塘.[3]

걸사행 485

장원급제 창방 소리 신명이 절로 난다.

육조 판서 되어 은총이 자별하고

팔도 감사 되어 깃발을 드날리사

앞마당 뒤뜰에 그득그득 곳집이요

곳집 머리에 둥지 틀어 학이 날고

앞으로 정원 뒤로 별당

　밤 대추 뽕나무

올빼미 한번 울어 만사형통하고

왼쪽 날개 한번 치면 복록이 그들먹

오른쪽 날개 한번 치면 수명 장수

천추만세 무진무진 누리소서.

동당 동당 동당

걸사 하직하고 물러나

　딴 데로 향해 가더라.

狀元唱榜心神彰.
六曹尙書榮寵將.
八道觀察旍纛揚.
前場後院萬斯倉.
廩頭作巢鸛鶴翔.
南園北舍棗栗桑.
鵂鶹一聲百事昌.
左翅一拂祿穰穰.
右翅一刷壽無疆.
千秋萬歲無盡藏.

鏗鎇鏗鎇鏗鎇.
乞士告退又顧之他方.
(『낙하생전집洛下生全集·
습유拾遺』 하)

1 **걸사乞士**　원주에 "세속에서 걸사를 잘못 거사居士라 부른다. 정탁옹丁籜翁의 『아언
각비雅言覺非』에 자세히 나와 있다"라고 되어 있다. 『아언각비』를 보면 "걸사란 머리
를 깎지 않은 중을 이르는데, 우리말로 거사居士라 하는 것은 잘못이다"라고 하였다.
이들은 사당社堂들을 거느리고 다니며 연예활동을 하는 한편 매음도 하였다. 즉 걸사
(=거사)와 사당의 조직체는 일종의 유랑 연예집단인 것이다.

2 **포리逋吏**　부정을 저지르거나 빚을 지고 도망친 아전.

3 **알성과謁聖科**　임금이 성균관에 거동하여 문묘文廟에 참배하고 보이는 문과文科 시험
을 가리킨다. 이때 고시장소가 창경궁의 춘당대春塘臺였다.

486 제6부 예인藝人 및 시정市井의 모습들

⬤ 작품 해설

이 시는 걸사(=거사)라는 이색적인 인간 모습을 그린 것이다. 「흥부전」에 놀부가 켰던 박 한통에서 거사 사당의 무리들이 출현하여 온갖 잡스러운 노래를 불러대는데 "거사놈 거동 보소. 노랑수건 평량자에…… 번개 소구를 풍우같이 두드리니 '판염불' '긴영상'에 흔들거려"(손낙범孫洛範 본)라는 거사의 행태는 지금 이 시에서와 흡사하다. 대뜸 서장에서 걸사가 동당 동당 하고 소고를 두드리며 동태적으로 등장해 전편은 그가 불러대는 타령으로 이어진다. 작품의 성격으로 두드러진 두가지 특징이 있다.

첫째, 서민적 표현 정감에 깊숙이 결합된 점. 시의 내용은 전체로 일관성이 없을 뿐 아니라, 사설이 자못 거칠고 장황하며 음란한 곳도 더러 있다. 이는 걸사가 장터나 남의 대문 앞을 떠돌며 부르던 타령조 가락을 대폭 수용한 결과로 초래한 현상이다.

둘째, 동적인 느낌을 주는 점. 서장에서 소고를 치는 동작과정이 마치 화면에서 스톱 모션을 보는 듯 분석적으로 묘사된 것이 벌써 특이한데, 동당 동당 하는 소리를 단락의 구분으로 이용해서 전편을 구성한 수법은 생동감 넘치게 한다.

이 시는 비록 주제 내용으로 민중의 삶을 끌어안진 못했으나 형식과 정감의 측면에서 민중성을 활발하게 수용한 점이 중요한 성과로 인정되는 것이다.

비파가

崇禎宮人屈氏 琵琶歌

신위

명나라 숭정제의 궁녀 굴씨屈氏는 소주蘇州의 양가 여자였다. 어려서 장추전長秋殿 나인으로 뽑혔는데, 숭정 말년 이자성李自成[2]이 북경을 함락하자 굴씨는 민간으로 도망쳐 숨었다. 이자성이 실패함에 미쳐서 굴씨는 청나라 구왕九王에게 붙잡힌 몸이 되어 항시 군중에 두어졌다. 그러다가 우리 소현세자가 심양瀋陽에 볼모로 계실 적에 굴씨로 하여금 모시게 하여, 굴씨는 마침내 세자를 따라서 우리나라로 들어왔던 것이다. 이내 만수전萬壽殿에 소속이 되어 장렬왕비莊烈王妃를 모셨다.

굴씨는 비파를 잘 타고 요금수擾禽獸 재주를 가져 손가락으로 짐승 놀리기를 마음대로 할 수 있었다. 제자에 진춘進春이란 여자가 그 기예를 모두 전수받았다. 효종이 굴씨에게 쪽 짓는 법을 물어본 일이 있었던바, 지금 사부가 부녀자의 쪽 짓는 법은 굴씨에게서 나온 것이라 한다. 굴씨는 실로 지식도 있었던 모양이다.

굴씨는 동국으로 온 이후로 언제고 눈물이 그렁그렁 북쪽 하늘을 바라보았다. 나이 70이 지나 죽으면서 "나를 부디 서쪽으로 가는 길목에 묻어주면 좋겠어요"라고 유언을 하였으니, 고향을 잊지 못하는 뜻이었다. 숙종이 광평廣平 전씨[3]에게 명해서 굴씨의 제사를 받들도록 하고, 해마다 제사비용을 지급하였으니 지금까지도 끊이지 않고 있다. 전씨 또한 명나라 상서尙書 전응양田應揚의 후손이다.

내가 장악원掌樂院의 나이 먹은 이에게 알아보니 굴씨는 세자를 따라 들어와서 향교방鄕校坊의 저택에 살았는데, 가끔 장악원의 사람을 불러다가 발을 치고서 비파 타는 법을 가르쳤는데 지금 강전악姜典樂이란 이는 사숙私淑의 제자라 한다.

굴씨가 타던 비파는 자단목紫檀木으로 만든 것인데 무늬가 찬란하게 서려 머리칼이 비칠 정도였다. 후세 사람들은 그것이 악기인 줄 알지 못하여, 물 뜨는 그릇으로 사용했으며 마침내 숯광 속에 버려지기에 이르렀다. 근래 강약산姜若山이 그것을 우연히 어느 종친 집에서 발견하여 다시 수리를 하였다. 그리고서 음을 살펴서 조율調律을 해보니 대단히 아름다운 소리가 울려나오는 것이었다. 나는 강약산의 이 일에 감탄했던바, 굴씨의 숨은 사적을 채집하여 갖추어 기록하고, 이에 노래를 지어 붙인다.

申偉

明崇禎[1]宮人屈氏, 蘇州良家子, 幼選侍長秋殿. 崇禎末, 李自成[2]陷京師, 屈氏逃匿民間, 及自成敗, 屈氏爲淸九王所獲, 常置軍中. 我昭顯世子質于瀋, 以屈氏隷焉. 竟從至國, 屬萬壽殿, 事莊烈王妃. 屈氏善琵琶, 又能擾禽獸, 指使無不如意. 有弟子進春者, 並傳其法. 孝廟嘗詢髻制於屈氏, 今士夫家髻制, 出自屈氏, 則屈氏固多識也. 屈氏旣東來, 常汍然北望, 年七十餘將死, 語其人曰, "幸埋我西郊路." 不忘首邱也. 肅廟命廣平田氏,[3] 主屈氏祀, 歲給祭需, 至今不絶. 田氏亦明朝尙書應揚之後云. 余問老梨園, 言屈氏隨世子出, 居鄕校坊第, 往往召梨園數輩, 隔簾授琵琶指法. 今尙有姜典樂者, 私淑焉. 其嘗所御琵琶, 紫檀槽, 文理盤縮光鑒毛髮. 後人不知其樂器, 用爲淘井之具, 甚至屈辱炭廠中. 姜若山偶得於天潢[4]故

家, 爲之重新, 審音調律, 大有雷輥之美. 余旣感歎姜若山事, 又撫屈氏逸史, 而備
書之. 系以歌.

비파란 악기 본래가
　　마상에서 타는 줄풍류
『석명』[5]이란 책에 이르기를
　　비파는 원래 변방민족의 악기인데

손을 아래로 밀면 '비'
　　위로 당기면 '파'
비파란 이름 이에 유래했거늘
　　밀고 당기고 한 줄에 한 소리

비파의 사적 아득도 하여라
　　한나라 궁궐엔 언제 들어왔다가
다시 오손공주[6] 따라가
　　변새의 땅에서 슬픔을 달랬던고?

崇禎宮人屈氏 琵琶歌

琵琶本是馬上絃索,
釋名以爲藩中所作.[5]
順手曰批逆手把,
一絃一聲推又却.
不知何時此器入漢宮?
復隨烏孫公主傷流落.[6]
두지杜摯[7]는 이르기를
　　만리장성 쌓을 적에
현도[8]를 만들어서
　　부역의 괴로움을 표현했더니

杜摯則云長城築時,[7]
絃鼗而鼓苦秦虐.[8]
한족의 음악 변방의 민족 음악에

漢樂藩樂不一名,

비파의 이름 갖가지로
목이 곧은 진비파 목이 비뚠 곡항비파
　생긴 모양도 일정치 않구나.

숭정황제 궁녀 굴씨
　비파를 잘 타는데
역사 뒤바뀌는 즈음에
　구왕⁹의 병영에 붙잡힌 몸

수황정壽皇亭을 어이 잊으랴!¹⁰
　발걸음 창황히 달려간 날
따라 죽지 못하고서 사는 신세
　평생의 한으로 남았구나.

소현세자 그리던 고국산천
　돌아오시는 수레 뒤를 따라서
풍파에 날리던 꽃이
　동쪽 물가에 닿았다네.

장렬왕후 모시는 시녀들 중
　굴씨 제일로 손꼽히니
만수전 봄빛이 무르녹는데
　한 송이 꽃이 빼어났다네.

拗項直項無定籇.
崇禎宮女搦琵琶,
鼎革身羈九王幕.⁹
蒼黃步趨壽皇亭,¹⁰
恨不以殉命之薄.
思歸公子幸相隨,
東流之水花漂泊.
莊烈閣裏第一人,¹¹
萬壽殿中春綽約.¹²

손끝에서 터져나는 법은
　　원성이 길이 사무쳐서
바람모래 불어치는 속에
　　비파 소리 전각을 감아 도네.

영감의 슬기 발휘하니
　　장악원 고수도 무릎 꿇고
눈물이 그렁그렁
　　같이 나온 고국 사람 마주보네.

제자 진춘이 다니며
　　비파의 신곡을 배우고
요금수 기술 함께 익혀
　　세상에 전하게 되었다네.[15]

이백년 흘러간 세월에
　　다 잊혀지게 되었으니
사람과 함께 비파소리
　　쓸쓸히 적막하기 그지없네.

굴씨 타던 비파 라사의 자단목[16]
　　울림통에 봉황무늬 아로새기고
옥색 바탕에 금을 누벼
　　빛이 으리번쩍 하더니

破撥聲繁恩怨長,
風沙猶覺繞簾閣.
性靈屢伏善才曹,[13]
*汎瀾相對供奉駱.[14] (汎)
弟子進春學新翻,
並擾禽獸傳糟粕.[15]
爾來二百年無聞,
怊悵人琴兩冥漠.
**邏沙檀槽蹙鳳文,[16] (沙邏)
金縷玉質光灼爍.

이 비파 세상에 남아 있는 줄
    어느 누가 알아서 챙기리오.
곤이 심줄 철사줄 이도 저도
    어느 결에 바람 따라 끊어지고

궁상각치우 다섯 음계
    나무에 붙었으되 나무는 말 못 하니
무지한 사람들 손에서
    우물에 물 뜨는 그릇 되었구나.

강군[18]은 대뜸 그걸 알아보고
    탄식하며 새롭게 수리하니
푸른 봉새 머리를 치켜들고
    신령한 거북이 꿈틀하네.

현과 받침목 사이로	豈知屈氏琵琶尙人間?
신명이 살아 돌아왔나	鷗絃鐵索隨風薅.[17]
이날 연꽃 핀 물가에	宮商附木木不言,
유빈[19]의 가락이 생동하네.	庸奴淘井事可愕.
	姜君歎息爲重裝,[18]
이 악기 내력도 특이하니	翠鳳仰首靈龜旁礴.
명나라 대궐에서 유래한 것이라	神明頓還絃柱間,
어찌 투구 쓴 자와 더불어	是日池上葵賓鐵自躍[19]
	此器本自漢宮來,
	肯與兜兒共懽樂.[20]

환락을 누리려 했을까 보냐?

가슴에 안고 무릎에 놓고
　몸에서 떨어질 새 없더니
그 미인 흙으로 돌아갔건만
　배인 향기 여기에 남았구나.

나 또한 중년 이래
　애환으로 마음의 상처 입은 터에
이제 또 감회에 휩싸이니
　심정이 몹시도 괴롭구나.

강군이 나를 위해 술대를 들고
　비파 네 현을 스치니
비애를 담은 곡조
　슬프고도 활짝 열리는 듯.

굴씨 쪽진머리 매만지며
　말없이 서 있는 자태 완연하다.
그 정령精靈 한마리 학이 되어
　고향 땅으로 날아가리.

胸前膝上抱相親,
美人黃土餘香澤.
我傷哀樂在中年,
況今憑弔心作惡.
姜君自我轉軸撥四絃,
匪風下泉凄而廓.[21]
宛見屈氏無言擁髻立.
精靈化下遼東鶴.[22]
(『자하시집紫霞詩集·보유
補遺』)

1 **숭정崇禎** 명나라 마지막 황제인 의종毅宗의 연호. 재위기간 1628~44년.

2 **이자성李自成** 1606~45. 명나라 말엽 농민반란 영도자. 신순왕新順王이라 일컫고 북경을 공략해서 성공했으나 이내 청군에 패퇴하였다.

3 **광평전씨廣平田氏** 중국 광평부廣平府 계택현鷄澤縣 사람 전호겸田好兼이 병자호란 이후 귀화해서 형성된 성씨. 이규상李奎象이 『병세재언록幷世才彦錄·우예록寓裔錄』에 "전상서 자손이 병자년 뒤에 들어와서 지금 무가武家의 대족이 되었는데, 서울 새문 밖[新門外]에 살고 있다"라고 하였다.

4 **천황天潢** 임금의 가까운 친족을 일컫는 말.

5 **『석명釋名』** 한漢의 유희劉熙가 지은 책. 이 책의 「석악기釋樂器」에 "批把本出于胡中, 馬上所鼓也. 推手前曰批, 引手却曰把, 象其鼓時, 因以名也"라고 하였다.

6 **오손공주烏孫公主** 왕소군王昭君. 한나라 궁녀로 흉노 국왕에게 시집갔던바, 비파를 가지고 가서 이역에 떨어져 사는 슬픔을 달랬다 한다.

7 **두지杜摯** 중국 삼국시대 위魏나라 사람. 자는 덕로德魯, 벼슬을 교서校書에 이르렀다.

8 **현도絃鼗** 진나라 때 긴 자루에 가죽으로 원형의 울림통을 만든 비파가 개발되었던 바, 이를 현도라 일컬었다. 『구당서舊唐書·음악지音樂志』에 진비파秦琵琶와 관련해서 "初, 秦長城之役, 有弦鼗而鼓之者"라고 하였다.

9 **구왕九王** 청 태조 누루하치의 제14자子. 이름은 다이곤多爾袞(1612~50). 예친왕睿親王에 봉해졌으며, 북경에 입성하여 이자성 농민반란군을 진압하고 순치제順治帝를 맞아왔다. 순치제가 당시 어려서 그가 섭정왕攝政王으로 대권을 행사하였다.

10 숭정제의 최후를 표현한 구절이다. 수황정壽皇亭은 자금성紫禁城의 매산煤山 위에 있는데 일설에 숭정제가 이곳에서 황후 및 어린 딸과 함께 자살했다 한다.

11 **장렬합莊烈閤** 장렬왕후를 가리킴. 인조의 비 조씨趙氏(1624~88).

12 **만수전萬壽殿** 창덕궁에 있었던 건물. 효종이 장렬왕후를 위해 세웠음.

13 **선재조선재曹** 백거이의 「비파행」 서문에서 작중 주인공이 "일찍이 비파를 목穆·조曹 두 선재에게 배웠다"라는 말이 나온다. 선재는 당나라 때 비파 예인藝人이나 악사에 대한 칭호.

14 **환란汎瀾·공봉락供奉駱** '환란'은 눈물이 그렁그렁한 모양. 원문은 범汎으로 되어 있으나 문맥으로 보아 바로잡았다. '공봉락'은 미상. 공봉供奉은 임금의 좌우에서 일 보는 관직 이름. 전후의 내용으로 미루어 이 구절은 고국을 생각하는 모습을 그린 것으로 추정해보았다. 당시 굴씨와 같은 처지에 놓인 중국 여자로 회저回姐·긴저緊姐·유저柔姐 등이 궁중에 있었다.

15 요금수擾禽獸·조박糟粕 '요금수'는 새나 짐승을 길들여서 재주를 부리게 하는 법. '조박'은 술을 짜내고 남은 지게미로 진수는 배워가지 못했다는 뜻에서 쓴 말이다.

16 라사단조邏迤檀槽 라사邏迤는 지명으로 지금 티베트의 라싸(拉薩) 지방. 단檀은 좋은 목재의 이름. 비파를 티베트의 단목으로 제작하면 그 광택이 옥처럼 빛나고 소리도 아름다웠다 한다.(육유陸游 「비파시琵琶詩」: "西蜀琵琶邏迤槽, 梨園舊譜爵輪袍.")

17 곤현철삭鵾絃鐵索 옛날 비파는 현을 곤이의 심줄로 만들었으며, 그것을 타는 기구로 철발鐵撥이 있었다.

18 강군姜君 강이오姜彛五(1788~?). 자는 성순聖淳, 호는 약산若山. 강세황姜世晃의 손자로 역시 그림을 잘 그렸다.

19 유빈蕤賓·철鐵 '유빈'은 옛날 음악의 12율의 일곱번째 소리. 치성徵聲에 해당함. '철'은 아주 분명함을 강조하는 수식어.

20 두아兜兒 무엇을 뜻하는지 잘 알 수 없는데, 두兜의 원의가 투구이므로 '두아'는 청나라 군인을 가리키는 것이 아닌가 생각된다.

21 비풍匪風·하천下泉 『시경』에 실린 작품 이름. 두편 다 비애와 원한의 뜻을 담은 노래.

22 요동학遼東鶴 전설에 요동遼東에 정령위丁令威란 사람이 도를 배워 신선이 되었다가 후에 학이 되어 고향 마을로 날아와보았다는 이야기가 있다. 그래서 옛날 놀던 곳을 다시 들르는 경우에 이 말을 쓰기도 한다.

🏵 작자 소개

신위申緯(1769~1845): 자는 한수漢叟, 호는 자하紫霞·경수당警脩堂, 본관은 평산平山. 참판 연승年昇의 아들로 서울서 출생하여 문과에 급제, 벼슬은 도승지·병조참판에 이르렀다. 시인으로 명성이 높았는데 그림과 글씨에도 빼어나 시서화詩書畫 삼절 三絶로 일컬음을 받았다. 김택영金澤榮은 이조시대 제일의 시인으로 평가한 바 있다. 대표작으로 「소악부小樂府」와 「동인논시절구東人論詩絶句」가 손꼽히며, 『자하시집紫霞詩集』을 남겼다.

🏵 작품 해설

이 시는 명의 마지막 황제의 궁녀로 유락하여 마침내 우리나라에 와서 죽은 굴씨를, 그의 유물인 비파에 얽힌 이야기로 엮은 것이다.

굴씨는 세상에 널리 알려진 인물은 아니었던 것 같다. 정재륜鄭載崙이 『한거만록閒居漫錄』에서 기록을 남긴바, 이로부터 그의 사적이 차츰 드러나게 되었다. 『한거만록』에 임창군臨昌君 이혼李焜이 굴씨를 위해 지은 묘지墓誌가 인용되어 있으므로 그 일부를 여기에 소개한다.

"저姐는 성이 굴씨로 중국 소주부蘇州府 소천현蘇川縣 사람이다. 7세에 뽑혀서 궁중으로 들어와 효순孝純 유태후劉太后를 모셨으니 태후는 곧 회종懷宗황제의 생모다. 숭정 갑신년(1644) 3월에 유적流賊이 황성을 함락하더니 이윽고 청인이 유적을 섬멸하고 눌러앉아 수도로 삼았다. 이때 우리 소현세자는 심양에 볼모로 있었던바 청인은 굴씨를 세자관으로 보냈던 것이다. 드디어 세자의 고면顧眄(관심을 받았다. 즉 관계를 맺었음을 뜻함)을 입었으니 그때 나이 22세였다. 그해 10월에 세자빈世子嬪이 나의 선고先考 경안군慶安君을 낳으셨는데 역시 세자관에 함께 있어서 굴씨의 극진한 보살핌을 받았다 한다. 을유년(1645)에 세자께서 귀국하시매 굴씨는 따라서 우리나라로 온 것이다. 4월에 세자가 돌아가시자 굴씨는 궁중에 남아 장렬왕후를 모셔서 직품이 상기尙記에 이르렀다. 상기는 여관의 종6품이다. 왕후가 돌아가시자 나의 집에 나와 있으면서 나의 자녀들을 정성껏 양육하였다.

병자년(1696) 겨울에 내가 사신으로 연경에 갔다가 정축년(1697) 봄에 돌아와보니 굴씨는 이미 정월 초하룻날 세상을 떴다. 임금께서 관을 하사하시어 내 선고의 산소가 있는 산 안에 장사를 지냈으니 경기도 고양군의 대자동이다.”

위 글의 ‘나’는 글을 쓴 임창군 이혼이니 소현세자의 손자다. 굴씨의 일생을 가까이서 서술한 실록이라 하겠다. 그녀는 7세 소녀로 황궁에 들어가고 22세의 처녀로 소현세자의 잉첩이 되었는데, 1년도 지나지 못해 소현세자의 비극과 함께 고독한 신세가 되어 낯선 이국 땅에서 살다 75세로 한 많은 생애를 마친 인물이다.

이 굴씨의 사적에 비상한 관심을 표명한 경우로 이규상李奎象을 들 수 있다. 그는 『병세재언록幷世才彦錄·풍천록風泉錄』에서 사실을 서술했으며, 따로 「강남행江南行」이란 제목의 서사시로 노래한 것이다. 「강남행」에서는 명나라에 대한 회고적 의리의 측면에 초점이 가 있다. 신위의 「비파가」 역시 『한거만록』의 기록에 의거하였는데 굴씨가 구왕을 비꼬았다는 일화를 보충하고, 또 임종에 “훗날 다행히 북벌의 날이 있게 되면 나는 그걸 보겠다. 나를 서쪽 길에 묻어다오”라고 유언을 했다는 것이다. 굴씨를 반청적 형상으로 그려낸 셈이다. 한편 홍신유가 지은 「굴씨사屈氏辭」가 있다. 굴씨의 사적을 사부辭賦의 형식으로 표출한 것인데, 그의 기구한 인생과 향수의 정서가 애절하게 그려진다. 그런데 굴씨의 새 길들이기 재주는 강조하여 드러내면서 비파의 재주는 전혀 비치지 않고 있다. 굴씨가 비파의 예인으로 부각된 것은 지금 신위의 「비파가」에 이르러서다.

굴씨는 작고하고 백수십년의 세월이 흘러 어느덧 그가 타던 비파는 숯광에 버려졌는데, 그것을 악기로 재현한 감회를 살려서 쓴 것이 이 작품이다. 비파의 발견이 계기가 되어 굴씨의 매몰되었던 예인적 형상이 이 시에서 복원된 셈이다.

이 시는 물론 서사적 내용이 매우 풍부하다. 그러나 사실의 구체성을 표출하기보다 서정적 색조로 형상을 드러내는, 주로 낭만적 수법을 구사한 것이 특징이다. 고사를 많이 채용해서 문맥의 파악이 비교적 난삽한 측면도 그 특징적 수법에 기인한 현상으로 생각된다.

조령서 호랑이 때려잡은 사나이
鳥嶺搏虎行

이형보

임인년 5월 하순에 고을 사람 김아무가 길손 하나를 데리고 놀러 왔는데 임씨林氏라고 하였다. 그는 집이 익산益山이며 나이 지금 63세인데도 얼굴에 주름살 하나 보이지 않았다. 한창때는 용력이 굉장했으나 항시 스스로 숨기고 자랑하지 않았다는 것이다. 밤은 이슥하고 문풍지 바람에 우는데 길손이 조령서 호랑이 잡은 이야기를 꺼내는 것이었다. 기백이 심히 씩씩하니 곧 자신의 젊은시절 일이었다. 길손이 떠난 다음에 장구長句 한편을 짓는다.

李馨溥

壬寅[1]五月下澣, 同州金某, 偕一客而至. 客林氏也, 家益山, 年六十三, 顔髮不凋皺. 少以膂力稱, 常自晦不衒云. 夜闌風樞, 話鳥嶺事, 氣義甚壯, 乃其少日事也. 客去, 作長句.

> 문경새재 험하다는 말
>   어릴 적부터 들은 이야기
> 이 고개 바로 요충이라
>   성채며 관문을 설치하고

> 鳥嶺搏虎行
>
> 我聞鳥嶺自童髫,
> 嶺是關防設城譙.

영남대로 이곳을 통과하니
　오르내리는 30리길
소나무 잣나무 수풀이 울창하여
　대낮에도 호랑이 어슬렁거린다네.

아침나절 먼 길 가는 사나이
　여윈 말 숨을 헐떡이는데
벼랑에 폭포 소리 울리고
　산골 바람 소소히 스치는구나.

문득 눈을 들어 앞을 보니
　길옆 가까이 석벽 아래
행인들 모여서 웅성웅성
　어쩔 줄 모르는 모양이라.

사나이 말을 멈추고
　영문을 물어도 아무 대답 없이
모두들 석벽을 향해 서서
　손을 들어 가리키는데

고개 들어 바라보니
　석벽이 몇백자 높다란데
부인네의 옷가지 한벌이

一路上下三十里,
松檜畫陰虎豹驕.
朝日征客羸馬遲,
巖瀑怒吼風蕭蕭.
忽見傍道石壁下,
行人相聚生喧囂.
停驂問之不肯道,
齊向石壁手指遙.
仰看石壁幾百尺,
上有婦人衣綺綃.

그 위로 걸려 있구나.

그제사 비로소 호랑이 나와서
    어떤 여자 물어간 줄 알았거니
물려간 사람 진작 죽었지
    살리기야 생각이나 했겠나.

사나이 서슴없이 나서서
    마부의 벙거지 바꿔 쓰고
몸을 날려 벼랑을 오르는데
    어찌 그리도 날래든지

덤불이 빽빽이 우거진데
    호랑이 이놈 어디 숨었을까
한갓 보이나니 다홍치마
    떨기나무 가지에 걸렸더라.

이윽고 호랑이 나타나는데
    으르렁 산천을 진동한다.
사나이 손에 철편을 빼어들고
    대가리 허리 마구 내리치니

호랑이 이놈 쭉 뻗어
    바위 위에 피를 흥건히 쏟는다.

始知遇虎被攫去,
但料其死生不料.
客乃換戴僕夫笠,
翻身騰上何健趫.
草樹如織虎安在?
只見紅粧倚叢條.
少焉虎至恣咆哮,
手挺鐵鞭搏頭腰.
倒僵石上血淋漓,

그렇게 무서운 짐승을
　고양이 잡아 족치듯이

아무리 급박한 중이라도
　남녀간에 예절이 엄하거늘
석벽 끝에서 내려다보니
　남자 노복을 부를 수 있겠나.

울퉁불퉁 가파른 바위
　회오리바람 이는 듯한데
여종들을 지휘하여
　가마 한채 함께 떠메고서

간신히 아래로 내려오니
　가마채 손에 잡은 그 모습
구름 속에서 신인이 한분
　지상 땅으로 내려오시나 싶더라.

모두들 달려가 둘러싸고
　절을 올리며 치하하는데
그 사나이 의기로 한 일이지
　명리를 구한 것 아니로다.

돌아가는 말안장 뒤에

猛獸易如戮一貓.
禮防逾嚴蒼黃裏,
俯視僕御不可招.
上下巖嶸如旋風,
指揮女奴共一轎.
步履安徐手挈際,
怳疑神人降雲霄.
衆爭環拜同聲賀,
報道由義非譽要.
虎皮高掛歸鞍後,

호피 한장 높이 걸렸으니
구경꾼 몰려들어
　다릿목에 장이 선 듯

그 부인 정신을 수습하자
　은인보고 결의남매 하자 하며

"이 몸이 오늘 입은 은혜
　백년 가고 천년 가도 잊으리까.

저는 영남 땅 아무 고을
　아무 마을에서 생장하온바
이번 걸음은 시집으로
　신행을 가는 길입니다.

잠깐 가마를 멈추어
　소변을 보고 쉬려던 참에
뜻밖에 호랑이가 덤벼들었으니
　어찌 살아나길 바라리까.

천행으로 장사를 만나
　의기를 떨쳐 구해내심에
저의 늙으신 부모님
　애간장 타는 걸 면하게 됐습니다.

觀者如市簇野橋.
婦人要結弟兄誼,
百世知恩卽今朝.
生長嶠南某州里,
此行爲赴舅家邀.
停輿便旋徒御慰,
豈意白額忽騰跳.
幸遇夫君氣義奮,
免使爺孃心腸焦.

충주 남한강가에
　　바로 우리 시집이 있사온데
어찌 이 고개 내려가서
　　말머리를 각기 따로 향하오리까."

그후 연년이 거르지 않고
　　사람 보내 인사를 차리는데
천리 머나먼 길에
　　어려움을 꺼리지 않는다네.

그 부인 아들들 줄지어
　　모두 두각을 드러내고
남편은 진사에 올라
　　풍채 또한 의젓하다지.

사람의 기특한 복이야
　　하늘도 막지 못하나니
이 부인 재액은 한순간
　　이내 곧 사라진 것이리라.

우리 고을 김군이
　　길손 한 사람 데리고
버드나무 그늘을 뚫고 와서

忠原江上卽舅家,
下嶺那堪分征鑣.
年年一遣家人至,
千里不憚路迢迢.
子姓成列嶄頭角,
夫壻登庠美儀標.[2]
奇福天亦不能遏,
蹔時災阨隨卽消.
吾州金君携一客,
穿到柳陰慰寂寥.

나의 심심무료를 달래는구나.

객은 절등한 기술 지녔으되
　　항시 스스로 감추어
남쪽 지방 익산 고을에
　　지금 우거하고 있다 하네.

내 직접 보고 들은 바
　　놀랍고 두렵기 그지없거늘
누가 이 사람 보고도
　　옛날 용맹 요즘 시들었다 말하랴.

이제 환갑 지난 늙은이로되
　　기력이 상기도 왕성하여
머리털 물들인 듯 새카맣고
　　흔들리는 이빨 하나 없다니.

재미난 이야기 실가락 풀리듯,
　　듣노라니 턱이 절로 벌어지네.
솔잎에 이슬 대숲에 바람
　　참으로 청신한 밤이었노라.

"소시엔 양도 무척 엄청나
　　하루에 소 한마리 먹어치우는데

客有絶技常自晦,
南紀益山時蹔僑.
曾吾聞覩多駭怵,
誰憐邇來壯心凋.
年踰六旬氣貌旺,
髮如塗澤齒不搖.
佳話縷長解我懰,
松露竹風作淸宵.
少時一日食一牛,

식성이 생고기 저며서
　생강에다 산초 뿌려 먹었거든요."

놀라움에 입이 떡 벌어져서
　올라간 혀 내려오질 않네.
이제사 비로소 알았으니
　그 사람 근력이 초등한 줄

조령서 호랑이 때려잡은
　그 사실을 이야기하는데
마치 화가가 그림 그리듯
　생생하게 묘사를 하네.

현장에 당해서 몸소 겪고
　눈으로 보는 것과 진배없구나.
북두성 국자자루
　벌써 서른세번 돌았는데

호랑이 때려잡던 당일의
　굉장한 기세 상상해보라.
한번 큰 붓을 들어
　노래 짓기에 알맞지 않은가.

이 실로 맨손으로 호랑이에게 덤벼드는

性喜生聶雜薑椒.³
聞之舌擧久不下,
乃知膂力凡類超.
因道南嶺殺虎事,
歷歷殆若畫者描.
何異身逢與目覩,
星斗三十三旋杓.⁴
想像當日氣勢壯.
正合大筆作歌謠.
此非暴憑盛戒犯,⁵

그런 만용과 같지 않으니
끝내 보답을 받은 것은
하늘의 이치 밝은 터라.

또 동악東嶽에서 교룡을
때려잡은 이야기 들었는데
응당 주처周處를 비웃으며
갑 속에 든 칼이 뛰었으리.[7]

그대 하릴없이 늙어간 일
세상으로 보면 다행이라 할까.
백년 내내 봄동산에
햇빛이 고루 비치는구나.

終然報施天理昭.
又聞東嶽鞭蛟殘.[6]
應笑周處匣劍挑.[7]
如君虛老爲時幸,
百年春臺玉燭調.
(『계서고溪墅稿』,『한산
세고韓山世稿』권41)

1 **임인壬寅** 헌종 8년(1842).

2 **등상登庠** 진사進士·생원生員이 된 것을 가리키는 말. 상庠은 옛날 학교. 생원이나 진사시에 합격하면 국학國學에 입학하게 되므로 등상이라 한 것이다.

3 **생섭生聶** 고기를 날로 저민 것. 섭聶은 얇게 썬 편육.

4 북두칠성의 별자리가 국자 모양이라 해서 두성斗星이라 불렸으며, 별자리의 이동을 자루〔杓〕가 돈다고 표현하였다. 즉 33회 돌았다 함은 33년이 자랐다는 뜻이다.

5 공자가 제자에게 경계하기를 맨손으로 호랑이에게 덤벼들고 도보로 강을 건너겠다고 나서는 무모한 사람과는 일을 함께하지 않겠다고 경계한 바 있다.(『논어論語·술이述而』: "暴虎憑河, 死而無悔者, 吾不與也. 必也臨事而懼, 好謀而成者也.")

6 이 구절의 동악東嶽에서 교룡蛟龍을 잡은 이야기를 들었다는 내용이 어떠한 사실인
지 알 수 없다. 뒤에 나오는 「이시미 사냥」을 가리키는 것으로 생각된다.

7 **주처周處·갑검匣劍** 육조시대 진晉나라 사람으로 젊은시절에 패악해서 고향 사람들이
남산 호랑이, 장교長橋의 이무기蛟와 주처를 삼해三害라고 손꼽았다. '주처'는 산에
올라가 호랑이를 죽이고 물에 들어가 이무기를 잡은 다음, 자신은 스승에게 나아가
학업을 닦아서 훌륭한 사람이 되었다 한다. '갑검'은 갑 속에 든 보검, 즉 파묻힌 인재
를 비유하는 뜻으로 쓴다.

🌸 작자 소개

이형보李馨溥(1782~?): 자는 덕오德吾, 호는 계서溪墅, 본관은 한산韓山. 이 규상李奎象의 증손이며, 배와坯窩 김상숙金相肅의 외손이다. 충청도 공주의 정계淨溪에서 살았으며 8, 9세 때 글과 글씨, 그림으로 놀라운 재주를 보였다 한다. 진사에 그쳤으며 농촌에서 생활하며 시 창작으로 생애를 마쳤다. 성해응成海應과는 후배로서 교유를 가져, 성해응의 「증계서이군서贈溪墅李君序」가 있다. 저서로 『계서고溪墅稿』를 남겼다.

🌸 작품 해설

이 시는 호랑이를 때려죽인 장사 이야기를 엮어서 한 민중영웅의 형상을 표출한 것이다. 작품은 앞의 산문으로 쓴 머리말, 다음에 호랑이를 잡은 전말을 서술한 전반부와 그 이야기를 구연口演하는 현장을 묘사한 후반부로 이루어져 있다. 후반부에서 이야기 속의 주인공이 직접 출연하는바, 전반부의 경이로운 이야기는 바로 그 자신의 경험담인 것이다.

이 작품에서 민중 기질의 호협한 인간을 만나게 되는 것이 무엇보다 흥미롭다. 호랑이는 실로 옛날 옛적부터 인간의 무서운 적이었으니, 호랑이 말만 들어도 우는 아기 울음을 그친다 할 정도로 공포의 대상이었다. 호랑이의 웅장한 이미지 앞에서 인간은 약소했던 셈이다. 그런데 지금 작중 주인공이 남의 위급함에 자기 몸을 돌보지 않고 나서는 태도는 곧 민중 기질이겠거니와, 사나운 호랑이를 보고도 전혀 두려워하지 않는다. 오히려 그렇게 무서운 짐승을 고양이 잡아 족치듯이 간단히 제거해버린다. 자연을 압도하는 인간의 역량이 고도로 강조되어 있다. 작중에서 가마 타고 시집가는 신부를 구출하는 설정이 더욱 극적인데, 호랑이 가죽을 뒤에 걸고 말안장에 앉은 그 모습이야말로 민중의 호걸이다. 시인은 "그대 하릴없이 늙어간 일 세상으로 보면 다행이라 할까"라고 말했지만, 역으로 변혁의 역량을 그 형상에서 간파했던 것으로 해석할 수도 있다.

다른 한편, 이야기의 제보자에 주목할 필요가 있다. 우리 서사시는 작중 서술자(시인)와 작중화자(주인공)의 대화로 구성되는 방식이 보편적인 형태다. 이때 작중화자는 대개 자신이 겪은 사실을 하소연하는 것이지, 남다른 화술을 지

닌 이야기꾼 같은 부류는 아니다. 그런데 여기 작중화자는 이야기꾼의 면모를
갖춘 것이다. 서술자(시인)는 이 점을 중시한다. 후반부는 "우리 고을 김군이 길
손 한 사람 데리고/버드나무 그늘을 뚫고 와서 나의 심심무료를 달래는구나"로
시작되는데 '심심무료를 달래는' 묘방은 다름아닌 이야기다. 과연 그이는 '재미
난 이야기 실가락 풀리듯' 혹은 '마치 화가가 그림 그리듯' 대단한 이야기 솜씨
를 발휘하는 것이다. 이 호랑이를 때려잡은 이야기를 포함해서 재미난 이야기
들을 그날 밤에 들었다. 다음의 「이시미 사냥〔擒螭歌〕」도 그중에 하나였던 것 같
다. 이야기꾼의 구연이 이처럼 서사시로 발전한 경우는 당시 문학사에서 특이한
사례에 속하는 흥미로운 현상이다.

이시미 사냥

擒螭歌

달성의 장사 우생禹生
  이름은 기억하지 못하나
이 사람 소싯적부터
  용력이 절륜키로 유명하지요.

우생이 선산 고을에 놀러 가서
  어느 주막에 들었는데
마침 해서 땅에서 왔다는
  건장한 사나이를 만났더라오.

사나이 우생을 눈여겨보더니
  얼른 일어나 인사를 트고서
등불 심지 돋우며 이약이약
  이윽고 심중의 일 털어놓는데

"이 고을 멀잖은 교외에
  큰물이 감돌고 있지요.
굉장한 이시미 한마리

擒螭歌

李馨溥

達城禹生名不記,
少以膂力出其類.
適遊善山旗亭憩,[1]
偶如海西健兒値.
健兒熟視亟起禮,
挑燈因說心內事.
去此近郊環大澤,
巨螭攸伏窟宅邃.

소 깊숙이 살고 있답니다.

이놈 생김새 용과 비슷하되
　　다만 뿔이 없어 이시미,
진주를 감추고 있어
　　밤에는 푸른빛이 새어나와

수면에 항시 어른어른
　　칠보 기운이 서리거늘
우리 아버지 왕년에
　　그 기운 바라보고 찾아오셨더라오.

워낙에 당신 힘만 믿고
　　목숨은 가벼이 여기사
조금도 두려워 않고 바로
　　시퍼런 물결 속으로 뛰어들어

손으로 이시미 더듬어
　　대가리를 밧줄로 묶으려니
이놈 큰 바위 같아서
　　여간 힘으로 꿈쩍도 않아

사나운 이빨 무섭게 응등그려
　　흰 눈을 마구 흩뿌리듯

似龍無角是爲螭,
照夜珍珠藏一二.
常有寶氣罩水上,
吾父往年望氣至.
自恃强壯輕性命,
凌波直入不少惴.
手探螭頭絆大繩,
重如巨巖力難試.
鉅齒怒噴翻雪白,

강철 수염 요동을 쳐서
　산자락 푸른 그림자 갈라지니

홀연 핏빛이 퍼져
　수면이 온통 물들더라지
그놈 위엄을 범했다가
　몸이 먹이가 돼버릴 터

내 흉악한 괴물 제거하지 않고는
　세상에 살지를 않으리라
결심하고 기술을 연마하여
　어언 듯 10년이 경과하니

기술이 정숙해질 날 기다리다간
　육신이 먼저 늙을까 하여
곧 한번 시험해보고자
　오늘 여기를 찾아온 것이라오.

지금 의외로 당신 같은
　건장한 인물을 만나다니
내 일은 성사된 거나 진배없소
　아마 하늘이 당신을 보낸 게지."

대문 밖에 있는 큰 들돌

鐵鬐掀動劈山翠.
忽見血色遍水面,
其柰觸犯身爲餌.
不除凶醜誓不生,
學得奇技經十燧.[2]
若竢技熟恐衰憊,
今要一試來此地.
且遇夫君壯健姿,
吾事濟矣殆天賜.
喜見門外擧大石,

번쩍 들어올리는 걸 바라보며
우리 두 사람 힘을 합치면
세상에 두려울 게 무엇이랴!

삼을 꼬아 밧줄을 만들어
허리를 칭칭 동이고
비수를 서릿발 일게 갈아
왼편 팔뚝에 차고서

아침나절 함께 나아가
물가 언덕에 나란히 섰네.
정오에 해서 장사
혼자 물속으로 뛰어든다.

"나의 생사 곧바로
밧줄의 움직임에 달렸으니
당신 오로지 정신을 모아
밧줄만 들여다보오."

이윽고 낚싯줄 끌리듯
문득 밧줄이 흔들리니
우생 온 힘을 써서 당겨
겨우겨우 움직이기 시작하자

二人同力何畏忌.
綴連麻絢繞全腰,
淬礪霜鉈繫左臂.
趁朝共向澤畔立,
正午獨自水中墜.
生死便在絢動靜,
煩君專心惟絢視.
良久忽如釣絲搖.
悉力牽挽庶可致,

한 큰 소리 기합을 다시 넣고
　　더욱더 급히 끌어당기는데
마치도 조금만 늦췄다간
　　들인 공이 허사라도 될 듯이

이시미 무서운 줄 알았더니
　　실은 별게 아니로구나.
용감한 사람의 힘과 꾀
　　제가 어찌 맞서 겨룰 건가.

이시미 목구멍을 틀어쥐고
　　서서히 솟아오르는데
비로소 칼을 뽑아들어
　　이시미 복부를 찌르는구나.

해서 장사 말하기를
　　이시미 내장을 뽑아 씹겠다며
행여 누가 옆에서 보면
　　금방 무슨 일이나 생길 듯이

勵氣大呼引逾急,
却恐少緩前功棄.
始知幽物易縶絏,
敢與猛士較力智.
手搤螭吭冉冉出,
且將解刀螭腹刺.
報道嚼膽囓腸處,
驚怖不宜傍人示.

한동안 등지고 서서
　　흘깃흘깃 뒤돌아보더니
무엇을 찾아내기라도 한 듯
　　칼집 속에 슬쩍 집어넣네.

背立少頃頻回眄,
有若摘物鞘中置.

이런 통쾌한 일 끝에
　　눈을 숨길 것 무어란 말이냐?
저 아마도 진주를 얻어
　　몰래 감춘 게 틀림없지.

대구 장사, 마음속에
　　미움과 욕심 싹트는데
사람 마음 물욕을 탐하다간
　　의리를 잊게 되는 법이지.

이내 칼을 던지고
　　그 앞에 나가 말하되

"당신이 위험을 무릅쓰고
　　원수를 갚은 뜻 감격하오.
저 이시미 고기 먹으면
　　늙음을 물리친다 합디다.

누가 그러는데, 의서醫書에도
　　이시미 말이 올라 있다지
나는 바라는 것 없소,
　　저 고기나 실컷 먹어야지."

豈將快事遮却眼,
是必珍珠藏之秘.
爲防吾心猜克萠,
重利人情便忘義.
俄然擲刀前致辭,
感君臨危不巧避.
曾聞螭肉却人老,
歧黃何無一說備.[3]
但願哺啜隨意足,

들판에 모닥불 피워
    불꽃이 벌겋게 타오른다.

불 속에 이글이글 구우니
    고기는 백설처럼 하얗더라.
소금을 찍어 먹으니
    맛이 어찌나 비상한지

들 주막 들러서
    조금 떼어내 술안주 하고
여관으로 가지고 와서
    국 끓여 실컷 먹었노라.

아무리 도사요 술객인들
    이런 고기 맛이나 보았을까.
곰발바닥 표범의 태胎
    같이 꼽히는 천하 진미

대구 장사 나이 이미 늙었으되
    여간 추위 끄떡 않고
얼굴엔 화색이 감돌며
    걸음은 아직도 훨훨 난다지.

길손이 영남 땅 지나는 길에

因燒野枾赤焰熾.
炙爛白如堆雪色,
配鹽頓覺增肥膩.
惜與野店供俎看,
持向旅舍作羹胾.
道士術人豈或嘗,
熊蹯豹胎皆同嗜.
年衰猶能飢寒耐,
顔色敷腴行步利.
客過嶠南見禹生,

이시미 사냥 517

우생을 만나보았더라오.
　술이 들어가 불콰해지자
　　이시미 사냥 입담 좋게 얘기하고는

"해서 장사 그 사람
　　이시미 잡기에 능수라
제 아비 이시미에 죽었단 소리
　　내 마음 충동이려는 수작이겠지.

나 그의 술수에 빠진 셈이라
　　지금 생각하면 우습구려.
그때 고기를 먹어치우지 말고
　　말려서 건사를 좀 해둘걸……

돈으로 진보는 살 수 있지만
　　이거야 어디서 다시 만나랴.
산삼이 아무리 좋은 보약이라도
　　노쇠함을 막기는 어려운데

해서 장사 헤어진 이래
　　다시 만나질 못했으니
그후 이시미 사냥
　　또 몇마리나 잡았을꼬?"

談屑淋漓直小醉.
健兒巧解擒螭者,
託言父死試我意.
我墮術中堪笑殺,
悔不曝肉弆篋笥.
錢貨尚可買珍寶,
蔘朮猶難救衰悴.
健兒一去不復見,
殲得幾螭幾人飼.

그 길손 정계 마을 들러
　초가집 조출한 방에서
재미난 이야기에 사람들 빨려드니
　봄밤의 졸음도 달아났다네.

협곡의 쏟아지는 여울물
　개인 하늘에 우레 소리
소나기 한자락 지나가니
　나무 수풀 휩쓸리는구나.

주인 이야기 다 듣고
　흐뭇이 기꺼운 표정으로
맑은 창 앞에 앉아 읊조리며
　먹물을 갈아 붓을 드네.

客到淨溪茅齋靜,[4]
話酣渾忘春夜睡.
奔騰峽灘晴雷壯,
披靡山木急雨被.
主人聞來犂然喜,
起吟晴囪花墨漬.
(『계서고』, 『한산세고』 권41)

1 기정旗亭 주루酒樓. 술집을 가리킴.
2 수燧 옛날에 불을 채취하는 것. 계절이 바뀜에 따라 불을 새로 채취했다 한다. 이를 수
　개燧改라 이른다. 여기서 십수十燧는 10년의 뜻으로 쓴 것.
3 기황歧黃 기백歧伯(歧＝岐)과 황제黃帝. 전설상 의술의 시조. 곧 의학을 가리킴.
4 정계淨溪 지금 공주군에 있는 지명. 작자가 살던 마을 이름.

🌸 작품 해설

이 시는 앞의 「조령서 호랑이 때려잡은 사나이」와 유사한 작품이다. 역시 이 야기 제보자가 작중에 등장하는바, 여기서는 작중 주인공과 일치하지 않는다. 길손 이야기꾼이 대구에서 우생이란 인물을 만나 들은 이야기를, 그 길손이 시 인에게 들려주어 시인이 기록하는 식으로 되어 있다. 이 길손이 작중의 서술주 체가 되어 그의 이야기를 듣는 모양이다. 그런데 후반의 결말 부분에서 서술시 점이 옮겨져 당초 우생을 만나는 대구의 이야기 현장이 소개되며 이어서 "그 길 손 정계 마을 들러 초가집 조촐한 방에서 / 재미난 이야기에 사람들 빨려드니 봄 밤의 졸음도 달아났다네"라고 시인이 이야기를 듣는 상황을 묘사하고 있다.

작중의 주인공은 우생이다. 우생의 호쾌하고도 의리에 죽고 사는 성격이 또한 호랑이 때려잡은 사나이와 꼭같은 민중 기질이다. 그런데 이시미라는 싸움의 대 상을 어떻게 보아야 할 것인가. 이시미가 상상의 동물인지, 언젠가 사라졌지만 자연의 생태 속에 실재했던 동물인지 여기서 따질 것은 없다. 인간 앞에 거대하 고 두려운 존재라는 점에서 호랑이와 마찬가지다. 민담과 전설 속에 이시미(이 무기)는 괴력을 발휘하는 물체이며 대개 신비화되어 있다. 유명한 꼭두각시극에 도 용강 이시미가 등장하는바 역시 사람을 무수히 잡아먹는데, 홍동지가 대담하 게 덤벼들어 박첨지를 구출하고 그놈을 잡아버린다. 홍동지는 민중 호걸의 불굴 의 모습이라 여겨지는바, 지금 이시미 사냥의 두 장사 또한 통하는 유형이다.

그리고 이시미 사냥의 경우, 실은 물질적 이익의 추구에 목적이 있었다는 점 이 주목된다. 해서 장사가 이시미에서 노린 것은 오직 진주였다. 반면에 대구 장 사는 질박한 민중 기질을 유지한 인물이다. 해서 장사가 자기 아버지의 원수를 갚기 위함이라고 한 말은 술수였다는 것이다. 이익의 관철을 위해서는 생사를 건 모험을 피하지 않으며 거짓말과 배신도 불사한다. 또한 물질적 이득은 손잡 고 생사를 같이하던 동지와도 대립하는 갈등 국면을 초래한다. 요컨대 이시미 사냥이란 이야기 속에서 자본주의적 논리가 배태되고 있음을 감지할 수 있다. 소박한 기질의 소유자 대구 장사는 이익의 논리에 이용당하면서 기껏 '떡고물' 로 자위했던 셈이다.

탐라기

耽羅妓

황상

탐라의 기녀 만덕이는
젊은시절에 아리땁고 곱더니

미모 시들어 찾는 이 드물자
걷어붙이고 돈벌이로 나서서

동구 앞으로 여덟척 돛배가 떠 있으니
비녀 팔찌 등속으로 장사밑천 마련한 것.

소라 전복 모으려고 추자도로
쌀을 무역하려고 이진黎津²으로

어느덧 상자와 농 속에는
보배가 알알이 쌓였더라지.

소금비가 검은 바람 띠고 왔으니
온 섬의 백성들 어찌 살아가랴.

耽羅妓¹

黃裳

耽羅老妓女,
少時佳冶人.
色衰鞍馬少,
發憤殖萬緡.
門前八梳船,
本自賣釵釧.
採螺送楸子,
販米向黎津.²
遂令箱匲中,
顆顆積珠玭.
鹽雨帶黑風,
一島靡了民.

대궐에서도 근심에 잠 못 이루시고
인근 여러 고을 제주 구휼로 피폐하여

배에 실린 곡식 바닥나니, 안타깝다!
굶어죽은 시체가 바닷가에 즐비하니

대단하다! 일개 아녀자로서
위로 임금님의 어진 정사를 돕다니.

창고의 곡식을 남김없이 풀어서
수많은 백성들 회생하였구나.

목사 감사 이 일을 급히 보고함에
조정에서 바로 윤음綸音이 내렸더라.

너는 소원하는 바가 무엇이냐?
너의 소원 모두 들어주겠노라.

저는 실로 바라는 바가 없습니다.
이 몸이 본디 천인의 무리라

부인의 직첩은 분수에 맞지 않거니와
주제은朱提銀[5]도 원하는 바 아닙니다.

九重旰其食,
列郡疲恤鄰.
船粟嗟中絶,
餓莩彌沙濱.
偉哉一兒女,
仰助千乘仁.[3]
窖庚無留粒,
蒼生紛廻春.
牧伯馳褒獎,
廊廟奉絲綸[4]
問女何所願,
所願許皆循.
女實無所冀,
且本婢妾倫.
匪分夫人帖,[5]
不願朱提銀.[6]

저는 멀리 섬에서 태어나고 자라
본 것이라곤 한라산뿐입니다.

이승에서 금강산을 한번 구경하면
죽어도 여한이 없겠습니다.

누선樓船을 타고 바다를 건너가
역마에 몸을 싣고 먼지를 날리며

드디어 금강산 비로봉에 올라서서
가을 하늘에 치맛자락을 휘날리더라.

귀경하는 길에 대궐로 들어서니
임금님 불러 보시길 근신 대하듯 했다네.

채단綵緞 백여필을 하사하시고
잡패雜珮에 보옥들 빛을 발하더라.

후비들 또한 만덕을 불러 보시는데
나인이 궁중음식으로 대접하였네.

대신은 노래와 시를 지어주고
학사들 입에 기리는 글귀가 오르누나.

生長小洲中,
但與漢拏親.
一見金剛山,
溘死亦不顰.
樓船渡滄海,
驛馬驤紅塵.
遂上毗盧頂,
裙帶颺秋旻.
歸來入君門,
召接如親臣.
綵緞百餘匹,
雜珮交璠珣.[7]
后妃亦賜對,
內人供廚珍.
大臣贈詩歌,
學士謄牙屑.

그녀가 가는 거리마다 길이 메어
사람들 모두 천신처럼 우러러보네.

제주 고향집으로 돌아와 쉬니
온몸이 영화로 빛나더라.

다시 사업을 수습해서 일으키자
얼마 지나지 않아 유여하게 되었더라.

이 세상에 남자들 많기도 한데
생김새 천지간에 특이해서

얼굴에 수염이 서너자나 늘어지고
넓은 띠에 높다란 모자 거룩해도

주머니엔 돈 한푼 담겨 있지 않아
눈곱만한 잇속으로 다툼이 일어난다.

가을벌레처럼 말라죽는 신세요
몸이 식기도 전에 이름이 잊혀지지.

所遇咽街巷,
盼望如天神.
及歸散鄕里,
榮華赫一身.
收拾治舊業,
未幾復不貧.
斯世足男子,
顔貌異洪勻.
鬚髥三四尺,
博帶而裳巾.
囊乏一錢貯,
錐刀起嫌嗔.
枯死如秋蟲,
身溫名己淪.
(『치원유고厄園遺稿』권1)

1 원주에 "이름은 만덕萬德, 갑인년(1794)에 사재를 털어서 구휼을 하다"라고 되어 있다.

2 이진梨津 전라남도 해남 땅에 있는 포구.(梨=梨)

3 천승인千乘仁 '천승'은 한 나라를 지칭하는 말. 원래 병거 천대의 규모를 갖춰야 제후국이라는 말이 있어서 유래한 것이다. '천승인'이란 일국의 왕으로서 마땅히 갖춰야 할 덕성을 뜻한다.

4 사륜絲綸 임금이 글이나 말씀을 가리킴. 윤음.(『예기·치의緇衣』: "子曰: 王言如絲, 其出如綸.")

5 부인첩夫人帖 나라에서 여자에게 내리는 직첩. 만덕의 경우 신분이 천인에 속하기 때문에 해당이 안 된다는 의미.

6 주제은朱提銀 품질이 좋은 은을 가리키는 말. '주제'는 운남雲南지방의 산 이름으로 은의 명산지였음.

7 잡패雜珮·번순璠珣 각기 좋은 보옥을 가리키는 말.

주인공인 김만덕은 제주도 출신으로 일찍이 여류 사업가로 성공한 인물이다. 『탐라기년록耽羅紀年錄』이란 제주도 역사를 기술한 책에서 그녀의 행적을 이렇게 정리하고 있다.

"행수行首 김만덕은 본 주州의 양가 여자다. 어려서 부모를 잃고 고아로 어렵게 자라 고생하다가 교방敎坊(기방을 가리킴)에 의탁했는데, 근검절약하여 재산을 크게 이루었다. 이해(을묘년, 1795) 봄에 온 섬에 큰 기근이 들자 만덕은 재산을 기울여 곡식을 무역해와서 많은 사람들을 살려냈다. 목사는 그녀를 훌륭하게 여겨서 나라에 보고했다. 임금이 소원이 무엇이냐고 묻자 '서울과 금강산을 한번 구경하고 싶을 뿐입니다'라고 하여, 특명으로 지나는 고을마다 치송, 서울로 오게 해서 내의원에 소속시켰다. 총애와 융숭한 대접을 받았으며, 역마를 이용하여 금강산을 두루 유람할 수 있도록 했다. 돌아감에 미쳐서는 조정의 고관들이 글을 지어 돌아가는 길을 빛나게 해주었다. (…) 채제공 정승은 그녀를 위해 따로 입전立傳을 하였다."

황상은 대개 이와 같은 내용의 소재를 서사시 형식으로 표출한 것이다. 제목 아래 붙인 원주에서 갑인년(1794)의 일이라고 한 것은 착오로 보인다. 채제공의 「만덕전」과 비교해보면 약간의 차이점이 있다. 「만덕전」은 만덕이 양인 신분을 다시 획득한 것으로 되어 있으나 「탐라기」는 제목에 이미 기생임을 표해놓았다. 그리고 「탐라기」에서는 상경한 만덕이 임금님을 알현한 것처럼 되어 있으나 「만덕전」에는 임금이 만덕에 대해 배려하면서도 직접 만나는 절차는 없다. 「탐라기」에서는 만덕의 사업가로서의 면모가 보다 자세하며 귀환한 이후로도 다시 사업을 시작하는 것으로 되어 있다. 「만덕전」은 만덕을 여협의 형상으로 부각시킨 데 비해서 「탐라기」는 여성의 진취적인 경제활동에 초점을 맞춘 셈이다. 그리하여 「탐라기」는 끝맺음에서 선비랍시고 무위도식하는 남자들을 가리켜 "얼굴에 수염이 서너자나 늘어지고/넓은 띠에 높다란 모자 거룩해도"라고 허위적인 면을 꼬집으면서 "주머니엔 돈 한푼 담겨 있지 않아/눈곱만한 잇속으로 다툼이 일어난다"라고 그네들을 조롱하고 있다.

이 작품은 황상이 스승인 다산의 시적 영향을 받아서 쓴 것임이 물론이다. 그의 시문집인 『치원유고』에 「탐라기」는 「애절양哀絕陽」이란 제목의 시와 나란히 배치되어 있다. 「애절양」은 원래 다산이 1803년 강진읍내에 있던 시절에 지은 것이다. 스승의 「애절양」을 자기도 같은 제목으로 본떠 지어보는 한편, 전해들 었던 만덕의 이야기를 테마로 잡아 「탐라기」를 지은 것으로 추정된다.

한구편
韓狗篇

막내아우 서도에서 돌아와
나에게 한구문韓狗文을 보여준다.
읽어가다 두번 세번 감탄하니
참으로 듣기 희한한 일이로세.
사가史家는 기술을 중시하는데
새기고 기리는 일 시인에게 달렸으매
이 두가지 어느 하나 뺄 수 없느니
나 이제 다시 읊어보리라.

이 개는 강서 땅의 소산이요
주인 한씨 가난한 집
오직 한마리 개 기르니
영리하고 날래기 비길 데 없어라.
주인을 따르고 도둑 지키기야
개의 본성이매 말할 나위 없거니와
충직하고 효성스러운 사람이
지혜와 용기까지 겸비한 셈이로다.

韓狗篇

李建昌

季弟從西來,[1]
示我韓狗文.
讀過再三歎,
此事誠罕聞.
史家重紀述,
銘頌在詩人.
二美不偏擧,
吾今當復申.

狗也江西産,
主人韓氏貧.
所畜惟此狗,
神駿乃無倫.
戀主而守盜,
狗性固無論.
如人忠孝士,
智勇貴兼全.

가난한 집 심부름할 아이도 없어

개를 장터로 보내며

보자기를 귀에 걸고

쪽지와 돈을 매어주면

가게 주인 개만 보고도

한씨집 일인 줄 아나니

쪽지를 펴보고 물건 내줄 적에

값을 차마 속이지 못하더라.

물건 물고 부지런히 돌아와선

꼬리를 흔들며 좋아라 하네.

읍내의 호객豪客이 주인을 얕잡아보아

길에서 만나자 공연히 욕설을 하며

기세를 부리고 때리려 하자

개가 보고 성내 달려와

으르렁하고 와락 덤벼

마치 범이 도야지를 무는 듯

'아서라' 주인이 손짓하자

개는 옆에 쭈그리고 앉더라.

그로부터 호객들 움츠러들어

한씨를 관원처럼 두려워하니

한씨 개 온 고을에 유명해져서

멀고 가깝고 다투어 와서 구경하네.

貧家無僮指,
使狗適市廛.
以包掛其耳,
繫之書與錢.
市人見狗來,
不問知爲韓.
發書予販物,
其價不忍瞞.
狗戴累累歸,
掉尾且喜歡.

邑豪欺主人,
道遇與惡言.
肆氣勢欲歐,
狗見怒而奔.
吽呀直逼前,
如虎將噬豚.
主人曰不可,
麾之狗傍蹲.
自後豪斂伏,
畏韓如畏官.
韓狗聞一邑,
遠近爭來看.

돈놀이하는 집 한씨 개를 탐내어
빚진 돈 갚으라 독촉이 화급한데
돈이 없는 걸 갚을 길 있나
대신 개를 끌어가겠다니
주인은 개를 끌어안고
부질없이 눈물만 흘리며

"어찌 생각했으랴! 너와 내가
하루아침에 헤어지게 될 줄
너는 이제 가난한 집 떠나 부잣집으로 가니
나는 오늘 너를 축하한단다.
잘 가서 새 주인 섬기며
부디 배불리 먹고 길이길이 살거라."

개를 떼쳐 보내고 방으로 들어와
생각할수록 눈물이 샘솟는다.
다시 문밖에 나가 개 간 곳 바라보니
개는 벌써 중도에서 돌아와
옛 주인 옷을 물고 품속으로 뛰어드네.
새 주인 뒤쫓아와 꾸짖으니
손수 개를 끌어 새 주인에게 넘겨주며
귀에 대고 고분고분 타이른다.
이리하기 네댓새에
오고 가고 몇번이던고?

債家欲得狗,
急來索錢還.
無錢還不得,
索狗手將牽.
主人抱狗語,
垂淚落狗前.

何意汝與我,
一朝相棄捐.
去貧入富家,
賀汝得高遷.
好去事新主,
飽食以終年.

別狗入屋中,
思狗淚如泉.
出門視狗處,
狗已中途旋.
銜衣方入懷,
新主來復嗔.
自牽與新主,
附耳戒諄諄.
如是四五日,
狗去來何頻?

새 주인 또 찾아와서 소리치기를

"이 개 길들일 수 없으니
개는 돌려가고 돈을 내놓되
이번엔 날짜를 물리지 마라."

新主復來語,

옛 주인 대답을 못 하고
개를 쓰다듬으며 거듭거듭 이르길

此狗不可馴.
狗還錢當出,
勿爲更遷延.

"옛 주인도 잊어서는 안 될 일이지만
새 주인에 대해서도 마찬가지란다.
네 참으로 나를 생각한다면
마음을 다해 새 주인을 섬기거라.
어쩌자고 내 말을 어기고
번거롭게 왔다갔다하느냐?"
개는 옛 주인이 타이르자
물러나 새 주인 집으로 가더라.

主人不能答,
撫狗重細陳.

舊主誠可念,
新主義亦均.
汝誠念舊主,
勤心宜事新.
奈何違所命,
往來不憚煩?
狗受主人敎,
却往新主門.

해는 어찌 그리 더딘가,
머리 들어 황혼을 바라보며
몰래 옛 주인 집으로 돌아가
울타리 사이에 머리를 박고서
감히 옛 주인을 보지도 못하고
다만 그 집 지키고만 있더라.

白日何太遲,
擧首望黃昏.
潛還舊主家,
垂首隱籬藩.
不敢見主人,
但爲守其閽.

오가는 길 사십리

길도 험하고 가시덩굴도 많은데

어느 하루 쉬지도 않고

추우나 더우나 바람 부나 비 오나

오랜 뒤에야 두 집에서 이 사실을 알고

서로 이야기하며 감탄하였네.

개는 필경 지쳐서 죽으니

한씨 집 옆에 묻어줬다네.

지나는 길손들 그곳을 가리키며

의구의 무덤이라 이야기들 하는구나.

아, 아! 이 개의 의로움이여

성현께 물어볼 일이도다.

옛날 악의樂毅[2]란 사람 몸은 조나라에 있었으되

종신토록 연나라를 배반하지 않았고

서서徐庶[3]란 사람 한번 마음을 한나라에 주고

위나라에 있어도 그 신하 되기 부끄러워했네.

왕맹王猛[4]은 중원에 뜻이 있으매

마지못해 부견苻堅을 섬겼도다.

이 분들 개의 일에 비해보면

의롭고 충직하기 온전타 못할래라.

相去四十里,
道險多荊榛.
日日無暫廢,
寒暑風雨辰.
兩家久乃覺,
相語爲感歎.
狗竟以勞死,
死葬韓家村.

行人爲指點,
共說義狗阡.
烏乎此狗義,
可質於聖賢.

樂毅身在趙,[2]
終身不背燕.
徐庶心歸漢,[3]
居魏恥爲臣.
王猛志中原,[4]
黽勉事苻秦.
未若此狗事,
義烈且忠純.

나라를 이어온 지 오백년

선비를 기르고 양반을 중히 여겨

사직은 태산같이 든든하고

바다 둘레로 풍진이 없었건만

높은 자리 두터운 녹을 받는 신하들

부귀영화 누리고 편히 지내며

이적에게 붙기를 달갑게 여기고

나라 팔기 조금도 어려워 않네.

역적들 숨고 달아나고

조정이 바야흐로 어지러운데

어찌하면 이런 의구를 얻어

우리 임금께 바칠 수 있을까.

國家五百載,
養士重縉紳.
社稷如太山,
環海無風塵.
高官與厚祿,
豢飫富以安.
甘心附夷虜,
賣國不少難.

逆賊悉竄逋,
朝著方紛紜.
何由得此狗,
持以獻吾君?
(『명미당집明美堂集』
권4)

---

1 이건창에게는 건승建昇·건면建冕(자는 수경垂卿, 1863~94) 두 아우가 있다. 여기서 계제季弟는 건면일 것이다.

2 **악의樂毅** 중국 전국시대 명장. 연燕나라에 있다가 부득이 조趙나라로 갔다.

3 **서서徐庶** 중국 동한東漢 말의 인물. 원래 유비劉備에게 등용되어 공을 세웠는데, 조조曹操가 그의 모친을 인질로 잡고 불러서 조조의 막하로 가게 되었다. 그러나 끝내 조조를 위해 계책을 내지 않았다 한다.

4 **왕맹王猛** 중국 남북조시대의 인물. 원래 화음산華陰山에 은거해 있다가 전진前秦 부견苻堅의 부름을 받고 나아가 전진을 강성하게 만들었다.

● 작품 해설

「한구편」은 한씨네 개의 사적을 읊은 노래라는 의미에서 붙여진 제목이다. 작자 이건창의 아우가 그 사적을 기록한 글을 지었던바, 거기에 근거해서 이 「한구편」을 쓴 것이다. 서장에서 "사가史家는 기술을 중시하는데/새기고 기리는 일(원문은 명승銘頌) 시인에게 달렸"다고 하였듯, 시양식이 갖는 특성을 인식하고 이 서사시를 지었다.

이 시는 이색적으로 개가 주인공이 되어 한 짐승의 형상화에 초점이 모아진 셈이다. 대략 네 단락으로 나누어지는데 시를 짓게 된 배경 설명이 1부 서장이다. 2, 3부에서는 개의 이러저러한 면모와 개를 중심으로 일어난 사건을 서술하여 그 형상을 부각시키며, 4부에서는 그를 인간 현실과 결부해서 끝맺는다.

그러므로 서사적 중심은 2, 3부에 있거니와, 그중에도 사회 모순에 의해 갈등이 심화되는 대목은 3부다. 도저히 갚을 길 없는 부채 때문에 주인은 사랑하는 자기 개를 채권자에게 넘겨주지 않을 수 없는 처지고, 개는 정든 옛 주인의 곁을 떠나기 싫어도 떠나지 않을 수 없는 형편이다. 이런 갈등이 발전하여 급기야 개의 죽음이란 비극적 사태에 이른다. 사람의 이야기보다 더욱 감명을 주는 이 개의 비극에 사회 모순이 얽혀 있다.

시인은 '한구'의 형상에서 의기와 충직을 중시한다. 19세기 후반의 민족 위기를 눈앞에 두고 왕조에 대대로 은혜를 입은 귀족 벼슬아치들이 기회주의적으로 놀고 국가 민족을 배반하는 작태를 자행하기도 하였다. 「한구편」의 주제는 이런 무리들에 대한 야유와 견책의 뜻이 담겨 있는 것이다.

　나는 사람이 사는 이야기라면 보고 듣기 좋아한다. 내가 공부하는 한문학 유산에서도 사람이 사는 이야기만 나오면 흥미를 느끼고 챙기는 편이다.『이조시대 서사시』는 이런 개인적 취향과 직접 관계된 것이다.

　한문학, 그중에도 개인 서정을 읊어내는 양식으로 여겨지던 한시 속에서 서사시의 발견은 당초에 경이로움이었다. 그 첫 만남은 허균의 「객지에서 늙은 여자의 원성〔老客婦怨〕」이었다. 나는 이 작품을 유력한 근거로 들어 우리 한문학에서 서사시의 존재 가능성을 짚어본 바 있다. 한국한문학연구회를 결성한 직후 제1회 한문학월례발표회 자리에서였으니 그때가 1975년 5월이었다. 16년 전 일이다.

　처음 관심을 두었던 때로부터 강산도 변하는 세월을 넘겨서야 이 책자를 엮어낸다. 딱히 계획을 세워놓고 진행한 일은 아니니 늑장을 부렸다 할 것도 없다. 그저 유의해서 선인들의 문집들을 들추어보다가 눈에 띄는 대로 수습하는 한편, 대학원의 전공 제생들과 작품의 독해를 갖고 의견을 나누었다. 세월의 흐름을 따라서 작품의 편수가 불어나서 이만큼 된 것이다. 책의 부피는 16년의 나이테로 견주면 얄팍하지만 그래도

나 자신, 그리고 나의 동학들의 한문학에 대한 인식을 넓힌 자취의 축적
이라고도 볼 수 있겠다.

서사시는 아무래도 시의 본령으로 간주하기는 어려울 것이다. 한시의
전통에서 서사한시만 중시하자는 것은 결코 아니다. 깊은 정감과 아름
다운 언어로 정제된 저 서정시의 다량의 실재는 물론 값진 것이다. 하지
만 서사한시를 주목할 이유 또한 충분히 있다. 우리의 당대문학은 현실
주의의 방향으로 정립하고 있다. 이 현실주의 문학은 자기의 과거에 뿌
리를 튼튼히 내려야 한다고 본다. 연구자는 우리의 문학유산 속에서 현
실주의 문학의 풍부한 자산을 발굴해내야 할 터인데 지금 이 서사한시
는 그 귀중한 부분이다.

세상사가 대개 그렇듯 이 책자는 혼자의 공이 아니고 많은 사람들의
도움이 여러모로 깃들어 있다. 번역이 전공 제생과의 독해를 거쳐 이루
어진 경우, 제생들이 맡아 해온 초역을 함께 검토하는 절차를 거쳤다. 작
품을 찾아내는 과정은 막막한 일이었다. 대부분은 나 자신이 일차자료
에서 찾아낸 것이지만 다른 분들이 엮은 책이나 연구논문에서 정보를
얻은 것도 없지 않다. 그리고 자료를 직접 소개받은 것도 있다. 조신曹
伸의 「심원에서〔題深院〕」는 진재교, 안수安璲의 「지친 병사의 노래〔疲病
行〕」와 강이천姜彝天의 「남문 밖에서 산대놀이를 구경하고〔南城觀戱子〕」
는 박희병, 허격許格의 2편과 최성대崔成大의 「이화암의 늙은 중〔梨花庵
老僧行〕」은 이종호, 홍신유洪愼猷의 여러 작품은 강명관, 김두열金斗烈의
「옥천 정녀 노래〔沃川貞女行〕」는 김혈조. 이처럼 여러 동학들이 나의 작
업을 위해 제공한 것이다. 북한학계의 성과물인 조선고전문학선집 중에
『한시선집』을 늦게야 얻어 보았는데 번역의 방식에서 배운 바가 있다.
이민성李民宬의 「봉산 동촌에서〔宿鳳山東村〕」와 이광려李匡呂의 「양정의

536

어미〔良丁母〕는 이 책을 통해서 알게 된 것이다. 그리고 정약용의 여러 작품들은 송재소 교수가 편역한 『다산시선』을 참작하였다.

번역·주석의 작업에서 풀리지 않은 대목이 적지 않았다. 오역과 미상을 극소화하려고 애는 썼지만 자신하지는 못한다. 우전雨田 신호열辛鎬烈 선생께는 마지막 해결처로 삼고 종종 여쭈어보았다. 벽사碧史 이우성李佑成 선생께도 의난처와 함께 작품의 존발存拔에 고견을 들었다.

『이조시대 서사시』는 여러분들에게 빚을 지고 있지만 선발·번역·주석·해설 이 모든 것들은 결국 나의 책임이다. 내가 미처 보지 못해서 빠뜨린 좋은 작품이 있을지도 모른다. 모두 제현의 질정을 바라 마지않는다.

끝으로 이 책의 간행을 흔쾌히 맡은 창작과비평사, 난감한 일을 마다않고 추려주신 정해렴 선생께 감사를 드린다.

1991년을 보내는 마지막 날에
임형택

임형택 林熒澤

1943년 전라남도 영암에서 태어나 서울대 문리대 국문학과 및 동 대학원을 졸업했다. 계명대와 성균관대 한문교육과 교수로 재직했고, 민족문학사연구소 공동대표와 성균관대 대동문화연구원장, 동아시아학술원장, 연세대 용재석좌교수 등을 역임했다. 현재 성균관대 명예교수로서 실학박물관 석좌교수를 겸하고 있으며, 계간 『창작과비평』 편집고문이다.

주요 저서로 『한문서사의 영토』(전2권) 『한국문학사의 시각』 『실사구시의 한국학』 『한국문학사의 논리와 체계』 『우리 고전을 찾아서』 『문명의식과 실학』 등이 있으며, 주요 역서로 『이조한문단편집』 『백호시선』(이상 공편역) 『역주 백호전집』 『역주 매천야록』(이상 공역) 등이 있다.

한국문학사에 남긴 업적에 대한 평가로 2005년에 한국학중앙연구원으로부터 명예 문학박사 학위를 받았으며, 도남국문학상, 만해문학상, 단재상, 다산학술상 등을 수상했다. 2012년에는 인촌상(인문·사회·문학 부문)을 수상했다.

이조시대 서사시 2

초판 발행 / 1992년 1월 25일
개정판 1쇄 발행 / 2013년 1월 15일
개정판 2쇄 발행 / 2024년 5월 17일

지은이 / 임형택
펴낸이 / 염종선
책임편집 / 윤동희
펴낸곳 / (주)창비
등록 / 1986년 8월 5일 제85호
주소 / 10881 경기도 파주시 회동길 184
전화 / 031-955-3333
팩시밀리 / 영업 031-955-3399 편집 031-955-3400
홈페이지 / www.changbi.com
전자우편 / human@changbi.com

ⓒ 임형택 2013
ISBN 978-89-364-7223-8 03810
ISBN 978-89-364-7970-1 (전2권)